寇梦天 著

老馆子

陕西新华出版传媒集团
太白文艺出版社·西安

图书在版编目（CIP）数据

老院子 / 寇梦天著. -- 西安：太白文艺出版社，2022.4
ISBN 978-7-5513-1980-5

Ⅰ.①老… Ⅱ.①寇… Ⅲ.①散文集—中国—当代②诗集—中国—当代 Ⅳ.①I217.2

中国版本图书馆CIP数据核字(2022)第011414号

老院子
LAOYUANZI

作　　者	寇梦天
责任编辑	蔡晶晶
版式设计	建明文化
出版发行	陕西新华出版传媒集团
	太 白 文 艺 出 版 社
经　　销	新华书店
印　　刷	涿州军迪印刷有限公司
开　　本	720mm×1000mm　1/16
字　　数	340千字
印　　张	21.5
版　　次	2022年4月第1版
印　　次	2022年4月第1次印刷
书　　号	ISBN 978-7-5513-1980-5
定　　价	88.00元

版权所有　翻印必究
如有印装质量问题，可寄出版社印制部调换
联系电话：029-81206800
出版社地址：西安市曲江新区登高路1388号（邮编：710061）
营销中心电话：029-87277748　029-87217872

2008年5月，作者与父亲在老院子饱经风雨的门楼下合影

老院子门前原本有路，走的人少了，也便长满了草

老院子门前弯弯的枣树已经有些年头了

每当春天来临的时候,老院子门前的杂草树木闻讯苏醒、蓬勃生发

2013年7月19日,雨季过后,老院子门前杂草葱郁

老院子看上去虽然破旧不堪,但其中的故事可真不少

昔日的"磨窑"只留下门框和窗框

老院子里的树木曾经伴我一起长大

老院子早先分前院和后院,后院里有一棵高大的槐树

母亲栽植的这棵柏树,依然是老院子里最显眼的风景

南窑做磨窑,百转日月移。昔日人丁旺,今时记忆长

春来枯草露新绿，几数杏花向阳开

叶落枯草黄，人迁旧屋凉。昔日老院子，白雪覆茫茫

老院子先前的窑洞坍塌后,又在其后人工挖掘出三孔新窑洞,如今也都废弃了

黄土农家院,相传两百年。历霜经风雨,耕读享自然

旧砖砌老墙，槐树庇荫凉。遥想前贤事，痴心费思量

2009年正月初二傍晚，乡人拜影后集体拍照

前　言

由于工作的关系，平时也写一些小文。日子久了，便积攒得一些。但把这些文字出版成书的想法，也才是新近两年的事情。十八年前，我的母亲去世了；八年多前，我的父亲仙逝了。为此我很痛苦，无法面对人生突然发生的这些变故。经过几年的心灵疗伤，我写了一些怀旧的文字，这种人生的痛楚慢慢就减轻了一些。每次读起这些沉重的文稿，我感觉自己就好像在与父母对话，感觉父母又回到我的生活中。为了留住这种亲情和弥足珍贵的感觉，我在犹豫中便有了出书的想法。

生活中的许多人和事，来来往往，朝起暮落，转瞬即逝。太阳落山了还可以再次升起，月亮残缺了还可以复圆，但我们所经历的生活，过往的人和事，就没有那么幸运了。人生是一场直播，不可以彩排，没办法回放。逝去了的，就不会再回来。我要记住我经历和见证过的生活，尽可能地使它们作为这个世界的影像不失本真地存在和永恒。

我们生活在一个变革的时代。有的事物消失了，就不会再有；有的事物产生了，也不一定会长久地存在。对年轻人来说，他们已经都是新新一族，该归属于新的人类。对他们而言，刚刚逝去的过去，便不再有亲历的感觉和记忆，许多事情也只能成为"断代史"。

尤其是在农村，菜油灯、煤油灯被电灯所取代，石磨、石碾被磨面机、碾米机所取代，挑水、拉水被抽水泵和水龙头所取代，种庄稼被打工所取代，饥饿被温饱所取代，乡村中小学被城市中小学所取代……曾经延续数百年甚至逾千年的生活习惯和生产方式，仅仅在四五十年间就发生了巨大的变化，甚至彻底消失和泯灭了，为后来者所不知。相对于人类持续漫长的历史演化进程，这种变革在这个特定的时代无疑是太迅速、太激烈、太彻底了。

在城市，我们眼看着一个个新兴行业在我们眼前昙花一现。我们生活的城市，每天都在发生着前所未有的变化，真可谓转瞬兴起、稍纵即逝。传呼机、电话、手电筒、智能手机、报纸、电视、广播、网络新媒体、无人机、快递、外卖、火车、地铁、高铁……一个个行业被淘汰，一个个新的行业模式又在兴起、在进化，它们时时刻刻都在颠覆着我们的生活与思维。

我们的祖辈、父辈，在我们的记忆里辛勤劳作，书写春秋。他们与命运抗争、为生活打拼，又熬不过岁月的流逝，逐渐湮没在光阴的尘埃里……失去亲人的痛苦与无奈，不愿割舍的亲情与乡情，各种复杂的心理与情愫交织在短暂而有限的时光里，令人苦苦不舍，难以忘怀。

我们身处这样的一个时代，需要不断地面对、接受、适应和学习的新生事物太多，需要记忆、记录、记载和留住的亲历过往也很多。

瑞典作家皮特·恩格伦说过，所谓历史，正是平凡人物感受的小时刻。一个长期生活在异地他乡的人，心里一定装满了浓浓的乡愁。离开家乡近三十年，其间的一切都发生了巨大的变化，但留存在我心中的家乡印象、儿时记忆、少年梦幻、青春背影，却随着时间的流逝变得愈加清晰了。我需要用自己的方式记住这些，我越来越觉得自己有这份责任。

我出生在黄土高原上已经传承二百年上下的一处老院子里，那里是我生命的起点、成长的原点，也是我走向外面世界的出发点，它承载了我太多的亲情念想和乡愁记忆。其中有艰难生活的泪点、苦中作乐的看点、幽默风趣的笑点，也有收获生活体验的痛点和经历风雨的亮点，更有对人生观察和体验的观点和悟点，这些都是弥足珍贵的个体记忆和时代积淀。

本书从《亲情篇》《故乡云》《学苑记》《华商集》《江湖行》《行吟录》等六个部分记述了我的人生经历和对生活的深切感知与感悟，通过我个体亲身经历的翔实记述，体现社会大时代、大背景等不同侧面的历史变迁，堪称有心人对平常生活的有心记录和亲身见证。

老作家金波说得好："写自己的童年，不是怀旧，不是追忆，而是唤醒自己的童年，启迪别人的童年。"同样，写自己的人生亲历，不是为了怀旧，不是为了追忆，而是为了唤醒自己对一段变革巨大的历史的感悟，启迪别人对历史与生活的感悟，最大程度上寻求精神寄托和人生阅历的重合度。希望能与您产生心灵的共鸣！

　　本书在文稿统筹和出版过程中得到许多朋友的热忱帮助与鼓励，尤其得到我曾经的同事、西安市作协副主席杨莹女士的热心审稿和加油鼓劲，我才攒足了勇气和信心出版此书。延安红色板画雕刻传人孙力先生为本书篆刻"老院子鉴"印章，华商报首席美术编辑王永刚先生为书籍设计封面，他们均给予友情支持。太白文艺出版社编辑蔡晶晶女士对本书的出版提出了宝贵的修改意见并付出了辛勤的劳动，在此一并致以最衷心的感谢！

2022 年 4 月 20 日

作者于古都西安

目 录

- 亲情篇

老院子	001
祖　父	005
花花苔	014
今天是父亲的生日	018
马莲开花的季节	022
爸爸，真的好想您	023
离开父亲的日子	041
周年探母	046
祭　母	047
母亲节随想	049
怀念二叔	051
女儿闹着要见爷爷	058

老院子

- **故乡云**

八担水	061
丢失的高粱	068
碾　窑	072
美丽的夜空	075
拜　影	078
元宵节怀乡	081
大槐树	083
苜蓿是个好植物	086
麻麻鸡	089
红苕干	093
借　火	095
看　戏	100
白狗饿死不离家	107
黑猪风雪夜出逃	111
恶　狗	114
问　驴	117
拾麦穗	122
打三角板	126
抽烟记	131
杏儿黄了	136
"五元"的诱惑	140

- **学苑记**

大学记	143
劳动实践课	155
母校游	158

背馍记 | 159
哲学课 | 168

• 华商集

永不丢失的记忆 | 171
咸阳驻站采访二三事 | 177
走出来的新闻 | 182
"牛县长"杨凌取经记 | 184
"蝶神"周尧 | 188
一箭多雕做新闻 | 191
不拘一格"造"版面 | 194
情怯周报 | 196
夜半"机叫"出"号外" | 198
在摸索探寻中蹒跚前行 | 200
小螺栓引发的大思考 | 202
与女排世界冠军赵蕊蕊合影 | 205
华商轶事·租住城中村 | 207

• 江湖行

跑步记 | 215
行侠记 | 220
录鼎记 | 224
职场记 | 228
诗赋人民好总理 | 231
街头感受日全食 | 233
不靠谱的点钞机 | 234
狭路遇狗不拴绳 | 236

寻找受伤的黑鹳 | 239
耍　钱 | 241
欧洲游记 | 245
我拍荷兰海上日落 | 257
洽川赏莲游名泉 | 260
秦岭山中访道姑 | 262
行游记 | 265
走定西 | 270

- 行吟录

渭水行 | 273
圣诞·暑游 | 274
吟雀闲 | 275
华山秦声荡 | 276
题猪乐 | 276
题马诗 | 277
赋牛趣 | 278
乌　鸦 | 280
赞武圣 | 280
守望十年　再创辉煌 | 281
拜孔庙 | 281
题鹰四首 | 282
赋鼠五首 | 283
蟾　蜍 | 284
八仙过海 | 284
百年梦圆 | 284
山坡羊 | 285
甲午新春祝福 | 285

目 录

报闻西安现海市蜃楼	286
高原夏收	286
乙未正月初一夜西安回民街所见	286
落花赋	287
王莽小峪水库	287
石头记	288
樱桃时节访恩师	288
立秋日逢雨	289
雨后见晴日	289
雨中乐游园	289
周日偶拾	290
山村嫁娶	290
秋夜观舞	291
白鹿原影视城见闻	291
寒衣节思亲	291
不忘国耻	292
丁酉冬月十六古城飘雪	292
做天难	293
苜蓿	293
赛场赋	293
争上游	294
山中所见	294
山中悟道	294
登天竺山	295
戊戌端午偶题	295
观景拾趣	295
戊戌秋日浐河行吟	296
浐河捞球记	296
黄柏塬所见	297

咏李咏	297
悼金庸	297
赏梅花	298
戊戌除夕赋	298
大雾小霾遛鸟闲	298
赏农苑	299
春日看花	299
观樱花	299
己亥清明游西安青龙寺	300
昆明池七夕公园赋	300
西农赏牡丹	300
周日游雁鸣湖所见	301
喜　鹊	301
雁鸣湖暮春行游纪事	302
晨曦少年勇当先	302
晨曦二班夺桂冠	302
曲江雁鸣湖桥北即景	303
金丝峡游记	303
枣　花	304
谢广西友人赠杧果	304
江城赋	305
两小儿戏水	305
桂花香	305
秋分赋	306
读博客偶感	306
冬日赏梅	306
天使归来	307
庚子清明赋	307
洛南石墙村游记	308

家父仙游七周年祭	309
圣地延安行	309
长寿花	309
国庆的感觉	310
最远古的拥抱	313
童　谣	315

亲情篇

老院子

根据我家族谱有关记载推算，我家老院子至少有二百年的历史了。我们祖上都居住在老院子里。

大概在清朝道光、咸丰年间，家族里还出过一位举人。举人是文武举，能文善武，堪为宗门荣耀。

据说举人中举之后，报信的人还没有赶到门上，他已骑着一匹黑色高头大马日夜兼程地赶回家来。到了第二天，报信人才跑到门上报喜，放了十几响鞭炮，得了喜钱，吃过饭美滋滋地去了。

举人有专门的校场，平日里训练乡勇、子弟和家丁，以维护乡里治安。有一年麦黄时节，举人骑一匹高头大马到东边塬畔查看庄稼，路遇一条大黑狗追在马后疯狂扑咬。举人只将胳膊轻轻一抬，"嗖"地飞出一个袖椎，正好击中狗头，那狗当下脑浆四溅，倒地毙命。举人又将手一扬，收起袖椎，策马绝尘而去。

1862年至1864年贼人作乱之时，周围各个堡子人心惶惶，各自为政，被动应敌，没几个月就纷纷被贼人攻陷，最后只剩附近的小庄堡与举人所守堡子尚在坚守。贼人多如蜂蚁，源源不断，借着人多势众，轮番调动兵力，集中围攻。月余，两个堡子先后沦陷，乡人子弟伤亡者众。举人双手各使带钩连枷，近身击贼，浴血奋战，杀敌无数，终因寡不敌众，负伤阵亡，堡子被贼人洗劫一空。

有道是："固守家园不移步，仰仗武功困土堡。虽然杀敌数百个，自损八十抛头颅。"遥想当日英勇抗敌之悲壮情景、奋不顾身之喋血场面，无不为举人及本家子弟之英雄壮举震撼感动。乡人同仇敌忾、杀敌心切，直至战死家园。

老院子活命者，唯举人胞弟其一子也，名曰连德，年方十余岁。当时猛见一队贼人从北坡土崖后奔出，躲之不及，灵机一动，叫贼子头人一声"大伯"。贼头喜不自禁，见此儿高鼻大眼，浓眉粗辫，聪明伶俐，模样俊俏，十分可爱，遂告众贼曰："这娃生得机灵，不叫我一声二伯，不叫我一声三伯，却偏偏叫我一声大伯。叫得好！"于是将连德举过头顶，认作干儿，让其到门前沟里放马。

一日傍晚，德在沟里放马，下过一阵小雨，沟中小道湿滑难行。一马不慎滑下沟坡，撞坏马腰，卧地不起。德惧甚，迟迟不敢上塬。至晚，有二贼人手里各提马灯、马刀下沟寻找。见一马受伤不能动，欲将德"骗出一刀杀坏"。德躲于暗处，偷听到二贼人悄声对话，愈不敢出。二贼遍寻河滩，拨拉野草，终不见德踪迹，于是赶马上塬。

德藏至夜半，摸黑回村，躲于老院子崖畔细观。见家中俱被贼人强占，院子里柴烟缭绕，灯火通明，房落楼舍和窑洞里都有贼人频频进出；石槽上拴着十几匹高头大马，埋头吃草，啃嚼响脆，铃铛有声；有本村几名妇女，正在贼人监视下净麦磨面，烧火做饭。德躲至黎明，见有村中一婶出门，遂溜到北坡端问其详。婶子说："娃呀，你赶快往远处跑吧，家里人都被贼人杀光了！"

德肝肠俱裂，手握一把镰刀，腰缠几圈捆草的麻绳，顾不得哭泣，便顺着庄稼地一路向南奔走。至天明，受路人指点，沿路乞讨南下。又奔走多日，翻过马莲河川，经宁县，过彬县，走旬邑，到达关中地面。又流浪月余，被一户无儿无女的中年夫妇收养，每日割草喂马，料理家务。

一日，德挑一担苜蓿进门，被看家门的猴抓住辫子戏谑，直至将苜蓿紫花掐完吃尽。德恨猴无理，取白馍夹辣子投掷于猴。猴不知是计，接个正着，猛然咬得一口，龇牙咧嘴，两眼流泪，将馍扔掉。德以鞭笞猴，使其吃馍。猴惧鞭打，悻悻然将馍吃掉，辣得哇哇直叫。此后，德复挑苜蓿进门，故意招惹猴，猴躲于门楼之上，只远观而不敢造次。

数年之后，正值麦黄时节，有姑家表兄赴陕"攉场"，不期而遇，疑其相貌与舅家表弟甚相似也。问询相认，抱头痛哭。回乡后告于地方，差族人接返。德长大后娶妻生子，始有我等族亲。自德始，延及我等父辈，已继承香火四代。德有二子：长子抽烟好赌，卖儿逃生；次子老实务农，勤勉持家，育有我祖父诸亲。

"贼头里"祸事已罢，众贼子撤走之时，贼头掠走董志原上姑娘为妻，生数子。二十余年后，贼人又起兵南犯。临行，贼母劝言："儿呀！董志原上乃尔等舅家，此去不可烧杀抢掠！"故"贼后头"作乱之时，虽杀人掠财，胡作非为，唯独于董志原上有所收敛，乡人算是躲过一劫。

老院子曾经风光荣耀，至我祖父辈，中华人民共和国成立在即，家道中落。幸有家中父辈叔姑耕读好学，自谋出路，多成大器良工，承继老院子之祖德遗风。

祖父掌家之时，老院子年久失修，窑塌洞破，居住危矣。遂于南坡之上、老院子之后挖掘地坑院一处，凿窑六孔，名曰"上头"；老院子遂称"底子"，以便与新院落有所区分。新院始成，举家搬迁，皆大欢喜，老院子被弃用。然不出两年，树大分枝，家大分户，无处安置，父母领我等幼童重返老院子居住。

父亲少时未入学堂，终生务农事，做木活，搞建筑，与我母艰难创业，翼护吾等独守"底子"寒门，在老院子又住三十余年。彼时，老院子破门破窗，已成塌窑烂院，尚能勉强居住者，唯从前一"牛窝"一"磨窑"耳。

吾等幼时，家贫如洗，缺柴少米，时常断炊。父常以老院子出过举人、发过大财，曾有高头大马、飞檐雕花、厢房过亭、青砖古瓦等繁华之状勉励我等读书上进；常用老院子风水好、有风脉、能出人才之语鼓舞我等长存志气、提振精神，不应妄自菲薄，自暴自弃。吾父常言："穷要精神富要稳，叫花子走路常丢盹。"此苦中励志之事，却长无限精气神。在那些非同寻常的苦难岁月里，我等诸兄弟姊妹年岁尚小，一个个饿着肚子，衣着褴褛，却不吃嗟来之食；虽受为善者同情、中庸者旁观、作恶者讥笑，却能同甘共难、苦中作乐，把穷苦潦倒的日子过得生动活鲜风生水起，充满阳光和希望。

老院子

  我等虽住危窑陋屋，饥寒交迫，然皆能求学上进，发愤图强，矢志不移。小学时各种奖状已能糊满窑洞半面墙壁，大哥的奖状多为"学习模范""学习标兵"，姐姐与二哥的奖状多为"1500米第一""2000米第二""劳动模范"，而我的奖状以"三好学生""四美少年""学习模范"为多，这些都成为父亲自豪和艰苦创业的精神动力。我上小学一年级时，期末与大哥胸前同戴大红花坐上表彰台同时领奖，我觉得这都是老院子带给我们的荣耀。冬日的暖阳照在脸蛋上，晒出一头的汗水。我偷偷地看看大哥，他低着头像挨批斗似的。

  老院子虽破，但在我等心中却是金屋难及，银屋不换。我们常常说：金屋银屋，比不上我们的穷屋！我们贫苦难熬的童年和追求人生的青年时代，都是在老院子里度过的。老院子里的一草一木、一枝一叶，都与我们相携着长大。老院子里装满了我们的童年记忆，承载着我们成长的点滴经历，铭刻着父母在极其贫困的境况下拉扯我们长大的一幕幕画面，也荣耀着"举人"之家的前程希望，是我永生难忘的美好家园。不论走到哪里、身在何方、走得多远，老院子都是家乡在我心中永久不变的坐标，令我魂牵梦绕，长存感念！

  每逢节时探家省亲，我都会回到老院子里，长久地凝神注目，使儿时的记忆清晰再现，使逝去的时光重回眼前，使疲惫的心情舒然放松……帮我铭记光阴年华，注入无限力量！

  然2018年农历六月中，老院子围墙被一些人偷偷推倒，大门楼被掀翻，树木被连根拔起，碾轧填埋。窑洞里的椽棒檩条、磨盘木柜、古砖门窗都被推轧填埋，洗劫一空。

  世事如昨，此行为倒使我又想起"贼头里"的那场惊世浩劫。历史总是神奇地相似，时光总是那么透亮清澈。作恶者自作恶，向善者自向善；为贼者自为贼，为尊者自为尊。

  老院子虽然被毁了，老院子虽然消失了，但在我的心中，它却变得愈加清晰，就让它存留于我的心里吧！我要用我朴实无华的文字，饱蘸浓墨重彩，满含哺育深情，倾注日月光华，感念乡土诸亲，特意为老院子撰写上述铭文，让老院子屹立故土，铭刻心间，传至后世，永生永恒！此乃"不忘初心，牢记使命"是也。

2019年7月19日

祖 父

在我们家乡，把祖父叫爷，而不叫爷爷。我爷名讳寇生俊，在我们家乡很有名气。

当我能够记事的时候我就发现，在我们周围的几个村子里，总共有三位老人的发型与别人有所不同，其中一位就是我爷。我爷出生于1911年农历二月十七日，是三人中岁数最小的，另外两人都比我爷大上好几岁。

等我再懂点儿事的时候我才知道，我爷留的那是民国头，是清朝头剪掉辫子演变而来的那种发型。额头上面用剃头刀剃得精光，只是在后脑门上蓄着长及后颈的头发，平时梳得很整齐。如此为数不多的发式，换作别人会觉得有些怪异，但对于我爷而言，反倒非常自然，甚至都有些威严帅气了。

另外，我爷还打绑腿，无论春夏秋冬，他都用专门制作的黑色绑腿带仔细而规整地缠在小腿上，不仅很专业，还很自然得体。

打我记事起，我爷就没有跟我们生活在一起了，所以我竟然不知道他是我爷，为此我还专门问过我的父亲。父亲说，二叔父给二爷顶门，三叔父给三爷顶门，四叔父给五爷顶门，我爷的名下就只有我父亲了。早先都生活在一个大家庭里，全家总共有二十多口人，只是在分家的时候，我爷与我奶随了大家庭，没有跟我们一起来到先前居住的老院子。

听了这话，我当时就感觉非常地荣耀和自豪。因为在我幼小的心灵里，我爷可算得上是我们家乡方圆几十里地的大人物呢。大大小小辈分高低不同的人，从心底里对我爷都十分敬仰。辈分低一级的，不论人前人后，都称呼我爷为"我老叔""我外前大""我干大"；辈分低两级的，都叫我爷为"我老爷"，或者"我外前爷""我干爷"。单是我爷拴认的"干儿""干孙"，就有一二十个。这样的称呼令我不大适应，仿佛我爷反倒是他们的爷似的。

乡人们之所以这么敬重和爱戴我爷，全是因为我爷德望高，能够替人公平主事。最关键的是，我爷会画符，会给别人看病消灾。我爷没有任过一官半职，有人曾帮他安排生产队长的职位他都不愿意去做。虽没有官职在身，但村人们还是相信我爷，以我爷之言为真理，以我爷之见为圣明，以我爷之理为公道。

在那个年代，医疗条件落后，人多疾病，婴儿成活率低。我爷半道上跟他的亲姑表兄，也就是我王家表叔爷——学了给小孩看病的技能，而且还能掐会算，于是在方圆四五十里地有了不小的名气，求我爷看病的人多得把门槛都能踏破。

我爷是土法看病，虽然所用药引是桃仁、生姜片、竹叶、花椒等生活中常用的东西，但大多都能使人消灾免祸、逢凶化吉。

在我的记忆中，我爷对我们很严厉。若有谁犯了什么错误，都会害怕受到我爷的巴掌或者皮鞭的惩戒。但通常情况下，我爷的巴掌举得多打得少，偶尔落下，也只是打在小孩子的屁股上，并未打出红印；那皮鞭更是在地上抽得噼啪作响，却并不打在人身上。尽管我爷几乎都没有真打过谁，但我们都非常害怕我爷。

在我的印象中，我和我爷的感情并不算太深。这是因为，我一直觉得他跟我们不太亲近，似乎他更像别人的爷。分家后的很长一段时间里，大人们去上工，我便被锁在老院子里，也不能常到我爷那个新地坑院子里去。偶尔去上一回，也是在巷道口左顾右盼地溜达上一圈，总感觉我并不属于那个大家庭，距离他们似乎十分遥远。

有一年深秋的一个阴天，天气很冷，大人们在生产队削高粱头、挖高粱秆。那天下午我逮着一个空子，独自跑到我爷家门前溜达，正好看到大门口一辆自行车的后座上挂着一个装得鼓鼓囊囊的绿色帆布书包，书包口露出一沓麻纸和一把柏香。

见四下无人，出于儿童的好奇，我忍不住去翻看包里究竟装着什么东西。我把手伸进去一摸，发现包里装的竟然全是蒸馍。我随手摸出一个来看，圆圆的，并不算十分白，也没有多大。谁家怎么会有这么多蒸馍呢？这在当时那个年代里可是难得一见的稀缺物！我心里"嗵嗵嗵"地跳个不停，试图将蒸馍塞回包里，却未能成功，又害怕被人发现，经过短暂的思想斗争，我拿着蒸馍一溜烟地跑下山神庙坡，来到我家老院子门前，却不敢拿着蒸馍进门。

我实在饿得要命，真想把馍吃掉，可又不敢也不愿，最后我索性将那馍掰成几个小块，扔在南墙外边的蒿草丛里。

到家后，我十分担心，生怕被人发现了我的不良作为，然而一直风平浪静。从大人们的口里我隐约得知，是村上有位老太去世，逝者的亲戚蒸了馍去带礼，顺路先找我爷给他们的家人画符禳解，把自行车放在我爷家的门前，才诱使我莫名其妙地做了一件不好的事。我不禁又惦记起被我偷偷扔掉的那些馍块，隔了一日跑到蒿草中再看，却什么也没有发现。

后来听我父亲讲，我出生后，长得比较圆，甚得我爷喜爱。我爷经常把我抱在怀里或架在头上逗我玩，有次我都给他尿脖子上了，我爷反倒说那是龙王发大水了。可见我爷还是真心疼爱过我的，只是这一切我并不知道罢了。听父亲这么一讲，我慢慢地就开始亲近我爷了，心里也不像先前那么害怕和抵触了。

我爷和一大家子人生活在一个地坑院。沿着长长的巷道过一段土坡，正对着大门的，就是我爷与我奶居住的土窑洞。我们被分回老院子后，我姐还一直跟我奶住，很长时间都不跟我们到老院子去，这使我有时有了我姐也不是我姐的想法。后来听我姐说，分家后缺柴火，我们只烧着一个土炕，家里被子也少，四个人盖一条被子，实在没有办法，她不得不和原来一样，在我奶那里借宿，况且从感情上来讲，她一下子也离不开我奶和原来生活惯的大家庭。

我爷的窑洞里一年四季几乎都不缺人，尤其是过年的时候，窑洞里几乎每天都坐满了人。长条凳上坐着人，土炕边上坐着人，炕栏杆背后立着人，非常热闹。我们也很好奇，喜欢听一屋子人热热闹闹地说话，更喜欢围着看我爷仔细地听来人叙述病人的状况，然后掰着手指头掐算，接着取来毛笔、黄纸和砚台半趴在土炕上画符。

我爷虽然没入过学堂，却识得不少字，他画出的每一道符，那字迹似苍松翠柏、横竖有力、撇捺到位，绝非两三年工夫能够练就。即便是进过学堂的老先生们，写字的功力也未必能够赶上我爷。

我爷画符的速度很慢，神情全神贯注，运气入字。毛笔用得几乎秃了，墨汁蘸得几乎枯了，我看着都很着急，但我爷还是一丝不苟地画着写着，有烧的符、贴的符、戴的符、喝的符，种类很多，画法和用途也各不相同，但都很漂

老院子

亮。遇到有些特殊用途的符，画到最后一笔的时候，他还要在毛笔上轻轻地吹上一口气，这样才算圆满结束。一旁的人说，我爷这是将咒语写入符中了。

我爷画符，最怕的就是屋里人太多挤他，遇上光线不好的时候，他就让我们一帮小孩子"出到外面耍去，不要熊在窑里面"。我们听罢会"唰"地一下齐齐来到窑洞外面，站在窑门口，伸长耳朵听屋里大人们说话。有说昨晚老母猪一窝生了十三四个小猪崽的，有说羊毛长长了需要剪的，也有说今年春上不知道该种什么收成好的……总之，有那么多人的生活离不开我爷，我爷的窑洞里也一年四季都不缺少故事。有时趁着屋子里的人说话正热闹的时候，我又悄悄地溜进去，找一个空隙，尽力缩小了身子，假装非常懂事地待着。

有时候，有走远路来的人找我爷看病，有带一盒饼干的，有带两根麻花的，还有带三四个蒸馍的。每有这样意外好事的时候，等来人散尽，我爷一般都会将饼干盒打开，给每个孙子孙女都发上一两块饼干，或者将麻花掰碎了，给每人分上一小截，这是我最开心的时刻了。有时来人在小商店买的饼干打开后才发现变霉了，能吃就凑合着分吃了，不能吃就扔掉。我爷说，人家的心意到了。

我爷也有用到我的时候，每当这个时候，我都非常兴奋，提前几天就高兴地掰着手指头数时间了。这是因为，在我爷众多的孙子里面，比我大点儿的都上学了，比我小点儿的又都太小，派不上用场，于是我便成了我爷"调兵遣将"的最好人选。我之所以高兴被我爷点"将"，是因为我爷有名望，跟我爷一起出门，外面的人见了我爷都很敬重，不停地爷长叔短地叫着，我是我爷的嫡孙，自然也感到非常自豪。另外，跟我爷出去办完事回到家，一般还能混上一顿饭，免得回到我们老院子里饿肚子。所以，我常常期盼着我爷的召唤。

有一次我爷要去十多里外的塔头村磨面，须得领一个人去帮忙推架子车撑口袋，我便是不二的人选。我们一大早就出发了，赶到塔头村时，已经是上午9点多，正是吃早饭的时候。记得那天上午磨面的人多，一时还排不到，早饭时就有人专门把我爷请到家里吃饭，来人也许不知道我爷还领着一个孙子，并没带我一同去。我爬到那家人的窑畔墙上偷偷地看着他们端蒸馍的盘子进出窑门的身影，肚子咕咕直叫。等了好久，空盘空碗空碟子终于端出来了。饭后，有两三个人跟我爷来了，他们帮我爷磨面、装车，似乎没有人注意到我的存在。我远远地站在磨坊外边的墙根旁，没精打采地晒着太阳，倒也落得个轻松自在。

有一年五六月，我爷好几天前就给我说，他过几天去乡上赶集，要把攒了好几年的十几个空酒瓶背去卖掉，让我跟他一起去。我盼呀盼，终于等到有集的日子。不巧的是，那天天气阴沉，像是要下雨的样子。我早饭后就去找我爷，他却啥话也没说，好像已忘记他曾经说过的话。我也不好说啥，只是心里感觉有点失落。中午的时候天开始飘雨，一场大雨一直下到天黑，许多赶集的人都淋了雨，我庆幸我爷当天没去赶集。

那时候乡上一个月才有两三个集日，待到下一个有集的日子，已是麦收前夕，田野里的麦子已经开始由绿泛黄，路旁的杏树叶子里露出一串串泛黄的青杏。我爷用装化肥的编织袋背着十三四个空酒瓶，我帮他也背着四五个。路上赶集的人很多，有一大早从十几里外的武家川翻沟赶来的，有一大早从新兴喂过牛马赶来的，有从郑家坡畔下沟担了三担水赶来的。大家都提着或背着一个"长虫皮"袋子在黄土路上急匆匆地行走，中途还有陆续加入进来的人。人很多，但不论远近乡里的人，见了我爷都亲热地打招呼，好像都很熟悉的样子。

我们翻过李家小庄和任家西庄的一道大沟，赶到什社集市时，早已是人山人海。我爷平时不爱赶集，所以我们直奔收购站。没想到这里的人更多，十几米长的柜台边，里三层外三层地挤满了人，大多是卖药材的，有枸杞根、柴胡、白蒿，还有我叫不出名字的。在这里，认识我爷的人也很多，大都是前来卖东西的。我爷到柜台边打听酒瓶价格，每个五分钱，似乎暂时还顾不得收购。

我在边上帮我爷看着空酒瓶，听柜台的人这么一说，心里害怕酒瓶卖不掉又得背回去。等到晌午的时候，终于有个人老远跟我爷打招呼，说了一会儿话后，那人进到柜台里边，跟收购人员嘀咕几句，就有人走过来，直接将我们的酒瓶提到后院里，靠墙摞在酒瓶堆上。一共十八个空酒瓶，总共卖了九毛钱。

我原希望我爷能买个什么好吃的，却见他把那些毛毛钱叠整齐，放进专门当钱包用的一个灰布手绢里，仔细地包好，用手绢一个角上系着的细绳子缠了好几圈，然后装在打着补丁的衬衫口袋里，把两个化肥袋子一个往另一个里面一塞，卷成一个方块，捏在手里，领着我直接就从原路翻沟回家了。记得那天回家太早，我并没有混到一顿饭，心怀遗憾地回老院子去了。

我爷家有个大汽油桶做成的水桶子，四叔父用钢锯在桶子上开了个小方口,用来灌水和抽水。每次到几里路以外拉水时,水桶子往铁架子车篷上一装,桶子里灌满水后,用湿毛巾把小方口一盖,防止水向外溅出。我爷领着我们去拉水,一桶子水一毛五分钱,每次给钱人家都执意不要。有时候我们拉着桶子去拉水,我爷并没跟着,管机井的人见了我爷家的水桶子,自然也不收钱。人家说,我爷对他家有恩,这辈子也报答不完。

我爷对别人有恩,对我们也是很好的。分家后,他经常说:"'底子'娃娃可怜,缺吃少穿的。"记得我大哥到乡上考高中那年,我爷提前一天专门打过招呼,让我哥考试当天一大早到"上头"吃饭,然后坐自行车到乡上参加考试。我哥也很争气,竟然考了全乡第一名,被县中直接拔了尖,从此便成了村人心目中的"人上人"。

还记得我外爷去世的那年冬天,天空下着大雪,路上积雪很厚。我们家吃了上顿没下顿,一副祭礼也蒸不起。那次也是我爷让"上头"的婶娘蒸了馍,我父亲背着去"带礼"的。当我家被村人冒充领了千余斤高粱,背上生产队粮食欠账时,也是经我爷提议,帮助顶去了一部分负债。

我爷思想比较"守旧",只要认准了的事情,他都很坚持。那时候土地收归集体,给每个农户留有几分自留地种菜,我爷专门腾出两三分位于核桃树下不好耕种的闲地,每年都种上老齐麦。老齐麦是我们那里几十年都不变的一个小麦品种,面粉白,口感筋道,麦穗无芒,成熟比较齐整,籽种稳定性好但产量不高;麦秆柔软,打碾后最适合给牛马驴做饲料,也有人用麦秸秆掐了"帽辫"做成草帽的,草帽既轻便柔韧又白净耐用。后来到了农业合作社,小麦品种每年一换,每次只能种一季,下一年又得改换新的籽种,老齐麦因此被淘汰,很少能够找到。但我爷舍不得弃掉老齐麦,每年都要种上几分地。按我爷的话说,老齐麦面粉吃着香。还有一个原因,我爷那是想保留老齐麦这个已经种了好多年的小麦品种。

每年老齐麦成熟的时候,别的小麦还绿茫茫的一片。我爷便戴着旧草帽,穿着打了几层补丁的汗衫,提着木镰刀,一个人在树荫下一丝不苟地收割他的两三分老齐麦,捆成麦捆,挑到场上晒干,然后用连枷或木棍将老齐麦捶打干净,将麦粒装袋,麦秸秆摞整齐。等到所有活计都结束,他又留出两升籽种,其余的用石磨磨成雪白的面粉。当别的小麦才开镰的时候,我爷已经让全家人吃上了当年的新麦。

在我爷的观念里，吃新麦是一件十分隆重而又有仪式感的事情，应该感谢上苍，敬畏土地，爱惜粮食，他会让每一位他能够关切到的人提前尝到一口新麦的味道。听我的父亲说，从前粮食紧张、青黄不接的年月，好不容易熬过了一个漫长的春天，不到麦收季节，就有人因没有粮食吃而饿死。因此，能够提前吃上新麦，在当时是件大喜事。

我爷也是种西瓜的好把式，但土地归了农业社之后，便没有了用武之地。有一年，我爷给菜地里种了两苗西瓜，长势良好。我经常看见我爷戴着一顶旧草帽在太阳底下打掐瓜蔓，隔一两尺压上一块黄土，用瓜铲拍得方方正正。等到结瓜了，我偷偷去看，一大一小，黑皮的，跟碗口大小差不多。至此，只要一有空，我就跑过去看西瓜的长势。它们长得非常争气和卖力，渐渐地最大的已经超过篮球大小了。听我爷说，再有七八天西瓜熟了就能摘了，我们都盼望着这一天的到来。但才过了三四天，就听说大西瓜被人偷走了，我再去看时，只留下一个小西瓜，有排球那么大。害怕再被人偷走，家人们留心了几天，也早几天摘了回去，据说口味还不错哩。

我爷还有一个看家本事，那就是"擩麦秸"。常言说农行里比较难做的三件活儿是"铡草擩麦秸，吆车转弯弯，扬场左右锨"。其他两件即便是再难，大部分人都能做，只是这"擩麦秸"却不是每个人都能做得了的。那时生产队里饲养的牛马驴骡等牲畜多，常年都吃麦草，每隔半月要给牲口铡草。每次支起两把铡刀，"擩麦秸"便成了我爷与另一位老年人的专利。那时他们都七十多岁了，只要坐下来"擩麦秸"，一整天都不停下来，这样要坚持四五天，不仅需要技术和耐力，还需要能吃得了苦，受得了累。

我爷"擩麦秸"还有一个收获，那就是几天下来，还能从铡刀口下面连土带柴地收集到两三碗被遗落在麦草中的小麦粒儿。回家后，我爷拿着筛子、簸箕仔细地将麦粒摇着，扇着，吹着，直到收拾干净，那副石头眼镜片后面似乎都有了一些欣喜的神色。

我爷年轻的时候，曾经和村人们一起挑着割麦的担子，经宁县，跨长武，走旬邑，过彬县，听着布谷鸟的叫声，一路向南去"撵场"。从家里出发，至收麦结束返回，前后大概需要一个半月时间。

陕西的麦子成熟得早，等我爷他们赶到了，陕西的麦子正好开镰收割，然后一路割到北边，待到回家时，也正好是家乡麦子"搭镰"的时候。这样，我

老院子

爷他们每年得连续割上一个多月时间的麦子。

到很远的地方去收麦,自然很辛苦,吃得也很粗糙。有一年麦子收割结束回家,我爷特意留了一块黑麸面加菜做的黑馍,说拿回家要让家乡的人见识一下。在路上才走了一天多时间,大家就嗅到一股馊臭味,各自寻找,最终发现是我爷拿着的那块黑馍变馊了,又霉又黏又臭,向路边草丛里一扔,再走就什么也嗅不到了。

我爷干了一辈子庄稼活,却总也闲不下来,他近八十岁的时候还在参加劳动,家人们让他歇着,可他就是闲不住。有一年10月,我家收割糜子,只有我与父亲在地里劳作,这时候远远地就看见我爷头戴一顶旧草帽,手提一把木镰刀,缓缓地向我家地头走来。父亲让我爷歇着,我爷什么也不说,蹲在地里就开始割糜子,动作虽然慢了一些,但庄户人的硬功夫还是显而易见的。又过了一会儿工夫,我的三婶、四婶也急急地赶来帮忙,很快就把剩下的半亩糜子收割完了。我爷那是看我们割糜子人手少,很熬煎,才过来帮忙的,他这也是起到了带头示范作用。

我上高中时,有一年3月,天气非常干旱,路面上到处都是一指头厚的黄土面儿。一个周日的中午,父亲领着我与四弟正在菜地里栽苹果树苗,我爷穿着一身蓝色的棉袄棉裤,戴着他常年戴着的已经褪了色的黑色瓜皮圆帽,打着绑腿,脚上穿着永久不变的黑色条绒圆口百衲布鞋,背着双手,一步一步地从地边经过。他说天这么干,栽下的苹果树苗不容易成活,需要给果树苗浇些水,然后一步一步地向东边新院子走去。他那高大的背影,映衬在深蓝色的天空和黄灿灿的黄土地上,勾勒出一幅古老而美丽的黄土情画卷。

那年5月,我爷病倒了,好些天都卧炕不起,请乡医看过多次,都没有什么效果,家人们都很着急。又一个周末,我从学校回家,听说我爷突然康复如常,问过后才知道,是我那学医的大哥前两天正好回家办事,亲自给我爷把脉诊病,开药挂了两瓶吊针,我爷就奇迹般地痊愈了。自那以后,我爷逢人就夸他的大孙子医术高明,把他从"鬼门关"拽了回来,自豪之情溢于言表。

我爷虽然没进过学堂,但身上却有古之士大夫的做人气节和正派骨气。在那些粮食紧张的年月里,我爷常说的话就是"吃死为贱,饿死为贵""好福不能重受,油饼不能夹肉""小人谋食不谋道,君子谋道不谋食"等,他还有一句很有代表性的话是"宁可生个穷命,不可生个穷相"。我爷教导我的父辈和我们做人做事都要讲究礼仪大道，正派正气，不赌博，不偷盗，靠双手勤劳致富，以勤俭节约持家。每年过年写春联，大门楼上都少不了"耕读门第""勤俭持家"的横批，我们都潜移默化地受到过我爷的引导和熏陶。

我爷也有对我们比较温和的时候，他有时一高兴起来，还喜欢给我们讲一些笑话。我爷说，从前有个老头，他有一个孙子，不喜欢读书。孙子的老师名叫李万年，有次要来家访。为了应对老师提问，老头给孙子教了几招。经过多次练习，先给孙子教会了数字"1"的写法和认读；接着又教百家姓的前四个"赵钱孙李"，但孙子就是记不住。老头于是开导说："赵，咱家姓赵，爷爷就是赵老汉。"孙子说记住了。"钱，就是咱们平常使唤的钱。"孙子又说记住了。"孙，你是爷的孙子。""李，你们老师姓李，叫李万年。"孙子听后都说记住了。老头很高兴。李万年老师家访的那天，老头把孙子叫到身旁对老师说，孙子现在学习长进很大，会认"1"了。老师听后很高兴，说要考考孩子。只见老师随手在地上写了一个"1"，男孩想了半天还是说不认识。在他爷的提示下终于说，他爷平时用烟锅在地上画的"1"长，老师用手指在地上画的这一道短，所以不认识。他爷又说，孙子已经会背百家姓的前四个字，老师也想考考。还不等人提示，孙子就非常流利地背诵道："赵老汉，使唤的钱，爷的孙子李万年！"

每当我爷讲这个笑话时，我们都仔细地听着，觉得十分有趣，于是便默默地记在了心里。我爷如今不在了，但我爷讲过的故事我还记得，如今我把它也写在这里了。想起这个故事，自然也会记起我爷讲故事时温和的样子。

我爷喜欢听秦腔，三叔父给我爷买了一台小收音机，别的节目都可以不听，唯独陕西台《秦之声》每天半小时的秦腔戏不能错过。一有空闲，我们都为我爷留心着秦腔播放的时间，提前打开收音机时刻准备着，然后名正言顺地与我爷一起听戏。看着我爷默默听戏的神态，那真是一天里最轻松最享受的时刻。

2019 年 4 月 5 日

老院子

花花苔

蒲公英，在我们家乡口语中叫"花花苔"。

每当春天来临的时候，蒲公英伴随着泥土的解冻酥软，随便找一处立脚安身的地方，便不失时机地露出头来，用慵懒的身子试探着气温的变化，一个个在田间地头、山沟野洼和背街小巷赛跑似的疯长。蒲公英的"苔"呈人体肤色或浅绿色，嫩嫩的，茸茸的，充满白色的汁液，嚼在口里涩涩的、苦苦的，略带一丝甘甜味儿。

在我们家乡，孩子们大都喜欢连薹带花一起采摘下来，吹一吹上面的尘土，含在嘴里嚼呀嚼，以此来享受春天的馈赠并满足少年好奇与梦幻的童心。尤其是在粮食紧张的年月，还可以用它来弥补食物的匮乏，抑或打发难熬的时光。

记得我还没有入学的时候，大人们都下地干活去了，家家户户都锁上了大门，像我这么大的"吊鼻"孩子都被锁在自家的院子里。我领着弟弟，哄着尚未学步的妹妹，整日与枝头的小麻雀做伴，同南墙根下的小草、小花和蚂蚁玩耍，觉得时间过得是那样漫长和无趣。唯一能够扩大视野的方式，便是爬上我家后院里的一棵大槐树向外张望——门前西边是深沟，院后东边是窑畔；左邻右舍家，偶尔还能听到鸡鸣声和猪叫声，但狗的声音却很少听到——饿狗是不会轻易发声的；至于人的影子，大半天也很难看到一个。这就使得我常常会无端地羡慕起远处山坡上影影绰绰的羊群和天空中哑哑啼叫的乌鸦来。相比于我，它们是自由的，随便寻着什么东西都可以充饥，不至于饿着肚子。

我常常会找来别人废弃的手电筒电池用砖头砸开，取出其中的黑色碳棒，在院子里白光光的地面上，或者在墙壁上、大门板上，在我觉得不会引来"巴掌"的任何能够书写的地方，乱写乱画。虽然还不曾入得学堂，但也识得几个简单的字。我在我家的大门上歪歪扭扭、大小不等地写上"吃不饱的家"五个字，字迹多年后还能够辨认得出来。

那时候我的祖母还在世，因为是小脚，又上了年纪，所以平时不需要下地干重活，主要在家替我那几个婶婶带孩子做饭，经管家务。每当我被锁在院子里心慌无聊的时候，祖母都会抽出短暂的时间忽然出现在窑畔上，手里不是提个寻菜的小篮子，就是攥一簇蒲公英或者别的什么野菜，口里昵爱地呼唤着我的乳名，关心地问这问那，隔着窑畔给我说些宽心的话儿，然后朝院子里望上一望，选好一个角度，颤颤巍巍地将一把蒲公英扔到了院子里，又向前倾着身子，朝院子里再望上一望，确信蒲公英没有被挂在窑畔的酸枣枝上或者蒿草上，就让我去捡。待我捡到后再朝窑畔上看时，祖母已蹒跚着小脚一摇一摇地走远了。

我大声地呼唤着祖母，仅能听到她应答我的声音，末了还不忘叮嘱我照顾好妹妹。拿着蒲公英，我去掉叶子就往嘴里塞，嚼出一口的苦涩与寂寥来。

有时候，一个晌午都不见祖母的面，我就会爬上大槐树，朝着祖母家的方向扯开嗓子"奶奶——奶奶——奶奶"地呼唤祖母。当我喊得口干舌燥、感觉没有希望的时候，却忽然听到有人敲门的声音，我赶快从树上溜下来跑过去察看，发现竟然是祖母，原来祖母是从北边的坡上走下来的。只见祖母弯着身子，从盛着麦秸秆的小筐子里摸出两个苞谷面蒸的馒头，硬是从门缝里塞了进来，她手腕上戴着的银手镯明晃晃的，叩在木门板上碰出"叮咣"声。

看我接着了馒头，祖母就叮嘱我们慢点吃，小心被噎着了，又询问我给妹妹喝水了没有，吃东西了没有，然后四下里望望，挎上寻菜的篮子又摇摇晃晃地往回走。我飞快地爬上槐树去看，发现祖母已经走上南边山神庙前的土坡，渐渐消失在稠密的杏树叶中，使我觉得那些杏树是那么碍眼碍事。

我只有在哥哥和姐姐们周末不上学的时候，才能跑到祖母那里待上短暂的一会儿。祖母有时会拉着我的手，偷偷地给我手里塞上一小块苞谷面馒头，然后慈爱地抚摸着我的头，问我想不想我的父亲，看我点头做肯定的样子，就让我自己摸一下头，然后猜猜父亲啥时候能够回来。我假装着想了想，然后一脸真诚地告诉祖母说，大概后天吧。隔了一天，我的父亲果然就从很远的工地上回来了。于是祖母就会说，小孩子头上有神灵保佑，猜什么都能够猜得灵验。

记得在一个春天的午后，祖母把我领到厨房里揭开案板上的蒸笼，给我盛

老院子

了一碗用桐树花加少许粗面粉搓拌蒸成的"疙瘩饭"。我狼吞虎咽地吃得直打饱嗝，不料事后却头痛了好些日子，走路都不敢放开步子，总觉得脑袋里有一个圆形的东西在晃动。

那时候粮食紧缺，普通人家都会想着法子弄吃的，桐树花就是当时的重要选择，然而这桐树花吃多了也会中毒，只可惜我的祖母并不懂得这些。这使得在多年以后，每当我闻到桐树花的甜腻味时，都会头痛犯晕。

我隐隐约约地听说，我们是从一个有着近二十口人的大家庭里分出来的，之前都与祖母生活在同一个地坑院里，同在一口大锅里吃饭。后来粮食紧张，生产队按劳分配，大家庭里孩子也多，母亲她们姐妯娌之间常常会因吃饭等问题产生一些不快，祖父祖母一手经营起来的那个当时在我们全公社都小有名气的模范大家庭也经不住饥荒的摧残，便开始动摇了。

在一个四五月份阳光稍显温暖的日子里，我们随父母分家又搬回到大家庭先前废弃了的破落老院子里单独生活了，那年我还不到五岁。父亲常年在外跟工程队搞建筑，母亲又多病，家中缺少劳力，自然就缺少粮食，常常是吃了上顿没有下顿，凑合了下顿也不知道明天的食物在哪里；有时候会将北窑里的石磨盘抬起来，在里面扫些别人磨面时没有打扫干净的残余麸糠来凑合一顿半顿。

祖母为此也一直放心不下，常常会暗地里给我们兄弟姐妹一块馍吃。后来听小姑姑说，自从分家之后，祖母经常一个人偷偷地抹眼泪。她给人说，"底子"那么多娃娃不知道有啥吃了没？是不是又饿着肚子了？一提起我们，祖母就会叹息地说："唉，娃们恓惶的……"

关于祖母的故事，在我幼小的记忆里虽然能记得一些，但都是些零碎的片段。在我还不到十二岁的时候，祖母就因病匆匆地离开了我们，我甚至都来不及为祖母做一件有意义的事情。

那天早晨放学回家，听到父亲在窑畔上轻声地呼唤我们。二哥跑出院子听了，进门就哭着说"奶奶殁了"，父亲让我们上去给祖母烧些纸。我们当时都忍不住哭出了声，哭得好伤心……

那年初冬，因一件无端的小事，我被村上一个二货男子追赶，鞋子差点儿都跑丢了。逃脱后我来到祖母的坟上躲藏，看着新土垒起的坟茔，眼泪打湿了我的前襟。无论我怎么呼唤祖母，她老人家都再也听不见了，也不能呵护我了。在祖母的坟园里，我冻得瑟瑟发抖，一直挨到天黑，才一个人偷偷地溜回了家。从那时起，我觉得我就不再有快乐的童年了。

每到蒲公英漫山遍野开满小小黄花的季节，我都会想起祖母在世时候的许多场景，我思想的小伞就会色彩斑斓地撑开在我家现在已经彻底废弃了的窑前屋后，努力地寻找着慈祥、善良、纯朴、仁爱、温和的祖母的身影。

2008年3月19日

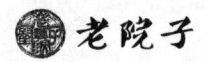

今天是父亲的生日

  我的父亲名讳寇秀良,农历十月初一,是父亲的生日。昨晚给老家打电话回去问候,父亲仍旧平常地说:"对了,对了,不用麻烦了!"接着又免不了问我在外还好吗,仿佛这过生日的是我而不是他。

  父亲一辈子都是在辛苦操劳中度过的。我们一家过着孤苦简陋的生活,兄弟姐妹六人的上学费用和家里的日常开销,都要通过父亲一双粗大的手劳动挣得。母亲长年生病,给父亲也帮不上太多的忙,有时逢年过节甚至要父亲上锅做饭。

  父亲是个木匠,也精通盖楼房砌砖墙之事。父亲虽然没入过学堂,识不了多少字,但对复杂的楼房设计图纸却能够识得许多,这一点,就连科班出身的技术人员也都深感惊奇。父亲做的木活不仅结实耐用,式样也十分俊俏耐看。只要是父亲做的木活,不论放在什么陌生的地方,我一看都能够辨认出来,那不是一般工匠轻易能够设计出来的。

  父亲一生给别人做过多少套桌椅门窗,打制过多少件大衣柜、茶几、沙发和写字台,连他自己都记不清了,但他给自家做的家具,却仅有那么几件。我参加工作后,有一次回家,父亲高兴地备好了木料,给我精心制作了一个橘红色的大木箱,硬是让我出门时带上,说这算是他这辈子给我留下的一件"老祖业"。

  父亲现在由于年龄和身体的缘故不再拿工具干活了,那些挂在墙上的一排排做木活的工具,上面早已落满了灰尘。只是在闲暇的时候,父亲会时不时地用抹布擦拭一番,嘴里还不停地念叨:"真可惜了这些工具,以后再也没有人会用到它们了!"接着就抱怨我的二哥,埋怨我的四弟,说他们没能很好地继承和掌握他的这门手艺。

我们那里的农村，过去因为闭塞落后，年长的人大都比较迷信。有一回，村上需要打制一座用来敬神使用的木质"楼宫"，从东边塬上很远的地方请回一座古人精心打制的老式"楼宫"做参照。那"楼宫"雕龙画凤、刻窗镂孔、工艺精湛、美轮美奂、古色古香，造型极其复杂，需要雕刻的刀子活很多，高不超过一米五，却有二百多个零部件，有的部件细微到仅仅只有小拇指大小。许多匠人看了都无从下手，摇头称难，但父亲却经过仔细观察和揣摩，破解了楼宫的结构密码和建筑比例，带领两名得力工匠做副手，用了将近两个月时间，终于攻下了技术难关。新"楼宫"和老"楼宫"几乎一模一样，但父亲亲手雕刻的刀子活儿比老"楼宫"更加细微精致，线条和造型更加流畅自然，观者无不连连赞叹！

父亲的木工手艺，从此再无传承

　　在我的记忆中，父亲大半辈子都跟随大队建工队在外面干活儿，盖楼房、建粮仓、修水库，替别人勒风箱、做家具、盖门楼、砌码头、垒砖墙。等我长大进城了，才知道父亲当年也就是在城里干活的农民工，是用技术加苦力劳动罢了，每天上高爬低地挣生产队里的工分，然后分得粮食养活全家八口人。我

老院子

上高中时，父亲领我和我的四弟拉着架子车，凌晨三点出发赶到距家四十五里以外的小城市里卖西瓜，在街上每走过一处地方，父亲都要给我们介绍，哪栋楼是他们盖的，哪个码头是他砌的，哪些石雕宣传大字是他亲手用刀子刻上去的，等等。

父亲盖了一辈子楼房，自己却还是住在老家老院子里的破窑洞里，那还是我爷爷的爷爷的父辈"举人先生"留下来的"老祖业"，直到2003年10月，父母搬进新盖的砖瓦房。可父亲平日里总忘不了到老院子里转悠转悠，整理整理树木花草，收拾收拾柴火，捡起被大风刮落到院子门楼下面的瓦片，在院子里久久伫立……父亲也住过楼房，那还是前几年住在我于西安新买的房子里，但他嫌楼高，不豁亮；上下楼要走楼梯，不方便；出了门没人说话，住不太习惯。他每次住不了半个月，说什么都要回到我们老家那放眼无边的高原地方去"豁亮豁亮"。

父亲虽平日靠精湛的手艺挣钱，但每到农忙时节却都要回家种地收割。记得包产到户后，家里的二十四亩地全都种小麦。每当麦子成熟的时候，放眼望去，炎炎烈日下，金黄色的麦穗在滚滚热浪蒸烤下发出"吱啦吱啦"的声响，足以让人焦灼万分！收割麦子须得抢黄天，怕暴雨，怕连阴雨，且那时收割麦子全部都得靠人力。那时我们都还小，等到七八天收割期忙碌完，一个个都累倒了。父亲坚持到麦子全部上场打碾结束，又紧紧张张地带领我们拉着满载小麦的架子车给公家赶缴公购粮，以便按期完成上面下达的农业税征收任务。

农行里的活很多很杂，父亲什么都干，也什么都能干，诸如铡草、耕地、摇耧、踏谷、扬场等他已经很久都不干的农活，他干着干着又成了行家里手，到后来别人有事反倒还得求他帮忙了。

父亲最遗憾的事就是一辈子没读过书，所以他后来忍受着千难万难的穷困，也仍要让我们兄弟姊妹上学读书。尽管最后只有我与大哥两人成功跳出农门，但这在我们那个偏僻落后的地方，已经算得上是一件十分了不起的事情，所以父亲很是引以为豪。在我的印象中，父亲一直都是那样年轻富有朝气，天大的事情放到父亲那里，他都能够举重若轻地扛过去。

我们还都很小的时候，家里没粮吃、缺柴烧，冬季无法换棉袄，夏季没能力换单衣。我小学拍毕业照，已经是农历五月天气，别的同学全都换上了单衣，全班就我一个人还穿着经了一冬的用国家救济的蓝色"核桃尼"面料做的破棉袄，棉絮露出了袖口，胳膊肘都不敢伸到人面前。许多时候，家里都得靠国家救济过日子，靠母亲用破棉絮缝缝补补地维持生活，靠父亲从这里挤一点、从那里想点法子将就度日。为了维持生计，父亲经常利用夜晚在油灯下替人赶做一些木活，替一些公家单位赶做些"机瓦架子"，所得的手工钱用来换取家中的急需品。有时候，我就是在父亲做活点燃的微弱油灯下睡去的。记得父亲一边做着木活，一边还给我讲着"孙悟空三打白骨精""黑娃打虎送他舅""牛郎织女"的故事，我觉得那是童年最为快乐的时光。

我注意到父亲苍老，是近两三年的事情。先是母亲因病去世，他感觉母亲一辈子生活得太苦，没能过上几天好日子，于是白发就逐渐地多了起来，身体也没有先前灵便了。时隔一年，在省委辛勤工作了一辈子、刚退休不到一年的二叔父又不幸病逝，这一次父亲哭了，他实在忍受不了亲人离世的沉重打击，头发胡须眼看着变白、稀疏了很多。

半个多月以前，母亲去世三周年，当父亲在母亲坟前烧纸祭奠的时候，我分明看到他苍老了许多，尤其是他那双曾经制作过许多精湛木工艺术品的大手，粗糙得胜过崖畔上的枣树皮，手指比普通人的粗了许多，上面布满了厚厚的老茧，有的地方还有一小块一小块的茧子。青烟徐徐缭绕，香火冉冉升起，看着父亲苍凉的神情，我的泪水夺眶而出……

父亲的大半生都是在艰难困苦中度过的，这一切我们没法改变，我们能够做的，就是让父亲晚年尽量生活得幸福一些，过得舒坦一些。

今天是父亲的生日，我需要让父亲高兴，需要让他感觉到幸福，让他知道我们都很关心他、需要他、热爱他、离不开他。我要给父亲打电话，问候父亲，亲口祝父亲生日快乐！

我永远不会忘记，农历十月初一，这个平凡的对我却是特殊的伟大的日子。六十八年前，我的父亲就出生在这一天。是为记！

2006年11月21日（丙戌年十月初一日）凌晨

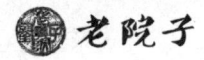

马莲开花的季节

好多年里，曾不止一次地听爸爸说："咱家的马莲开花了，蓝色的，很好看。"但我每次都错过了花期，没能亲眼看到马莲开花究竟是个什么样子。

有几次见到马莲，都是在七八月份的时候。由于适应黄土高原的生态环境，马莲生长得着实茂盛，绿油油且稠密的叶子整整齐齐地指向天空，显得郁郁葱葱，顽强挺拔，十分招人喜爱。但遗憾的是，我常常错过它开花的季节，以至于我对马莲花的模样的理解，都产生于无端的想象里。

今年五一我回了趟老家，恰好赶上了多年以来一直错失的马莲开花的日子，亲眼看到了马莲盛开的情状，但瞬间掠过心头的一丝慰藉，却被难以驱散的忧愁、落寞和无助所笼罩——爸爸卧病床榻，咳喘难支，饮食欠佳，昼夜多梦，言语无力，健康状况不似先前，已有多日不曾步出门户，今年这马莲开花的景象，爸爸大概也是无法亲见了。

马莲移植到门前已近十年了，最初才一小丁点苗子，但只要植入黄土里，就能够生根发芽，成长繁衍，如期地开出如蝶的带有淡淡清香的蓝色小花，它们如星星般点缀于似箭的稠密绿叶之间。许多看见马莲花的乡邻赞叹之余，都会讨几株种植。每遇此，爸爸都会挖一棵马莲苗子，满足他们的心愿。

今年的5月，马莲花又默默地如期开放了，它们在以自己的方式，期待着与主人的又一次相会。

起来吧，爸爸！赶快好起来吧！如同时令的轮转，我们都祈祷着、渴盼着、期待着您能够早日好起来！

2013年5月6日

爸爸,真的好想您

贤 父

> 把锄扶犁耕垄上,巧斧神凿一木匠。
> 家徒四壁少炊米,破窑烂院纸糊窗。
> 足迹遍地高楼起,汗洒陇原盖粮仓。
> 含辛茹苦育儿女,雁过留声誉贤良。
> 老来家境时转运,无奈患病卧土炕。
> 癸巳六月初六日,乘云驾鹤去远方。

从您离开到现在,已经整整一个月了——爸爸,真的好想您啊!在您离开的这些日子里,我的喉头就像锁了一把大锁,压抑得几乎喘不过气来。黑色的2013年7月13日,像一把带血的尖刀,冰冷地刺进我的胸膛,如剜如绞,令我心痛,使我窒息;农历癸巳年六月初六,那个看似顺溜的日子,却没能留住您微弱的呼吸;那个可恨的黑色的星期六,成为我心中永远郁郁不散的伤痛。那天上午9时36分,接到老家电话,说您病情加重,饮食难进,不曾料到,您于当天下午5时57分竟溘然长逝。

我是当晚8点30分听到噩耗的,您可知道我心里当时的悔恨啊!爸爸,在您弥留之际,我未能陪伴在您的身旁,这是我今生最大的遗憾,相信这也是您的不尽牵挂。这不能怨您,您已经卧病床榻四个多月,跟肺癌坚持抗争快一年时间了,每天只能靠吗啡和哌替啶勉强减少一丝疼痛,这已经很不容易了。

爸爸,今年五一回家看望您,返回西安后,多次给您打电话,心情随着您的病情一次次地跌宕起伏。原计划7月底休年假时回家多住些日子,却还是与您擦肩而过。您这一去,就再也不会回来了;这辈子,我再也见不到您了。您留在我脑海中最后的一面,是我5月4日上午离家时,您仰面躺在炕上时的那一幕……您当时说:"我就不出去了,把娃带好……"我知道,其实您当时很想出门送我们,只可惜,身体起不来了。我心里很难过,只是强忍住泪水,怕您心里也不好受。平时我们每次离家外出,您都会出门送我们的,老远地招着手,嘱咐着,看着我们离开村子,直到我们的身影被树木和房屋遮挡,最终看不见了;这次您却只能躺在炕上,羸弱无力,身不由己。

爸爸,这些天里,我心里很想念您,却总不敢提及您,我的喉咙堵塞得慌,心里好像有刀子在剜。我出门总是有意无意地避开人,怕到人多的地方去。我不想把您不在的消息告诉别人,更不愿意让人知道我已经没有父亲了。因为我压根儿还无法相信,也至今难以接受您已经离开我的这个惨痛的事实。我愿意让您一直就这样存在于我的心里,和过去一模一样,让我不论在家还是在单位,无论吃饭、睡觉、工作、干家务,都不觉得寂寞,不感到心慌无聊,不感觉没有着落。可是,我怎么也静不下心来,干什么都没精打采,什么事都不想做。

我一次次地打开手机,看您的照片,看我给您拍的视频。我打开电脑,翻看照片收藏,沉浸在跟您在一起时的历历场景里。我看手机里的通话记录,回忆跟您说过的话。您生前与我最近的一次通话,是2013年7月2日15时25分,记得那天您还问我:"孩子快放学了吧,假期还回来不?"其实孩子7月5日就已经放暑假了,都怪我,只想着等到7月下旬把手头的事情安顿妥了再回来,可以在家多待些日子,其间也没再打电话给您,怕您接电话不方便——也想着快要回家了,很快就要见到您了,不用打电话。可谁知,最终竟等来这般令人悲痛的消息。我长时间地凝视着摆放在书房里的橘红色大木箱,那是您特意为我做的,上面不只凝结着您的辛勤汗水,还有您对我的牵挂。那时候我刚毕业留校工作,记得您对我说,这是您这辈子做的最后一件家具,是特意留给我的"老祖业"。从那之后,您就收拾起刨子、凿子、斧子、锯子、钻子、尺子、墨斗、漆刷等工具,不再做木工活了。因为您年纪大了,干不动木工活了。

爸爸,最后见到您的那一刻,您再也不能像过去那样出门迎接我了,我的心里很空落、很无助,我感到手脚都已经麻木了,跪倒在您的灵堂里,烧纸、化钱、叩头,剩下的就只有止不住的泪水了。不论我怎么叫"爸",您都再也听不到了……您静静地躺在棺盖上，面容平静而安详。您头戴黑色圆形绒帽，帽子正前方镶着一枚红色的晶状饰品；身上穿着天蓝色的绸质长袍，上面有用银色丝线绣出的"福"字和一些七彩图案；脚上穿着白净的土布袜子和黑色刺绣面料的百纳底布鞋；神态平静、安详，像一位熟睡中的王爷。我握着您冰冷粗糙的大手，泪水模糊了我的双眼，心里感到莫名的惆怅、懊悔。倘若在昨天的此时此刻，您一定还能跟我说上些话，离去时也许能够走得更安心一些。可是如今，一切都为时已晚，无法挽回了。爸爸，请您原谅儿子的不孝吧！

记得过年的时候，您就在我们耳边时常念叨，村上谁谁家都给老人做棺材了，谁谁家都买寿材了。今年五一回家，揣摩着您的心思，担心着您的病况，经过无数次的犹豫与徘徊，我与大哥、二哥到市里给您置办了棺材、老衣。它们还没送到家的时候，您就不住地问这问那，问棺材的木质、雕刻、漆色、做工、薄厚，问老衣的花色、面料、织纹，觉得很满意，然后又说了许多话，最后还是忍不住地流了泪，说自己七十多岁的人了，凡事都能想得开……看似轻松了许多，放心了许多，却还是怅然若失，惹得我也跟您落泪。我还安慰您说，按咱们乡村里的风俗，人在病中置棺，算是冲一冲晦气，图个吉利，说不定病就好转得快一些了。但后来听我二姑说，尽管您说能够想得开，但心里还是有了很大的压力，所以至今我也不明白，我们当初是做对了呢，还是做错了呢？

爸爸，您离别在雨季。那些日子，连日阴雨，洪灾频闻，给人增添了更多的无奈和离愁。送您离家的那天，从凌晨4点开始，惊雷滚滚，暴雨倾盆，令我们心生不安和焦虑。如此天气，您怎能走得平顺、安心？天亮时分，大雨继续下着，一阵紧，一阵慢，就是不停；天色一阵亮，一阵暗，也没有放晴的迹象。哀乐班来了，村上帮忙的乡邻来了，亲戚朋友来了，足有二三百人。一切都按部就班，所有的祭奠议程如期进行着，阴雨却并没有停歇的意思。

下午1点30分，按"阴阳先生"的安排，您的灵柩依然冒雨出发了。大雨和着我们哀伤的泪水，化成昏天湿地的悲号。绳索、抬杠编织成的"八抬大轿"逶迤蹒跚在泥泞的雨路上，朝着新坟的方向缓缓行进。新坟园里，早已搭起遮雨的临时帐篷。下午2点，下葬开始，雨突然变小，又骤然停止。紧接着天放晴了，太阳竟然也出来了——这可算是帮儿女们的大忙了。由于天气的突然神助，上土就没有预期的那样艰难了。新坟在我们难分难舍的悲恸中圆起来了，太阳的光线初次洒上了您的坟头，升腾起蒙蒙的紫气。今晚，您就要在此新居安息了，没有忧愁，没有烦恼，没有疼痛。

记得您曾经给我讲过，您小时候到家门前沟里放羊，有次遇上暴雨，您沿着河道边的沟洼向山坡上跑，正赶上沟洼里起了洪水，有水缸那么粗一股，距离您越来越近。您用手抓着蒿草向上爬，因黄土遇雨水变得松软，不敢使劲，怎么蹬踩也爬不上去，被山洪冲得几乎喘不过气来。您又急又怕，哭着叫喊与您一起合群放羊的同村叔伯，怎料他坐在半山腰上的小窑窝里避雨，没听到您的哭喊。危急时刻，咱家的大白狗从山坡上直冲下来，将尾巴伸给您，您抓住狗尾巴一使劲，硬是被狗拉了上来。

那年您才八九岁，是咱家的大白狗救了您一命。您说，每天放羊出门前，我奶奶会把白狗喂饱，给它叮嘱一番，让它跟您在山沟里放羊时，照顾好您的安全，因为那时山沟里是有狼的。您还说，被暴雨淋了之后，您回家生了一场病，好些天都卧炕不起。多少年过去了，您不幸患上了肺病，怎奈回天乏术。

爸爸，您就这么匆匆地走了，没留下只言片语，不带走分文。从前每次回家，您都提前为我们晒好了被子、枕头，准备好洗脸盆、毛巾、香皂、牙刷、牙膏等，晚上还早早地收拾柴火，烧热了土炕，夜里还问炕热不热、冷不冷，有时还要给土炕里面再添些柴火，生怕我们冻着了。

春天里，您告诉我柳树发芽了，杏花开了，桃花开了，给我摘上一大把香椿，或者掐一些苜蓿芽，把平常的日子烹调得十分温馨；夏天里，您一会儿在地里挑选一个西瓜，一会儿在树上摘几个桃子、李子，唯恐我们少吃了什么新鲜水果；秋天的夜里，您披一件夹衣，陪我在院子里看深蓝色的夜空，把"三星""启明星""北斗星""银河"等一一指给我看，还给我讲从前的许多人和事；冬天里，您早早地四处打问，托人买回了煤烟小、石块少的大炭，提前给每个房间里搭起了火炉，烘热了屋子，密封好烟道漏洞并仔细地检查，把一切都安排得细微周到，让我们备感家的温馨。我在心里常常念叨："有爸在，就有家，就有温暖的去处。"可是，这一切转眼间就没有了，今生永远也不会再有了。

我怀念您来西安的日子，回忆并珍惜那些已经逝去的岁月。您头一回来西安，大概是1999年的夏天，此时我已辞别了原来工作的高校，来到西安，在城中村租房住，晚上天气热，我和您睡在楼顶，地砖有烫热的感觉，您说躺在上面感觉还比较舒坦。我带您和我妹游了钟楼，逛了开元商场，还给您买了一台二十一英寸的海尔牌小彩电，您非常开心。大概住了一周时间，我送您到城西客运站乘长途车回家。

第二次，是2001年正月，我的女儿出生五个月时您来探望。看我们上班忙，您还说要把孙女抱回乡下养大，最终因我们割舍不下，您就不再提起。我们带您游了兴庆宫公园，看了社火表演。因我被安排到记者站工作，您待了七八天就返回了。

第三次，是2003年3月前后，这一次您帮我照看女儿，一直待到7月初，算是时间最长的一次。我记得我们五一节还去了八仙庵，您说您年轻时曾到过一次西安，能够记得的就是"八仙庵"这个名字。还有一次，我和您带着孩子到步行街散步，中午在粤珍轩吃饭，花了还不到一百块钱，您就嫌那里面的饭菜太贵，说不划算。

女儿上幼儿园后，您还来过几次，但我记不清具体时间了，只记得我们游过大雁塔，看过喷泉，去过植物园，到过钟楼，其他的记忆就比较模糊了。

您最后一次来西安，是2010年4月19日。您下了长途汽车，乘出租车来到小区门口，两只手提着给我带的一个木案板，显得很吃力，我到门外接的您。您晒黑了，因为疾病，身体有些显胖。这次来，本是想给您看腿病的，但因我那时瞎忙，小樊带您到钟楼看了中医，开了汤药，每天煎着喝，您说好像起了些效果。

五一节我们带您游了曲江池，去湖中央的亭子里看了秦腔戏。记得那个亭子的名字叫"藕香榭"，入口门柱上有一副"水禽翻白羽，风荷袅翠茎"的楹联。那天首场戏演得是《五典坡》，我给您找了一个座位，您看得入迷。第二场戏我忘了戏名，只记得戏中有位白须花脸的"吼劲"叫"徐延昭"，怀里抱个铜锤。您说两场戏出场的都是些"把式"，看了个美！

秦腔戏结束，我们还到寒窑外转了转，照了些照片，没进门。返回时，时间已经不早。那天人特别多，打不到车，我们挤中巴，路上用了一个半小时，我央求人给您让了座。返回步行街时，天色已朦朦胧胧，在"坊上人"吃了泡馍，还喝了啤酒，然后步行回家。我担心您身体吃不消，您说忙起来就忘了疼痛了。我们发现您喜欢吃鱼，后来就多买鱼，小樊专门做给您吃，您说很好吃。5月上旬，我要出差到上海，抽不开人照料您，于是您提议返回。至此，

老院子

您来西安的最后一次只待了十九天。再后来,有几次我都想接您来住,却因这因那,因您身体的原因,最终都憾未如愿。

我考学离家那年,您心情为之晴朗。9月初,送我至西峰,托了熟人,晚上借宿地区秦剧团。傍晚时,您带我逛西大街,恰逢市里过会,您花十多元为我买了件浅蓝色毛巾面料的T恤,胸前有红色心形图案,我很喜欢,在大学里穿了很长时间,已洗得发白抽线,都不忍舍弃。次日一大早,您送我到西站坐车,目送我独身远行。我自此便身不由己地踏上了离家求学之路,远离了故土家园。多年来漂泊在外,关于家乡的印象,便在儿时的点滴记忆之中了。

我隐隐约约地记得,在我四岁多麦子快长到一尺高的时候,我们分家了。您与我母亲带着我们五个孩子,其中最大的十一岁,最小的才两岁多,以及还未出生的妹妹,离开了先前的大家庭,回到原来的老院子另起炉灶。

分家的前几天,您和我爷盘了土灶,用泥巴补了土炕,简单收拾了一下,"新家"算是安顿好了。我至今还依稀记得您制作案板的场景,以及向下抬柜子时的零星情景。我当时少不更事,不懂得大人们的酸楚,跟在后边跳来蹦去,心里还很兴奋。搬家的前一夜,您与我爷领着我,住在"新家"的土炕上,土炕烧得很热,窑墙上新抹的泥巴尚未干透。您与我爷说话到深夜,诉说父子之情。

有一年秋天,生产队在朱家沟掰苞谷。沟很深,路又窄又陡,沟里的苞谷长势又不好,队上决定将掰得的嫩苞谷按人头就地分给各家各户,让各家自己下沟去挑。那时我们都还太小,没有人能够将分得的苞谷扛上沟。我那时还没上学,兴奋得一个人中午往朱家沟边跑去两回,打探苞谷是否已经分到户,然后回家报信。正当我们发愁无人领回苞谷时,爸爸您竟然碰巧从工地上回家了!我记得您从我爷家借来两个羊鞭条大筐,用水担挑了,领着我来到朱家沟畔。您让我一个人在沟边等着,您下到沟底去担苞谷。那个秋日下午的太阳很红,但朱家沟下午处在背阳面,没有一丝阳光。我几乎是趴在沟边,小心翼翼地向前伸出脑袋,看着您担着两个大筐子一路绕着弯下到沟底,直到背影模糊。我在沟畔等了很久,太阳已经落下去一竿多高,才又看见您担着筐子沿着弯弯的沟道往上走,越来越近,感觉筐子不太沉的样子。直到近前,才发现苞谷少得勉强能够盖住两个筐底。您说苞谷最终是按劳力分配的,咱家劳力少,就只分得了这些个棒子。

那时粮食紧缺，生产队经常带领社员刨了草皮开荒增种，把庄稼都种到沟沟洼洼里去了。如今，像朱家沟这样当年增种粮食的地方，已经被撂荒好多年了。

我还记得，在一个深秋季节的上午，和往常一样，我被锁在老院子里。大人们都上工了，学生们也都上学去了，我分明听到远处小学校敲响了上课的钟声。为了能看到院子外边的风景，我爬上咱家后院里的大槐树。正当我向远处张望时，被村上一名上学迟到的五年级少年发现，也不知道他当时是怎么想的，毫无来由地向院子里扔土块瓦片。我仗着他进不了院子，回骂了几句，并说要把他的行为告诉家里大人，却见他拿着土块飞快地跑下山神庙坡向墙边冲来。他胳膊不停地挥动，土块从稠密的槐树叶间"嗖嗖嗖"地袭来，我急忙抱着树干向下溜，不小心从树上掉下来，磕着了下巴，嘴里流血不止。整个上午，我都是在疼痛、哭叫、无助和昏睡中度过的。

傍晚您回家发现我睡在树下，身边一摊已经渗干了的血迹染红了泥土，嘴肿得厉害，就用自行车带我去大队药铺看医生。清洗、消炎、抹碘酒、吃药好几天，嘴角内侧留下一道永久的痕迹。后来您在路上遇到了那个少年，斥责了他的无良行为，那家伙自知理亏，顺着苞谷地一溜烟逃跑了。

又是在一个寒冷的秋日，已经开始穿棉衣了。您前一晚从工地赶回家，一大早起来，准备让我姐给您帮忙，到公社收猪场去交猪。那时为了响应国家号召，上面给每个农户都下达了交猪的任务。按人口，咱家得交两头猪，可是家里实在养不起两头，只好养一头先交上。

我母亲一大早起来，给猪拌上比平时多一些的饲料，好让猪吃得饱饱的，以便到时候能够多称上几斤使重量达标过关。我姐那时上小学，让我哥代请了假。家里的猪虽然不大，但不能再喂下去了，不然猪也要断顿了。于是您找人帮忙，把猪装上架子车厢，用绳子来来回回地绑好。太阳冒出东边树梢的时候，您领着我姐出发了。您在前边拉着架子车，我姐跟在后边帮您推着，以防猪跳下来。我一直看着你们走过涝坝畔，经过雷家胡同，直到看不见。

中午，太阳红红地挂在天空几乎不动，晒得人脸有些发烫；乌鸦高高地飞在蓝天上，自由自在地盘旋着，偶尔还要"哑哑"地干叫上几声。我被锁在老院子里，感觉天特别长。我搭着凳子无数次地从老院墙的破洞向南边张望，好久连个人影也没有。临近傍晚，太阳从西边的墙头上照射进来，散射出一道道

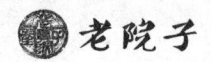

刺眼的光线。

在我长久的期盼中，忽然听到架子车急促的"咣当"声。门闩"哗啦"一声响过，大门开了，您与我姐终于回到家，您高兴地说猪总算交上了。您给我姐买了一条方围巾，给咱家买了一个洋瓷洗脸盆，还买了块状的食盐。

听您说，交猪的人太多，你们在交猪场等了整整一个上午，直等得人困猪乏，好在把猪勉强交上了，不然又得拉回家继续喂着。您说负责收猪的人并不急着收猪，人家在那里挑肥拣瘦地转悠着，盯着，喝着浓茶，抽着别人不停递过来的纸烟，一直等到太阳偏西了，等到那些猪都憋不住了，一泡屎尿屙了个干净，才去指挥着过磅收猪。这个时候，交猪人比的就是看谁家的猪屙的粪便能少一些，但一般没有哪头猪是憋着不屙的。

爸爸，在我幼时的记忆中，您常年在外搞副业，也就是跟随工程队到外面搞建筑。因为您手艺好，木工活、砌砖活、铺瓦活都是数一数二的，而且还擅长雕刻，出门顾朋友，很有好人缘，这也是我们引以为豪的事情。

听您说，工地上有个一起干活的，头部患了黄水疮，过年后好久都不曾剃头，谁见了都觉得寒碜，不肯靠近，您就用您的剃须刀给帮着剃了个头。后来您用剃须刀给自己刮胡须，没过几天就觉得脖子奇痒无比，起了许多红疹子，昼夜疼痒不止，难以入睡——我真不知道说您什么才好。

爸爸，您当年随工程队外出干活，足迹遍布整个陇东地区，您在华亭炼过铁，在板桥、贺旗、太白梁做过工，在肖金、董志、彭原、驿马、赤城、马岭、什社盖过粮仓；在河水、华池建过面粉厂、修过厂房；在庆阳、西峰、长庆桥盖过百货大楼、打过地基、铺过地砖，给许多人家盖过住房、做过家具、漆过油漆、安过门窗、勒过风箱、箍过木桶、做过棺材、揳过锄把，在冷库、地毯厂、火柴厂、军分区、剧团、学校、卷烟厂、油毡厂……到处都留下过您精湛的手艺和良好的口碑。您去过那么多地方，走过那么多路，却都是步行或者骑着您那辆"红旗牌"加重自行车去的。至今想来，那都是别人难以想象的事情。

在您干过活的这些地方中，离咱家最远的好像是一个叫作贺旗的地方。我也不知道这个地方究竟在哪里，只记得去贺旗的那次，出门前您很有些犹豫和不舍，觉得那地方离家远，去的时间又长，我们都还小，您放心不下。

记得那天早饭后，我还不停地跑到大门外，看与您同去的一位同村叔伯是否已经出门，我心里好害怕看到他，害怕他来喊您出发。

您在合水干活时，我已经上小学一年级了。您什么时候去的，我已经记不起来了，但工程结束您回家那次，我却记得分明。那是9月或10月的一个早晨，我起来上学，突然发现您已回到家中，记得您提醒我们说，案板上有油饼，取了吃——这太让我惊喜了！殊不知，在那个缺衣少食的年代，能有点儿吃的就已经很奢侈了，更何况还是平常难得一见的油饼呢！

听您讲，工地干活结束，剩了些面粉和菜油，你们几个人一合计，炸成油饼，每人都分了一些，各自装在包装水泥的牛皮纸袋里，带回家给孩子们吃。傍晚过河时，恰遇马莲河涨水，一个个扛着自行车，架着牛皮纸袋涉水过河，其中一人不小心跌了一跤，袋子被水冲走，当时就哭了。于是有人提议，其余的三四个人，每人都拿出几个油饼，给匀了一些。深更半夜到家，衣服鞋子上全都是泥水，叫门无人应答，您翻墙才进到院子里。

您最后一次外出干活的地方，是平凉的泾源县，那里是一个回民区。那时我已上高中，秋收之后，您是带着我二哥一同去的，好像是盖一个什么教堂还是清真寺。年底的时候，你们才回到家。从你们的言谈中，我最初知道了"阿訇"这个称谓。您说那里的人对你们很敬重，平时吃的是大白蒸馍加土豆白菜，隔几天还给你们炸一回油饼，伙食还不错哩。

在我小的时候，每逢腊八节，您都要起个大早，挑着您亲手箍制的木桶，踏着灰蒙蒙的夜色到水沟里担水。按您的说法，担头担水可以捞到"金马驹"，为此我也很新奇，盼着您挑水进门。当天色渐明的时候，您终于哈着白色的雾气把水担回家来。我好奇地扒着桶沿，左看右瞧，寻找着传说中的"金马驹"，但看到的却是两只木桶的水面上，已经结起的一层晶莹的薄冰。您将水倒进水缸，说"金马驹"现在就在咱家的水缸里了。虽然我没有亲眼看到"金马驹"，但幼年的心里已经感到十分满足。

除夕的晚上，您领着我们兄弟几个，迎着刺骨寒风，在漆黑的年夜，提着灯笼，端着盘子，拿着香纸，拎着酒壶，来到咱家麦场上祭奠先祖。先点燃三炷香，然后焚烧黄纸和冥国票子，待烧纸全都化成灰烬，祭三盅酒，一起叩头，再伴着晃动的灯影，一溜儿走回家，并提醒我们相互之间不能叫名字，怕路上的"灵魂"听到了不好。

到了大门外，点燃早已拴挂好的艾蒿绳，挂上灯笼，响几枚"大炮"，接着响一小串鞭炮，再燃起一大把麦秸秆和事先准备好的蒿柴，大家依次跨过火堆，然后进入院门，在院子里撒上些庄稼秸秆之类的，寓意来年来财转运；有时您还要用木棍轻轻敲一敲核桃树、苹果树、杏树等，以期果树来年早醒早发芽，多结果实。每每在您精心营造出的年的浓厚气氛里，我们能够感到清贫困顿的日子里也有简单温馨的快乐。

记得一个正月十五的夜晚，我妈与我姐正在蒸荞面灯，您领着我摸黑来到院子里，寻些蒿子秆做灯芯。外面冷风呼啸，伸手不见五指。您把我举过头顶，让我摸索着折取墙头上的黄蒿秆儿，从院子里一直折到大门外。我很是兴奋，对每一个程序都跟前跟后，刨根问底，一直看着你们把面灯蒸到锅里。等到面灯快要蒸熟的时候，我却早已困乏得进入甜美的梦乡。第二天一大早，我询问面灯蒸熟后的情景，您一一给我加以描述：灶前的灯像星星一样明亮，柜子上的灯是彩虹一般好看，面盆上的灯像雪花一样漂亮，鸡棚上的灯燃得像芦花鸡一样美丽，磨盘上的灯跳起了漂亮的麦花……直听得我心花怒放，后悔自己晚上不该早早地睡去。

关于上小学时候的事情，我还能够记得一些。二年级的时候，咱们那里始建新学校，曾经有一段时间，您被抽调到那里盖教室，每天上下学或者课间的时候，我都能够在房顶上或者码头上寻到您那熟悉的身影。如果遇上一起干活的某个热心人指着我问您："那是你家的娃？"您就会停下手中的活，冲着我笑着点一点头，让我感到十分自豪。

做门窗桌凳期间，木工房就设在我们教室的隔壁。下课时，我都会跑去看您和工友们做木工活，听你们拉家常，上课铃声不响就不离开。课堂上，老师抽查乘法口诀表，轮到我时，我在教室这边背得滚瓜烂熟，您在隔壁那边听得十分满意。等我再跑到您那里去时，您还免不了要夸赞我两句，让我心里感觉美滋滋的。

您白天在附近的学校里盖校舍，做课桌、凳子，晚上回家后，又抽空给咱家做了一张三斗桌、两把带雕工活儿的靠背椅。为了这个计划，您已经准备了好久，从备料到干活时间的选择上，都经过了安排，因为这是您几年来为咱们这个"新家"一直谋划的首个家具计划。

桌椅是楸木、核桃木、桐木等混合制作的。您根据木料的大小、薄厚和在桌椅上所担负的不同分工，进行了足够巧妙的搭配。您纯熟的手艺，让每一块小木料都发挥了最大的功效。在咱家的磨窑里，在昏暗的油灯下，在漫长的深夜里，您选木、备料、画线、斧正，十多个夜晚已经过去，木工活似乎还是没有太大的起色，以至给您拉墨斗线的我都失去了起初的热切劲儿。

又经过了一个阶段的辛苦，原来一堆杂乱的木头，逐渐有了家具的雏形。越到后期的夜晚，我越喜欢在油灯下看您做木工活，争着拉墨斗线，帮您添柴熬胶。我最喜欢帮您做的活当然是熬胶，把胶锅用两块砖头一架，下面放上刨花和干柴点燃，屋子里立马暖和了许多。待木胶熬开了，您一会儿刨木，一会儿刷胶，一会儿合缝……有时都忙到了鸡叫。这样的夜晚一直持续了一个多月。等到桌子有了形状，椅子有了框架，学校的活也差不多结束了，您得跟工程队到外地干活了，所以咱家的桌椅计划不得不中途停工，我只好盼着您下次回家时再接着干。

这样的期盼一直等到了年底，您工程结束归来，带着雕刻好的几根靠背椅木头条儿，利用过年前后的闲暇时间，白天黑夜地接着干活，终于做成了咱家最早的也是最有纪念意义的三斗桌和靠背椅。您亲自刷油漆，画木纹，上清漆，百般呵护，万般打磨。如今，这些家具依旧款式美观、结实耐用，经三十多年的岁月磨砺，依旧完好如初，毫不过时。

有一年秋季开学，阴雨较多，我穿的一双布鞋前面破了洞，后跟也磨烂了，被雨水打湿后，穿不住了，往往是人没走到前边，鞋子已经跑前边了；或者人走到前面了，鞋子却还在后头。若要想跟上放学的队伍，就要把鞋子提在手里，光着脚在泥路上行走，于是我只好暂且逃学。

我在咱家菜地里拔来黄花菜叶子编成草绳，试图把鞋子绑在脚上，但走不了多远草绳就断了。这事被我爷看见，把我领到上头院子里，找来两筐穿旧了的鞋子给我在里面挑选，那些大多是我几个婶娘淘汰下来的，都大了很多，没有合脚的。最后，我还是没有舍得扔掉我的那双绊脚鞋子，只盼天气转晴。幸好您回家了，第二天就赶回离家四十多里远的工地给我买了一双黄胶鞋，晚上骑自行车连夜送回家。只可惜胶鞋尺码小了点儿，您第二天拿去换，但人家说暂时还没有货，想来当时您肯定比我还要着急吧。

春天里，我在厨房抱柴火，一不留神，右脚腕内侧被干树枝划破，才小拇指大点儿伤口，却化脓溃烂，半月不愈，疼痛异常，走路一瘸一拐。您从工地回家后，寻了几个土单方，其中一种是用鸡屎汤汤贴在伤处，这个土单方不但没有奏效，反倒感染严重。一种是把山丹花根砸碎捣烂，敷在伤口，用布条包裹。咱家老院子的墙头上有几株山丹花，每逢春天来临，发芽蹿高，株苗茁壮，含苞待放，分外好看。记得您把我举上墙头，让我挖了几个骨朵，您把这些"药材"洗净，砸成白色糊状，涂抹在我的伤处，隔天一换，伤口竟奇迹般痊愈了，只是留下了一小块疤痕。

我小学毕业那年，五月里拍班级毕业照。天气已经很暖和了，杨树叶子翠绿，桐树的紫花像钟串一样挂满枝头。班上其他同学都已经换上了单衣，只有我一个人还穿着经过了一冬，已经变得脏烂不堪的蓝色"核桃尼"救济面料的棉袄，显得与众不同。拍照时，我虽然个头不高，但还是尽力向后排躲，以便让别人能够多遮挡我一些。但遗憾的是，我的这一窘迫形象还是被一位姓王的初二年级的数学老师发现了，他转过身，朝站在课桌上的我说："这谁家的这个娃，怎么大热天的还穿着这么破烂的棉袄？"我害羞极了，用两手紧紧地攥着两个棉絮外露的破袖口，把胳膊使劲地向身后背了过去，这一特别的情景被镜头记录在我的小学毕业照合影里面了。

看着照片里秃头、深眼、矮个的我棉袄加身、不合时宜的样子，我使劲地撕破了毕业照。这一幕被爸爸您看见了，您要过照片，小心地用糨糊粘好，特意保存起来。好多年以后，您把照片交给我，我也特别珍惜，但遗憾的是，最后这张照片还是找不到了，但我却把这张照片的事一直与您联系在一起了。

上初三那年，原来学校的初中部被撤了，我不得不到离家十五里外的乡中学上学，来去都得步行，中途还要翻一条大沟，平时也得住校，每周只能回一次家。最初那段时间，感觉很不习惯，每天非常想家。每个周六的下午，上完四节课放学，就迫不及待地往家里赶。

那个时候，我觉得周六晚上回到家就是最幸福的时光。周日的下午，太阳快要落山的时候，我又得急匆匆地赶去学校上晚自习。因您一年大部分时间都在外边搞建筑，回家的日子不多，我平常能够遇见您的次数也就更少了。如果有哪次回来听说您回过家，在家待了一两天又赶回工地了，我心里就感到非常遗憾。

我上中学的时候，您只来过学校一次。那是一个深秋的午后，记得那天下午第二节课上自习，您推着自行车来学校给我送馍，您说今天来乡上赶集，顺便给我送些馍来，省得我周三又得翻沟回家取。

我去宿舍放馍，很想让您跟我一同去，以便看看我们住的宿舍是个啥样子,也是为了想跟您多待上一会儿,多说上一会儿话。但您说有东西需要到集市上置办,不能多待,就推着自行车向校门外走去,我当时心里好像缺少了什么似的。我知道,您那是怕打扰我的学习,也是怕影响了学校的教学秩序。记得您经常对我们说"闲不游学",这四个字,就是没有啥事,就不要到学堂里胡乱转悠,以免打扰先生们教书和学生娃娃们上课。

有一年正月十五,我们已经开学。全公社各村当天晚上都到乡上会演社火,咱们队上的社火队也受邀参加。您也在社火队里,扮演的是一名武将。记得您穿一件用蓝色布料做成的长袍,戴着黑色长须,手里握一把像关云长使用的青龙偃月刀,样子很威武。

我晚上抽空偷偷溜出学校来到公社的集市广场,准备一睹咱们队上的社火,尤其是想看您的那场拿手表演。怎奈广场上人山人海,把十几个社火队围得水泄不通,我根本挤不到跟前去,只能在人墙外面仔细倾听着那熟悉的锣鼓声,想象着您手持大刀,昂首挺胸,迈着矫健的方步,伴随着紧锣密鼓的节奏,在场上走着紧而不乱的"九连环"图阵,时而扬一下马鞭,时而吹一下胡须,时而摆一个架势,时而舞几下大刀……威风凛凛,气宇非凡的样子。当然,所有这些关于您表演的场景,都是您在老家大场上排练时,或者在村上表演时我亲眼看到过的。而对于那个晚上在乡上的那场演出,我虽然只是听到了熟悉的锣鼓声和呐喊助阵声,却没能亲眼看见,但我相信您一定表演得非常精彩!

我考上大学那年,高考报名时,您恰好有事去了环县,我没钱交那二十元的高考报名费,周末躺在家里发愁,急切地盼着您回来。正是5月的季节,天气已经很暖和了,咱家院子里枝繁叶茂的杏树上缀满了青杏,我在盘算着是否打一些青杏拿去卖掉。中午时分,您终于到家了,最后还是决定卖了青杏。

我们打满两袋青杏,每人扛上一袋,前往七八里外的塔头村卖掉,得到十几元钱,再添上几元,算是解了燃眉之急。那年麦子收成不好,咱家有一块十三亩八分三的麦地,仅仅收割了两架子车麦秸秆。高考前,我不用同往年一样回家收割麦子,发挥总算没有失常,考入了重点大学,也算是对得起两袋未熟先卖了的青杏。

爸爸,包产到户后,每年农忙时您都得回家耕种、收割、打碾,每次从工地上回家,您都要买些蔬菜,通常买得最多的是洋葱头,偶尔也称几斤猪肉,好让我们在农忙时节解解馋,同时也用来招待给咱家碾麦的司机。后来我才发现，洋葱头是菜市上最便宜的蔬菜，储存时间也比较久，最适合咱们当时的家境状况。那个时候，洋葱头炒肥肉片应该是咱们家最好吃的"洋菜"了。

咱家的二十四亩耕地每年都种小麦，收割麦子是件苦力活儿，全部都得靠人力，能够给您帮上忙的就只有我二哥一人。那时我们都还小，在麦地里连爬带跪地远远跟在您后边割麦子，七八天坚持下来，腰酸背疼，走路都能摔倒。两只手被麦茬戳得起了倒刺，夜里睡觉时，十个手指头疼得无处可放。割麦子如果遇上阴雨天，收割的日子就会拖得更长，每遇上那种不好的天气，听着麦田里"倒水鸟"泠泠的叫声，那也是咱们最为焦急的时候。

好不容易等到麦子全部都收割上场了，接下来，您还要带领我们晒麦捆、摞麦垛，腾场碾麦。最初一两年碾麦是用畜力，套上一牛一驴，用人牵着，手里拿一根鞭子，给套绳后面挂上一个碌碡，在厚厚的麦秸秆上碾了一圈又一圈，有走不完的路，但这样一天只能碾上一小场麦子，感觉那是世界上最苦最长的日子。后来先进一些了，用手扶拖拉机碾麦，按小时付费，后面挂个石磙子，在麦秸上放开了跑。麦秸摊得厚，用木杈翻麦秸很吃力，碾一场麦下来，得翻上四五遍，汗水和麦秸灰尘沾满一身，奇痒无比，鼻孔和喉咙里满是黑灰，非常难受。如果天气晴好，劳力过硬，手扶拖拉机能凑上紧，有时每天还能碾上两场麦子，那也是最为累人的干活法。

不过，在烈日暴晒下碾麦的苦和累都是其次的，有时遇上暴雨，那才是最令人头痛的事情。天空中雷打雨浇个不停，一场麦如果起场不及时，被雨水灌个透湿，麦子就全泡水里了。那样要花费更多劳力，难度大大增加。仅晒麦草一项活，就足够碾一场麦的劳力，所以您经常观察气象状况，判断天气变化，尽量避免"塌场"的情况。

碾麦的日子里，每到了夜晚，麦子起场了，天边起风了，树头向一个方向摇动起来了，这就提醒咱们该扬场了。扬场也得抢风力，不能错过了时机。每次顾不上吃饭，我们拿着扬麦子的木锨，学着您扬麦的样子，根据风的大小和方向，将麦子搅麦柴迎风斜着向上一抛，麦柴麦土麦衣被风吹走，剩下沉甸甸的麦粒落在一处，积少成多，直到堆起一两尺高，这便是辛辛苦苦的劳动成果了。

相对于烈日下碾麦的苦力活，扬场是需要在风口进行的技术活，也能够轻松一些。我们在明亮的月光下扬过场，在煤油灯笼微弱的光线下扬过场，在刺眼的电灯光下扬过场。每次扬场，在无风的间隙，我们坐在麦场边上休息待风，看着您抽空喝上一大碗凉开水，然后卷上一支旱烟抽着，那便是一天里最惬意的时光。

夏收是一年里最忙碌最辛苦也是最隆重的时候，要持续一个月甚至更长的时间。待到麦子都打碾结束，您又领着我们晒麦、盘囤、装袋，用架子车把小麦拉回去，倒进麦囤，这才算是真正的夏收结束。向公社仓库交完公购粮，完成了当年的农业税，您又得外出干活讨生计了。

爸爸，每年农闲时，您大部分时间都要外出做木工活、搞建筑，挣一些工钱，以补贴家庭日常用度。年底，干活结束拿到了工钱，您都要数一数全年的打工收入，每次看着您数钱的样子，那也是一种享受。也就一千二三百元，都是十元面额的，感觉不够一年的家庭开销。买化肥、耕地、播种、收割、打碾、上学、添置衣服和日常开销，都得用钱。当家庭全年的收入接近两千元、钞票面值里出现五十元的时候，您就不再外出打工了，因为您那时已五十五六岁了，干不动了，不能再上高爬低了。

回到家中，您就专事务农。农行里的活您样样精熟，村上的一些老农有时还要向您请教节气农时。您犁地、播种、除草、施肥、收割、打碾，风里来，雨里去，虽然苦累，但已基本能够解决全家人的吃饭问题。后来您栽烤烟、种西瓜、育果树，用自己的辛勤劳作挑起全家人生活的希望。

最初几年响应政策栽烤烟，用书本糊成小纸筒，灌满肥料、撒上烟籽，整整齐齐地放置在育苗畦里，用喷雾器喷水，用塑料棚培育烟苗。接下来是铺地膜、分烟苗、栽种，中间也免不了浇水、除草、施肥。麦收后，您带着我们开始打掐烟叶、串烟，又央求有烤烟楼的人家代为烘烤，然后给烟楼主人送些煤炭作为报答。烤烟季节最怕的是遇上连阴雨，白天黑夜地浸泡在泥地里，非常辛苦。最终由于各种原因，种烟草无法及时拿到现款，家庭生活用度难以为继，您后来改种西瓜。

您小时候跟我爷种过西瓜，深得其真传，舍得施油渣，使苦力，种的西瓜个头大、味道甜，堪称一绝。常言说"露水地里不务瓜"，种西瓜大都是背晒着太阳在地里劳作，同样需要铺地膜、下种、分苗、浇水、施肥、打掐压整瓜蔓，花费更多工夫，付出更多汗水。最令人享受的是，当西瓜熟了的时候，不论是晴天雨天，坐在瓜棚里吹着夏日的爽风，看着绿油油圆滚滚的一地西瓜，不仅能够养心养眼，更有了种回归田园的怡然自得，还可以随时摘个沙瓤的西瓜吃，一饱夏日里的口福。

与此相反，卖西瓜却是一项累身累心累神的苦差事。当夜幕降临的时候，您已经摘好一大堆西瓜，用编织袋装好，摆放在瓜棚边上。回到家里，夜已经很深，赶紧吃点儿晚饭，然后铡草、喂牛，等一切都安顿妥当，就抓紧休息一两个小时。凌晨3点，您把我们从睡梦中叫醒，拉上架子车来到瓜地，摸黑装满一架子车西瓜，用绳子来来回回地绑紧，扎结实，然后出发。前面拉着，后面推着，一路疾行，长坡慢上，汗流如雨，全身湿透，不事稍歇。眼睛被汗水浇得发酸，几乎都睁不开了，用手一抹一甩，继续赶路。

走了两个多小时，鸡叫头遍，天色依然漆黑，路上无一个人影；行出二十里地，天蒙蒙亮，路上始有早起的人；距市内十里时，路上行人逐渐多起来了，有骑摩托的、骑自行车的……也有少数同我们一样拉架子车的，一齐往市里赶。早晨8点多，我们拉着西瓜进城，挑选个人多的地方待着，无须吆喝，过上一段时间，再换个地点接着蹲守。有早晨出来买菜的市民偶尔买走一两个，很少有买半个西瓜的。

为了招揽顾客，索性切个西瓜，自个儿先就着干馍吃。过路人一看，这西瓜瓤色好，围了上来，递几块儿吃了，赞不绝口，一起招呼过路人来尝，然后你抱一个，他要两个……有的要得多，用袋子装了，直接送到家里去。秤不亏人，童叟无欺，西瓜卖得便宜，每斤一毛五分，零头免掉不要。下午两三点，一架子车西瓜卖完，清点一堆碎票，总共三十多块钱，已经算是比较满意的收入了，庄稼人卖农产品，从来没有人工费的概念。西瓜皮装袋，寻个垃圾站扔掉，又开始往家赶。隔上三两天，再去一趟市里，四十多里地的上坡路程，来回都得靠走，一季下来，得跑上六七次。

再往后几年，周围西瓜种得多了，便有外地客商上门集中收购，西瓜难以存放，价钱被压得低，每斤一毛二三，一亩地收入不到三百元。但好在能够把西瓜换成现钱，可以缓解秋后耕种和上学用钱的燃眉之急。在我的记忆中，咱家种西瓜创下最好的收入纪录是1990年，三亩西瓜卖了八百八十元，也就是那一年8月18日我爷去世，卖西瓜的钱，也算是凑了大紧。

爸爸，您常说，人一辈子做什么事都不容易，有些事情也是迫不得已被逼出来的。您年轻的时候，有一年腊月，大家庭里准备杀一头猪过年，却苦于请不到会"捉刀"的人。当时全生产队也只有一两个会杀猪的人，从腊月初开始，几乎大多数人家都要上门排队去请，一般很难轮到门上来。

那年，家里照例又等了十多天，我爷每天都要追着"捉刀"的人去等，但总是落空。有一天，我爷按前一天的约定一大早又出门去请"刀手"，家里把准备烫猪的一大锅水烧开了凉凉再烧开了，但左等右等还是不见我爷请到人。于是您叫了我三爷、我五爷和我的几个叔父一起帮忙抬猪，由您亲自掌刀杀猪。

一家人虽然比较怀疑和犹豫，但还是听您的安排一起帮忙。您头一回"捉刀"杀猪，虽然不太熟练，但也干得十分漂亮。等我爷请到人回家的时候，两大扇白花花的猪肉已经高高地挂在了用粗椽搭起的木架上。我爷和请来杀猪的"刀手"见了，都惊得不敢相信自己的眼睛。自那以后，只要是杀猪的活儿，咱家就没有再请过人，且每逢腊月，登门请您帮忙杀猪的人还越来越多了。

尽管您有一身的好手艺、好本领，但您的大半生却几乎是在贫穷和苦难中度过的。您肩上的负担重，没有享受过一天的安闲日子。在我成长的记忆里，家里一直都缺衣少食，为此您不得不卖掉分家时分得的两棵大桐树补贴家用。

令您最为着急上火又无可奈何的是，有次您从工地上回家，本来是为了给工程上催粮，却发现咱家已经断顿好些天了，我母亲领着我们一帮小孩子翻箱倒柜、抬磨盘、扫面柜、扫瓦缸、煮野菜、吃辣椒蔓、磨谷糠艰难度日。您看在眼里，急在心上，当天下午就去生产队找队长和会计要粮救急，没讨到。这事被我爷知道了，把我们叫到上面院子里去，接济了半升麦麸面，我奶奶领着我们去扫上头磨窑里的石磨盘和面柜，又扫得一些遗漏，拿回家当晚熬了稀糊汤，我们总算才有了一顿美餐。

为了补贴家用，您在公社仓库盖粮仓时，每天晚上放工回家后，借着昏暗的油灯光线赶制"机瓦架子"，一直工作到凌晨鸡叫，早晨上工时绑在自行车后座上出门，托了熟人卖掉。为此，有许多个夜晚，您几乎都在赶制"机瓦架子"。家里出产的花椒、黄花菜、杏核、核桃，也都算是一笔解燃眉之急的收入，从来不敢挪作他用。为了家中的生活用度，您一直都在辛勤地劳作着、坚持着，不敢有一丁点儿懈怠，您把毕生的精力都奉献给了我们。您无私奉献，有情有义，怎能不让孩儿常常梦里思念，扼腕痛惜！

爸爸，今年五一回家看您，您卧病土炕，起不来了。您让我自己打开衣柜，在里面寻找需要用的生活用品，还一再告诉我说，牙刷、牙膏、毛巾、洗脸盆、被单、枕头都在衣柜的什么位置。

我帮您整理衣柜，将您平时常用的东西归类，以便您将来取用。在衣柜里，我意外发现有我二十一年前穿过的红色绒衣和蓝色绒裤。那件红色的绒衣是我读高中时您给我买的，我特别喜欢，上学时穿着，回家干农活时也穿着，总是舍不得脱下，肩膀、袖子、衣领烂了好多个洞，露出许多白花花的绒线头，已经用针线横七竖八地缝上，经过多次洗涤，衣服已经褪色；那件蓝色的绒裤是我接别人穿过的，后来也穿过多年，上面用针线连缀了好多缝隙，已经失去了原来的颜色和形状。我把这两件衣服拿到院子里，放在太阳底下，左看右看，想起许多往事，那两件破破烂烂不堪入目的衣服，您竟然也没舍得扔掉，还叠得整整齐齐地放在衣柜里这么多年！

您说，我考学离家后，您就把我穿过不能带走的这两件衣服放在衣柜里，一直保存着，看到衣服就像看到我一样，就感觉我一直都在您身边，让您心里也有了一个念想……您说这些话时，我心里很不是滋味，但如今的感受，怎么是那时能够相比的！

爸爸，您还说，当我上大学离开好几年之后，咱家沟对面有放羊人曾经专门问您说："你们家担水很厉害的那个娃咋都多年不见了？那可是咱们南北二头人老几辈子担水最厉害的一个！"您自豪地对他说："那是我们家三娃，到外地上大学去了！"那种喜悦之情溢于言表，至今言犹在耳，令我思念不尽！

爸爸，您已经离开我们整整五年了，在漫长的日日夜夜里，我一直都很想念您。2018年清明节我回来看您，给您烧了些纸钱，您想买什么就买什么吧，您想吃什么就吃什么吧。我和孩子们一切都好，请您不要挂念！祝您在另一个世界里事事如意，时时安好！

爸爸，转眼间，又是农历六月初六您的忌日，这种剪不断、理还乱的绵长思绪与日俱增，永不消减，我情愿活在这种漫长的思念里终生与您隔世相伴，魂魄感应，心心相通，就如同您从来没有离开过我们一样。

2013年8月13日初稿
2018年4月13日修改

离开父亲的日子

这个日子很纠结

今天是2013年农历十月初一,也是父亲的生日。往年的今天,还可以给老家打电话,和父亲说说话,但今年却不行了,翻开日历一算,父亲已经离开我们一百一十四天了。一想到这些,心里就非常难过!

父亲不在了,这辈子我再也没有父亲了。父亲的一切故事、一世贤良、音容笑貌,随着他的离去,离我越来越遥远了,这也是我担心和不愿面对的烦忧。在父亲离开的这段日子里,我一直生活在长久的记忆和无数个假设里,只有当脑海里浮现父亲的影子,心情才感觉稍稍平复一些,哪怕是痛苦的感觉也行。

去年11月22日中午12时许,父亲住进了医院,这也是父亲平生第一次住医院。记得那天父亲手里提着一个黑色人造革手提包,里面装着他为自己准备的碗筷、毛巾、牙刷、牙膏和用了多年的搪瓷缸,他眼神里有希冀也有胆怯。我从父亲的神态里还能读得出他的担忧和顾虑——怕花费太多的钱。

当我跑前跑后办理入院手续的时候,父亲就在楼道里无声地等待着,偶尔也投来一丝疑惑的神情。当得知可以住院的时候,他似乎显得轻松了许多,仿佛只要一住进医院,自己的病就有救了。我的心情同父亲一样,对医院和医生也充满了殷切的期盼。

那天天气突然转冷,刺骨寒风中还零星地夹杂着些雨雪。躺在市医院洁白舒适的病床上,暖气片烘烤出温暖的氛围,父亲如释重负地说:"这下就不会太冷了。"二哥给父亲买了一大碗羊肉泡馍,父亲说:"吃了个香!"

安顿好父亲住院的事情,我于23日中午便离开了老家,本想着让父亲在医

老院子

院里安安心心地多住上些日子，但父亲第七天就被办理出院了。医生说，根据父亲肺部当时的病况，住院输液治疗容易造成积液，反倒对病情不利，所以往后就只有用中药调养维持了。

父亲后来在电话里说，其实他并不想出院，我也感到非常地无奈和惋惜，但却没有更好的办法。住院也好，出院也罢，孰是孰非，孰对孰错，如今都已成为往事。

今天是父亲的生日，父亲却不在了。我没有能力使父亲康复，也只有在心里怀念父亲了……

2013年11月3日

清明日烧纸

清明街头化纸钱，香火猎猎映愁面。
纸灰随风潜入夜，心意可曾到九泉？

清明节的夜晚，一个人漫无目的地游荡于古城的街头。经过一处背街小巷的十字路口时，有不少人在烧纸。

仔细观察，发现过程大同小异：拿着各种不同面额的纸钱，选一隙空地，用粉笔画上一个圆圈，圆圈上留一个小口，有的还用粉笔在圆圈内写上"收钱人"的称谓，把纸钱点燃，小心翼翼地烧在圆圈里，待纸灰燃尽后，默默地离开。

街头烧纸的人很多，一拨又一拨的，接连不断。大家都静静地来，默默地烧，然后又悄悄地离去，没有一点儿嘈杂的声音。纸灰一堆紧挨着一堆，去晚了都不好找到一处合适的空地。

往年的清明节，我只是作为行路者匆匆而过，今年却不同，父亲去世已近九个月了，入乡随俗，我也得为他老人家烧些纸钱。

我居住的街区附近父亲曾经来过，这里有父亲的足迹，有父亲的音容，有父亲熟悉的背影……我买来一沓黄纸，选好一处地，用粉笔画上一个开了口的圆圈，小心翼翼地点燃纸钱，一沓沓地放在圈内燃烧，纸灰燃成疏松的小山，跳跃出一束束神秘的火苗，升腾起一缕缕淡淡的青烟，心头蓦然浮过一丝丝绵长的思念……我多么希望父亲还能再次来到我的身旁，轻轻地呼唤着我的小名，问长问短，与我说说别后的经历和思念。

去年的清明节，我给父亲打电话，询问父亲的病情，问候老家的近况。父亲躺在炕上，从家里说到家外，从房前说到屋后，从田间说到地头，从天气说到麦田施肥，从苹果树说到桃树、杏树……父亲说，清明上坟的事情他已经安排人去办了，让我放心。

父亲在世的时候，不论什么时候，我只要喊一声："爸，我回来了！"总能听到父亲从门里第一个应声："噢！是我娃回来了！"然后满脸欢喜地出现在我的面前，叫着我的小名。"快进门！吃饭了没？"他一边招呼着家人帮我拿行李，一边疼爱地将我的孩子揽在怀中，不停地说："我宝贝蛋回来了！快让爷爷抱抱……"那些年，有父亲在，回家从来不用跟谁打招呼，只要有空回去，什么时候都行，什么时候都有父亲在家等着我们。

望着燃烧殆尽的纸灰，我的眼睛湿润了、模糊了……父亲，您还能感受到您的儿子对您的想念吗？这条距离老家遥远的陌生的城市马路，您曾经来过，也曾经走过，应该还能记住路，寻得见我吧？因为我的存在，您对这里的一切由陌生变得熟悉，由熟悉而经常牵挂，由牵挂而经常走动。这里的一切，哪怕是春夏秋冬随季节变换的枝头，花园里的一束迎春花，也都在您的惦念之中，您不止一次地提醒我："天气冷了，衣服穿厚点，小心着凉，小心感冒咳嗽。"如今，梧桐树叶子落了又长出了新叶，花园里的花儿谢了又含苞待放，天气也变得暖和了，季节还是从前的那个季节，只有您，却不再如期地回到这里来了。

望着十字街头人们默默来去的身影和祭亲留下的一堆紧挨着一堆的纸灰，我对曾经司空见惯的烧纸场景瞬间有了不同以往的感受：那一个个形如小丘的纸灰堆，不正代表着一个家族、一个家庭、一位亲人、一份感恩、一份思念和一个前世今生的传承故事么？清明节烧纸钱，烧的是纸，寄托的是思念，是难以割舍的绵长亲情。

感谢这座城市古老而厚重，现代且传统，创新兼继承，朝气又沉稳，博大亦包容……

2014 年 4 月 5 日清明节

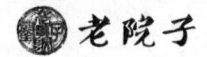

不敢回故乡

今天是2014年7月13日，农历六月十七，周日。

父亲离开整整一年了，在这三百六十五个漫长的日日夜夜里，我真的好想念父亲啊！

依照家乡的风俗，父亲的头周年纪念按农历祭奠。十多天前，也就是六月初六的前一天，在父亲去世的一年之后，我回到老家，感觉心情与从前大不相同。

过去回家时的激动、兴奋、喜悦、期待和各种轻松、幸福的心情，随着父亲的离去荡然无存，低沉、空落、压抑等各种令人低迷、沮丧的情绪包裹着、缠绕着我，感觉回家似乎是一件十分艰难的事情。

父亲不在了，曾经执着的一切，也都没有再提及的必要了，曾经那么吸引我、让我朝思暮想、一有空就想回去的老家，对我而言，几乎成了伤心之地和烦恼之处。

父亲生前住过的土炕、用过的被单、帷帐都还是原来的老样子，室内陈设的桌子、椅子等父亲亲手制作的家具，也都如从前那样静静地守候着，曾经无比温馨的场景，足以让我思念和伤悲。我长时间地等待着，期待着，回忆着，孤独地静坐着，好像还能感受到父亲存在的气息。

上午回家路过大队部的时候，我在旁边的剧场稍作停留。戏园子里满是蒿草，连戏楼里都长满了半人高的黄蒿。父亲喜欢看秦腔戏，他曾经参与建造这座戏楼，这个戏园子里曾经有父亲的身影和足迹，有父亲的劳动和汗水，有父亲的欢乐和笑容，有父亲吸着旱烟锅入神看戏的安闲神态。这样的场景令我不免感慨：昔日剧场依旧在，曾经繁华去无存。岁月瞬间老春秋，人生几见有圆满？

父亲不在了，我思念的心情将寄往何处？倾诉的电话将打给谁？悠远的乡愁将归于哪方？父亲不在了，我甚至连回到家乡的勇气也没有了……

我不敢，也不愿面对没有父亲的伤心伤感的日子。

2014年7月13日

寒衣节

节时近深冬，梧叶凋随风。
可怜寒衣节，无人不思亲。

今天是农历十月初一，是寒衣节，恰好也是父亲的生辰。

父亲离开我们已经两年零四个月了，他老人家今日若是健在，也已经七十六岁了。

在父亲离开的这些日子里，我时时刻刻都在想念他，偶尔也会梦见他。父亲和生前一模一样，只是不说话。

高原还是那个高原，老家还是那个老家。可是，没有父亲之后，那么大的黄土高原，那么高的天空，在我的心里却变得那样局促、窄小、压抑、寂寥，使我喘不过气，使我窒息，使我无比痛楚。

之所以会有这般感触，就是因为这里没有了父亲。我至此才深深地体会到，在我的生命里，父亲竟是如此重要——独一无二，无与伦比，没有什么能够替代。

父亲年轻时候家境穷困，缺衣少食，徒有一身做木工活、砌砖墙、雕刻图案的好手艺，备受生活重压。好不容易等到我们都长大了，日子能够过得好点儿了，他却不幸身染肺癌，离开了我们。

父亲在世的时候，每年过生日，我都未能抽出时间回过一趟老家，仅仅打电话问候而已。如今即便能够抽出时间回家，却没有了父亲，感到无比酸楚和遗憾。

父亲辛辛苦苦地劳累了一辈子，唯一留下的，就只有他自己的生日——农历十月初一。

父亲的生日，只能永远铭刻在我的心里了……

2015年11月12日（农历十月初一）

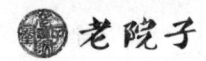

周年探母

农历甲申年十月初，慈母周年忌日。适逢年假，回乡探母。焚香祭酒，伫立坟前，叹人生苦短，世事茫茫。余早年赴陕读书，少与娘相伴；自谋职西安，工作繁忙，鲜能侍母床前。再见母时，怎料是阴阳两界，黄泉阻隔。吾家老宅，百有余年，破窑烂院，沧桑不堪，慈母居焉四十余载。遥想当年，母携幼儿幼女栖此地忍饥挨饿，缺衣少穿，艰难度日，少人念怜，甚是凄惨。抚今追昔，寻母足迹，心中无不悲戚焉。遂为五言，聊以记之。

农历甲申冬，慈母逝周年。适逢年假里，回家探娘亲。
车到新场院，遥望母坟头。心中痛难支，眼中泪难抑。
疾步向娘去，哭声悲戚戚。娘去整一载，乱草生坟茔。
拔去坟头蒿，掬土填新坑。用手轻轻捻，用心轻轻抚。
傍晚添柴火，夜间挂油灯。怕娘寒夜冷，恐娘摸黑行。
伫立坟园中，深深唤娘亲。知子千里归，给儿托个梦。
池鱼思故渊，倦鸟恋旧林。再回老宅去，锈锁挂门头。
开门入院里，蒿草过膝深。塌窑堆积土，断我寻母路。
老树风中鸣，枯叶满院落。牡丹遇霜冻，垂蔫南窑旁。
昔时人居处，群鸟啄空巷。酸枣无人摘，窑畔红堂堂。
最怜老墙下，孤独面瓦缸。更有旧衣柜，故事装满箱。
前院柏梨杏，母亲亲手栽。后院枣椿桃，母亲亲手植。
感物今犹在，娘独出远门。遥想当年事，泪落湿衣襟。

2004 年 10 月 29 日

祭 母

丙戌十月，时在初五，乃家母三周年忌日。屈指尽数，母去已三年又廿五天矣。叹人生仓短，世事茫茫，草木犹存，音容不再；怜母之在世，鲜享福荫，备遭炎凉；叹岁月苦而事无益，恨心有余而力不济，怅然彷徨；哀母之早逝，念母之苦命，思泪断肠，痛兮未央。

吾等幼时，家甚贫，缺衣食，少柴火，短被盖，生活非人世所堪，母因之而愁眉添忧也。父经年奔劳于外，母独携诸幼子幼女寒窑艰难度日，孤苦无依，白天出工养家糊口，夜间灯下补衣推磨。起鸡叫，睡半夜，事家务，勤劳作，挖野菜，拾柴火，平田地，修水利，锄玉米，摘花椒，足迹无处不在，汗滴把土来浇。

母为人耿直，心性刚烈，一生辛苦未停歇，生活所求并不高；历尽乡村冷暖事，不知高楼为何物；子女多而劳力少，心性强而事不达；住破窑烂院四十余载，吃粗茶淡饭食不果腹；恼贼人冒领千斤高粱，恨黄狼偷走生蛋母鸡；愁油盐酱醋没有着落，盼儿女个个能有出息。然家事渐旺之际，儿女将得力之时，无奈天摧弱病，地揽苦命，徒身别去，撒手人寰，徒留终生遗恨。

母早年饥寒俱迫，困病交加，少人怜念，受尽人间悲苦，历尽尘世磨难，未享一日清福，实乃憾事。及公元2002年冬，家中始建新居，母高兴尤甚，踏积雪，顶寒风，捡砖块，拾泥巴，看院门，每日自老宅至新舍奔波十余趟。然新屋起，母染疾，病趋甚，迁新居数日，不思饮食，于公元2003年农历十月初五日（公历2003年10月29日）晚八时二十分许不治而终，享年仅六十二岁。

母逝之日，黑云布，朔风冽，雨雪紧，此苍天之为悲泣也。其后两日，虽有初雪未融，然天气晴和，碧空万顷，此母驾鹤安详归去之兆也。及母安葬，仅隔一日，北风肆虐，天寒地冻，白雪厚覆新茔，此诚母之悲怜感动苍天也。

老院子

母去后,吾等兄弟姊妹悲痛不已,哀其早逝,悲莫能焉。每日傍晚守母坟前添柴煨火,夜间墓头高挂油灯,怕娘摸黑,恐娘受冷,如此哀悼百余日矣。

母故三载,吾等每还家,抚其遗物,追忆往事,心中无不痛楚也。感母悲怆之身世、坎坷之命运、疾苦之人生,与家中兄弟姊妹商议,遂撰文立碑,永以铭记。

2006 年 11 月 24 日凌晨

母亲节随想

  母亲离开我们已经快五个年头了,如果她还健在的话,现在也该是六十六岁了。母亲在世的时候,我没有注意到每年五月的第二个星期日是"母亲节"。

  自从母亲去后,"妈"这个称呼在我的口里如同生了锈,苦涩得实在难以再叫出口了。有时候,当我一个人独自呆坐的时候,我试着叫出"妈"这个字来,只觉得喉咙生涩,嘴巴难以张开,叫不出口了。

  母亲走后,我搜集整理了有关她的所有照片和残存的胶卷,进行扫描、存储、加洗和放大,总共也只有二十多张,许多还很雷同。最令我遗憾的是,我与母亲的合影只有两张。一张十分模糊,几乎看不清人物形象;另一张竟然把我的脑袋照没了。当初让别人拿相机拍照,竟然没能给我和母亲拍出一张像样的合影来,实在令人遗憾得很。

  这些年来,母亲一直活在我的心里,偶尔出现在我的梦里,会令我产生片刻的欣喜。每次回到老家,我都要去废弃的老院子好几回,以期寻找母亲在世时的身影信息。那一根草,一棵树,一个旧衣柜,一口破面瓦缸,一件废弃的农具,甚至一个已经坍塌了的土灶台和只剩下半边的土炕,在我的眼里都是那么熟悉和亲切,仿佛母亲就在我的身边。母亲在老院子里总共生活了四十多年,也贫穷了近四十年,一直过着缺衣、缺粮、缺钱、缺柴火、缺油盐的苦日子,尝尽了人世间的悲苦与辛酸。

  记得当我们还很小的时候,母亲每天发愁的是面瓦缸里没面,米罐里缺米,油瓶子里缺油,做饭时候打不着火,家里没有柴火烧。如今,那口灰黑色的面瓦缸已经破了一个大窟窿,孤独地斜倚在满是青苔的院墙根下,寂寞地诉说着岁月的无情与主人经历的无尽沧桑。

  眼前的老院子,门楼破损了,窑洞坍塌了,院子里长满了高过人头的杂

老院子

草。母亲曾经住过的土房子也被拆了，有关母亲的一切印迹都在逐渐地被无情的风雨、冷酷的岁月洗刷着、冲淡着，令我不胜惋惜。使我心中稍有一丝宽慰的只有院子里的树木，每当春天来临的时候，它们都会如期地发芽，和母亲在世时候一模一样。每当看到这些似通人意的树木的时候，母亲栽树、松土、浇水的身影都会浮现在我的脑海里，让我和母亲恍若隔世相见。

记得我上小学二三年级的时候，有一年春天，我连续感冒发烧好几天，在家里的土炕上昏睡着。尚在病中的母亲每天还不忘单独做一碗面端到我的面前，轻轻地呼唤着我的乳名把我叫醒，看着我把面条全部都吃掉才算放心。有一天中午，我一个人在家里的炕上靠着窗户昏昏入睡，睡梦中突然看见一只大花狗睡卧在我的身旁。我才只是恐惧地轻轻一动，那只大花狗猛然一个打滚向我扑来。我害怕极了，一骨碌爬起来，急急地跳下炕，边哭喊边向门外跑去。大花狗撵着我紧追不舍，我吓蒙了。正在这时，只听母亲在西院墙下吆喝一声，叫着我的乳名问我这是怎么了。母亲一搭声，我突然变得清醒了，发现自己竟然光脚站在院子里，大花狗也不见了踪影。母亲说，我那是身体太虚弱，睡得魇住了。

我家大门楼旁边有棵杏树，距离院墙很近。小时候，母亲上工时将我和四弟、小妹锁在院子里，我就会偷偷地顺着这棵杏树爬上墙头，翻到院外，等到一个人玩够了，再沿着院子的窄墙费劲地爬上墙头，攀着杏树枝丫溜回院子，这样的行为一般是不会被母亲发现的。

门前有棵弯弯的枣树，树身弯曲得很像一张大弓。自打我记事时候起，枣树就一直忠实地守候在那里，不论春夏秋冬，叶长叶落。只是每到秋天，它都会以挂满枝头的甜甜的红枣回报我们。我一直在想，这棵比老碗口还要粗的枣树可能是不堪承受我家贫穷的重负，日久天长，才慢慢地长成了现在的模样。至今它还在原地拼尽力气地坚持着、抗争着，以它特有的方式铭记着那段漫长而酸楚的艰难岁月。我每次离家远行的时候，母亲都会站在这棵枣树下面，眼望着我渐渐地走远，直到看不见。

如今，母亲慈容不在，院子里的树木依旧四季荣枯、不误节时。记忆中，许多树都是母亲亲手栽种的，透过这些树木的枝枝丫丫、花朵果实，权且能够慰藉我怀念母亲的寂寞、疲惫之心。

2008年5月10日

怀念二叔

二叔是我们老家那个地方好几辈子人里才出的一位大官,退休待遇正厅级,是相当令人羡慕和敬畏的大人物。二叔一辈子几乎都在省委大院工作,是专门从事宣传和外交工作的文官,出版过许多关于全省外宣工作的书籍,摞起来足有半人高。

二叔是一位高明的外交家,他的朋友遍及国内外。二叔生病之前,还根据自己的亲身经历编写着一本重要的外宣书籍,但随着他的离世,书稿便石沉大海,无法与世人见面,成为一个缺憾。在我看来,二叔所著都是与政府工作有关的书籍,却没有为自己留下一枝半叶的传记文章,最为遗憾。

二叔在我父亲兄弟四人中排行第二,按我们家乡的风俗,我们称他"二大"("大"发音作dá),书面语为"二叔"。

从我记事起,二叔一直在外边工作,很少回家,回家待的时间也不多。听大人们说,二叔在县委机关是个靠"捉笔杆"吃饭的,文章写得特别好,但每次回家,二叔都要千方百计地找活儿干。他将厕所里的粪土用筐子挑到地坑院上边,倒在大门外的场地上,堆起很大的土堆。每次需要挑数十趟,得忙大半个晌午,累得满头汗;或者用扫帚将院落四周打扫得干干净净,一尘不染。等我们懂事一点了,才知道二叔工作的县城距离老家很远,有将近二百里路程。那个年代交通不便利,须步行或者向单位借辆自行车骑着回家。去一千多里之外的省城兰州工作之后,路途更加遥远,那时工资低,工作又更忙,二叔能够回家的机会就少之又少了。连二叔的两个女儿——我的堂姐、堂妹也是在老家上到小学三四年级才转到省城的。

小时候,在我们的印象中,二叔一直都很严肃,但每次只要一听说二叔回来了,我们却都围拢在他身边,生怕他很快又要离家似的。二叔回家的时候,常会给我们带一些花布护衫之类的东西，有次过年，二叔还带回来一两斤花生豆，给我们每人都分一把。那东西太好吃了，令我们非常开心。因为，在那个年代，花生在我们那个地方被视为稀罕物，平常是见不到的。

分家后，由于我母亲常年患病，再加上我们兄弟姊妹多，一家人的生活主要靠我父亲一人挣工分支撑，日子过得十分拮据，常常是吃了上顿没下顿。好在另家分树的时候，经二叔提议，我的爷爷将家里最大的两棵桐树分给了我的父亲。也就是那两棵桐树，在20世纪70年代里被我父亲卖掉，才补救了我们一家人的生活用度。

二叔很关心我们的学习，偶尔回家时，喜欢查看我哥我姐的作业。他对我大哥的作文夸赞很多，给家人写信时，还经常会提及。记得我上小学二年级的时候，有次听说二叔回来了，马上跑上去看。二叔听我父亲说我的学习还不错，就从上衣口袋掏出钢笔，在一张纸上写了一长串算术题考我。题目中有大括号、中括号和小括号等，我费了好一阵子才算出结果，草稿纸也用了整整一页。二叔让比我高两个年级的堂姐验证，结果和我一样，我悬着的心才落地。二叔自己还演算了一遍，确定结果正确后，对我大加赞赏，并教了我更为简便的计算方法。

随着年龄的增长，我对二叔的关注度如同二叔对我的关注度一样多了起来。二叔经常会给家里写信，信很长，一般都要问我爷、我奶、我三爷和五爷的身体状况，问家里收成怎么样，粮食够不够吃，还要问我父亲的日子过得好些了吗，问我三叔、四叔的工作情况等，有时还会问到我们的学习，末了再说一说他和我二婶以及我几个堂姐妹的近况等。通常情况下，信是寄给三叔的，因为只有三叔识字；或者写着爷爷的名字寄到村上，再由村人转交。那时我们最大的乐趣就是围坐在我爷的窑洞里一起听三叔读二叔的来信，听着二叔来信的内容，就好像见到他本人一样，仿佛能看到他在台灯下抽着纸烟忙碌写作的身影。

二叔最大的遗憾，就是他早先在省委工作时，因经济条件和住房条件都很差，没能将我祖母接去游一回，等到后来情况稍好一点了，我祖母却病逝了。祖母去世的时候，他又因工作太忙，抽不开身，终没能回家。所以二叔后来把我三爷、五爷以及我的大姑都先后接到省城住了一些日子，爷爷因年纪大了，受不得路途颠簸之苦，坚持没去。二叔还一直念叨着，说闲时让我的父亲也到省城见见世面，不想二叔刚一退休就生病住院了。父亲后来也去了一趟省城，专门看望二叔，待了四五天时间，不过那时二叔刚动完手术，在家疗养。大家都替二叔担着心，谁也没个好心情，那是他们兄弟的最后一次见面。二叔去世后，父亲因病没能上省城去送别，在家痛哭了好些日子，以至我们很长一段时间在他跟前都不敢提二叔的事。

我与二叔的直接接触始于1991年8月初。那年高考分数出来后，我的分数比预选成绩低了120多分，又一次落在了提档线边，于是我颇费周折地独身前往省城，想找二叔帮忙。我婉转地对二叔说，我们同学中比我分数低一些的，都有人上了大专院校，如果招办里能有熟人，像我这个分数，上个中专也许还是可以的，并且表示了如果落榜我就不再补习的想法。虽然我没有明说要二叔帮忙，但二叔似乎明白了我的意思。他沉思良久后，说我的基础不错，放弃了很可惜，让我玩上一段时间还是回去再复读一年的好。

我觉得二叔能够帮助我的希望不大，也就不再提录取的事。开学时我回去补习，临走时，二叔还资助了我一些钱和衣物。抱着最后一线希望，复习一年后，我终于以超过本科第一批录取分数线的优异成绩如愿以偿地考上了部属重点大学。大学期间，二叔还时常写信鼓励我，这令我的精神世界充实而有力量。此后，我还去过二叔那里三次：一次是1994年春节在兰州过年，一次是1995年暑假路过时待了四五天，一次是1996年年后到兰州联系工作时逗留三四天。后来因留在邻省的部属高校工作，离得远了一些，工作也忙碌，去得自然就少了一些。

我在西安工作后，二叔出差时还来过两次，在西安我们见过两次面。一次因他参加的西北五省区外宣工作会议时间安排较为紧张，我到他下榻的大雁塔北侧的皇城宾馆去看望他；一次是2000年国庆节期间，二叔出差住在曲江宾馆时，专门到我在西安黄雁南村租住的民房看望我们，那时我的女儿出生刚好一个月，离开时二叔还到我正在装修的房子里去了一趟，提醒我装修时应主要考虑简捷、方便和实用。

2002年春节，我们一家三口到二叔那里过年，二叔甭提有多高兴了。他特意将一大束鲜花放置在我们居住的小房间里，说是让我的女儿看着开心。他还买了许多水果和饮料，将整个客厅装点得十分喜庆。大年三十晚上，二叔同我拉家常，一直到凌晨三四点，毫无倦意。他说他小时候与我父亲在我们居住的老院子的沟边用筐子抬土，我父亲嫌他行走过程中摘沟边的酸枣吃，把扁担往前一推，他没站稳，从悬崖边上滚了下去，幸好被蒿草挂住，才没酿成大祸，吓得我父亲直哭。二叔说他小时候在沟里放羊，看到天上有飞机飞过，他就想，那飞机里坐的会是什么样的人，自己长大后会不会也能够坐一次飞机。他说十四岁时，他在距离老家近五十里路的镇上当学徒工，有时下午步行回家，走到半道上天就全黑了。那时全是乡村土路，沿途人烟稀少，又有狼出没，他就在路边捡了一只被人废弃的搪瓷脸盆，拿在手上边跑边敲，给自己壮胆。一路小跑着往回赶，到家时已是半夜，衣服全被汗湿透了。他还说老家粮食紧张时，把人的脸饿成了菜绿色，那日子真不好受。二叔也跟我谈起他工作上的事，多是外交礼仪和国外风情习俗方面的一些常识，听来令我耳目一新。

正月初一，二叔二婶还领我们沿黄河岸边游览。我至今still清晰地记得他在黄河母亲雕塑、兰州中山铁桥及白塔山下为我们拍照的身影。那个春节，也是我与二叔过得最快乐的一个节日。由于工作原因，我们于大年初四返回西安。离别时，二叔与二婶在省委小区的巷子口不停地向我们招手，直到车子从他们的视线里消失。

2003年农历十月初五，因我母亲突然病逝的缘故，我的心情一下跌落到前所未有的低谷，与二叔联系的次数也少了一些。当年12月上旬，听说二叔因外事宣传活动组团出国访问去了，在法国还受到时任中国驻法大使吴建民先生的热情接见，活动成果颇丰。等到大年夜，我跟二叔联系，电话是二婶接的，说二叔感觉眼睛不太舒服，涂了眼药，已经休息了。次年二三月，我与二叔还简短地通过两次电话，其中一次是二叔打给我的。此后一晃半年多便过去了。

2004年8月下旬，突然听说二叔生病动手术了，我立即打电话到二叔家，发现二叔的电话已经停机。经多方询问得知，二叔2003年年底退休后，于次年三四月便发现肺部不适，怕家人担心，他把这一切都瞒着老家的亲人，于6月到北京做手术，8月初返回。获知二叔病情的日子里，我一直在焦灼和不安中度日。

好不容易捱到国庆节，我买了张硬座票直奔二叔所在的省城。一年多不见，二叔身体虚弱了许多，头发因为脱落太多剃掉了，声音也由于手术变得十分微弱。他看到我时，脸上有一种抑制不住的欣喜。他轻轻地用手示意我坐下，我心里却有了一种很久都没关心二叔的自责和内疚。看着二叔略显宽慰的神情，我暗自伤神——在我所不知道的这半年多时间里，二叔是怎么独自承受这一切痛苦的？我的思维几乎凝固了。我发现我的父亲、三叔、四叔和二姑也都从老家赶来了，连同在兰州工作的小姑，他们兄弟姊妹在一起说着话，拉着家常，气氛十分温馨。

短暂的探望之后，我又匆匆地踏上了返途。我在心里默默地为二叔祈祷着，祝福着，希望二叔的身体能够快些好起来。

回到西安，我电话问候过二叔几次，但都因为他手术后声音虚弱，说话不太方便，须得由二婶或我的堂姐堂妹传言。记得那时中央8套每天早晨8点多播放电视剧《成吉思汗》，那是二叔喜欢的一部电视剧，我有时早起打开电视时，还打电话询问二叔是否也正在准时收看，接电话的堂妹每次都给予肯定的回答，我便有了一种与二叔一起看电视的感觉。这也使得我后来对《成吉思汗》的主题曲有了一种特殊的感受和情结。

遵照医生的嘱咐，二叔不久便到医院进行化疗，几个周期后，再做放疗。我们时刻期盼着二叔能够战胜病魔，渡过难关。在此期间，每一个有关二叔病情方面的好消息，都会给我带来莫大的鼓舞。比如说二叔的饭量趋于正常了，剃去的头发长长了、浓密了，心情也变得和缓了，等等。我觉得自己已经和二叔同呼吸，共命运了。然而正当我们都沉浸在二叔术后恢复良好的愉快心情里时，忽有一日，获悉二叔在最后一个化疗周期里，有了不太舒适的感觉，饭量减少了，睡觉不安了，心情也变得烦躁了，我的心情也跟着二叔的反应变得紧张和不安起来，整日陷入无休止的焦灼状态。在一个深冬十分阴冷的天气里，空气中似乎弥漫了许多不洁的尘埃，氧气少得几乎令人窒息。我一觉昏睡到下午3点，猛然醒来，有了一种想给二叔打电话的强烈想法。我一连给二叔家打去好几次电话，但都没人接听，我想二叔他们大概是在午休，或者是去医院做常规检查了，于是决定晚上再联系。

下午6点30分左右，我突然接到平时联系不多的兰州的姐夫的电话，我下意识地心跳加快了。姐夫开门见山地对我说，二叔刚才一口气没喘上来，已经去了。挂断电话，我发现自己浑身像灌了铅似的，变得迟钝僵硬起来，周围的人在干什么，我已经全然不知，思维已经不再听从我的使唤。

二叔殁了？这怎么可能呢？他才六十二岁呢！我一遍又一遍地重复着这样的疑问。突然就觉得我再也不能跟二叔说上话了，我这辈子再没有二叔了，我极力地把时间向回推移着:十分钟前,两小时前,五小时前,十小时前,前一天的此时……我努力地回忆和想象着二叔在世时的一切,包括我最后见到他时他的神态和沉稳而略带沙哑的声音。然而,我的泪水终于还是潸潸地模糊了我的所有记忆,再也显现不出二叔的模样来了。二叔,他真的就这样猝然离我而去了,在这个世界上,我心中的精神支柱和文化偶像轰然倒下了。我清楚地记得,这一天是2005年1月21日,农历甲申年十二月十二日。

甘肃省委副书记马西林亲笔题词悼念

时任省委副书记马西林的这幅挽词是对二叔父一生最好的概括

我于二叔去世的次日下午赶到兰州,天空阴冷而灰暗。这座曾经在我眼中还算温暖美丽的城市,此时此刻于我却变得十分生疏,没有半点鲜活的气息了。看着二叔肃穆而慈祥的遗像,我泪流满面,泣不成声。吊唁的花圈摆满了省委小区,长长的黑底白字巨幅挽幛从二叔居住的四楼窗户一直垂挂到一楼,来来往往的人都无声地忙碌着。下午5时左右,甘肃省委副书记马西林一行人前来吊唁,他按照我们当地的风俗,跪在灵堂前祭奠良久,之后提笔写下了"勤奋创业,辛劳一生"八个大字。我想,这也是对二叔一生辛勤工作、恪尽职守的一个真实客观的概括了。

二叔离我而去了,看着二叔生前获得的许多荣誉奖章、中央党校干部培训证书和他撰写编著的一摞摞书籍,我倒是有了许多感触和期望,我宁愿二叔现在还健康地活着,也不要他有太多太高的荣誉和卓著的成就;我宁愿二叔作为普通常人享受活着的恬淡与快乐,也不希望他成为一台高速运转的机器永不停歇地工作到最后一刻。二叔的丧事比较简单,遗体此前从医院直接送到华陵山,灵堂也在第三天被送上了华陵山墓园。我与二叔在一起的经历,也永远定格在了那里。推送二叔进入火化间时,我依依不舍地握着二叔冰冷的大手,感觉浑身透心地发凉。

二叔走了，走得是那样匆忙。他带走了我童年的骄傲，带走了我们家族的温馨与欢乐，也带走了他许多未曾了却的心愿。有两百多家国内外官方机构和个人纷纷发来唁电，对二叔的匆匆离世表示了无限哀婉和沉痛悼念！

二叔走了，我很想念他。有时做梦还能隐隐约约地见到他，他还如从前一样严肃而慈祥，整洁而庄重。二叔是我心中永远的骄傲和不朽的精神丰碑，巍然屹立在我前行的道路上，时刻鞭策、鼓舞和激励着我，使我在逆境中，对生活还充满着坚定的信念和信心！

二叔走了，我时常能够记起他，回忆他，记起他给我说过的许多话，回忆起我与他在一起时各种短暂的场景和欢乐的时光。有时很想跟二叔说说话的时候，就翻一翻影集，或者拨打一下他用过的手机号码——尽管已经成为空号，但那仍旧还能给我带来一点精神的慰藉——就如同二叔仍健在一样！

亲爱的二叔，安息吧！来世，祈望您还做我的叔父吧！

二叔

勤耕好读出陇原，奋勉持学弃羊鞭。
创举鸿著昭后世，业从外宣声名远。
辛苦疾笔书笺稿，劳倦深夜半盒烟。
一腔大略思社稷，生活简朴作风严。
心性正直善诤友，灵活处变事当断。
灯下轻解五车书，塔楼摇扇观日圆。
精诚鼎新促开放，神驰海内广结贤。
支派不辱家国事，柱石中流稳如磐。
人望归心尚礼仪，格调风雅传美谈。
楷范洒脱交五洲，模效欧美壮河山。
大材经纶多风雨，爱洒故土伴泪眠。
长将慈爱诲儿女，存留正气天地间。

2005 年 2 月初稿
2007 年 1 月 21 日凌晨续稿

女儿闹着要见爷爷

昨晚谈起休假时到哪里游玩的问题，六岁半的女儿突然好像记起了什么事情，只见她抢过话题说："我要见爷爷，我两岁的时候去过他家，他待我可好了，可喜欢我了！怎么好长时间都不见他了？"

女儿说这话的时候，我似乎已经明白她说的爷爷是什么含义，但我还是故意问她："你说的是哪个爷爷？"女儿又接着说："就是那个非常喜欢我的爷爷，他给我买过好多水果，他家里还有一个短头发的姐姐，还有奶奶，还有几个姑姑，他还与我们照过相，我们家里有他的照片，我给你拿去！"说着她就拉我到卧室。女儿急匆匆地打开卧室边上的书柜，拿出七八本相册迅速地翻着，嘴里还不停地说："我就不信找不着，我见过爷爷的照片，就在这里面。"然后一本接着一本地翻看着，表现出十分急切的样子。

我此时已经非常清楚女儿找的爷爷就是我的二叔，2002年过春节时，我们带女儿去过二叔家的，当时女儿还不到两岁半，她怎么能记起那么久的事来？

女儿急急地翻着相册，一本接着一本地翻，把相册扔得很乱，一副找不见照片不罢休的神情。当然，她肯定是找不到的，自从二叔2005年1月21日病逝后，我已经把与二叔的珍贵合影专门收藏在箱子里面了，以免丢失或损坏，并全部进行了扫描存盘。

找不到照片，女儿急得要哭，我劝她不要急，跟我到电脑里面找。她一听电脑里有照片，又迅速拉我向另一个房间跑去。在我开机时，女儿还在说："爸爸，那个爷爷怎么好长时间都不和我们联系了？我很想他，我们去看他吧！他很喜欢我的！"

女儿说这些话的时候，我心里其实是很难过的，我不忍心对女儿说出真相，以免伤害她幼小的心灵，同时也希望在她心里一直保留着那份美好的记忆。但此时，我还想证实女儿要找的究竟是哪个爷爷，因为女儿一直把我的父亲、几个叔父以及她姥姥家的几位爷爷都称作爷爷。

电脑中的相册很快被打开了，在六百多张家人的照片中，我翻阅着照片缩略图，当二叔的照片出现在屏幕上时，女儿惊喜地叫了起来："停！就是这个爷爷！"她抢过鼠标，点开二叔与她合影的照片，说："我想这个爷爷，我好长时间没见到他了。"然后又问我："爸爸，你带我去看这个爷爷好吗？你知道他家的路吗？他知道我们家住在哪儿吗？他怎么好长时间都不来看我们了？"当翻到某年春节全家人的合影时，女儿又让我停下来，然后用鼠标箭头指着这个说"我喜欢他"，指着那个说"我也喜欢她"，最后当然是照片中的每个人都被她指认了一遍。

女儿的这个举动让我很惊奇也很难过，很爱怜也很欣慰。自从二叔去世之后，我从来都不敢提及有关二叔的事情，那会让我心里特别难过。只是在夜深人静的时候，我有时会默默地回忆起有关二叔的许多往事。这一次，竟然让六岁半的女儿不经意间戳中了我心灵深处的痛点，让我五味杂陈，哽咽无语。

有道是——

> 女儿今年六岁半，闹着要把爷爷见。
> 照片翻了好几遍，想起旧事一串串。
> 二叔别去逾两载，灵魂已上九重天。
> 忆昔历历过往事，直把思泪肚里咽。

2007 年 3 月 30 日

八担水

在我们老家那个天高黄土厚的地方，过去老几辈子人吃水都得去门前的沟里挑。那沟的名字就叫水沟。水沟里长满了柳树和杂草，柳树下有一眼泉水，村人们用铁锨挖去黄土和泥巴，掏出一个一米深三平方米大小的大坑，坑里蓄满了清水，这便成了南北头两个生产队吃水的水源。

水沟很深，从塬上到沟底，需要转五六个大弯。沟路又弯又陡，被上下取水的人踩踏得白光光的。一般的强壮劳力下沟挑一担水上来，中途如果不歇息，也得用上近一个小时。一早上能担四担水的，那算得上是最厉害的，不过这种情况并不多见。坡路上有两个"歇水台"，供人担水途中走累了歇脚。大人们歇息时不忘谝一会儿闲传，男人们这时会拿出一锅旱烟抽上几口。

小孩子们下沟取水，通常只能两个人用一根扁担抬一只水桶，上坡时个头低的走在前边，个头高点儿的走在后边。一早上能抬两三桶水上来的，也算是能帮家人干活减轻负担了。不是说"婆娘当家驴耕地，娃娃做活淘死气"嘛，小时候最害怕下沟抬水，那活的确是太磨炼人的身心了。有时为了抬一桶水上来，打没少挨，活也没少干。总之，那真是令人难熬的苦日子。

就说那个时候用来取水的水桶吧，都是用专门的窄木条箍制而成的木桶，

老院子

本身就很重,盛了水更是重若铁石,担着或者抬着都十分累人。我家最初有两只木桶,都是分家时分得的。其中一只木桶没用多久,就漏水破损废弃了,只留下三个铁质的桶圈,我们有时拿来当铁环滚着玩。后来父亲箍制了一只稍大点儿的木桶,所以就有了一小一大两只木桶。我们开始下沟抬水时只能用小桶,再长大一些了,改用大桶。木桶用久了容易漏水,抬着漏水的木桶在沟路上爬坡时,心里很是着急,遇到歇水台也不敢歇息,有多累也得硬撑着走。有时累得撑不住,即便是边走边哭,也不能放下扁担,那实在是没有办法的事。

我们阻止木桶漏水有个土办法,顺着漏水处沿木桶内壁轻轻撒上一两把黄土面,漏水暂时能止住一些,然后抬着水桶飞快地往家赶,不然,再漏起来可就没治了。我上初中的时候,家里才有了一担油漆成蓝色的铁皮水桶。铁桶比木桶轻便得多,也不用担心漏水,能够省去不少力气,是理想的取水器具。在我看来,从木桶到铁桶的改变,是生产力划时代意义上的大进步。

自从有了铁桶,我们下沟抬水、担水的劲头就比先前大多了,连挑水走路的步子也变得分外轻快。对我们来说,最开心的事莫过于把一桶水从沟里抬到塬上,放在路边歇息的时候看别人玩。但有一次,装满水的铁桶却被村子南边一家的亲戚男孩在坡上"放"架子车玩耍时给撞倒了,水洒了个精光,我与二哥当时哭得好伤心,还找那家的主人讨说法,他们说回头还我们一桶水,但最终不了了之了。

我初上小学那阵子,周围的生产队才开始有了机井。那时候队上打机井须得上边批指标拨款,一个大队每年才有一个打井的指标,十几个生产队被挑着拣着安排打井,轮到我们也许要等到猴年马月了。

至于先给哪个生产队打井,这还得由大队支书说了算。支书是大队西边生产队上的一个老头,别看他个头矮、身材瘦、皮肤黑、皱纹多、文化程度低,但他脾气暴、嗓门高、胆子大、心眼狠、点子多,能够镇得住场面,全大队没有哪个生产队队长和社员不怕他,所以打井也得先从西边生产队开始打起。接下来,大队支书、主任、文书的关系和人情也都得照顾。

打井是从齐家畔开始的,接着是吴家畔,下来是李岭、西队、东队,然后是新庄、李家小庄、李家老庄……轮到我们最东边生产队打井的时候,差不多六七年都过去了。这期间,我们这边仍旧下沟担水吃,但只要轮到任何一个生产队打井,全大队每个生产队的社员都要用架子车拉着汽油桶做成的大水桶和专门用来制作水泥罐的石子去支援，白天黑夜忙个不停，唯恐落了后。

那时候架子车和汽油桶少，大队给每个生产队硬性摊派了用工数量和诸如架子车、水桶、石子、石条等劳务指标，完不成任务是要挨批斗"拔红旗"的，所以没有哪个生产队是敢撞枪口的。不只是打井调拨劳力，大队每年大搞农田基本建设、兴修水利，也是调拨各个生产队的人力从西边生产队开始修起，从沟沟洼洼开始修起，连续多年把西边各个生产队的土地几乎全部平整了一遍。

待到给东边生产队平整土地时，大队领导又将东西生产队分成两个片区，美其名曰是为了让社员们少跑一些路，让东边的四个生产队给东边修水利，西边的六七个生产队给西边平整土地。十几年下来，西边的"义务工"几乎很少会调拨到东边支援农田基本建设，而东边的社员连续好多年都在给西边生产队出义务工。

那时的大队名字都被改为"红旗大队"，记得大队有人给上边表示决心时还写过一首打油诗，我的兄长在小学二三年级背诵时我还记住了前两句："红旗大队志如钢，田间地头摆战场……"可见当年的社员们在"农闲"时的义务劳动任务是多么繁重和艰巨！那种在大冬天的夜晚打着灯笼大搞农田基本建设的场面要是放到现在，都是不敢想象的事情，但那种热火朝天的画面却是上两代人真实的人生经历。听大人们说，有的年轻女人在工地上又冻又饿，累得哭鼻子都是司空见惯的事情。

也正因为有如此倾向性的偏斜，大家盼星星、盼月亮，好不容易盼到与我们相邻的朱家地庄队快要打井的时候，才隐隐约约地看到了一点儿希望。为了主动迎接即将开始的打井，队上组织社员们笨鸟先飞，主动到很远的东边武家川拉来大石板、小石子，将石子砸碎了，搅拌上水泥，用模子预制成非常结实的水泥石子罐，待队上打井的时候直接能派上用场。

那时，大人们坐在生产队大场上辛苦地砸石子称重量挣工分的时候，少不更事的我偶尔还跟着捡拾其中漂亮的石子玩，本来苦难交加的劳动，我竟然觉得是那样快乐和有趣。待水泥罐做成了，我还在罐罐里面爬上爬下，钻来钻去，不亦乐乎。一想到队上很快就要打机井了，我兴奋得几乎连做梦都要笑醒了。

可是，邻队的第一眼机井费了很多周折，虽然算是打成了，水泥罐都下到井里面了,却因为选址不妥,水量太足,最终坍塌废弃了,百十个水泥罐当然也被埋在井下损失掉了。一井不成,再挖一井,邻队的机井第二年秋后又接着打,如此一来,又耽搁一年,还浪费掉一个打井的指标。而且通过大队领导的行政调配,我们生产队自己制作的水泥罐也被"临时借调"过去无偿支援了。待邻队的第二个机井终于能够抽出水了,上边拨款打井的指标和政策却过期作废了。

领导说,你们两个生产队相邻,可以暂时用一个机井吃水。社员们热切盼望好多年,也给全大队支援了许多年的设备、石头和劳力,被领导的一句话就给打发掉了!

邻队距离我们并不近,担着水桶去挑水,不仅用时长,到家时水溅得差不多就剩下多半桶了,显然不太合算,得用架子车拉个大水桶去拉。那时候农户买个架子车也十分困难,不仅要有购车指标,还须拿得出购车的钱来,所以这种可能性根本就不大。

那时出工拉个架子车,架子车也是要给记工分的;大水桶就更少了,那玩意也不是一般家庭能够拥有的。拉一大桶水得去借架子车和大水桶,实在是一件既麻烦又伤自尊心的差事,这还不如到沟里挑水吃方便哩。于是,我们队上多数人家还是在水沟里担水吃。也有少数的人家家里有劳力,就自己挖个水窖,等雨季到来时,将雨水改入窖中蓄满,待秋末冬初沉淀清了供人畜两用。也有等不及窖水沉淀清的,把窖水担回家倒入水缸,砸一把杏仁放在热锅里焙干,然后碾碎,撒进缸中轻轻搅一搅,窖水就会变得稍清澈一些,然后提前饮用。但窖水总有用干了的时候,终归还得下沟担水吃。

为此,队上人有些不甘心,拿出愚公移山的精神,组织能够动用的劳力开始人工挖井。井址就选在生产队的打麦场边上,十几个青壮劳力和老年劳力一起上,搭起了木井架,安装上木辘轳,然后拴挂起粗井绳,每天轮换着挖,运土的筐子拉上拉下,白天黑夜都不停歇。反正井下是不分昼夜的,白天也得点亮油马灯照明。春夏秋冬……费了九牛二虎之力,主井挖了七八十米深,还是没有打出水来。社员们不死心,在旁边隔二十多米远又挖出一口副井,井绳下去了四五十米深,还是没能打出水来,最终一个个都泄气了,认命了,不得不放弃了挖井计划。

我们生产队终究没能打出属于自己的机井,队上人还得下沟担水吃。后来架子车普及了,大水桶多起来了,偶尔也有人不惜跑上三四公里甚至更远的路程,到周边生产队花五毛钱拉水吃。但有时去了人家也不一定正好有水,不是管水的人吃酒席去了,就是泵坏了抽不上来水,或者是水量不够、水深不足,需要等到下午井水聚多了才能抽……如此白跑一趟不说,还白白耽误了多半天工夫。所以我一直还是去沟里挑水,这样每次都能够保证有水,不会浪费了时间,这算得上是万无一失的选择了。

我上高中时,已经实行了包产到户。为了耕种和施肥方便,家里饲养了牛,喂了猪,养了鸡,买了兔,平时用水量比较大,洗衣服都得节省水。那时,我周末只休一天,周六下午放学从学校赶回家,天已经黑透,干不了农活。周日一大早六七点钟就得起床下沟担水,一早上需要挑七八担水才够一周用度,所以担水便成了每个周末回家要做的必修课。我每次把能够装水的盆盆罐罐都装满水,最后一担水还要放在桶里备用。所以,如果遇上天气晴好,周天也是集中洗衣服的日子。到周天的中午,我放下水桶还得给牛铡麦草,忙活完了,傍晚还得赶去学校上晚自习。

那时,父亲农闲时外出搞副业,家里的杂活顾不过来,我与四弟就得趁着周末放学回家抢时间分着干。四弟小我两岁,眼里无活,一般不会主动找活做,每次都得由我根据家中的需要派活给他。比如,有时我说:"你早上给地里拉六架子车粪……"还没等我把话说完,他就会极不情愿地质问:"你干啥去?"我说:"我下沟挑八担水。"四弟一听就不再言语,拉上架子车径直往地里运肥去了。

但如果我说我去挑三担水,他就会说我去挑水,你去运肥!所以我一般都会说我早上下沟挑八担水,你去给地里拉上六架子车土肥。有时不需要挑太多水,我就会说我早上拉七架子车土肥,你下沟挑上三担水。四弟听后迟疑一下,也就去干了。

一个早上挑八担水,这当然不是一件容易的事,常人根本不可能做到,这在我们那里自古以来估计找不出第二个人。一方面是别人不需要一个早晨下沟挑八担水;另一方面,别人一个早晨的确也挑不了八担水,因为,即便谁有那样的精力和体力,也未必就有那样的毅力和激情。周末为了抢时间,我从早上6点多天色微明开始挑水,一气挑到上午10点多,太阳已经升得老高,沟里连个人影都没有了。如果是冬天,早晨7点前下沟挑水就太早了,那么深的沟里

黑咕隆咚空无一人，我心里自然也有几分恐惧，所以不能去得太早。

我这种超常人拼命挑水的举动，被沟对面山上放羊的人注意到了，他们向别人打听到我的父亲是谁，以至多年以后，有人还在向我父亲打听："你家挑水特别厉害的那个娃去哪了？咋多年都不见了？"每逢此时，我父亲就会告诉他们："那是我们家三娃，到陕西上大学去了！"问话的人就会说："那个娃太能挑水了，一早上挑七八担水一下都不歇，还又跑又唱的，太攒劲了！咱们人老几辈子都没见过那么能挑水的！"

上高中时，有一年暑假我每天下午都要下沟挑水，那时我穿一条十多元钱买来的白色长裤，上身着一个白色的背心，挑一担蓝色的铁桶，像一匹脱缰的野马似的从塬畔上向水沟里飞步奔腾而下，身后扬起一溜淡淡的尘土。我边跑边唱，越唱越有劲，越唱越入戏。有时和着步子唱一曲快节奏的《信天游》，有时唱一曲起伏不定、节奏悠长的《黄土高坡》或《便衣警察》，偶尔还会触景生情地吼上几句熟悉的秦腔，整个水沟里就只有我的声音在四处混响回荡。

这一幕竟然被一位来自县城在亲戚家休假的年轻姑娘注意到了，她每天下午准时坐在水沟南边的山嘴上，默默地欣赏着一个年轻小伙在绿意盎然的水沟里如入无人之境地上下飞奔、信马由缰的青春竞搏。她后来一再央求她的表姐找机会把我介绍给她，最后硬是被她的表姐以相差一个辈分的理由拒绝了。

这当然是我事后才从别人口中听到的一段美丽插曲，我终究是没有见到过那位漂亮的姑娘。正如我觉得那位姑娘是美丽、热情、大方和善良的一样，我相信我那时在那位姑娘的眼里也同样是英俊、潇洒和美好的，我那时应该就是她心目中的"白马王子"吧。

在外地上大学以后，有次假期回家我下沟挑水，怎奈腰酸腿痛，四肢无力，走走停停，见着歇水台就歇，肩膀上两块突起的肉疙瘩疼得架不住水担，只好用手垫在水担下面行走，直累得我气喘吁吁，浑身冒汗，吃力得要命。水担还是原来的水担，水桶也还是原来的水桶，然而，走在原来熟悉的沟路上，一担水挑到家，竟然用了一个多小时，再也找不回先前下沟挑水时的那股勇气和感觉了。

庄户人家祖祖辈辈下沟挑水吃，即便是挑再多的泉水，走再多的沟路，也不能增加家庭的经济收入，也改变不了农人苦难的命运，但是为了生活，还得用肩膀挑着担着。下沟挑水，那就是一种原生态式的生活方式，是一种简单自然的生存延续，是一种不可或缺的家庭成员分工协作劳动，更是一种与命运抗争的、磨炼人生的成长经历。

如今，每个生产队都有了自己的机井，并且铺设了管道，水管子一直通到了每家每户，水龙头也安装到了院子甚至灶台上，彻底结束了祖祖辈辈下沟挑水吃的历史。几十代人从前下沟挑水的人生经历，随着时间的推移，终将被岁月消磨掉，也终将被历史抹去，不留痕迹。我曾经一个早上下沟挑八担水的生活往事，也将成为一段难忘的人生经历，永远铭刻在我的心里。相信没有谁会破得了这个纪录，也确信没有谁再有机会破这个纪录了。窃自引以为豪！

2019年3月12日

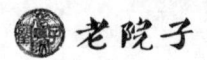

丢失的高粱

塬上种高粱，秋来满地红。口粮多歉岁，至今长遗恨。

高粱，在我们老家方言中叫"桃黍（音táoshǔ）"，成熟时果穗呈深红色，样子很殷实，在萧瑟秋风里看上去沉甸甸的，现在很少能够再看到这种粮食作物了。可是，由于其产量高于小麦、玉米等其他作物，过去在我们家乡曾经被大面积推广种植过。尽管高粱面做的食物品类比较单调，又黑又硬又涩又难吃，但我对高粱却有着非同一般的记忆和情愫。

20世纪六七十年代，土地肥料薄，农业生产技术很不发达，再加上黄土高原上长年靠天吃饭，每亩地也收获不了多少斤小麦。除了玉米、黄豆，就高粱产量较高。为了粮食丰产，县上一声令下，整个黄土高原上都种满了高粱。每到深秋季节，站在塬畔高处放眼望去，秋风沙沙过处，大片的高粱把整个塬上染得像火烧云一般鲜红。

往常征缴粮食，一般都是由生产队统一晒干后，挑选品质最好的籽粒，装在口袋里粗略地过了秤，不等天亮，就用架子车拉着送往十几里外的公社粮库。每逢交粮日，生产队组织几十辆架子车前后排成一行，头不见尾，尾不见首，浩浩荡荡，阵势非常庞大。生产队长腰杆挺得硬邦邦，大队支书见了如此场面更是眉开眼笑，大拇指竖起老高。每辆架子车装得都很结实，轮胎碾轧在满是浮土的黄土路上，发出"咯吱咯吱"的声响。每车二到三个劳力，一人在前面使劲地拉，其余的在后面使劲地推，一路小跑，只想着早点赶到公社仓库，把粮食顺利验收过关，上风车吹净，过磅称重，然后送进粮仓，倾倒在库房里堆得能挨住房梁的粮山上。社员们连休息的工夫都没有，个个累得浑身冒汗，气喘不已。

时间大约在1976年，秋后恰好遇上连阴雨，生产队里的高粱在雨地里抢收打碾后，一时无法晒干。为了按期完成上面下达的粮食征缴任务，队上把湿得渗水的高粱按每个家庭人口的多少分配到各家各户，要求用土炕烘干，然后再收缴上去，统一送到公社粮库。这项十分繁重的摊派任务，并不像平时分粮食那样以每户劳力的多少进行分配，因而实在是难为了我的母亲。一家大小八口人，当时只有两铺土炕，却摊派到一千多斤高粱。土炕每天都得烧热了，晚上睡人，白天腾出来烘烤高粱。高粱摊铺得厚，烘也烘不及，晾也没地方晾，真是把人给急坏了！

记得我那时才上小学一二年级，每天放学回家，要做的第一件事情就是到我家已经坍塌了一大半的北边破窑洞里翻动晾在地上的高粱。那段时间里，我家的猪和鸡每天都得长时间地关在猪圈、鸡窝里，生怕跑出来糟蹋了晾在没安门窗的窑洞里的高粱。因窑洞能够利用的面积并不大，高粱铺得又厚，不容易晾干，每次侍弄一遍，都得花上大半天时间。南边磨窑的土炕上，也铺了厚厚的一层高粱。土炕小，并不比地上铺得薄。连阴雨下的时间太久，蒿柴潮湿，难以点燃，每次点火烧炕，都会熏出一窑洞黑烟，呛得人咳嗽打喷嚏，两眼直流泪……用火炕烘干一袋高粱也着实不容易。

父亲常年外出做工，母亲一人每天又得忙着下地出工劳动，放工后又须千方百计地为我们解决吃饭问题，实在没有工夫打理晒粮的事情，于是就把这项为国家烘干粮食的艰巨而光荣的任务交由我的哥哥、姐姐们代办。

对我们来说，晒粮实在是件艰苦而漫长的事情。等到炕上的干了一些，几个人费力地轮换着用簸箕把干了的高粱装进袋子里，又一起喊着号子，耗时费力地把袋子挪到窑墙边上添满了，然后又把地上的高粱取一部分出来，再摊开到炕上烘烤。就这样不断地重复，日复一日，待全部高粱勉强能够达到收缴要求时，已差不多过去一个月光景了，拖了整个生产队的后腿。

于是，母亲利用放工时间，借来一辆架子车，领着我的两个哥哥把装了袋的高粱分几次送到生产队的大场上。不巧的是，那天过秤的人下午正好不在场里。为了赶去上工，母亲给看场的人打过招呼，央求回头照管过秤，我的两个哥哥也赶到小学上晚自习了。等到第二天一大早再赶到场里时，却发现我家送去的高粱全都不见了，连空口袋也毫无踪迹。问看场的人，他说回家吃饭了，没看到是谁弄走了口袋；问过秤的人，他说也没见到我们家送去的高粱。直到一个多月后，写着我父亲名字的几条麻线布口袋意外地在生产队场房炕上的芦席底下被人发现。就因为这事，我们家背上了生产队千余斤高粱的粮食负债，加上之前的累年超支，总共达到一千三百多斤粮食欠账。这个债务一直背到了包产到户，记得那时我们家一直都处在缺粮的状态，时不时地出现断顿的情况。我的母亲因此气得生了一场大病，可谓雪上加霜！

  往事不堪回首。如今，我的母亲去世已有四年多时间了，她再也不必为我家被人盗走的千余斤高粱着急上火了，也再不必为家里没有粮吃而犯难发愁了。当年那些被蒙冤背上的债务，包产到户分配农畜、农具时被扣除顶去了一部分，其余的也已经分期偿还清了。而那些高产难食却红极一时的高粱，也因时间的推移，最终都成了历史的纤尘，被抛弃得一干二净。但在我的心里，偶尔还能记得那些远去了的象征着饥寒、贫困的高粱。

  再念及我的母亲，有一件事情让我一直铭记了许多年，也悔恨了许多年。记得在我还没有上学的时候，在家里照看弟弟妹妹，有一年秋后，大队修水利修到与我们相邻的生产队。早晨上工临出门时，母亲叮嘱我，午饭时拿个搪瓷缸去水利工地上，她给我在工地打些苞谷稀饭，让我带回家分吃，还特意给我留了门，没有上锁。我也不知道工地上什么时候开饭，一直饿到了下午，才按母亲的交代去了农田基建工地，老远就看见有许多人像蚂蚁一样在那里拿着铁锨、䦆头挥舞忙碌着，拉架子车的人来来回回地穿梭着，几个干部模样的人正站在高土塄上比画着，其中的一两个人我好像还认识。

  在一个向阳面的土崖窝子下面，三四口大锅每隔一二十米一个摆开，锅里都熬着黄灿灿的苞谷稀饭，咕嘟咕嘟地冒着诱人口水的热气。每个生产队一口大锅，每口锅旁边都有两个老年劳力守着。一个一边往锅底添加柴火，一边偏着头观察火势，偶尔噘起嘴向灶膛里吹上两口气；一个一手拿个木瓢给锅里慢慢地加着水，一手拿个长把铁勺在锅里不停地搅动着，待歇息时开饭。

  我在高处眼馋地盯着锅里的稀饭，嘴里不停地咽着口水，真希望有人能够主动给我舀上半缸子稀饭，好让我端回家去填肚子。这种希望当然是我自己假想的，根本不可能有谁理会我的，因为锅里的稀饭是专门给工地上干活的社员准备的。

  终于等到开饭的时候，撂下农具的社员们胡乱地拍打着身上的黄土，齐刷刷地向锅边走来，一下子将锅围了个严实，等着熬煮稀饭的两个老者依次给他们手里拿着的餐具里打饭。当锅里的稀饭下去一半的时候，才轮到我的母亲打饭。只见母亲往前凑了凑，将搪瓷缸伸到大锅边上，掌勺的人给母亲舀了一勺半苞谷稀饭糊糊，那个并不大的缸子差不多也就盛了一半多。我本来是想等母亲吃完后，另外再舀些让我端走，可是母亲说她不饿，让我趁热赶紧端回家与弟弟妹妹吃。我战战兢兢地端着能够照见我影子的冒着阵阵香气的稀饭，一路小心翼翼地向家里走去，却不知道母亲那天竟是饿着肚子劳动了一整天的。等我长大懂事的时候，我常常为此事而深深地懊悔。

  很多年过去了，每当身处逆境或疲惫倦怠的时候，我都会怀念当年红透整个黄土高原的高粱和母亲带着我们所经历过的苦难岁月，它们都会给我精神、给我力量、给我鼓舞，使我在困境中知难而进、奋发向上，懂得知足与感恩。这些苦难经历使我变得愈加坚强和隐忍，使我在逆境中挺起脊梁，坚强而有尊严地活着。

2007年12月3日

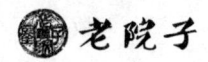 老院子

碾窑

出了老院子的大门,向北走三四十米,再沿西侧沟边下过一段羊肠土坡,就来到我儿时记忆中的碾窑。所谓的碾窑,顾名思义,就是安放着碾子的窑洞。碾窑很破败,敞着大开间,也没有一般窑洞那样规则的形状,窑顶上被乌鸦钻洞安了窝。

自打我有记忆开始,那盘质量上好的碾子就已岿然不动地安放在那里了。这次回家过年,我特意为这盘已经废弃多年的碾子拍了张照片作为历史见证。碾窑虽然单调、荒凉,但它却承载着家乡古老悠长的历史,更铭刻着我儿时不可抹去的一段苦涩的记忆。

曾经的碾窑红红火火常年不歇

碾子由碾磙、碾台、碾盘、脖间(木制的用来套碾磙子的方形工具)等几个部件组成。20世纪80年代以前,碾子在我们那个较为偏僻落后的村子里还是必不可少的粉碎工具,农户们主要用它碾谷子、碾糜子、碾辣椒、碾块状的食盐。有时用牲畜拉碾子,但更多的时候还是得用人力。

那时候只要你从门边上经过,都会听到碾轴由于长期缺少润滑而发出的干涩咯吱声——这也难怪,大家公用的打磨工具,一般人是不会注意到碾轴干涩缺油的。只是我看见我父亲曾经提着油瓶子给碾轴滴过菜油,算是给碾子进行了定期保养。在我的记忆中,碾子一直就这么寂寞单调地咯吱着,不分早晚,不分冬夏。逢年过节,要用碾子还得排队等候,这时候经常会看到那里三三两

两地放着半袋谷子、一盆食盐,或者一簸箕炒干了的红辣椒,而碾子并没能闲着,只是排队的人们等得不耐烦,趁空回家忙点儿别的活去了。

在我那时的感觉中,掀碾子是件劳累且枯燥的事情,抱着碾棍,转上一圈又一圈,总也走不出碾窑的方寸之地。如果没有足够的韧性和耐力,是干不了这等活计的。在碾道里,你得平心静气、不急不躁,最好始终保持头脑一片空白,不要受外面蓝天、白云、花草、鸟鸣的诱惑与干扰,更容不得你有半点儿丰富的想象,否则你会觉得更加没有自由。好在我那时还小,抱不了碾棍,充其量也只是打个下手,帮大人在后面推,就单是这一项简单的劳作,也足够令我眼冒金星、浑身冒汗,老是寻思着有什么机会能够逃离碾窑,哪怕一会儿也行。于是我就偷空跑回家拿个笤帚,取个簸箕,给狗喂喂食,给猪挠挠痒,给鸡收收蛋,过一会儿再借故回去喝水、上茅厕,以此逃避碾窑对我身心的折磨和束缚,获取片刻的安逸与自由。

抱碾棍虽然劳累单调,但对大人们而言,那却是一件再幸福不过的事情,这至少说明当下家人还是有口饭吃的。否则,遇上缺粮的日子,碾窑里常年寂寞荒凉,没有一个人影,想碾没得碾,想吃也没得吃,那可就要挨饥受饿了。在我的记忆中,碾子的确也沉寂过好一阵子,那时候农业学大寨,全大队人都在没黑没白地被集合在平田整地的工地上,吃着生产队用大锅熬的苞谷稀饭,根本没有时间也没有粮食拿到碾子上去碾,所以有很长的一段时间,碾窑被生产队用来当储藏庄稼的基地,并没有发挥它的原本功能。

在我的印象中,大人们在碾窑里劳作时脸上总是挂满汗水和喜悦,没有谁因为在碾窑里的劳累而唉声叹气或垂头丧气。就在这个碾窑里,我跟着母亲碾过糜子,碾过国家救济的红薯干,跟着姐姐、哥哥们碾过谷子,碾过辣椒面和盐巴……在那里走过多少圈,我记不清了,总之很多。只是有时到了傍晚,在碾窑里劳作,心里总免不了有几分害怕,因为碾窑紧靠沟边,平时很少有人经过,傍晚乌鸦归巢,经常会听到几声凄惨的啼叫,据说曾经还有狼出没。

小孩跟在大人后面推碾子也是一件危险的事情,我的堂姐小时候就闯过一次祸。记得在一个秋天的下午,当时我三爷抱着碾棍碾糜子,我堂姐和几个小孩跟在后面推,时不时地还用小手拨拉碾台上的黄米,一不小心,堂姐左手被碾在碾磙子下面,鲜血拌着米粒沾满一手,看得人钻心疼,最后到大队部药铺找"赤脚医生"清洗黄米粒后敷了药,用纱布缠了好多层,还用一条绷带将受

老院子

伤的手挂在胸前。那会儿，我们在她跟前都小心翼翼地，生怕把她撞着了。好在小孩子的手伤容易愈合，终是没有留下后遗症。我三爷对此十分懊悔，没有少挨我奶奶的数落。

碾窑里的故事很多，在碾窑里周而复始走过的人也很多，他们中有我的祖辈、父辈，也有我自己。20世纪80年代初，我们那里终于通了电，有了磨面机和碾米机，碾子同石磨一样，带着其数百年的历史彻底与我们告别了，成为遗迹。

这不，有什么人早已急不可待地拆走了木脖间，挖走了石碾盘，剩下这沉重的碾磙子和用土基砌就的碾台子，他们怕是想搬也没有足够力气，所以就改变了原貌，暂且留存下来。而留存于我心间的，是因碾子联系在一起的故乡的许多人和事。

2009年2月24日

如今的碾窑冷冷清清窑塌碾毁

美丽的夜空

对于夜空，人们并不陌生。

小时候生活在农村，无月的夜晚，天气晴朗，满天星斗，大大小小，忽明忽暗，都眨巴着眼睛，像小孩子提着的灯笼，热闹非凡。偶尔一颗流星从天际划过，更增添了夜的神秘，按照老人们的说法，是又有一个高贵的灵魂离开了人间，升入了天堂。

倘若有月，星光就不像无月时那么明亮，数量也明显地少了许多。远处的房屋，近处的树影，以及自然界各种和谐的交响之音，与天上的星斗立即融合在一起，构成一种奇幻的画面。

儿时的夜空，充满了欢乐，也充满了丰富的想象。生活顺心时，我们跟着月亮在村道上奔跑，在麦场上跳跃，在草地上歌唱；遇到委屈和挫折时，我独自对着夜空发呆，望着云朵做梦，或异想天开地企盼自己也能够像神鸟一样长出翅膀，像牛郎一样乘上祥云飞入美丽的天宫世界，与人间永不往来。

在我们那里，农村的夜景当数七八月最好，天空通透地明，通透地深，像湖水一般清透；月亮比平时大了许多，天气也格外清爽；星星是少了点儿，但点缀得都很有灵气。忙碌了一天的人们，或坐在树影下聊天，或聚在瓜棚边抽烟，累了随手摘个瓜果解乏，困了则在瓜田禾地里边走走，即便是打一会儿盹，也觉得十分舒坦。只有在这个时候，你才会真正感受到"天当房"的真实含义。

去年10月底，因母亲的三周年忌日，我回到了老家，天气已经显冷，晚上却忽然有了看看夜空的念头。于是拉灭电灯，出了房门，感受乡间夜晚自然的色调。天空异常黑，星星出奇地多，可以用稠密来形容，多得令我惊奇，好似

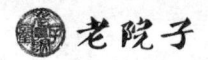

我从前一直都没有注意过一样。

没有月亮，也没有风，院子里静静的，只有我和父亲。银河如纱，繁星如梦，天街寂静，天空中的秩序竟然也如此井然。我看到了小时候我与大哥凌晨用来"把握"上学时间的"三星"，也看到了多年不曾见到过的"牛郎星""织女星"。有许多星星我都叫不出名字，多亏有父亲给我指引辨认，比如"勺舀星""北斗星""全茂星""启明星""水王星"……父亲认识的星星很多，而且都能够与农时相结合，说得据情据理，生动形象；而我小时候因为没有太注意，大了又由于在城市居住得太久，似乎距离星空也遥远了许多。

听着父亲讲的每颗星星的故事，我凝望着夜空，给思想的童心插上晶莹的翅膀，一任它在广阔的天际随处漫游……我寻找着，辨认着，试图找到我那去世多年的祖父、祖母，我那受了一辈子苦难的可怜无助的母亲，以及我们都引以为豪却过早离世的二叔。

听父亲讲，如果一个人做善事多了，或者在人世间的经历感动了上苍，去世后就会化作浩瀚夜空中的一颗星星——虽然我不大相信这些，但我却希望这一切都是真的。

今晚的夜空很静，静得令人略感寂寞；今晚的星空很美，美得令我对它生出无限绮丽的遐想。在我的心里，它们蕴藏了许许多多的玄妙神奇和神秘莫测……

美丽的星辰

来自上天的特殊身份
注定了你的超凡脱俗
和冰清玉洁般的高贵
从遥远的古代无人烟
到而今的科技人胜天
你都一如既往地灿烂
不因时世做丝毫改变
美丽的星辰我的家园

·故乡云

每当黑夜来临的时候
你相约如期明灭变幻
陶醉了我好奇的诗心
神秘了我追梦的风帆

2007年11月7日

老院子里的这些窑洞,是父亲与二哥带领我们人工挖掘成的

拜 影

拜影是我们家乡过年时举行的一种习俗仪式,其他地方是否如此,这里不做考证。

早先的时候,为了纪念已故亲人,宗族里就请来专门的画匠,将已故亲人们的形象以辈分、年龄等先后顺序,用颜料浓墨重彩地描画在经人工特殊浆洗过的灰白色土布上,然后用毛笔蘸着浓墨,在下面注明所画人物的名字。此项工艺统称为"传影",请来的画匠叫"传影匠",是手艺人。

因古时没有照相技术,传影匠传影时,一般都是听从事主的描述,勾画出作古者的形象。在用画笔还原被画者的过程中,有时还要参考一些在世长辈、兄弟、后人等亲属的相貌特点,作为绘画的参照和依据。久而久之,所画先祖基本上穿戴一致,身着在世时都不曾穿过的色彩光鲜的大清衣冠,相貌千篇一律,个个神采奕奕,如果不仔细加以辨认,差别也并不是很大,都是相近的模样。

其中有所区别者,除了性别与人名之外,有举个酒盅的,以示生前日子过得滋润,喜欢喝个小酒;有掌个烟袋的,以示在世时喜欢吞云吐雾,或者喜好抽个大烟;有拿把纸扇的,以示在世时生活悠闲,心性自然,喜欢游玩或有不同于常人的清净追求;有手里执个骰子的,以示生前喜好赌博耍钱,十赌九赢,堪为怪杰能人;有拿本书卷的,以示生前进过学堂,识得几个大字,诵得几本诗书;也有极个别胸前有个金印的、银印的,则表示生前做过官,或中过举,取得过功名。

听父亲讲,我们就是"金印"举子的嫡系近亲。举人大概是咸丰、同治年间的,堪称宗门荣耀。先辈的事迹激励着我们祖祖辈辈都勤俭持家,即便是耕地种田也不能忘了读书,不能做平庸之人,不然是对不住祖宗的。

我再细看那举人，身着大袖长袍，气质不凡，神态并不异于常人，只是胸前的钦赐金印十分耀眼，不是常人所能比及。就是这么一方非同一般的金印，一百多年来激励着我们这些嫡亲后人，给我们注入了巨大的精神力量！

据说，在曾经破除"四旧"期间，在搜查最为严厉的时候，老影谱甚至被人带上悬崖，藏在山洞甚至老鹰窝里，才免于遭焚受损，传影的事因此也被耽搁了二三十年。老影谱几经辗转，最终还是被村人偷偷保留了下来。

再后来，由于同宗同族的人丁愈来愈多，传影匠手艺失传，也没有了那么多特制的传影土布。于是乎，对于新逝之人，每逢过年或冬至节时，也只能请个会书写毛笔字的先生，登记个名字而已，这个程序叫作"上影"。除了过年或者冬至节，其他时间一般不单独进行。但偶尔有谁家给逝去的亲人过"宾官"事的，请来在当地有名望的"现官"与"礼宾"举行隆重的官宾礼仪程序，也可以例行上影。

按照古老的传统，影库上只登同宗族的男丁，而不登载同宗族的女亲。所登女眷，皆为家族母系，都用"张氏""王氏""刘氏""蒋氏""李氏"代替，不出本名。此虽为封建之遗留，却并没有人提出异议。

为了统一置办一年一度祭奠先祖的香火用度，当年承办侍奉老影的主家，可以向各家约定俗成地收取少量额度的丁钱。丁钱只收男丁的，不收女眷的。丁钱一般都由各户主家主动向事主交付。有人想人丁兴旺，想要个儿子或希望抱个孙子的，就争着多交一两个人的丁钱，这叫作"冒丁"。这只是一种传统和希望，与生男生女概无关联。

每逢大年三十这天，服侍老影的主家早早将影布展开，挂在上房正面的墙壁上，此之谓"展影"。然后在影布正前方摆上香案、水果、油炸等供品，供族人前来烧纸敬香磕头祭拜。大年初一下午，等宗族各家的人全部到齐之后，开始磕头上影。叫到哪一家的人名，哪一家的后代就跪在院子里一齐磕头行礼，下一家的人候着，继续重复前面的仪程。如果哪一家没有新故之亲，则无须叩拜上影。

待全部上影仪程结束之后，所有人一齐叩首奠纸，然后用中轴将影布卷起，这叫"卷影"。卷影完毕，将卷好的影轴置入木质的长匣中。待烧纸祭拜礼罢，就有下一个服侍者早已将老影木匣千方百计地预订请走，即恭恭敬敬地请回自己家中安置，以待新的一年接着供奉香火。偶尔也会发生几个门子"争请"老影之事,但通常都会以和平的方式安排好轮流服侍的顺序,不会发生红脖子涨脸的场面。

诸事准备停当,数十甚至上百男丁就一齐用大条筐抬着香纸,按年份在村中找一处大片空地,有宗族的尊长者依照农历节气确定一个吉利的时分和方位朝向,大家即浩浩荡荡地围成大半圈,齐齐跪下,为先祖上香烧纸、奠酒祭拜并叩头行礼,送上一年一度的感恩与祝福。

有道是——

陇原春节气象新,村舍处处闻乡音。
吾门宗亲魂安在?香火猎猎酒半盅。

2009年2月1日

·故乡云

元宵节怀乡

　　元宵节在城市里面，是与花灯、花炮以及元宵等联系在一起的，比如今晚，整个古城可谓灯火通明，炮声隆隆，千家万户的锅里都煮上了热气腾腾的元宵——过了元宵节，年基本上就算是结束了。但在我们那里的农村，元宵节常常是与社火、灯笼、雪花等联系在一起的。

　　不是有"八月十五云遮月，正月十五雪打灯"的说法吗？也就是说，正月十五阴冷或者飘雪的天气比较多一些，而人们却大都盼望这一天的天气是晴朗的，这样才会预示着这一年风调雨顺、五谷丰登。

　　说起社火来，如果不是为了参加当地县、乡每年正月廿三举行的社火表演，在一般的村庄里，如今年轻人宁可凑在一起打麻将、摇骰子、抬金花，或者干点别的赌钱的无聊之事，也是不大愿意参与其中的。

　　比如我们周围的村子，还是在我上中学时，曾时兴过社火，其后便销声匿迹了。"跑马""千里走单骑""黑虎搬三萧"等社火主打节目，至今我都还记得一些，都是祖辈年节时喜欢操办的传统节目。至于灯笼，也不像城市里那么火红热闹且集中，而是星星点点地散落于远近村庄各家各户的门楼之上，将漆黑的夜晚映衬得愈加黑暗了。

　　这里的乡村人家有挂灯的风俗，但不仅仅局限于挂灯，主要在于正月十五有"蒸灯"的淳朴风俗。对于蒸灯的记忆，我也只是停留在很多年以前。

　　记得我还只有七八岁的时候，也是在一个阴冷漆黑的正月十五的夜晚，母亲早早用掺了荞麦面的面团揉成一个个圆馍状的物事，中间捏成"凹"形，放在锅里蒸得热气腾腾，蒸汽弥漫在窑洞里，随着昏暗的油灯光线飘动，令我们有了"过十五"的欢乐与兴奋。

　　荞面灯还没出锅，父亲就领我来到院墙边，双手将我举过头顶，让我在

老院子

长满蒿草的墙头上摸黑折取冬日已经风干了的黄蒿秆，浓郁的蒿草清香顺着冷飕飕的夜风扑面而来，令我禁不住打了一个寒战，但心里那股热乎劲儿却丝毫未减。间或还能听到远处村庄里隐隐约约传来时闷时响的爆竹声，招惹起四面八方村落里一阵阵犬吠。沟对面微弱的灯光与时而照亮夜空的花炮闪光忽隐忽现，更加增添了节日浓郁厚重的年味。

待折满一小把蒿秆的时候，父亲就把这些蒿秆拿到煤油灯下，用剪刀统一剪成三四寸长，用水冲洗掉尘土，给一端仔细地缠上一小束崭新的棉花，蘸上菜油，就做成了灯芯。待蒸灯出锅时，在每盏灯的中间插上一支，再补滴上少许菜油，用火柴点燃灯芯，盛在碟子里，分别摆放在家里的箱盖、柜盖、案板、磨盘、水缸、灶台上，俨然一个灯的世界，照亮了新的一年的美好光景。

我们看着这一盏盏跳跃着火苗的荞面灯入睡，心里充满了对美好生活的向往。第二天一大早醒来，母亲已经将蘸着菜油的荞面灯放在锅里再次蒸热，我们就有了一顿美餐。

正月十五的蒸灯有多种，从用料上讲，有荞面灯、玉米面灯、小麦面灯；从形状上分，有属相灯、十二个月份灯、燕子灯等，具有地方特色，代表了庄户人家的勤劳智慧和对美好生活的无比向往与期盼。

多少年以来，在元宵节的夜晚，我见过无数种漂亮的五彩灯饰，吃过各色的山珍海味，却依然觉得只有母亲用面粉亲手做成的蒸灯才是最漂亮的灯，也是最香醇的美味佳肴，只有父亲用双手将我举过头顶看到的灯火炮光才是最美丽最神奇的人间美景。

2009 年 2 月 9 日

大槐树

　　故乡老院子里有一棵高大挺拔的大槐树。打我记事起，大槐树就挺立在我家后院里的南墙边上。

　　之所以说大槐树高大，因其树干就有七八米高，挺拔的树干将枝叶茂密的树冠高高地举过墙头，向四周伸展开去，营造出一片清凉。从墙外望去，那苍翠的树冠映衬在蓝天白云里，堪称一道亮丽的风景，更是家园的象征与标志。

　　小时候的大槐树比老碗口粗一些，在我的眼里当之无愧是一棵大树，更是我的乐园。大人们出工的时候，会用一把大锁将我与弟弟妹妹们锁在老院子里，我们就在大槐树的树荫下面玩耍和乘凉，有时用冰草"拔黄狗"，有时在南墙根下逗蚂蚁，有时用院墙上的苔藓做"水烟"，有时玩累了甚至在树下睡着了。我们看着天空中悠然飞过的乌鸦，听着墙外一整天几乎难得一闻的响动，长时间地期待生产队放工，盼着大门铁锁"哗啦"被打开的声响。

　　待长大一些能够爬树的时候，大槐树就成了我的瞭望台，更是我放飞梦想的翅膀。每当被锁在院子里，母亲抬脚刚一走出大门，我就迅速爬上大槐树，将目光投向墙外，看大人们上工时扛着农具的身影急匆匆地消失在土崖或大树后，便又顺着粗大的枝干攀高，拨开稠密的枝叶将目光使劲地望向远处，每天几乎有一半时间都在大槐树上度过。

　　我听着远处小学上课下课急促的钟声，看着对面塬坡上牧羊人蹲守着缓缓移动着的羊群，盼望着祖母迈着小脚一摇一摇突然出现在崖畔上的身影。偶尔有一两个人从门前小路上经过，才感觉似乎多了一些鲜活的气息。

　　在大槐树上张望外面世界的日子里，除了被人恐吓失手从树上掉下来摔伤过一回，其余的时间都还算安然无事。另外，当冬季来临换上棉衣的时候，爬树也变得比较困难，我只好老老实实地待在院子里，找个避风向阳的地方，看着西北风把一个个树头吹得摇摇晃晃,发出奇怪的响声。

少年的时候,大槐树变成了我家的摇钱树。那时候收购站开始收购槐米,价格也还不菲。每当小麦收割结束全部上场的时候,也正是学校开始放暑假的时节。在天气晴朗的日子里,父亲领着我们将麦捆摊开晒在土场上后,便嘱咐我们趁空爬上大槐树,让我们将一串串半白半绿略带鹅黄而尚未绽放的槐苞仔细地折满一筐,晾晒在院子里,槐米渐渐散发出独特而浓浓的槐香。

等到所有槐苞都折干净,摊开在太阳底下暴晒干了,就可以拿到公社收购站卖得几十元钱,以弥补家里租手扶拖拉机碾麦的一些费用。折槐米必须把握好时机,不能折早了,那样品质和成色都不好,卖不上价钱;但也不能折晚了,等到槐米都开花了,那就只能全部废弃扔掉了。

青年的时候,大槐树变成了沉甸甸的乡愁。我出门在外,到远方求学工作,半年甚至一年才能回一次老家。每当想家的时候,就难免会想起我家老院子里的大槐树,想那缀满树冠的鹅黄的槐花,想那落在枝头频频吟唱的布谷鸟。

大槐树长年累月静静地守候在我家古老的院墙旁边,阅历着春夏秋冬,经受着风霜雨雪,义无反顾地给我的父母家人赐予一片平和安康的福荫与庇护。我仿佛看到母亲在大槐树旁喂猪捡柴的身影,也看到父亲在大槐树下砍柴拉锯的背影。

每当此时,一股乡情、亲情便油然而生。听老人们说,我们的祖先就是从山西大槐树底下迁徙来的,经过祖祖辈辈的繁衍生息,在广袤荒芜的高原上扎住了根基,大槐树也成为寄托思念的摇篮和家的象征。

光阴似箭,岁月流转,不知不觉中,大槐树已长成了一抱粗,成为名副其实的大槐树,可以独自承载起为我们遮风挡雨的责任。即便是身体健壮的年轻人,想要徒手爬上大槐树,也不是一件十分容易的事情。

树大招风,成名招毁。许多年以后,大槐树被人盯上了。有不熟识的外乡人相隔几十里路程三番五次地跑来跟我父亲讲价,死缠硬磨地要出六百元买走我家的大槐树,说要运到大城市里做景观树。

父亲打来电话跟我说起此事,心中充满了犹豫和不舍。我对父亲建言,六百元对咱们也不是个大数目,但大槐树对咱家可不止六百元的价值和意义,既然他们要把大槐树拉到城市做景观树,倒不如就让它长在咱家的老院子里,给咱们做最好的风景。大槐树便因此保留了下来。

　　天有不测风云，树有旦夕祸福。终于有一天，大槐树还是被卖了，被连根挖走了。那是父亲去世后，才过三周年，多事好利者再次上门，里应外合，一举将大槐树挖倒，五花大绑地运去他乡，换作几张薄薄的纸钞。

　　曾经带给我们庇护和美好童年的大槐树，终是失去了主人的守护，在利益的驱动下被轰然放倒，落得背井离乡，不知所终。如今，大槐树成了我的遗憾和牵挂，给我留下的，只有十足的悔恨和浓浓的思念。

　　父亲不在了，大槐树也被挖了。我常常想，伴随父亲一生的大槐树，在父亲去后便沦落他乡，与父亲没有了丝毫关系，实在是一件憾事。早知今日，何必当初？我不禁深深地怪怨起自己来。

2019年7月13日

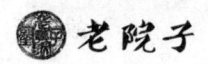

苜蓿是个好植物

苜蓿是个好植物。之所以这么说，是因为苜蓿不但可以用来喂猪、喂牛、喂羊、喂骡马、做饲料，还可以供人们当菜吃。在年馑里，苜蓿更是作为农人的"主粮"当饭吃，救过人的命。

商务印书馆《现代汉语词典》（第7版）第929页"苜蓿"词条中说："苜蓿是多年生草本植物，叶子为三片小叶组成的复叶，小叶长圆形。开蝶形花，结荚果。是一种重要的牧草和绿肥作物。种类很多，常见的有紫花苜蓿。"

据父辈们讲，20世纪60年代初闹饥荒，每到农历二三月里，多数庄户人家都缺少粮食，苜蓿自然独当一面地成为人们赖以生存的"口粮"。男女老少都到地里掐苜蓿吃，以致地里的苜蓿芽儿都被掐秃，来不及长高了。后来生产队里限制社员们掐苜蓿，以便留下来喂队上的牲畜。

白天掐不得，于是就有人趁着夜晚到地里偷着掐。日子久了，队上就派专人白天晚上严加看管，一旦发现有人偷掐苜蓿，不追上二里地是不肯善罢甘休的。曾经就有人为了偷掐半箩筐苜蓿充饥，被追得丢了鞋、滚了筐、跌了跤、划破皮、流了血，有的还挨了打骂，被收了筐，拉去站会批斗。

到了20世纪70年代末，我上小学一二年级那阵子，又到了农历二三月，寒冷的春风吹开了棉袄的破絮。放学后，我也提着筐子溜进生产队的苜蓿地。那时苜蓿才露出个嫩芽儿，见四下无人，我掐呀掐，掐得的苜蓿芽儿却怎么也遮不住筐子底，令我十分着急。我一边掐一边还向四周不时地张望，生怕有人来没收筐子。幸好，有生产队干部家的孩子也来到一旁掐苜蓿，这就使我有了点儿放心的感觉。可是，我一个下午也掐不了一老碗，真的很急人。掐苜蓿芽儿也是个精细活儿，须得有几分耐心才行。苜蓿芽儿虽然好吃，但实在不是好掐的。

记得有一年春天，都快四五月了，好多人家正赶上缺粮。我家北边有两个婶子辈分的邻居，经常领着我二哥晚上到沟对面的西队去揪苜蓿。我二哥那时也就十三四岁，才辍学不久，两个婶子领着，晚上走夜路也就少了些胆怯。此处之所以用个"揪"字，一方面是因为那个季节的苜蓿已经长得足有半尺多高了，只有用力揪着才能到手，而且吃着已经有些柴草味儿了，没有了苜蓿芽儿的新鲜清香，实在难以下咽；另一方面，因是夜晚，害怕有看管苜蓿的人来，采集苜蓿的速度也须得快一些，不能拖拉，如此只能用手急急地去揪。每次揪苜蓿的时候，一旦发现有人来，就得迅速地提着苜蓿筐子连滚带爬地撤离，不能有半点迟疑。

从我们东边塬上走到沟对面，首先要沿着挑水的沟路摸黑下到很深的沟底，小心翼翼地踩着软绵绵的河滩草甸，穿过一片黑漆漆的柳树林，然后再沿着更窄的羊肠小道翻到沟对面的塬上，在那个队的苜蓿地里偷着揪一些苜蓿，就这样一个来回，光路上都要耽搁一个半小时，不敢有一脚踩空。

沟对面的苜蓿地距离西队村上人居住的地方比较远，属于荒郊野外，晚上看管得也不算太严。另外，从我们这边翻沟过去揪苜蓿，尽管沟路十分难走，但好在沿途轻易不会撞见人，干扰会少一些，相对比较安全。但事情总有例外，听我二哥说，有一次他们正揪苜蓿，筐子就要揪满的时候，突然发现有人打着手电筒从老远处赶过来，手电筒的光束刺破了夜空，在头顶上一闪一闪地晃动着，情况十分紧急。他与两个婶子慌忙向沟边逃离，慌乱中苜蓿都撒出了筐子。其中一个婶子的筐子不小心滚到沟里去了，一个还跑掉了一只鞋子。幸亏我二哥那时人小胆大眼亮，才领着她们沿着漆黑的羊肠小路摸索到沟底，最后竟然还捡回了滚落的筐子。

在那个年月，苜蓿的吃法也比较单一：拿回来挑拣一下，揪掉老一些的秆，用水淘洗一番，放在开水锅里多煮一会儿，捞出来拧干水，放在盆子里撒些盐，倒上醋，撒上些辣椒面搅拌一下，每人分上多半碗，这便是一顿饭。情况好点儿的，给淘洗过的苜蓿拌上点儿粗面粉，放锅里一蒸，这又成了苜蓿疙瘩。给苜蓿疙瘩撒上盐，用醋和辣椒面一搅和，就成了当时最好吃的美餐，比水煮的好吃耐饥许多。比较理想的吃法是苜蓿与面粉混合在一起蒸苜蓿馒头、做苜蓿面，但在那个年月里，面粉比黄金都金贵，不是普通人家所能奢望的东西，只能说来听听，流点口水罢了。

老院子

　　一般而言，二三月里的苜蓿芽儿吃起来比较清爽可口，四五月里已经长高了的苜蓿吃起来的确没有好滋味儿，那种青草般的浓郁后味儿咀嚼出一口的干柴，实在令人难以忍受。而这个季节里，对于庄户人家来说，能吃的东西也就只有苜蓿比较实惠，除了夜行的苦力，不用摊什么成本。在当时，地里打下的小麦、玉米、豆子、高粱、糜子等粮食都被国家以公购粮的形式下达任务无偿征走了，给种田人留下的已所剩无几。生产队接下来还要按劳分配，每个劳力每天四两口粮，吃饭谈何容易！家里劳力少人口多的人家，在那个年代，生活都远远不及村上的"五保户"有保障！

　　不过，在每年小麦收割的季节，上边还能够给每家按劳力的多少调拨一些面粉，普通的人家垫补着勉强能够吃上个把月，以便农民们能够有力气干活，能够度过收割麦子的大忙季节。如此按劳分配的粮食供给，家里孩子多的人家就会经常挨饥受饿，吃了上顿没下顿，可怜的境况不是用语言能够描述得出来的，更不是一般人用脑子空想能够想到的。

　　尽管苜蓿能够救人度过饥荒，能够使人保住性命，但听长辈们说，长期吃苜蓿人也会撑不住的。许多人因为连续两三个月吃苜蓿度饥荒，变得皮包骨头，有气无力。

　　如今，人们不缺粮食了，日子过得也好起来了，但还是念念不忘苜蓿的新鲜可口。每到春天，菜市上不乏苜蓿叫卖，而且十分抢手。有人到农村的田野里去郊游，遇上苜蓿便如获至宝，掐上些尝尝新鲜。苜蓿地的主人看见了，也非常热情，过来还打个帮手，说话中，一同享受着春日的阳光和大自然的馈赠。

　　苜蓿还是原来的苜蓿，菜已经不是先前的菜。时代变了，人的胃口也变了，人们赋予苜蓿的内涵也变了。但在我的心中，对苜蓿却别有一番情愫，因为它与我父辈的命运和我的童年息息相关着。

2018年4月7日

麻麻鸡

麻麻鸡是我们家很久以前养过的一只母鸡，它是因全身长满了细碎如深灰色珍珠般大小花纹的羽毛而得名。

分家那个时候，我们刚刚回到老院子里，在父母的带领下开始单独过属于自己的日子。母亲提议家里养点儿什么活物，但养什么的确是个问题。养猪吧，没钱买猪崽，即便是买了也没有东西喂；那就养羊吧，可养羊和养猪的困难差不多，还多了没人放牧的难处，这样的奢望也只能想想罢了；养牛养马更是谈不上……那就只好养几只鸡吧。

养鸡省事，不用花太多的钱，不用专人饲养，不用愁鸡没啥吃。老院子大着哩，自由放养即可。不是说鸡的消化功能很强嘛，院子草堆里面的虫子、烂果和草籽、树叶，保准能让它们吃个够的。

于是，母亲在生产队出工时就多方打听谁家老母鸡抱了窝，谁家有小鸡孵出了。终于有同村住在峁梢里的一位婶子愿意给我们提供四只鸡仔养着，条件是等鸡养大下了蛋，再用鸡蛋来顶账，每只鸡仔还回去两个鸡蛋就可以了。这条件够优惠的，按我们眼下的家庭实际状况，这也是非常具有可行性的。

记得母亲每天放工回家时我都问相同的问题：鸡娃快到咱家了吗？鸡娃啥时候才能捉回来？母亲每次都说快了，小鸡们已经出了蛋壳了，等小鸡们在老鸡的看护下再长大一些日子。我就这么急切地追问着，盼望着。终于有一天，母亲放工的时候用提篮小心翼翼地提回来四只小孩子拳头般大的小鸡。小鸡们毛茸茸的，一个个嘴儿鹅黄，不时地发出"叽叽叽"的叫声，样子可爱极了。我们家终于养鸡娃了！

母亲找出一口囤粮食用的破席芮子，竖起来往院子窑门角上一立，把四只小鸡轻轻地捉放到芮子里面，然后在搪瓷碟子里置上少量的清水，撒上一些小

老院子

米粒，小鸡们就在我家安家落户了。我没事就踮着脚扒着芫子沿向里瞧，看小鸡们喝水，看小鸡们吃食，听小鸡们"叽叽叽"地说悄悄话。

这些小鸡也太可爱了，它们不论是吃几颗米粒或者喝几口水，都要昂起头，伸长脖子，深深地做一个"引吭高歌"的动作。它们有时挤成一堆，有时又各自走开，动作不急不躁，漫不经心，既来之则安之，并不因换了一个环境而觉得陌生。每到晚上，母亲放工回家，又把小鸡和芫子挪回屋里，垫上一些干燥麦草，小鸡们就相互挤在一起，闭上眼睛，很少发出叫声了。第二天上工，如果天气不错，母亲又将小鸡和芫子移到院子里，用碟子放上水米，一天又这样重复着开始了。

每当母亲出门上工，大门上了锁，我们就守着芫子，看着小鸡，听着它们偶尔发出欢快的叫声，度过一天漫长的时光，觉得生活有了一些新鲜感和乐趣。不知这样的日子过了多久，不经意间，小鸡也都有了一些变化，羽毛由原来的茸毛状开始变化为羽翼状，颜色也有了不同，有深灰的、浅灰的、花白的、黑红的，其中有两只还长出了短短的小尾巴。除了晚上煤油灯熄灭后偶尔还能够听到有几声"叽叽"叫，白天里它们的叫声也都发生了很大的变化，提高了八度。

有一天，院子里偷偷溜进来一只黄色野猫，乘人不备钻入芫子，叼走一只花白鸡，咬伤一只黑红鸡，给我们家中带来了巨大的经济损失。我们伤心了好一阵子。被咬伤的小鸡没活两天就死了，最后总共剩下两只鸡，一只深灰，一只浅灰，都是长出小尾巴的。

三四个月过去了，两只小鸡又长大了许多，毛色也都有了跨越式的变化。能够看得出来，它们都是母鸡，一只深麻，一只浅麻。芫子已经限制不了它们的自由，它们飞出芫子圈成的天空，要争取独立和自由了。每到黄昏的时候，我们就把它们赶进鸡窝，用小木板挡上窝门，上面压上一小块石头；第二天天明，再将它们放出来。一放出来，它们便钻入院子里的青草丛中，逐渐淡出我们的视野。一切都按全家人的期望进行着。

第二年春天，粮食紧张，鸡窝里又突然进了老鼠，晚上咬伤了其中的浅麻母鸡，浅麻母鸡没过一段日子也死了。从此以后，已经出落成深灰色的麻麻鸡再也不敢独自回鸡窝休息了，晚上它就在我们用来堆放麦草的"老家"里寻一处高地，卧在麦秸上面，白天又独自外出寻食，渐渐从我们的视野消失。

夏天来临的一段日子里，我们突然想起，似乎好久都没有看到我家的麻麻鸡了，于是在院子里四处寻找，查看了每一个角角落落，还是没有发现麻麻鸡的踪影。家人们对寻找到麻麻鸡似乎已经不再抱有太大希望了，但我心里还是有一丝疑惑与不舍，总觉得在不经意的时候好像偶尔还能发现麻麻鸡的一些蛛丝马迹，于是便多了一份留意。

终于在家中没有大人的一个空闲的正午里，我似乎又听到了麻麻鸡的两三声轻叫。我循声悄悄钻入院子大花椒树下深深的黄蒿丛中，突然发现麻麻鸡正在草丛中静静地卧着呢！我兴奋极了，真想赶快把这个令人振奋的好消息告诉家人。

母亲放工归来听了我兴奋的描述后，小心地来到草丛中查看，竟然发现草丛里有十几枚鸡蛋，全是麻麻鸡下的。原来，夏天院子里草深树茂，草丛里虫子多，麻麻鸡就躲在花椒树下，每天下蛋休息，吃喝不愁，晚上就直接飞到花椒树枝上栖息了，这样既安全又方便，省去了太多的空耗与警惕。

我们收了鸡蛋，并不去打扰麻麻鸡的生活。只是再隔上几天，草丛里又多出两三枚鸡蛋。从此，家里点灯用的煤油、吃饭用的盐巴就有了一点指望。麻麻鸡可算是为我们家立了一个大功呢！

此后，我家还陆续养过一些鸡，这其中也有公鸡。为了节省养鸡的食物，公鸡一般保留下来的并不多，这与人们生孩子都盼生男孩的想法恰恰相反。在公鸡开始学习打鸣的时候，除了留下一只报晓的公鸡，其余的全都卖掉了。逢年过节，偶尔也会杀只公鸡煮了吃肉，那可是我们最奢侈的口福了。

每当睡在土炕上听着鸡窝里公鸡们争先恐后地练习打鸣报晓时，我们就仔细分辨每一只公鸡的鸣叫声：有的公鸡叫"高盖楼"，有的叫"空瓦缸"，有的叫"花门楼"，也有的叫"快起床"。我们便把叫"高盖楼"的先留下来，把那只叫"空瓦缸"的先宰杀掉，其余的卖掉或者送人，总之是不能让它们白白地浪费了食物。至于母鸡们，全都留下来喂大下蛋，不下蛋的母鸡照样不能久留。等鸡蛋卖了钱，再买油盐，买酱醋，买布料，买火柴，买铅笔，买本子……家里需要用钱的地方太多了，恐怕母鸡放开了下蛋也顾不过来哩。

记得有次夜半北风呼啸，树头冷得打战，外面滴水成冰。院子里进了狐狸，把家里仅有的两只鸡从窝里全都拽出来叼走了，母亲领着我们一帮小孩子吓得不敢下炕出门。第二天早晨小学放学，我的两个哥哥在母亲的叮嘱下，

老院子

还拿着棍子给自己壮着胆子,到门前的沟里查看寻找,却连一根鸡毛也没有发现。

在那些养鸡的日子里,我们有过欢笑,有过幸福,有过期望,也有过悲伤;招来过野猫与老鼠,也遭遇过狐狸和黄鼠狼……它们构成了我们生活中难以割舍的一个个艰难故事和一幅幅酸楚的成长画面,或高兴,或伤心,或苦涩,都点点滴滴地铭刻在那些困顿的流年岁月里。

2008 年 10 月 29 日

红苕干

在朋友圈里看到祖籍陕西蒲城的友人发的这么一段话:"小时候,总记得天冷以后就开始收红苕,而且一挖挖到半夜,拉回家还要连夜擦成片,再拉到地里一片一片地晾起来,又冷又困,实在撑不住就捡一片红苕塞到嘴里,顿时甜甜的汁液溢满全口,渗遍全身。红苕产量好了,就等于这一年丰收了,接下来就是没完没了地吃红苕……"

朋友所说的把红苕"连夜擦成片"拉到地里晾干后应该就是"红苕干",也叫"红薯干",我们小时候把这东西也称作"红芋刮刮",是国家救济给我们用来度饥荒用的主要食物。

朋友的记述使我想起自己小时候的一段苦难经历。我回复朋友说:"我小时候吃到的国家救济的红苕干,大概也有你切晒的一片吧。谢谢你!"小时候有段记忆与红苕干密不可分。大人们上工时将我们锁在院子里,我们饿得受不了的时候,就把手伸向装着红苕干的"长虫皮"袋子,用手指小心翼翼地抠出一个破洞,偷偷掏得几片生红苕干,放在嘴里"嘎巴嘎巴"用劲地咬着,嚼上好半天,就感觉不是太饿了。

那个时候,像这样应对饥饿的场景通常很多,但我并不知道国家救济的那么多红苕干都是从哪里运来的,是怎么切成片晾晒出来的。今天读了这位友人的记述,我终于茅塞顿开。我们小时候吃到的红苕干,这其中的大部分都来自盛产红苕的地方,大概也包括友人居住的陕西蒲城的某个地方。我由此也明白了红苕干的一些加工过程,以及红苕干的一些不同吃法。

我们生活的那个黄土高原属于干旱地带,靠天吃饭,从前主要种植小麦、玉米、高粱、谷子、糜子、黄豆和"白鸡蛋豆子"等,除过高粱比较难吃之外,其他农作物口感都还不错。而这些"吊命粮"是要按劳分配的,劳动力多的家庭挣得的工分多，分得的口粮也多，一年中大部分时间就能够吃上饱饭；家里劳力少的农户挣得的工分少，分到的粮食也少，要填饱肚子那就只能是一种奢侈的梦想。如果遇上孩子多而且小、缺少劳力的家庭，常年挨饿那肯定是已经注定了的事情。

  小时候，我们的家境就属于后一种情形，每年都要经历和面对青黄不接的漫长时节，靠吃野菜、谷糠、麦麸、辣椒蔓、洋槐树花、桐树花、苜蓿以及国家救济的通粉、玉米、加拿大小麦和红苕干填肚皮、度饥荒的日子不在少数。

  我们那个地方自古以来不种植红苕，小时候从来不知道红苕长什么样子。就是在粮食十分欠缺的时候，上面救济了生红苕干，我们也不知道那东西是个什么玩意儿，只管它叫作"红芋刮刮"，吃法也是摸索着想办法的。大人们每天上下工时间紧，最初只是提前将红苕干放在水里浸泡着，待到放工后做饭时再下到锅里，煮熟再加上少许盐巴，分在各人的碗里，端着胡乱地就吃了，填个肚子罢了，并没有觉得那东西有多么好吃。

  日子久了，也有人把红苕干放在碾子上碾碎，用石磨磨成灰色的细面状，掺和在玉米面或者少量粗小麦面粉里，蒸成颜色不能确定、立不住形状的红苕面馍馍，吃起来似乎略有一丝怪异的甜味，更多的是一种发霉变质的味道。

  我应该要感谢这些生红苕干，它们是我小时候一段特别的人生经历和混沌的童年记忆。想那时父母为了我们能够有东西填充肚子，每天早出晚归，辛勤劳作，苦苦支撑，日子过得是何等艰难、凄楚和心酸啊！如今红苕也引种到了我们家乡的高原上，人们采用薄膜覆盖的方法培土育苗、插秧种植，不仅产量高，口味也更加香甜，几乎赛过了原产地的红苕品类。

  这些在平常的日子里看似普普通通的红苕，在那些特殊的岁月里，竟然有了如此扭转乾坤的用途，派上了救民于饥荒的大用场，其功可谓大矣，其恩可谓重矣，其情可谓深矣，其绩当可铭矣！是为记！

2019年10月25日

·故乡云

借　火

在某君的博客里领到一个题目：小时候家里有多穷？说出来不怕你笑话，上小学时，穷得连裤带都买不起，用吊线绳或者旧布条当裤带，呼吸时须憋着气，不敢在操场上逮篮球，不敢奔跑，不敢大声说笑，总之是不敢得意忘形，生怕一不小心挣断"裤带"丢了丑。

有那么几次，裤带还是很不争气地断了，只听"嘣"的一声，提着裤子当众就逃，由此造成的那种难堪和尴尬，只有当时的自己能够感受得到。有时候将破布条打成了死结，课间上厕所时解不开，很是着急，索性把裤带故意挣断，但上完厕所可就麻烦大了，裤子只有胡乱地往腰上一捆，系个死结，小心翼翼地憋着气，一整天坐在教室里都不敢走出教室门，上课时也生怕被老师叫起来回答问题。

在我的记忆当中，裤带"主动"断过三次。上小学一年级时，学校在全校抽选武术操表演队员，体育课王老师用手指着我问："那个娃咋样？"班主任齐老师说："学习还不错！"于是我被选中。被抽调到操场上集合时，听学校的统一安排和部署，我不小心咳嗽了一声，把线绳裤带挣断了，引得一片哄笑。我双手提着裤子落荒而逃，不再参加武术操队。

上小学二年级的时候，一次课间，我在操场边上捡了个篮球，往篮板上只轻轻地一扔，篮球才触到了篮板下沿，毛线裤袋却被挣断了。我提着裤子赶紧溜回教室，拽断绑在课桌下面用来放置书本的线绳偷偷缠在腰里，唯恐被同学识破。那天上午最后一节课，我坐在教室不敢出门，只等着放学的钟声敲响。

还有一次，六一儿童节学校组织大型活动，要求少先队小队长白衬衣、蓝裤子、皮裤带。时任小队长的我没有这些"装备"，女班主任郑老师便从班上一位男同学的裁缝妈妈那里给我借来一身衣服，因为白衬衣需要扎进裤腰，就

老院子

只差一条皮裤带。我在家里到处寻找，突然发现一截已经断掉了的本色牛皮裤带，上面只留下最后一个小孔，屏住呼吸勉强能够系在裤腰上，我如获至宝，将皮裤带系在腰上练习屏气。活动那天，在锣鼓喧天的队伍里，我抬头挺胸，踏着鼓点的节奏，胳膊上戴着"一道杠"，举着小红旗，走在班级队列的排头，一不小心气吸多了，挣断了裤带，那一寸多长的断头"嘣"的一声飞出数米远，差点儿打上前面队员的后脑勺。我赶紧拿着小红旗提着裤子一溜烟地冲向教室，不料教室门锁着，隔壁班级唯一不是"红小兵"的一名女生独自守在教室门外。我感觉非常害羞，又折回去，钻进操场边上的厕所，将那截已经断掉的皮裤带装进裤兜里，也没舍得扔掉。慌忙间急中生智，我把裤腰上的小钩硬是向一边拉过去，强钩在左侧的裤腰穿带上，除了裤子有些扭得厉害，感觉勉强能够凑合。已经顾不上这么多了，我捂着裤腰，一路小跑，追上队伍，继续履行小队长的职责。这事被郑老师发现，队伍临时休息的时候，她帮我调整裤腰，最终也没能想出一个更好的办法来，只好就那样得过且过了。那天我还有六十米比赛项目，我悄悄地躲在人堆里，没敢硬着头皮参赛。

上小学二年级时，有一次全校开展卫生大检查，还要检查学生的个人卫生。自己一年四季"老虎下山一张皮"，没衣服换洗，以致衣服很旧很破很脏很难看，尤其是两个袖口，上面变得"明甲明盔"，都不敢示人。检查卫生那天，我害怕影响班级荣誉，只好逃课，在家躲避检查。记得第二天到学校后，发现班级获得了卫生先进集体，挂上了流动红旗，我觉得这个荣誉也有我逃课的一份功劳。

那时候家里缺吃少穿，日子过得不及村上的"五保户"。三年级的时候，有几次课文没背过，早上放学后，被老师留在学校没让回家，饿了一整天肚子。和我一同被留下的其他同学，有的在上课前，有的在中午课间，都有家里人隔墙喊着名字送馍吃。只有我，家里每天上顿下顿都吃稀溜溜的玉米稀饭，就那还得一边抱着磨棍推石磨，一边把一大锅水烧开了等玉米糁子下锅。玉米稀饭本来就不够吃，也没办法送到学校，我就只好挨饿了。有次下午饿得头昏眼花，实在撑不住，就请假回家找吃的。我揭开锅盖，揭开盆盖……把家里能揭开的盖子全都揭开了，也没能找到一口能吃的食物，只好躺在炕上饿得睡着了。睡梦里，暂时没有了难熬的饥饿感。

说起小学时候背书，记得我盯着教室屋檐上瓦蓝的天空，看着头顶飞过的一只只乌鸦或者麻雀,每背上几句课文,心里就忍不住地盼望着下课铃声能够早点儿敲响,好让我早些回家吃上一碗能够照出人影的玉米稀饭,甚至还想着回家要不要推石磨磨碎玉米。我至今对《桂林山水甲天下》《少年闰土》等要求背诵的课文还能背得几句,每背出这些句子的时候,都会把我带回到那段苦难的小学岁月。

那时候学校要求晚上上晚自习,别的同学都带煤油灯,我却带不起一盏煤油灯,只好勉强向旁边同学借光。但那时同学们年龄小不懂事,欺贫穷,他们用本子皮糊个小纸筒,故意把光线遮挡住,在纸筒上撕个小洞,洞口朝向自己,以便煤油灯只给自个儿照亮。所以一个晚上两节自习课下来,我只落得两鼻孔的煤油味儿和烟黑。

更可怜的时候,家里穷得连两分钱一盒的火柴都买不起,做饭时母亲让我二哥拿着一大把麦草到一墙之隔的邻居家去点火。从我家院子到邻居家院子来回得走二百多米的距离,我跟在二哥后面跑着接应,咬着牙把火取回家,小手被火烧烤得火辣辣地疼。如果还没到家,麦秸秆却燃烧完了,还得重新再取麦秸秆,二次跑到邻居家点火。如果遇上邻居家烧的是"硬柴",就用麦秸秆夹一块"炭火星",到家后用嘴吹燃,那就是再好不过的了。这种取火方式,在我们那里叫"借火"。

母亲为了做熟一顿饭,经常让我们重复这样的事情。后来,父亲在火柴厂盖楼房,看见工人用铁锨铲着废弃的火柴头点火烧锅炉,就跟他们要得半水泥袋,拿回家来,这便成了我们最好的火源。有时做饭,火柴盒磷纸潮湿或者损坏,擦不出火,我就找一个干木棍横在铁锨把上使劲地摩擦,等摩擦部位热得发烫,然后用火柴头在发烫的位置轻轻一划,竟然也点燃了。这种用木棍摩擦点火的办法,还是我跟三爷放羊时学来的。只见三爷从腰里掏出一杆烟锅,装上旱烟,把烟锅嘴子噙在嘴里,然后用羊鞭杆在镢头把上使劲地摩擦,再取出一根火柴,在镢头把上只轻轻地一擦,火柴就点燃了。

记得有次下雨天,玉米面"斜斜"都煮到热水锅里了,中途愣是缺柴烧,面锅烧不开水。我那时已经学习了骨头的成分和作用,知道骨头可以燃烧。我举一反三,赶快跑出院子,在花椒树下捡来扔在那里多年的猪骨头,有头骨,有肋骨,也有很小的蹄骨,放到灶火里面,竟然也烧出火焰,煮熟了一锅面糊糊。

老院子

  小时候家里也经常缺少食用油。用胡麻、菜籽等油料作物榨得的油,我们叫作清油,生产队每年按劳分配才能分得二三斤或四五斤,专门用来擦锅,或者做面时滴上一两勺用来做汤,须得省着点用。为了锅里能有一点油味,母亲砸上十多粒杏仁放在热锅里焙干,用粗瓷老碗碾碎,炒菜时下在锅里,才有了一点好吃的味道。

  记得有一年过腊八节,母亲提前就做好了过节的规划,说到时候换半斤豆腐,把两个洋芋切成小丁,再加上一根葱,做些"臊子汤",一家人热热乎乎地吃上一顿臊子面。说是臊子面,其实是没有肉臊子的,主要原料就是几勺子清油。可是,家里早就没有一滴清油了,油盅子里剩下一个擦锅用的"油麻擦",已经风干好长时间了,几个月都不曾用过。

  清油从哪里来?这的确是个大问题。上工的时候,母亲经过打听,说可以向住在村子东头"媳妇嘴子"上的一位婶子借一盅子油。于是,受母亲指派,在一个太阳红红的早晨放工的时候,二哥领着我,端着一个小油盅子到那位婶子居住的地坑院借油。路很长,等了很久,也不见那位婶子回家。与婶子住在一个院子里的本家邻居说,婶子一大早去乡上仓库交公粮去了。我与二哥又来到婶子家院子的窑畔上,把空油盅子放在一边,靠在窑畔的矮墙上晒着太阳,整整等了多半天,还是没有等到婶子放工。记得那天,正午还比较暖和,可是到了下午,太阳只有一竿子高时,气温就开始变低了。我与二哥佝偻着小身躯往家里走,路上遇见的每个人都会问:"这两个娃做啥去了?"我们就说,去"媳妇嘴子"借油去了。那天,据说那位婶子交完公粮回到家,天已经都"黑大蒙蒙"了。没能借到清油,我们的腊八节多少是留有遗憾的。

  上中学时,我背着馍住校。冬天用提包一次背够吃一周的,每天两顿,每顿根据馍的大小二到三个数着吃,不敢吃超了。天气冷,馍冻硬了,用开水从周围逐渐泡开,慢慢地啃着吃。夏天气温高,馍容易发霉长毛,存放不住,一次只能勉强背够吃三天的。每个周三下午最后一节自习课向老师请假,步行翻沟回家取馍。返回学校时,天已经黑透,走在荒无人烟的沟路上,心里不免有些犯怵。

  每每想起小时候的这些苦难往事,心里总是没有个好滋味。小时候我不知道家里为啥这么穷,后来长大一些了,也终于明白,那时的贫与富,都在于有无粮食吃,有无衣服穿,有无柴火烧。

我们家里小孩子多,都不能参加劳动,只有父母两个劳力,母亲又常年多疾病,挣不来工分,分不到足够的粮食,以致有了我们不同于同龄人的苦难童年。有一年,生产队按人口分配潮湿的高粱让各户晾晒烘干,我家送到大场里的高粱还被人偷了千余斤,欠了队里的粮食债,更是"雨中过河遇洪水""雪天行路遭冰霜"!

"按劳分配"是激励人的好政策,也是治懒治惰的好政策,但放在我们当时那样的家庭里,实在没有发挥出好的作用。对于我们这些尚未成年的孩童来说,"按劳分配"真是差点索了我们幼小的性命啊!说实话,我们一点儿也不懒,一点儿也不惰,我们从小就承担了家里的苦难,过早地肩负起劳动的责任,但我们的稚嫩躯体,怎能改变那贫困的命运呢?

2013年12月26日

老院子

看 戏

  我小时候爱看戏,跟在大人屁股后头屁颠屁颠地,走了许多乡间土路。每次走到一处满是黄土的低洼地带,老远就能看见用军绿色帆布和彩条布临时搭建的一个戏台,这就是我们所说的戏园子。戏园子四面敞开,四村八落的人都赶到这里来看戏。

  节目演出之前,戏台下已经有了许多人。大人们聊天的聊天,抽烟的抽烟,嗑瓜子的嗑瓜子,端个小板凳占地方的占地方;小孩子们则满场子追逐嬉闹,吹气球响炮,各人都有各人的乐子。盼到戏开,戏台前面一下子就聚拢了好多人,他们围成了一堵厚厚的人墙,我能够看到的,大抵是大人们的屁股。偶尔从人缝里看到戏台上有画着红脸蛋、粗眉毛、八字胡的几个人影,这就算是看到戏了。

  最初看到的戏,是革命样板戏,有《红灯记》《白毛女》《沙家浜》《智取威虎山》《奇袭白虎团》等,内容我是看不懂的。听大人们说,戏里有李玉和、李铁梅、杨子荣、喜儿和杨白劳,他们都是好人;还有腰挎东洋刀拿腔作势的鸠山,贼眉鼠眼为富不仁的南霸天,反穿皮袄奸猾狡诈的座山雕,他们都是我最不喜欢的坏人。其余的我一概不知,一概不识,就是跟着大人们图个热闹。

  那时候我的小姑上初小,按大队部的最高指示,他们整个班级都停课参加宣传队排演革命样板戏,然后到各村慰问演出。小姑除了跳集体舞蹈和报幕,还扮演喜儿。她头发黑,辫子留得又粗又长,演戏时不用接假发。戏台子很高,就在村子南边一里多地的老庙里。我被父亲架在肩膀上就能看到小姑表演。小姑的戏份不多,我看见她被一帮坏蛋抓走了,心里非常恐惧。等到喜儿再出来的时候,已经换了人,头发也变白了,我就不再感兴趣了。我一直盼着小姑出场，直到戏散了，终是没能看到。

老庙后来被拆了，戏台子也被推倒了，但戏还在演出。样板戏每到一个村子，演员大多数时候都是可以吃派饭的。在粮食紧张的年代，这不仅是一种荣誉，更是一种福利。小姑不习惯去别人家里吃派饭，所以每次表演结束都要饿着肚子回家吃饭。每有演出，宣传队还没到达，生产队里的派饭已经安排好了。通常是安排一户能做茶饭的人家，早早地擀好比案板还要大的一张面，并且洗好一盆子青菜，准备给演出人员下青菜煮面条吃，这已经是比较好的招待了。也有的时候，饭安排好了，一大张面也擀好了，大半锅开水被柴火烧得"咕嘟咕嘟"冒热气，一直等到后半夜，宣传队却没来，戏也没演成。饭是白做了，但面条也没白白地浪费，被一帮村干部给吃了。

我上小学二三年级的时候，革命样板戏就不再多见，"老戏"开始登场。庄稼人所说的"老戏"，主要还是秦腔戏。最先响应"老戏"的是二姑所在本乡的文安大队。他们短时间集合起一班人马，不知从哪里置办了十几套半旧的传统戏服，演员出场时轮换着穿，如此就可以走南闯北地演出了。请戏的村子也特别多，一个大队接着一个大队，从前一年的腊月初一直演到第二年二三月农忙开始，忙得几乎停不下来。

由于时间紧迫，仓促上马，剧团排演的剧本也不多。不论走到哪里，演的都是《十五贯》《三滴血》和几个折子戏。每到一个地方，最多演出三天，再多就无戏可演了。每次演出，看戏的人都很多，每场演出时都是人山人海，戏台子前被挤得水泄不通。我的二姑也被调去唱秦腔戏，演的是《十五贯》里面的一个角色。我从来都不知道二姑还会唱戏，如果不是亲眼看见，我无论如何也不会相信的。

我看二姑演出，是在永丰大队的一个新修农田的戏场里，那时积雪尚未消尽，天气比较晴冷。那天演的是《十五贯》，戏场很大，竟然也被人挤满。我拼命往人堆里钻，还是被挤出人群。二姑的演出，我几乎都没能看到几眼，只能通过大喇叭听得一些唱腔，觉得二姑唱得还真不错哩！

再到后来的开春三月，有陕西秦腔戏剧团被邀请到乡上的大戏园子会演，每次十多天甚至二十多天，把"看秦腔戏"推向了一个新高潮。乡上有个大戏楼，戏楼周围用一人多高的土墙围成一个大戏园子，能容纳上万名观众。每逢乡上过会，陕西秦腔戏剧团都要被请来赶场子，烘托气氛，制造人气。与地方

上剧团 的演出不同,陕西秦腔戏剧团的演出是要门票的,票价两角五分钱,戏园子里仍是场场爆满。你不要小看当时的两毛五,有许多人家还是掏不起或者舍不得花这个钱的,我们家就是其中的一个。我看戏时口袋里从来都是一分钱都没有,只在戏场外围看个热闹而已。

我跟着村人看戏,通常都是翻沟步行的。一大早吃过饭出发,一个半小时就赶到集市上。这时人流已经像潮水一样涌动着,各种喧闹嘈杂的声音聚拢在集市的上空,营造出巨大的"过会"气场。我们几个小孩挤在人群里瞎转,看卖麻花的,看卖炸油糕的,看卖油饼的……看得直咽口水。

卖得最火的当数德州老汉的牛羊杂碎锅盔汤,用帆布帐篷在街口搭起一个临时餐馆,泥好几台锅灶,炭火烧得正旺,大锅里的肉骨头汤被烧得滚滚翻动着,冒出的沁人肺腑的香气直往鼻孔里钻。餐桌上经常坐着几名衣着整齐、端着旱烟锅、戴着黑石头眼镜的老头儿。他们吹着烫嘴的肉片,"吸溜吸溜"地喝着油汪汪的热汤,不停地掰一块香喷喷的锅盔放进嘴里,看得我直流口水。

当然,我们也会围成一圈看别人推销稀奇古怪的中草药,庄稼人把这些人叫作卖狗皮膏药的。一名身体肥胖的"老中医"摆着一摊虎骨、羚角、鹿茸等稀有动物的身体部位叫卖,嘴里不停地给人介绍说:"一天吃三顿,早晨,中午,晚上,温开水送服。"还有一名南方口音的江湖人,他自称来自南海,带着各种蛇胆、龟甲、贝壳摆摊叫卖,给人无限神秘的遐想。有一名耍把戏的,用手劈砖表演完了,又给手绢倒上菜油,然后扔在地上用脚来回踩,手绢被弄脏了,他就给手绢抹些特殊香皂,用清水一冲,又白净如初,于是就会有人买几块香皂。还有焊眼镜腿的、修鞋的、补锅的、剃头的、吹糖葫芦的、卖香草的,看得人眼花缭乱,说白了,大家都是赶来看热闹的,哪里有热闹就往哪里凑。

不过,最热闹的还是戏园子。从上午10点多卖门票开始,进入戏园子的人就没有间断过。售票窗口前挤着长长的队列,不时地有人因插队买票被众人检举。两个检票口也挤得水泄不通,偶尔有没买票的年轻人想跟着混进戏园,却都被守在门口的七八个壮汉给揪了出来。一名妇女虽然也买了门票,但她想带她十多岁的儿子一同看戏。她儿子的个头超过了他娘的肩膀,看上去比我们还要高出半头。她将高个头的儿子抱在怀里往里走,显得很有些吃力。进入检票口时,还是被拦了下来,让重新补票。那名妇女向工作人员求情,最终未能成功。那个高个头的男孩，我记忆比较深刻，后来读高中，在乡中学还见过，他比我高两个年级。

我们说是来看戏，其实就是站在检票口外面看别人买票进门看戏，碰上运气好点儿的时候，在下午大戏散场前的半小时，等检票人员一撤走，还可以迅速地跑进戏园子，美美地转上一大圈子，观察戏园子里面究竟都有些啥新奇事物。然后踩着满地的瓜子壳、麻子壳、甘蔗皮，有尾没头地看上一阵子大戏。台上有长胡子的，有短胡子的，有白胡子的，有黑胡子的，还有红胡子的，真是奇怪得很！他们都穿着长袍大褂，脸上画得五马六道，我啥也看不懂。

记得有一次，我白天跟着别人看戏，等到大戏结束，天色已近黄昏，集市上的人也少了许多，我反倒不敢翻沟回家了。于是干脆在街上百无聊赖地闲逛，打算等到晚上夜场结束时，再跟着村里赶来看夜戏的人一起翻沟回家。一整天没吃饭，我肚子饿得咕咕叫，心里却还是热热的。趁着这个时候，找到一处爆米花的烧锅，站在一旁看人家拉风箱烧火摇炉子。最感兴趣的是等到最后"嘭"的闷声一爆，有少数爆米花会从口袋的破洞口爆出来，我正好可以冲上去捡拾几粒，塞进嘴里。这样不仅可以止饿，心里还可以感受到炉火散发出的一丝温暖。

熬到晚上8点半开戏前，我又趴在检票口前的木栏杆上，借着一千瓦大灯泡刺眼的光线看人们纷纷买票入场，顺便看有没有认识的同村人。几个大点儿的小孩一合计，准备从戏楼后面的土墙翻入看戏。于是我也跟着，选择一处比较容易爬上去的豁口，被上面的拉着，被下面的举着，稀里糊涂地被推上墙头。在夜幕的掩护下，前面年龄大些的探路，看好地势，我相跟着一跳，然后溜了下去，拍掉身上的黄土，一起混入人群，怎奈看到的却还是一个个背影。

经过一番商量，我们还是来到戏楼的后台，看男男女女的演员化装，看一位花脸演员舞动头上的野鸡翎子，看年轻的女演员端着洗脸盆出来倒水……不时地被戴着红袖章看场子的人赶得一哄而散。经过如此几番的进退和折腾，不觉得就到了凌晨戏散时。我踏着朦胧的月色，跟着看戏的人流大军，一路翻沟上坡，迷迷糊糊地向前行走，在村子里的狗吠声中，终于到家了。

像这样买票看戏的日子，持续了也没有几年，秦腔戏就比较普遍了。各地不仅有了自己的秦腔剧团，民间也聚起了自己的戏班子，有唱大戏的，有演木偶戏的，也有三四个人凑在一起唱"牛皮灯影"的。公社、大队、生产队都可以根据年份、收成和节气的不同,请来不同形式、不同规模的剧团和戏班子演出。唱大戏一般都属于公社和大队包场,公社请的大都是有编制的正规剧团,大队多数情况下请民间的剧团。只要写定了包场的时间和价格,对观众来说,看戏都变成了免费的,再也没有了买票之说。

　　那个时代,没有电视,文娱活动比较单一,看戏便成了农人比较热衷的集体活动。每逢农闲和过年,村人们就会关心哪里有大戏看。从外面回来的人捎回信来,沟北的米家九沟有戏,南塬的冯家畔有戏,或者说沟对面的南坡头有戏……于是家家户户都锁上了门,拖家带口地一起赶往有戏的地方。已经走到了半沟洼,远远地看见对面山上有人向这边走来,就吆喝着问信。来人说没问题,那边就是有戏,大家就觉得心里踏实了许多,说说笑笑地继续赶路。如果来人说没有听说有戏,满沟洼的人就一齐停住脚步,便拿不定主意了。直到第二个人再次传来无戏之说,就一起掉头,后队变作前队,沿着原路慢慢往回走。虽然走得气喘,却没有多少怨言。大家一起出来走走,虽然没有看到戏,却同样收获了因看戏话题引起的娱乐效果。

　　有一年麦收后,正是农闲时节,生产队请来了一班木偶戏,连唱三天三夜,着实热闹。这种木偶戏,我们当地人也叫"撒乎子",五六个人就能撑起一台戏。演员们唱的是秦腔剧本,手里举着的是穿着打扮成舞台形象的秦腔剧中的木偶人物,竟也吸引来附近几个村庄的几百号人观看。有许多家庭还在几天前就接回了已经出嫁的姑娘,对这样的大戏也是相当重视和看好。

　　隆冬季节,夜晚漆黑漫长,是"牛皮灯影"演出的最好时机。有次队上也请来了皮影戏班。戏班四五个人在窑洞里演出,在昏暗的油马灯前面,拉起一道白色的幕布,其中一个人挑拉着几具牛皮雕刻漆染成的"戏人",有些造型十多分钟都不曾动一下。几个人轮番唱着不同的角色,时间久了,便少了吸引人的看点。但村子里的几个老年人对此却兴味十足,七八个人坐在一个大炕头上,抽着旱烟,喝着热浓茶,一直看到了大半夜。

　　我对于看戏,能够看得明白,其实还在上了中学之后。初中时,每逢村子里写了戏,学校也放假。跟着家人一起在戏园里看三五天戏,那才叫过瘾。《放饭》《赶驾》《铡美案》《玉凤簪》《拾玉镯》《杀狗劝妻》《伍员逃国》《寇准背靴》《海瑞罢官》《包公断双钉》《刘备回荆州》……一个个剧目耳熟能详。剧中人物的喜怒哀乐、爱恨情仇、善恶忠奸,都影响和牵动着台下的每一颗淳朴的心灵，同时也潜移默化地浸润和渗透着传统风尚、道德情操和千百年来人类社会尊崇的价值观。

有次在南坡头看戏，恰好遇上吹风下雨，戏台断电，当晚要演出的《包公坐监》被迫中断。到了第二天晚上，电路又出故障。为了安抚观众，戏台上走出当地一位老先生，现场客串编撰了一段顺口溜，把台下等电看戏的人听得差点笑翻了。可惜我只记得了其中两句："风吹下雨电又停，包公坐监没演成……"老先生出口成章，就地取材，句句押韵，生动有趣，把人逗得前仰后合，令人佩服不已。

高中时，学习紧张，学校禁止看戏。每逢乡上过会，大戏唱了十几天，秦腔的旋律穿过街巷，飞入校园，飘进教室，直往耳朵里钻。尤其到了深夜，夜静音清，那悠长的戏声更是分外撩人。我心中按捺不住，偶尔也会偷偷地混出校门，溜进戏园，看上一阵子大戏。看过的戏有《卷席筒》《玉蝉泪》《柜中缘》等，部部都精彩，部部都是好戏！

记得其中有一台戏中有个扮演丑角的县官，身穿大红袍子，踩着五寸厚度的白跟长筒黑靴，摇着乌纱帽，扭着胖肚子，吹着山羊胡，瞪着白眼仁，用快板式的节奏抑扬顿挫地说着他的做官妙经："做官好，做官妙，做官头戴乌纱帽。原告有钱原告赢，被告有钱被告赢。如果两家都没钱，拉去各打五十板。如果两家都有钱，官司平断莫为难……"听来妙趣横生，令人觉得既可气又好笑。

到高考攻坚阶段，学习压力大，我只好收起了看戏的心思。直至后来，干脆与看戏斩断了往来。然预选成绩优胜而出，正考考分竟降百余。于是调整策略，待来年预考之时，放弃复习，夜晚独自来到市东城壕巷戏园看戏，直至凌晨一两点散场，天明应试，如此一连三日。预选成绩中等偏上，正式高考发挥正常。那年高考成绩，一举冲过重点录取线。真可谓戏看凌晨，心置事外，学在平时，功成当下！

每每忆起年轻时看戏的过往，总有许多感慨。小时候父亲曾经领着我看戏，给我讲剧中的人物和故事情节。等我长大成人了，父亲却老了，我便陪着父亲看戏。2010年五一假日，我们陪父亲来到曲江池游玩，中午在湖心小岛的一处楼亭之中，恰遇西安明德门的一个社区秦腔剧团在此演出。那日天气晴和，丽日高照，新柳夹岸，鱼跃春波，正有看戏的好心境。父亲坐在湖中亭

老院子

下，背对曲江池中帆船悠游的美景，一连看了两出折子戏，心情真是好极了。我拿起相机，记录下父亲看戏的美好画面，成为我与父亲看戏的珍贵记忆。

看戏是我曾经的一大爱好，也给我曲折的人生带来过好心情、好运气和期待。而如今，整日忙碌于没有头绪的生活羁绊，竟有多年不曾与看戏相关联。然人生过往的经历，看戏岁月的变迁，给我留下许多值得回忆的精彩片段，成为我丰富人生长河中的一朵朵美丽浪花，永放奇光异彩。

2018 年 12 月 9 日

2010 年 5 月 1 日，父亲在西安市曲江南湖看戏

·故乡云

白狗饿死不离家

客观地说，我对狗这种动物谈不上喜爱或者讨厌，从某种意义上讲，狗如同人类一样，难免有恶毒、刁钻、狡诈之徒，但也不乏忠义、诚信、厚道、助人之士。

小时候我们那里野物多，大人们上工时都会将小孩子放在院子里，然后锁上大门，害怕孩子们爬树翻墙到外面去玩，临走时还再三叮嘱："好好在家待着，不敢出大门，小心外面有狼！"话虽那么说，但我从小到大也没见过有狼出没于村子的周围，只是偶尔会在村子的某个偏僻之处发现几截带着猪毛的已经干枯的白色粪便，大人们说那就是狼屎；或者听放羊人说，在山沟里亲眼看见过狼，在羊群附近徘徊了很久……这些都足以令我们这些小孩子闻狼色变、胆战心惊了。

除了从来没有见过狼的踪影，狐狸、黄鼬倒是遇到过不少。记得有一年冬日夜半，只有母亲领着我们一帮小孩子在家中。院子里的树枝树叶在呼呼不停的冷风中发出呜呜怪异的叫声，突然听到门外鸡窝里有什么响动，吓得我头发直竖，身体蜷缩，用被子把头紧紧地捂住，浑身都起了鸡皮疙瘩。偶尔还能听到鸡的叫声，估计是狐狸在偷鸡，但院子里很黑，我们不敢轻易出门。一直等到天亮时，才发现家里养的两只鸡全不见了，院子里只留下斑驳的爪印和零散的鸡毛，我们感觉家里损失太惨重了。早晨放学后，上小学的哥哥们还专门到门前的沟里去寻找，希望能发现被狐狸咬死或吃剩的鸡，但最终还是空手而返，连一根鸡毛也未能发现——白狗就是在这种情况下来到我们家的。

白狗被父亲从亲戚家捉回来的时候，也只不过比猫大一丁点儿罢了。只见它全身雪白，无一根杂毛，样子还算可爱，很像个小孩子，比较好动，喜欢在院子里奔跑。我们走到哪里，它就跟到哪里，好像它独自待着也觉得寂寞孤单似的。有时我也觉得它好烦，惹得我都不大开心，但白狗自己并不在乎这些。白狗是什么时候长大的，在它的成长过程中都有哪些可爱的事迹，我都不大记得起了。我只是对它"出落"成大狗之后的几件事情印象比较深刻。

　　长大后的白狗比较俊，因为家中缺粮，它的形体也长得十分精瘦。白狗耳朵很灵敏，几里之外有什么异常动静，它都感知得到。尤其是到了夜晚，如果白狗向着村子的哪个方向"汪汪"几声，第二天就会发现那个方向准会发生野物翻墙偷鸡或谁家财物被盗的事情。白狗从来没有咬过人，充其量也只是在遇到陌生人上门的时候连着"汪汪"几声，发出警示，只要我们冲它喊上一声，它立马就会摇着尾巴顺从地跑开，好似例行完成了它的守卫通报任务。白狗令我们喜欢的另外一个理由是，它对家人非常友善，不论谁从外面回家，它都要大老远跑去迎接，显得十分亲热。有一次，我父亲夜晚从五十里外的工地赶回家，白狗好像事先知道似的，早早地跑上三四里地去迎候。待父亲返回工地时，白狗又将父亲送出十几里路程。大家害怕它跑丢了，但它每次都能够顺利返回。

　　白狗不曾咬过人，但它却追过野物。记得有一年秋天的某个上午，与我们一墙之隔的邻居家大白天进了黄猺，咬死一只大公鸡，叼着鸡从位于墙根下的水窗眼里溜走了。待村人们发现时，黄猺已经逃到了半沟洼。正当大家站在沟畔放声吆喝的时候，一道白光"嗖"地从人群后面闪电般飞出，箭一样地直向沟底冲去——原来是我家的白狗！只见它左冲右突，快速靠近，一溜烟地追向黄猺，尾巴卷得又圆又紧，在众人的呐喊助威声中，白狗一步步地向黄猺逼近，衔着鸡的黄猺一看情势不妙，扔下死鸡跳崖滚洼地逃命去了。有了追黄猺的英雄事迹之后，白狗在村中的威信空前高涨。

　　转眼间又是一年春天，这个季节当时在我们那里是最难熬的时候，因为过了一个冬天，家中的粮食差不多都吃光了，春草又才露芽，菜蔬还没下种，人的吃喝用度都极其短缺，白狗跟着我们也只有挨饿遭罪的份儿。记得有段日子里，白狗由于长期冻饿，走起路来都一步三倒，饿急了还会啃吃青草，我们看在眼里，急在心上。

　　正好我二哥当时逮回一只白兔，打算用青草柳叶喂着长大拔毛卖些零钱。一天清早，当我拔来一小撮青草给白兔喂食时，一不小心，饿急了的白狗一头扎进兔窝，咬住白兔死活不肯松口，任凭我和母亲怎么用手捶打拉扯也无济于事。兔子没活几天就死了，再扔给卧在院墙下的白狗时，它只是眨巴着双眼微微地看了看，又眯上眼睛，把头紧紧地贴在地面上，宁可饿着也不肯动白兔一口，好像在忏悔自己当初不该咬伤兔子似的。

因为白兔的死，我挨了二哥的揍，我把一切不平都归咎于白狗。当时感觉很憎恶白狗，好久都不再理会它，偶尔从白狗身边走过，却见它快速地眨巴着眼睛，好像知错了似的躲闪着我的目光，似乎觉得很对不住我。时间久了，我便忘却了此事。直到月余后父亲回到家中，好大一会儿都没有看到白狗的身影，询问时，才发现白狗迈着颠簸的步子，挣扎着从柴窑后面一步一步地晃动出来，费力地摆动了几下尾巴，算是打过招呼了，它好像有许多委屈需要诉说。得知情况后，父亲心里也很着急，搜遍家中，也只有少许谷糠。给白狗用温水搅拌了端去，白狗只是艰难地舔了几口，又回到柴窑卧了。它几乎连吃食的力气都没有了。

第二天，父亲就张罗着给白狗找一个活命的去处，选择的结果是，将白狗送到公社粮站看门，因为粮站各个粮仓都装满了粮食，不愁没吃没喝，白狗去也算是享福了。父亲那些时候正好在公社粮站盖粮仓，又听说那里新近老死一只看家护院的狗，正好有个空缺——这等难得的美差，连我自己都想去哩！

白狗是被父亲用自行车驮着到达十几里外的仓库的。由于身体长期饿困，此时的白狗已经不能够走太多的路程。临行之前，我们把家中白狗能吃的谷糠麸皮全都清扫集中，搅拌成稀汤寡水的"最后的早餐"，好让它对在此饱受过饥饿煎熬的家留下一点美好的印象。白狗被送走后，除了偶尔看到闲置在院墙根下的狗食盆时我们还会短暂地记起白狗，其余的时间，我们已经逐渐习惯了没有白狗的日子，毕竟它是到公社粮站享福去了。

可是，就在一两个月后，有一日放学回家，我们意外地发现，白狗回来了，正在院子里蹦跳撒欢呢！白狗见着我们很是亲热，又摇尾巴又向身边蹭。大家都觉得很纳闷。

当晚，正在粮站盖仓库的父亲从工地赶回来，才终于揭开了谜底。原来，自从到粮站之后，白狗享受着丰厚的食物待遇，吃住都不用发愁，身体日渐恢复了元气。但唯一令人不解的是，白狗经常会面向我家的方向"呜呜"长叫，有时候一蹲就是几个时辰，它每天还会到我父亲干活的地方去溜达，一待就是多半天。那天我父亲因工程上的事外出久了一些，回来时就发现白狗不见了，

老院子

父亲猜想白狗可能是自己跑回家了,于是就连夜赶回家,果然不出所料。

白狗最终还是被送回了粮站,但这次出门,并没有头一次那么容易,从早上哄到晚上,从前一天哄到后一天,最后可能是它自己也觉得非走不可了,才依依不舍地跟在我父亲的自行车后面极不情愿地出了家门。自那以后,我们就再也没有见到过白狗了。只是后来听我父亲说,白狗在粮站尽职尽责,忠于职守,表现很好,深得人心,大家都很喜欢它。

2008 年 10 月 22 日

黑猪风雪夜出逃

在朋友"泪融残妆"博客中看到一篇有关"丢猪"的故事，说的是她当年在部队里的一段亲身经历："春节前夕，当部队的战友们期待着好好打一下牙祭，准备痛痛快快地过上一个肥年的时候，即将成为餐桌上一道主菜的一头大肥猪，竟然在一夜之间突然从它居住的地方消失了。"故事真实、生动、有趣，也勾起了我对小时候家里"丢猪"的一段艰难往事的回忆。

记得那是一个大雪封天盖地的冬天，雪很厚，天气也非常冷，路面上冰雪覆盖，被人踩得一片凌乱，走在上面"咯吱"作响。因为气温太低，几乎都能把鞋底粘在雪地上。那天下午，大人们都去出工了，我的两个那时还在上小学的哥哥到水窖中吊水，我跟着去借了吊水绳，连拉带拖地背到水窖边。水窖很深，窖口很大，上面没有青石板，边上又结了冰，特别光滑，挺吓人的。那时用的是木桶，浸了水又结了冰，分量变得很沉。木桶拴了吊水绳，下到窖中则漂浮在水面上，不容易盛满水。大哥抓着吊水绳的末端不停地摇动着，好一会儿工夫，才使木桶吃满水，然后两手向怀里一提，吊水绳显得直了。二哥也搭手，两人一起向上拉着吊水绳。我在稍远处的雪地上立着等候，只见两个哥哥跨开两腿，面对面地向前弓着腰站在水窖边上，双手轮换着向上拉着吊水绳，一人一把，一上一下，显得很吃力。那天不记得吊了几桶水，抬了多少趟，总之几个人一下午就做了这么一件事情，天色很快就变得灰蒙蒙了。

等到晚上全家人都安顿下来的时候，才发现家中喂了大半年的黑猪不见了。于是父母急急地领着我的哥哥姐姐们，冒着风雪，借着雪光，沿着村子周围一路吆喝着寻找过去。我那时还小，没能跟着去，在家里也是提心吊胆、担惊受怕，希望他们能够快点把猪找回来。但他们找了大半夜，寻遍了整个村庄，找遍了所有沟沟坎坎，依然没有猪的丝毫踪迹。回到家中，父亲责备着大

老院子

哥、二哥，大哥、二哥推责给我，我不敢作声。大家推测是谁出进时没有关好大门，才把猪给放跑的。那一夜，我们全家谁都没能睡踏实。

我家丢猪的事也惊动了我的爷爷、三爷和五爷，因为当时分家过着，他们第二天才获知消息，随后也踏着半尺厚的积雪加入寻猪的行列。大家推算着猪能够去的任何一个地方，村中废弃的破窑洞、谁家的萝卜窖、塌陷的水窖、偏僻的沟沟洼洼、村中夏天时搭建的瓜棚、马路边上的简易茅厕等，一切能够想到地方全都找遍了，但那头被我们全家视为宝贝、命根子的"大瘦猪"还是没有露面。就这样，在漫长而焦灼的寻找中，眼见着天又黑了。家中冰锅冷灶，没有一点儿温暖的活力，全家人连做饭吃的心情都没有了。

说起我家的那头猪，也着实可怜，曾经吃了不少苦头。有年夏天，我出门抱柴忘记关大门，被猪钻个空子溜出去。还不到几分钟时间，猪又狼赶似的跑进了大门。紧接着，那个叫"丑女"的生产队长就握着一把铁锨健步如飞地冲进我家院子，气势汹汹地追着我家的猪满院子跑圈，嘴里还骂骂咧咧个不停。只见他猛地一抬胳膊，将铁锨扔了出去，当场就铲掉了半截猪尾巴。猪惨叫一声，血流得满院子都是。我们那时都还太小，不敢与丑女论理。听丑女骂猪的说法，我家的猪往门前的碾窑坡底下跑去，要吃生产队放在碾窑躲避连阴雨的胡麻，碰巧被他追赶了上来。猪就这么白白地挨了一铁锨，失去了它那根可爱的小尾巴。那个时候人缺粮食，猪也是经常吃了上顿没下顿，饿得实在受不住了，才乘人不备逃出去寻食的。

雪地上仅剩的一点儿蛛丝马迹，也由于天黑雪厚，很快就被随夜而至的风雪吹掩得无踪无迹了。我们都担心在这冰天雪地里，可怜的猪孤零零地在外面将如何挨过漫漫长夜。

记得这头猪是春天快要过去的时候，父亲从集市上买回来的，本来打算养大卖了钱补贴家用，谁知道这厮竟不念往日饲养之恩，私自出逃了，辜负了我们全家人在它身上寄托的殷切期望。你就说这饿吧，那时候我们全家人谁不曾挨饿？

猪宝贝被买回来的时候，正是春草逐渐旺盛的时候，我们每天给它寻找各种野草野菜吃，还要用菜刀切得又细又碎，并且还浇上泔水，偶尔加点麸皮，看着它吃得十分起劲，小尾巴摇得"突突突"的，我心里简直比自个儿吃饱了还高兴，尽管我还饿着哩。我心想，这猪活得真美，**能够吃的东西竟这么丰**

富，不像人，选择的余地受到了极大地限制。

夏天和秋天还算好打发一些，杏树叶和各种丰富的野菜南瓜把小家伙顿顿都能填得肠满肚圆，只是缺少了粮食精料。虽然条干子长得还算快，但猪看上去还是相当精瘦，能够明显地看出一根根的排骨。待到一交上冬天，猪的日子就逐渐地不太好过了。看着干草、树叶、麸皮等可以食用的东西一天天地减少，人心急，猪也饿得发慌。这不，这忘恩负义的黑厮，都出走一天多了还不愿意回家！大人们焦急着大人的心事，我也怀念着猪的过去，希望它能够突然找回家，给我们一个意外的惊喜。

又过了一日，就在我满脑子都在想着有关猪的事情的时候，令人高兴的事竟然真的发生了！那是第三天中午，天气晴好，阳光照在白净的雪地上格外刺眼，正当父亲与五爷踏着厚厚的积雪在野外旷地里搜寻的时候，突然听见堆在庄稼地里的苞谷秸秆似乎有些响动。循声找去，竟然发现我家那头可爱的猪正在悠闲地啃嚼着苞谷秆哩！

原来，在离家出走的两天多时间里，猪饿了就吃生产队里的枯苞谷秆，渴了就喝田野里免费的纯天然积雪。至于晚上嘛，那就更不用操心了——偌大的苞谷秸秆堆出的一座座小山丘，就是它临时栖身的最温暖最舒适的五星级酒店贵宾间。

我的猪啊！你这厮真能沉得住气呀！当我们全家人正在为找不着你而心急如焚的时候，你竟然活得如此逍遥自在，比在家里舒服多了！

2008 年 10 月 9 日

老院子

恶　狗

　　一直以来，我都对恶狗不曾有几分好感。一是，恶狗这东西总喜欢咬人，多少年都不能也不愿改此恶习；二是，我曾经见过的几条恶狗，大都具有特别狡猾的嗜好。这里列举一二，以便让大家有个认识。

　　小时候，我们村北头有一户人家，养着一条吊脸的麻狗，这家伙个头大，年岁老，很有些经历，在村上很"霸道"。它有事没事都横卧在村北坡的树荫下，样子很悠闲，装得好像若无其事。如果你单独从它身边经过，它看似不搭理，但等你走出几十步之遥时，它就会"嗖"地从后面窜将过来，"呜"地咬你一口，发出美滋滋的音符。

　　但凡被咬者，轻则皮破血流，重则白骨外露，待你从疼痛中惊醒时，它已一溜烟地躲回它家院墙后面，探出半个脑袋偷窥，仿佛在取笑你。因为它的主人是村上的干部，因此轻易没人敢与之较真，只好回家自个儿找些辣椒面撒在伤处，用破布条绑扎了，等待自然痊愈。村中大小人中被其咬者，已有七八个。后来大家每遇麻狗，或结伴经过，或绕道远行，不敢与之单独交锋。但这麻狗咬人也有个"原则"：遇强壮者不咬，遇当官者不咬，遇持棍棒者不咬。

　　麻狗非常狡猾。每年秋天苞谷成熟的时候，为了防止苞谷被糟蹋，队上都会派专人在苞谷地里安放一些"打狼弹"。先说这"打狼弹"的制作，通常是将一定量的火药、炸药、玻璃碴、碎石屑按比例混合，用硬纸包了，再用浸了菜油的麻线缠成核桃般大小，外面涂上一层白色的猪油，留出一根拉线，一个"打狼弹"就制作成功了。一般的狗闻到猪油，馋得忍不住，都会猛地去咬，然后被炸得唇裂牙飞嘴肿，活下来的不多；也有喜鹊、乌鸦和其他野物以身试"弹"，每年遭不测的也不在少数。但这麻狗却不同，它不仅会小心翼翼地舔掉"打狼弹"上面的猪油，每次还都能保证自个儿完好无损。更使人费解的是，遇上麻狗饶有兴致的时候，它会将"打狼弹"轻轻地转移个地方，这就为人们日后秋收时增加了很大的危险性。所以大家都不敢招惹麻狗，生怕它使坏。

麻狗最终还是栽到了自家人的手中。平日跋扈惯了，又无人敢与之计较，所以麻狗的胆量日益见长，行为也愈加放肆，在村中除了咬人，还开始捉鸡、逮兔、伤猪，搅得鸡飞兔藏猪奔，惹得四邻寝食难安。常言道，多行不义必自毙！也该麻狗自己倒霉，最后竟冒犯到与它家一墙之隔的本家亲属——先是咬死了一只叫鸣鸡，接着又将人家圈养的一头猪的后腿咬断。主人很气恼，决计要收拾麻狗。但每次找到了机会，刚举起棍棒，还没等落下，都被麻狗机警地脱逃。麻狗越是狡猾，这主人越是恼火，有一次还专门找了一块大石头，看准麻狗在院墙下躺展了四肢午睡，悄悄将石头对准它，"嗖"地投掷下去，眼看着就要砸中，岂料麻狗突然一个闪身，又一次侥幸躲闪开了。

麻狗倒霉就倒霉在它自个儿爱忘事。"投石事件"发生不久，麻狗某日又到隔壁串门，看见灶头有一盆刚刚烫好的猪食，就毫不谦让地埋头吃起来。当时正赶上主人家煮面条，女主人一边给锅底添柴，一边红着被柴火烟熏的眼睛用嘴吹火，男主人拿着碗筷正等着捞面，却见麻狗竟自己送上门来。男主人取来一个大马勺，待面锅滚开，舀了满满一勺面汤，浇在麻狗身上，只听"呜"的一声惨叫，麻狗奔命地逃窜出门外，嚎叫声刺破了整个村庄。至此，村人好长时间都没再见到麻狗，据说"面汤浇身"之后，麻狗长卧不起，背部大面积脱毛化脓，水食不进，月余毙命，至死都没能为主人留下半张好毛皮。

我这里还要讲的另一只恶狗，恰好生活在村子的南边，它是麻狗之后的又一另类。此狗个头不大，全身鬈毛，灰里透黄，酷似驼绒，权且称它"灰狗"吧。灰狗眼仁白多黑少，略泛青光，走路老是低着头，从不正眼瞧人。虽然年岁不大，却时常做老成持重状，步子很慢悠，显得很沉稳，从来不紧走一步。遇着外人，总像有深仇大恨似的，常不怀好意地挑衅和对峙。

灰狗从来不出声，村子里没有谁听到过它像别的狗一样发出"汪汪"的叫声，但你绝对不能小瞧了灰狗。灰狗通常深居简出，不与人照面，但这并不等于它心里不"在乎"你。不经意间的一次远距离偶遇，它也许就会记住你好久，就会对你有了个总体的把握，心里会盘算着下次找一个什么地方，以一种什么样的方式，对你采取突然的行动会更好一些。

老院子

　　灰狗出没的时间和地点难以预料，也许在一个黄昏，也许在一个午后，也许就在一个太阳才刚刚冒头的早晨；你可能在门前的土坡上遇到它，也可能在村后的树林边遇到它，还可能半个月见不到它的影子，但至少有一点是可以肯定的，那就是，灰狗出没的地方通常都是它家的庄前屋后、林荫小道或偏僻沟畔，距离很少超过它家方圆一百米。

　　灰狗的坏名声，当然还是因了它咬人太多，灰狗咬人也从来都是无缘无故，让你觉得莫名其妙、捉摸不透，只要它觉得时间、地点和距离合适，逮着谁咬谁，且都具有速度快、下嘴准、用力狠等几个基本特点，而且每次又都能够迅速顺利地撤离突袭地点，好像在用这种方式证明它的能力出类拔萃似的。因为一般而言，人就不具备咬狗的能力。灰狗对咬的对象，没有高低贵贱强弱的选择，村里村外被灰狗咬者也有六七人，所以大家也非常惧怕它，恨不得它有朝一日也吃了"打狼弹"，或者突然间自行暴毙。

　　在大伙儿的记忆当中，灰狗唯独有一次是真正意义上的离家出走。因为咬了人，又屡教不改，它的主人用木棍美美地教训了它一顿。于是它便不辞而别，离家出走，在外面散心近一个月。正当主人家以为它不再回来了的时候，它却耷拉着脑袋又出现在人们的视线之中。

　　灰狗在外面这么长时间，究竟是怎么混世界的，这大概只有灰狗自己知道，别人谁也懒得理会这等碎事。回家后的灰狗起先还老实安生了一段时间，但最终还是忍不住又咬了人。主人一怒，用铁缰绳把它拴了，从此，大家就再也没有见到过灰狗。至于它最后是怎么终了一生的，大家就更不关心了。总之，没有灰狗的日子，大家都感觉快乐而轻松。

2008年10月20日

问　驴

20世纪七八十年代，农村实行包产到户之前的很长一段时间，在我们家乡黄土高原上，经常会见到这样的场景：

两个熟悉的人在村路上相遇，其中一个问另一个："做啥去来？"

被问的一方回答："问驴去来。"

问话的人又问："问下了没？"

对方回答："问下了，明天一大早过去拉。"或者说："没问下，这两天推磨的人多，一时半会儿还轮不上。"

类似这样的对话，如果不是亲身经历或在那个年代生活过的人，恐怕未必会明白他们对话的真实含义。因为当时还没有通电，大家都点煤油灯照明，像磨面机、碾米机和粉碎机这些先进机械都还不曾听说过。那时人们日常吃的玉米、高粱、小麦等面粉，都是用石磨加工的。人们生活中的多数时间都被消磨、耗损在推磨、碾米和挑水这种躲也躲不过的日常劳动中了。

这里就单说推磨，用石磨加工粮食时，所用外力不外乎人力和畜力。其中绝大多数情况下还得使用人力；至于畜力，每户只有在冬季农闲时节偶尔才可以借用一两次，那还得事先经过生产队长的同意，而后需要提前与饲养员预约才可以。

当然，我们那里拉磨使用的畜力也只有一种，那就是毛驴，其他诸如牛和马，皆因其秉性迟缓或急躁，不适合用来拉石磨。由此我常常思考一个问题：供人们拉磨又十分听从使唤的毛驴，为什么常常却被当作"墨守成规"的反面教材而受到讥讽？

在农村尚未通电的那个年代，村人们几乎每家每户都安装着一盘石磨，石磨就安置在窑洞里面，专门供主人家随时磨面使用。每次磨面，数量多少是没有限制的，或一两升小麦，或一两斗玉米，这得根据家庭人口的数量、年成的好坏、粮食的多少，以及时间、人力和家庭的实际需要来确定。

  用石磨加工的粮食品类一般有小麦、玉米或者高粱。在那个年代，小麦是稀缺品，绝大部分都被上交公粮，高粱又难以下咽，不能长期作为主粮，因此，通常磨得最多的自然要数玉米。磨面时，把粮食添加到石磨盘上，然后将一根木制的磨棍穿在上磨盘侧面的眼中，抱着磨棍推动着磨盘不停地转动……那真可谓步履艰难、周而复始、时间漫长，磨碎的粮食顺着上下两扇石磨盘之间的缝隙慢慢地掉落在磨台上，秒积分累，逐渐增多，由此你就会体验到度日如年的滋味。然后用筛面的罗儿将面粉分筛出来，把粗麸皮再次倒在磨眼里继续进行再加工。如此一遍又一遍地重复同一个工序和流程，总共得磨上七八遍，直到磨不出面粉来。最后剩下的一点儿麸皮，粮食充足时用来喂猪喂鸡，粮食歉收时则用作人的粗粮，不敢有一丝一毫的浪费。

  在过去的那个年代，上工是集体性的劳动，磨面则是各家各户自己的私人行为，须得在"业余"时间抽空劳作。于是就有了"起鸡叫，睡半夜"的说法，人们起得那么早、睡得那么晚，一般都是抽出"业余"的时间推磨、碾米。对于抱着磨棍推磨的人来说，这将是一个考验体力、耐力、毅力与心性的漫长过程，不能有半点急躁的情绪，相反，心里还要充满着欣喜与感恩。毕竟，推磨的过程是收获食物的过程，它预示着我们还有饭吃，当下不会饿肚子。

  记得有一年腊月，下过一场中雪，再有半个月就要过年了。受母亲的指派，二哥领着我来到村子东头的"媳妇嘴子"上，那里饲养着生产队里的二十多头牲畜。其中有牛、有马，也有毛驴。当然，养得最多的还是毛驴。二哥在崖畔上按母亲提前教好的话向饲养员预约了一头拉磨的毛驴，并指明要那头比较听话好使唤的。

  第二天早上天蒙蒙亮，母亲领着二哥从饲养处牵回毛驴，用"套慌绳"将毛驴套在石磨盘上，并给毛驴戴上一副用高粱秆编扎成的眼罩，毛驴就只顾拉着石磨盘在磨道里悠悠地转起圈儿来。那头毛驴很听话，你不喊停，它就那么一直不停地机械地走着碎步，蹄下发出规则有序的"嗒嗒"声响——周而复始、不慌不忙、不紧不慢，显得深沉、有涵养且有耐力。被磨碎的玉米碎料瞬间就堆满了磨台，母亲用隔面的罗儿在面柜里不停地罗筛着金黄色的玉米面。

直到中午12点左右，一斗半玉米才磨得差不多了。

卸了驴，按照母亲的叮嘱，我与二哥去送驴。二哥牵着毛驴走在前边，我在后面远远地跟着，一起向东边的饲养处走去。太阳照耀在白花花的雪地上，反射出刺眼的光芒。我们来到村子南边的旷野时，毛驴突然从二哥手里挣脱缰绳，四蹄紧跑几步，抻长了脖子，用它那自古以来一成不变的腔调声嘶力竭地仰天长吼起来，那声音响彻云霄，连二三里以外的人都能听到。那凄惨的样子，就好像我们虐待了它似的。毛驴叫唤够了，接着又四蹄朝天地躺倒在村路边上的雪地里，左仰右翻地打起滚来。我与二哥惊慌失措，吓得大哭起来，不敢去牵那驴缰绳。

毛驴也好像欺负我们年幼，在一个地方打滚打够了，又换一处干净的雪地接着打滚撒欢，根本不把我们放在眼里。正当我与二哥哭叫害怕之时，村上一位爷辈分的中年人恰好路过，他走过去看似很容易地牵住了毛驴，把驴缰绳递到二哥手里。直到我与二哥把毛驴送到饲养处，毛驴都比较安分守规，不再随心所欲、节外生枝。自那以后，每遇上需要牵驴的差事，我心里都会有几分恐惧。

在那个年月，粮食几乎都是随磨随吃，积攒不了太多的面粉和玉米糁子。每隔一周甚至两三天，大概都要抱着磨棍推磨。有时候放学回家，甚至一边在锅里烧着水，一边还在石磨上磨着玉米糁子，基本上都是"待米下锅"的境况。

我的两个哥哥小学放学后，下午通常都有推磨、抬水的任务。有次母亲上工时叮嘱他们磨玉米，他俩起初在磨窑里一个抱着磨棍推，一个跟在后面掀，相互合作着推磨，时间久了就生出各种稀奇古怪的主意来。他们约定每人推十圈，一个在一旁休息数数，一个抱着磨棍转圈，却让我跟着给他俩每人都搭一把手。我那时还太小，出不了多少力气，心里就有了很大的怨气。

大哥和二哥分工干了一阵子，又觉得少了新鲜感。大哥提议，把挂在磨窑墙上的"套慌绳"和驴眼罩取下来，学着套驴磨面的样子，把人套在"套慌绳"里面拉动石磨，每人十圈一轮换。二哥力气稍大，自然带头同意。于是他俩取下"套慌绳"，一头挂在磨棍上，一头套在自己身上，甚至连驴眼罩也取下来戴在头上，罩住了眼睛，然后拉着石磨轮换着转圈，坐着的接着计数。

我看见他们套着"套慌绳"、戴着眼罩的样子，吓得不敢靠近。轮到二哥

老院子

时，大哥坐在土炕台上数圈，二哥吃力地埋头使劲，每走一圈半，大哥给二哥数作一圈。如此两三轮下来，二哥不干了。他们又将"套慌绳"和驴眼罩挂回墙上，接着从头再来。如此一下午，虽然淘神打卦，也还能磨上三四升玉米。

待我上小学三四年级时，大哥被拔尖到县中读书，摆脱了抱磨棍推磨的命运，二哥被动辍学，每天跟着母亲到工地上工，抱磨棍推磨的活儿，有时自然会落在我的肩上。那时每天坐在教室里上课，我通常还在发愁放学后需要回家磨面的事情，觉得推磨实在不是一件好干的活儿。我那时一直在想，等我长大后不再推磨了，那便是人生最大的幸福。

记得有一年春天，在一个周末的下午，冰雪尚未完全融化，碧蓝的天空中偶尔还飘浮着几朵干净的云彩。我家老院子的北窑，前边已经坍塌掉半孔窑洞，积土被清理出一大半。石磨就安置在北窑里，亦属于露天作业。我一个下午抱着磨棍在磨道里单调枯燥地重复着圆周运动，已经不知道转了多少个圈儿，行走了多少里路程。我在心里揣摩着，这要是步行赶路，估计已经从家里走到二十里以外的温泉乡了，心中便莫名地生出几分无奈感。我想到古代战争时期的"兵马未动、粮草先行"，那么多士兵打仗吃粮，粮食该如何供给，得有多少盘石磨昼夜不停地转动，得有多少人在磨道里"丈量脚步"。

几天前的夜晚，才在邻村的露天土场上观看了电影《天仙配》，电影中的董永也是抱着磨棍在磨道里艰难地磨着面，从天黑到天明，独自咏唱着自己无限凄楚的凡间日月，突然一阵风吹云卷、树动枝摇，七仙女从天上下凡，他便跟着七仙女乘云驾风、飞上天空。联想到我，我一边推着石磨转圈，一边心游身外、天马行空，异想天开地希望天边也有仙风吹来，我也能够驾着五彩祥云，脱离尘世，飞向那遥远的天宫世界，不再承受人间这般没完没了的推磨生活。

然而，这只是我当时虚幻的一个想法和期盼而已，我之所以深信神仙世界的存在，也只不过是我对现实生活和窘迫境况的一种逃避和逆反。村人不断持续的推磨生活还在进行着，直到后来通了电，安装了电灯，逐步有了磨面机和粉碎机，推磨的生活状态才有了巨大的改变。不过，那时粮食比较短缺，磨面机还是派不上用场，抱磨棍推磨的日子在一定范围和空间里仍然继续存在着。

另外，遇上大忙的时候，或者在冬天大雪封山封路的时候，没有办法推磨，更不能下沟挑水，我们会将玉米粒、小麦粒炒熟了吃，我们也将雪水放在锅里融化了喝。方式好一些的，也就是把积雪放在锅里融化烧开，用雪水煮小麦、玉米粒暂度困境。这些东西起初吃着新鲜，但连续食用两三天，便厌了。

再到后来，随着包产到户的实施，家中逐渐有了足够的粮食，磨面机在各村也得到了普及。每逢磨面，村子磨坊里的小麦袋子排起了长龙，磨面机每天二十四小时超负荷运转着，大家对磨面机也有了依赖性。不知从哪一天开始，石磨悄声无迹地淡出了人们的视野，告别了人类依赖其磨面生存的漫长历史，直到成为供人参观的艺术品，或是造景铺路被踩在脚下。

如今的村庄，石磨已十分少见，甚至连磨面机也退出了历史舞台，面粉都是用小麦从面粉加工厂直接换来的。人们已不需要磨面，更不用担水和储水。人类千年以来用石磨、石碾加工粮食的生存方式，不到半个世纪就基本成为历史。

如今的人们不需要推磨，不需要碾米，更不需要下沟挑水，生产力得到了空前解放。人类改变了历史也救赎了自己。

2019年12月9日

老院子

拾麦穗

> **题记**
> 曾经的割麦，是一项很累很艰辛的苦差事，并不像当下年轻人在朋友圈晒视频晒艺术照晒出的那么轻松愉快的样子。

从我记事起，每逢麦黄时节，大人们都头戴旧草帽、手提镰刀，穿一身洗得褪了色的破旧补丁衣衫，整天早出晚归于生产队大面积的麦田里，两头不见太阳，这就是大家通常所说的"抢黄天"。

家乡有句谚语说：麦黄糜黄，绣女下床。意思是说，每年小麦和糜子成熟的季节，不论男女老少，所有劳动力都得下地参与夏收秋忙劳动，即便是平日里待在家里四门不出的大家闺秀也不例外。

记得有一年夏收时节的一个傍晚，母亲放工回家后对我说，第二天可以带我到麦地里拾麦穗。我兴奋得大半夜都睡不着觉，心里盘算着明天终于可以获得自由了，还可以为家里拾一些麦穗回来。那时我七八岁，还没有上学。当大人们上工的时候，我就被锁在老院子里与弟弟、妹妹一起"看大门"，没有一丁点儿自由。所以，母亲说要带我到地里拾麦穗，仿佛给我长期被束缚的心灵插上了自由飞翔的翅膀。

第二天上午上工时，我像个小尾巴似的跟在母亲的身后，一跳一蹦地来到生产队放眼无边的麦田里。天气非常热，天空也十分晴朗，看不到一丝云彩。四周到处都是已经黄透了的小麦，每一株都略略地低着头，在太阳光强烈刺眼的照射下，发出毕毕剥剥干裂爆劈的声响。知了放开嗓门、拉长腔调不停地叫着，此起彼伏，不知疲倦，给麦黄时节增添了燥热的音符。

大人们一个个蹲在麦地里，一字排开，左右拉开两三米的距离。只见他们一只手不停地挥动着镰刀，一只手配合着镰刀不停地揽抱着割下来的小麦往前推移着。麦秸秆在他们的手中舞动着，跳跃着，发出枯燥而单调的唰唰声。每两个人随机组合，前边的一个为"下腰"，每隔两三米距离，用麦秸秆给割下来的半捆麦子绾个"腰"，连同麦子放在身后；后边的为"捆腰"，把自己手里割下的半捆麦子加在前边人放置的半捆麦子上，两手使劲地握着"麦腰"的两头往怀里一撸，同时用一个膝盖在麦捆上使劲一跪，用两手再上下各拧一圈，打个活结，即成为完整的一捆麦子。我远远地站在收割后的麦茬地里，看到的是排成一行行的麦捆和滔滔麦浪里一顶顶缓缓移动着的旧草帽。

　　按母亲的指点，我小心翼翼地躲避着小麦收割后留下的约一两寸高的麦茬，仔细地捡拾掉落在地里的零零星星的麦穗，也不时地被麦茬戳划到脚踝和手指。说来也巧，那天工地上只有我一个小孩子，听说前一天来过的几个同村小孩子碰巧未到。我迎头顶着个大太阳，听着蚂蚱赶趟儿似的聒噪声，两眼时刻紧盯着地面，捡拾着稀稀拉拉的麦穗，心里满是兴奋，同时也有些遗憾。

　　我把捡拾到的十几个麦穗捏成一束，穗子对得十分齐整，然后放在一边，接着继续捡拾。母亲割完一趟偶尔起身休息的时候，过来用手给我擦擦头上的汗水，把我捡拾的麦穗用麦秸秆绑在一起。每当我捡拾到一两个大点儿的麦穗时，我都会感到无比的高兴。有位我们叫"六奶"的慈祥的老婆婆，对母亲夸我说："这娃勤快得很，这么小就很懂事了！"我听在耳朵里，心里感觉美滋滋的。有人还说："蒋家的外孙都是要'奖乎'的！"我最初不明白是什么意思，后来知道我外爷家姓蒋，终于懂得了其中的一些意思，觉得很受用。

　　整个晌午过去了，我口干舌燥，浑身就好像要着火似的，越来越觉得时间是那样地难以打发。只有当我双手紧紧地握着捡拾到的"一大把"麦穗的时候，才觉得很有一些成就感和荣耀。这是我第一次捡拾麦穗，也是我用了一个晌午捡拾到的麦穗，心里既兴奋又急切，不免盼着放工时间的到来。大人们蹲在麦地里依旧缓缓地移动着，两只膝盖一前一后不停地挪动着，偶尔偷空腾出一只手擦一把额头上不停流淌着的黑色的汗水，接着隐没在重重麦浪里，继续收割围挡在他们眼前一望无际的麦子。一趟麦子割到了地头，半伸着腰边走边舒缓着来到地头的另一个方向，又接着割下一趟麦子。就这么没完没了地割着，丝毫看不出有放工的迹象。

老院子

太阳高高地挂在天空的正中央,似乎一动不动。也不知道过了多久,大人们在强烈的日照下仍旧顽强地忍受着蒸笼似的蒸烤,一息不停地收割着、蹲移着、推挪着、打捆着、坚持着,机械地重复着无休无止的同样的动作。我在地里被晒得没精打采,无力地耷拉着头,脸上像火烧一般,头发梢上全都是汗珠子,再也感觉不到上午初来时获得自由的兴奋和大开眼界的好奇。

不知道又过了多长时间,太阳已经有点儿偏斜,好不容易盼来大人们教我称作"某某爷"的一个生产队长,满以为他是要向社员们宣布放工的,但他用眼光在四下里扫射似的巡视着、查看着,嘴里不停地高声叫嚷着,似乎嫌哪个年轻媳妇割留的麦茬有些高,几乎都要戳到他的脚后跟了。

队长戴一顶白色的草帽,穿一件白净的汗衫,下半身配着黑色的宽腿裤,不像是在劳动现场,更像是从集市上游荡归来。他背着的双手里攥着一支长杆旱烟锅,烟锅杆上还拴着一只绣花的黑色绒布烟袋。他迈着悠闲自在的八字步,每一脚都踩踏得非常稳实,似乎要把踩在脚下的麦茬踏扁压碎了才肯抬脚。

他虽然戴着一副黑色的石头眼镜,但眼睛珠子还是十分明亮的。他一来到麦地就注意到我手上捡拾的一把麦穗,然后大声地宣布说:"新割的麦地不准领娃娃拾麦穗!如果有人领娃拾了,可以称斤两计工分,麦穗是不能带回家的!"

他说着话,随手就从我手里拿过麦穗,轻轻地掂了掂,顺势放在一个麦捆上。队长随口一句话,就把我用一个上午捡拾到的一束并不是很大的麦穗充了公,我瞬间失去了捡拾麦穗的劲头,心里不由得生出惋惜和气愤来。

那个六奶这时候发话了,她说:"昨天有几个孩子拾麦穗,你也没说不让带回家去,为啥今天这个娃拾了你就不让带回去了?一个小孩子一天才能拾多大一点儿麦穗呀?你看把娃都晒成啥咧!"队长倒是没有吭气,只顾向麦地的另一头走去。六奶顺势将我拾的麦穗往我手里一递,让我拿着先一步往家走。

回到家,我特别兴奋,急切地想知道自己拾的麦穗究竟能够打下多少麦粒。母亲利用放工的时间拿个簸箕,将麦穗仔细地揉了,扇去麦衣,总共还不到一小碗麦粒。母亲说已经够多了,但我还是觉得不够满意。

等到再大一些的时候,我还是跟着村子里的小伙伴们捡拾过麦穗。每遇学校放农忙假,就有一群小孩子凑在收割后的麦茬地里捡拾麦穗。拾麦穗的孩子逐年增多，有三四年级的大孩子，也有没入学堂的小孩子。无论走到哪里，大家总喜欢像羊群似的挤在一起凑热闹。

大家平时关系都还耍得来，但有时也会为了芝麻大点儿的小事发生争端。其中有两个强壮且势均力敌的，突然打起架来，于是撕扯、抱摔、拳击、掌推、脚踢、腿绊的功夫就全都派上了用场，即便是摔倒在地相持，光腿光胳膊的也都不怕被麦茬戳伤了皮肤。每有这等场面时，人群瞬间也分成三派：一派中立，站在远处看热闹；另外两派各自为自己支持的一方加油打气。而通常都以两个交战者双双带点儿皮肉之伤而收场。大家这才记起来还有出来拾麦穗这档子事，于是又忙着各顾各事，期待着突然发现一个麦穗时的眼前一亮。

小时候捡拾麦穗的日子距今已十分遥远，在捡拾麦穗的那些年月里，有收获"粒粒皆辛苦"的喜悦，有体验"汗滴禾下土"的不易，也有"初生牛犊不怕虎""英雄出少年"的童真童趣。

如今，农村的土地大都种植了经济作物，盖起了独院洋房，小麦的播种面积已经大幅缩减。随着收割机等现代化大型机械的广泛应用，人工割麦的场景在许多地方已经很难看到。同样，现在的小孩子再也用不着捡拾麦穗了。

2021年6月16日

 老院子

打三角板

  打三角板也叫"打烟盒",是20世纪七八十年代农村小孩子经常玩耍的一种游戏。那个年代的男孩子,几乎都是伴随着打三角板的游戏长大的。

  我上小学一年级时,就看见二、三年级的大孩子们课间在教室前后的黄土地上围成一个个不成圆形的人堆,那人堆不停地移动着,位置不太固定,不停地变换着不好预计的形状。人堆偶尔闪开一道缝隙,就能看见其中一个男生手里拿着一个五彩绚丽的用香烟盒外包装折叠成的纸质三角板,身体向一侧缓慢而有弧度地一斜,抡起一条胳膊,使劲地扇打地面上同样绚丽的另一个三角板。人群里偶尔爆发出音调不同的笑声,不知道是其中的谁打翻了另一个的三角板,赢得了一局持久难决胜负的比赛。

  通常用香烟盒的软包装封面——我们也叫作烟盒,折叠成一个个崭新精美的三角板,再用手沿着三个边向反面的内侧分别折一折,如此就完成了一个三角板的全部折叠过程。

  每次开打前,双方用"老爷、鸡和虫"的"出指头"游戏决定胜负。输的一方在地面上选一处带土的位置,然后用手轻轻地抹平,再将三角板正面朝上稳稳地放在抹平处,三个边尽量不留缝隙;赢的一方仔细地找准一个自己认为最好的角度,用自己的三角板从侧面用力地扇打对方的三角板。每人扇打一下,相互交替,谁先将对方的三角板打成反面朝上,就算谁赢。赢家就拥有了对方的三角板,然后再从自己手中任意选一个三角板,同样仔细地放在地面上,让输家扇打。以此类推,轮番大战,从下课一直打到上课铃声响起,然后呼啦一下作鸟兽散,一溜烟似的拔腿跑向各自的教室。

  像这样的三角板大战,在课间打了还不过瘾,只要一有空闲,还要在放学路上打,一直打到家人喊回家吃饭,从傍晚一直打到天黑,从冬天一直打到春

天。总之只要是不干家务活、不下沟抬水、不到野地里捡柴火，一逮着空闲就打，一流行新的烟盒就打，一遇上过年就放开了打。如此直打得天昏地暗，大冷天头上冒热气，袖口也由新变烂。有些小孩子的手背在冬天里还扇出了一道道裂口，我们把这样的裂口叫作"裂子"，干燥、疼痛还流血。

我二哥那时是打三角板的好手，他常年"老虎下山一张皮"，穿的上衣是我祖母去世后留下的黑绒布衫，经我大姑裁洗，手工改制而成。袖口虽然磨蹭得十分破烂，但打三角板时扇动起来还可以呼呼生风，能够把握技巧，通常十打九赢。

每次看着二哥打三角板时随意做出的那些"横撇竖捺"的潇洒动作，我心里为他自豪不已。每当二哥打三角板"棋逢对手"时，我都会莫名地变得紧张，把心都提到了嗓子眼上，身子也不由自主地为他暗暗使劲。比较幸运的是，每次经过十几个回合的较量，二哥最终几乎都能获胜。看着二哥把赢得的一个个崭新的三角板熟练地装进夹衣口袋里时，我感觉他真是帅极了。

二哥每次赢了三角板，就会把其中比较新一些的烟盒拆开展平，用面粉打成的浆子依次贴到我家土窑洞的炕窑上。日子久了，便把大半个炕窑墙贴得五颜六色。窑墙既不怕沾尘土，又增加了美观度。我每天盼望二哥能够赢得更多崭新的烟盒回来，以补齐窑墙炕围上的空白之处。二哥每次都会有不小的斩获，不会令我失望。

看着整片窑墙上面所贴的烟盒，我感觉我们居住的不是年久失修的破窑洞，而是五彩斑斓的童话世界。我们站在土炕上，踮着脚仔细地数着二哥一膀子一膀子赢回来的战利品，心里充满了无限的欢乐。这其中有兰州、板桥、许昌、红梅、双羊、羊群、奔马、牡丹、红莲、芒果、雪莲、双喜、友谊、公主、熊猫、百合、黄金叶、大前门、山门峡、山丹花等多个品牌的烟盒，五彩斑斓，烟香沁鼻，还让人增长不少见识哩！

待我长大一些的时候，也有了打三角板的阅历和胆量，就不免参与其中，借着从二哥那里学来的真传，穿着二哥退下来的黑色绒布夹衣，模仿着从别人打三角板时观摩来的经验，跟几个能玩在一起的对家进入实质性对战，双方各有输赢。有一个玩伴，比我个头高，我仗着比他高一个年级，就贸然与他打三角板玩。谁知他身体壮，胳膊长，劲儿大，才几局就把我给赢光了，由此我逐渐也摸索出了一些多赢少输的打法和技巧来。

我觉得打三角板首先得做到以下几点：找个头和实力与自己相当的，不能找实力太强的打，这样才不至于因力量悬殊而逢打必输；找手里有新三角板的，不找拿一把烂烟盒的，如此才能够保证自己赢来的也是喜欢的烟盒图案；打三角板还得找准角度，找准对方三角板与地面接触的缝隙，找准坡度，借助风向，借助长袖口及其破烂程度，如此才能借风借力、平地生风，逐步扩大自己的战果。但这只是理论上的打法，事实上，我打三角板的技巧远远不及二哥，但是我对打三角板有着浓厚的兴趣，有时在课堂上，我都在盼着下课铃声敲响，以便课间打三角板把某人手中崭新的烟盒赢到手。

当时就有这么一个小伙伴，他和我是同一个村子的。有次不知他从哪里得到一张"红莲"，上课时乘老师扭身用粉笔在黑板上写字的瞬间，他都要把"红莲"偷偷地拿出来仔细地欣赏几眼，惹得周围几个小伙伴眼睛跟抹了油似的骨碌碌转。但他最终还是耐不住与别人玩耍的诱惑，把那张漂亮的"红莲"折成三角板。遗憾的是我们每次与他玩时，他都不肯出那个"红莲"，只拿旧三角板跟我们轮流大战，如此很能吊起我们的胃口。只可惜我最终都没能赢到他的那张"红莲"，因为在轮到我与他开打时，他的"红莲"早都名花易主了。

香烟在我们那里的农村也叫作"纸烟"，那时候乡下人抽香烟者比较少。这一则是香烟比旱烟贵，花钱多，普通人家买不起；二则是香烟太"软"，抽着没劲，不及老旱烟抽着带劲、过瘾；这三么，则是抽香烟的人会被别人骂作"料片子"，言其喜欢摆阔，不会踏踏实实地过日子。

在那个年代，烟盒对我们来说也是奢侈品，平常也不容易得到。只有在临近过年的时候，许多人家才会买上几盒香烟回家，品品味儿、尝尝新鲜，主要还是用来招待正月里上门磕头拜年的村人。于是，每年腊月和正月便成了打三角板最为集中的黄金时期。这个时候新烟盒多，品种花色也相对多样。小孩子们整天不用干家务，闲时间多，打三角板的兴致也空前高涨。

有一年过年，国家按人头给每个人发了三元钱，连襁褓中的婴儿都有份儿。那也是我模糊记忆中最快乐的一个年份。这些钱到了大队，部分变成了香烟、毛巾、肥皂、布料等实物。父亲从大队商店拿回几包香烟，记得那些烟的名字叫芒果和黄金叶，外包装封面黄绿相间，分外招人喜欢。烟还没有抽完，哥哥们就把烟盒拆开折叠成三角板玩了。

除了我家窑墙上贴着的香烟盒，我后来还见过或者听说过的香烟有南京、乌江、三塔、春城、黄山、孔雀、蜜蜂、银花、金马、桂花、宝石、利群、团结、凤凰、大刀、前进、绿叶、阿诗玛、黄河象、一品红、大重九、大生产、群英会、黄鹤楼、五朵金花……虽然我不曾全部拥有过，但它们都是那个时代如我一样的少年们共同追求的梦想。

为了能够拥有更多崭新的烟盒，我可是充分利用了一双善于发现的眼睛。我爷那里经常有来人问病时留下的一盒半盒香烟，烟盒里面剩下几支烟，我都会乘人不注意时数得清清楚楚的。有时不待纸烟抽完，我就偷偷地把烟从烟盒里面取出来，放在专门盛装旱烟叶的木盒子里，提前把烟盒拿走，然后折成三角板，以便吸引别人挑战，如此就有了赢取更多三角板的机会。

村子里有个玩伴，他父亲病逝，母亲再嫁，留下他与叔父生活。他叔父终生未娶，日子也过得拮据，但他们比我家有粮食吃。他平时袖口破烂，我的袖口也破得与他不相上下。打三角板时，我们的袖口都会生风，自然会沾一些袖口破烂的光，赢得也多一些。有次我俩对打，最终我赢了他的新三角板，为此还起了纷争，相互拉扯了棉袄袖子。他搬来他叔父，直把我追得鞋子都掉了一只。

那时候，烟盒很抢手。谁拥有崭新漂亮的烟盒多，谁就是大家心目中最有本事的能人。班上有同学的亲戚在卷烟厂上班，竟然给他直接带回来许多种图案和花色的香烟包装纸。那些包装纸被机器裁切得整整齐齐，拿在手上一捋，发出哗啦啦的声响，像崭新的票子一样令人眼睛直放光。唯一遗憾的是，因为缺少了包装香烟的一道工序，这样的香烟包装纸便少了纸烟特有的香味儿。尽管如此，大家还是十分喜欢，于是就有用几个核桃换一张的，有用一两个苹果换一张的，有用几颗红枣换一张的，也有关系好直接给送上一张的，大家把那个小同学当个大人物一样"敬重"。当然，这么崭新的香烟包装纸，大家一般是不舍得折成三角板拿去打着玩的，而是夹在书里面待欣赏够了，拿回去贴在自家的窑墙上接着欣赏。

在我的印象中，打三角板这种娱乐游戏应该是一级传一级的，大孩子们不玩了，小孩子们还可以接着玩。但等我上到四五年级的时候，我们这些同龄人不再继续玩打三角板这种游戏了，后来的小孩子们对这种游戏似乎也少了兴趣。比我小个四五岁的小孩子，似乎也有了更感兴趣的娱乐方式。于是乎，我们曾经为之痴迷、为之陶醉、为之不顾手上"裂子"生疼的打三角板游戏,不知在何年何月就消失在我们的视野之中了。

后来的香烟包装,也逐渐开始变换了式样和名头。软包装盒变成了硬包装盒,无过滤嘴香烟也逐渐被过滤嘴香烟所替代。按我们的说法是,纸烟都变成了"带把"的,逐渐上了档次;烟盒都做成了"硬盒"的,都更新换代了;价钱也都由几分、几毛一包,变成了几元、几十元甚至几百元一包。曾经承载着我们无数人童年记忆的软包装香烟盒几经变化和迭代升级,彻底把我们曾经的记忆丢进了茫茫人海的烟波里,淹没在历史的滚滚长河里,好像这些事情压根儿就没有发生过似的。

当我打开百度搜索,试图搜索"打三角板""打烟盒""扇打烟盒"等小时候经常玩耍的游戏项目的相关信息时,竟然很少有详细完整的介绍。时代的车轮滚滚向前,碾轧掉一代又一代人的童年记忆,包括我的、你的,还有他们的。

2021 年 1 月 27 日

抽烟记

自我记事起，对抽烟就不陌生。抽烟过去在我们老家那里叫作"吃烟"，顾名思义，对于抽烟的人来说，吃烟就跟吃饭差不多，是日常生活中必不可少的一项重要需求。

我爷抽烟，我爷的两个亲兄弟——三爷、五爷也抽烟。我爷还有一个亲兄弟，也就是我们的二爷，据说也抽烟。二爷早年病逝，听父亲说，二爷去世时，父亲才十一二岁。

我父亲抽烟，我父亲的三个亲兄弟——二叔父、三叔父、四叔父也都抽烟。父亲抽的是老旱烟，他一般不花钱购买香烟；二叔父在省城工作，自然得改抽香烟；三叔父和四叔父在县城工作，平时抽香烟，回家后偶尔也抽旱烟。

每逢过年，大家都聚齐了，坐在我爷的窑洞里，一起抽着旱烟、香烟、卷烟和水烟，喝着浓浓的热茶和烧酒，说说笑笑，拉着家常，好不热闹。那是一年中最美好的时光，也是我们感觉最热闹、最舒心、也是最幸福的时刻。窑洞里自然是烟雾缭绕，有时候甚至有些呛人。每当这个时候，我爷就会说："去把门帘揭起来。"于是就有人争着抢着把门帘揭起来，搭在门扇上方。随之，一股烟气就会顺着门框向外徐徐地飘散出去，空气瞬间变得清新了许多。

每当这个时候，我们小孩子们也都挤在窑洞里，在炕栏杆背后，在过道里，在热炕角落里，给各自找一处可以容身的地方，悄悄地听大人们说话，轻易不敢发出声响。否则，太吵闹，影响了大人们说话，就都会被赶出窑门，让回到各自的地方待着去。

旱烟是他们日常消闲的"主烟"。爷爷、三爷和五爷，他们每人拿一支长杆烟袋，用火柴、打火机点着抽旱烟，或者相互间用烟袋锅上下扣在一起引个火，嘴里抽得吧嗒有声，好像那旱烟抽起来比吃洋糖还香甜似的。除了旱烟，他们偶尔也抽一两锅水烟。水烟壶总共有两个,一个不大好使,所以得轮换着抽。

水烟壶也真是奇怪:铜做的,造型精美,烟嘴杆子长而弯曲,有一个方形略扁的壶身,分隔成两个部分,其中一小部分用来装烟丝,另一部分与烟嘴杆子和烟管连通,里面几乎装满了水。壶身用铜绳子拴一支通气的烟针,用来通透烟管。只见爷爷捏取了一丁点儿水烟丝,用手指头揉了揉,轻轻地按在水烟壶的小烟锅里,对着煤油灯咕噜噜地吸上几口,然后将烟管提起来上下弹一弹,再对着烟嘴使劲一吹,噗的一声把烟灰吹掉了,接着再揉烟丝、填充烟锅、点火,再咕噜噜地吃上一两锅。

水烟壶闲下来的时候,三爷、五爷也都会抽空吸上几锅。水烟有些"硬",一般人还抽不习惯,就只好少抽几锅。我出于好奇,有次趁没人的时候,偷偷地拿着水烟壶试抽了一口,不料却将烟壶里的烟水喝了一大口,嘴里苦得要命,恶心得吐了半天也吐不干净!从那往后,我再也不敢碰触那个"铜疙瘩"了。

不过,我总觉得水烟丝跟我家老墙根下长得密不透风、像牛毛一样的苔藓是一个东西,这样的苔藓我们俗称"地霉"。我还乘人不备特意捏了一小撮烟丝回来与苔藓仔细地对比,嗅着味道没有什么不同,看着有八九成相似,于是我认定苔藓就是水烟丝,从老院子墙根下小心翼翼地拔了许多下来,去尽根土,放在一张纸上,摊开在太阳底下暴晒。

苔藓这东西干得也快,不到中午,就已经跟水烟丝差不多了。只是不禁捏,容易成为碎末。我取了哥哥的作业本,从里面撕了一页下来,学着大人们的样子裁成近二寸宽的小纸条,把苔藓丝卷成小烟棒,封口用舌头一舔,就成了一支"水烟"棒,用火柴点着抽。前一两口似乎还有些"烟"味,但再抽几口,就头晕恶心,天旋地转,差点儿要晕死过去,昏睡半天方才缓过神来。这苔藓做的"水烟丝",实在是太难抽!

我也不知道,抽烟这档子事是从哪朝哪代流传下来的,村人们都好抽烟,家家户户几乎都有热炕头大一块旱烟地。育苗、锄地、打掐、去岔,一样也少不了。待到秋天旱烟成熟,将烟叶与烟杆一起砍回来,用绳子拴挂在窑墙的阴凉通风处风干,然后揉成烟叶碎片抽。大家相互交换着品尝,以鉴定谁家的旱烟是上好的品种,来年就可以要了旱烟籽,回家继续种植。

父亲有次到八家嘴水利工地搞建筑，回家时有人送了一小捆旱烟叶，对方还特意包了些烟籽一同赠予。村中的老者们品尝后，都觉得这烟叶口感很不错，软硬度刚好，不"顶火"，于是有人就改种这个旱烟品种了。

村里有几位德高望重的老人，特别有威望，他们不单是种庄稼的好把式，个个也都是抽烟的好手。他们唯一的缺点是不喜欢当官"伺候"人。只要一有空闲，他们就聚在南坡的太阳底下或围在北坡的树荫下面，一起抽旱烟、聊家常、说远古的故事，堪称村里一道特有的风景。这其中有麻院大爷、外前爷、峁里二爷、长胡子四爷等，他们都是村里那个时代的"人气"。

外前爷是我爷，个头高，勤于农耕，正直善良，谙熟医道，长相似大清的名臣，留着那个时代已经不太多见的民国发式，身正而端，不怒自威。其他三位是"里头"的三个爷爷，他们是亲兄弟。麻院大爷个头适中，长相有点像电视剧《三国演义》里扮演曹操的鲍国安，他和我爷很合得来。他年纪大，是村中的主心骨，不能再出工上地。我经常看见他背一副锨、笼，手里拿个旱烟锅，在庄前屋后拾粪。他去世那天我也记得清楚。那是一个春天的傍晚，他拾粪回来，在自家的北窑坡上跌了一跤，锨、笼和旱烟锅散乱地扔在身旁，一只鞋子也掉了。他就那么很容易地在草坡上睡去了，人们都说他那是积了德，享福了。

峁里二爷像电影《孙悟空大闹天宫》里的太白金星，慈眉善目，白发齐脖，胡须、眉毛也是白的，个头稍高，人清瘦，肤色白净。他说话喉音高，掷地有声，很有些正气和公道，村里那些无事生非的年轻人都惧他三分哩。峁里二爷住在村北头的峁梢，他家有棵很大的葡萄藤，每年秋天结满晶莹剔透、青里带紫的葡萄，上面好像蒙着一层薄薄的清霜。他有一个习惯，就是每年在葡萄熟透了的时候，他都要挑上两串最好的摘下来，亲自给我爷送到前庄来。然后与我爷抽烟拉呱，至天色将晚，又双手背着拿着支旱烟锅，慢慢地往北边路上走去。看着那两串诱人的葡萄，我们早已经是不停地咽口水了。

长胡子四爷和我们是邻居，中间只隔着一户人家。他留着很长的山羊胡须，经常坐在北坡的柳树下，手里拿着一支中等长短的烟锅，一边抽着烟一边爽朗地与人打招呼。他笑起来非常灿烂。包产到户那阵子，我们用架子车拉着麦子从他家坡上经过，他大老远都要喊他的家人过来搭把手，有时他自己也会亲自上手帮我们推车上坡。邻里间偶尔有了什么不快，长胡子四爷都会从中说

老院子

个公道，以息事宁人。

我印象最深的是，这几位德高望重的爷爷，他们每人都有一杆十分精致的旱烟锅。麻院大爷的烟锅最长，足有一米；其次是峁里二爷和我爷外前爷的，他俩的烟锅长度仅次于麻院大爷的；长胡子四爷和我三爷、五爷的烟锅长度，都不及前面三位爷的。由此我无端地猜测，旱烟锅的长度那也是有讲究的吧，它不但代表了烟锅主人的身份和地位，一般人是不可以随便超越的。如果谁"分量"不够，自己还硬要使个长烟锅，那也只能是自讨没趣，遭人嫌弃。当然，你也不用担心使用长烟袋抽烟够不着点火。其实呢，有人会争着抢着为他们点烟哩！能够为贤德者们点烟，那也是很有面子的事情。

烟袋杆一般是用大拇指头粗的竹子做的，讲究一些的，还给上面刷了黑色、红色、象牙色的火漆；也有使铜质烟管的，那就得昂贵许多。烟锅头通常是铜质的或合金的，铜质的最好，上等的烟锅头还有精美的铸花，看着都挺阔绰气派。最讲究的当数烟锅嘴了，有玉石的，有玛瑙的，有黄铜的，也有一般材质的，烟锅嘴的大小和材质，也能反映一个人的社会地位和经济状况。

有了烟锅，配上火柴或者汽油打火机自不必说，当然还得配个旱烟口袋装烟叶。烟口袋的制作也很讲究，一般以深黑色布料为主，有绣花的，有不绣花的，都极尽巧工之能事。当然，最上等的是用羊皮做的旱烟口袋，质轻柔软而耐用，遇天阴下雨，烟叶也不回潮，是抽烟人的最爱。

那时乡里每有集市，四面八方的人吃过早饭就往乡上赶，有扛个口袋的，有背个布袋的，有提个筐子的；有翻沟的，有过河的，有转塬的，也有少数骑自行车的，但大家都忘不了带支旱烟锅，或握在手里，或插在后领口里。一遇上熟人，免不了拿出来抽上两锅，拉一会儿家常。集市上自然也有卖烟锅、焊烟锅、修烟锅、装饰烟锅的摊点卖场，那金光灿灿的铜雕烟锅头，那荧光闪闪的玛瑙嘴，都是庄稼汉们梦想拥有的宝贝。只是大多数人用手摸了又摸，揣了又揣，最后问了问价钱，还是心有不舍地放回了原处。

父亲是个手艺人，很早就给自己配备了旱烟锅，只是后来随着时代的变迁，他的旱烟锅被市场上风靡的"斯大林式"大烟斗所取代。这种烟斗制作精美，携带方便，旱烟香烟两用，有时代特色，还少了许多繁文缛节，更适合场面上使用。也正是从那个时候开始，旱烟锅的时代逐渐淡去，它们只留存于老年人的故事和背影里。

参加工作之后，工作区域、公共场所更是明令禁止抽烟，抽烟成了不文明的行为习惯。能够于众里保持不抽烟的人，便能够做到自我约束。不抽烟不受制度约束，不抽烟很受公众欢迎，不抽烟是文明人的行为标志。我当初也不曾想到，我在抽烟这件事情上还能与时俱进。

我之于抽烟，缘于敬仰，弃于不齿。烟之变，万变不离其宗。抽烟之变，唯习俗、信仰与文化的认同。不同的时代，抽烟被赋予了不同的时代意义，此所谓时势之造物也！

2021 年 1 月 31 日

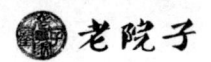

杏儿黄了

　　家乡杏树多。不只山沟、野洼、崖畔、峁岭生长着年轮不一、形状各异的杏树，庄户人家的窑前、屋后、场边、地埂也随处都能看到杏树的身影。

　　每年农历二三月，正是杏花盛开的季节。天气开始变得温暖，只余早晚间还有些料峭的春寒，但满沟满洼的粉白、粉红色的杏花早已把整个村庄装点得景色宜人，处处充满了田园生活的浓郁气息。

　　杏花赶趟儿似的竞相开放，前后足足热闹半月有余。随后，飘飘洒洒的花瓣，在和煦的春风里零落一地。杏树的叶芽儿仿佛被从梦中唤醒，伴随着稚嫩的杏胎萌发生长，直到幼小的杏儿在人们不经意间隐没于高大树冠的绿海之中。

　　杏树的习性较为奇特，即便是再多的品种，也只有花期绽放的先后差异，却几乎看不出花形、花容有太大的差异。但不同杏树结出的杏儿，其形状、大小、颜色、口味却几乎是各不相同。

　　我见过的杏儿品类很多，即便是熟透了，也各有特色。它们有绿色的、黄色的和红色的，但更多的还是黄色的。就杏儿的形状而言，有圆的、扁的、椭圆形的。人们无法对其具体命名，一般就只有看着像什么就称其为什么杏儿。在我的家乡，人们把杏子熟了叫作"杏儿黄了"，而并不称作杏子熟了。

　　我家老院子里有四棵高大的杏树，结出的杏儿也各有特色。大门楼边上的一棵杏树，结出的杏儿个头较大，杏肉厚实，但成熟稍晚一些，口味儿也甜中带酸。因其黄色的外皮带有许多红色的斑点，我们称其为"结斑杏儿"，通常多用于晒杏干，产量明显高于其他品种。

　　进门处的一棵杏树十分高大，结的杏儿却只比大拇指头蛋儿大一些，我们形象地管它叫"羊屎蛋杏儿"。其成熟早，特别甜，却因果实水分大、杏皮厚，不适合晒杏干。小时候，我就特别喜欢爬上这棵高高的杏树树冠，望着远处的风景，吹着清凉的夏风，攀踩着树枝摘杏儿吃，并以此为傲。

磨窑前有一棵树干弯弯的杏树，果实大小适中，外观特别鲜黄，味道也十分香甜。成熟时掉落在地上就变了形，甜甜的汁液顺着裂开的口子打湿了地面，容易沾上黄土，我们称其为"水蜜杏儿"。记得大侄子会爬时，家人夏收比较忙，有时候把他放到院子里，他就在扫得白光的地面上爬来爬去，用小手抓落在地上的甜软的杏儿吃。我的父亲见状，就担心他吃了杏核和杏儿沾着的泥土，格外操心其举动。

院子正中靠香蕉梨树最近的一棵杏树，据说是嫁接的树种，所结杏儿玲珑剔透，甜蜜中带有一种特别的芳香。个头比鸡蛋只小了那么一丁点儿，我们管它叫"黏核杏儿"。每年小麦收割到窑场上的时候，也是黏核杏儿黄透的时候。父亲总要摘一些黄得水灵灵的杏儿送给村里的老人品尝。吃过杏儿的长者们对此都赞不绝口。也有人专门在第二年开春时，特意剪了杏树枝条拿回去嫁接。

我爷家的窑场边和地埂上生长着十几棵杏树，有的杏树主干非常高大粗壮，有的只有小碗口般粗细，不同的杏树结出的杏儿形状迥异，这其中有一棵绿皮杏树，成熟时，杏儿外皮也是水晶般浅绿。轻轻地捏开杏儿，里面全是甜甜的鹅黄色杏肉，水汁特别多，味道实在甜美极了。场房前面的土坡上有一棵荷包杏，杏儿黄时红艳艳的，大老远就能嗅到一股特有的杏香，味道极其鲜美，吃到口里既绵又甜，令人难忘。

每年麦收季节的清晨，太阳刚冒"花花"，爷爷便指示三爷上树摇杏儿。只见三爷抱着粗壮的树干攀上高大的树冠，又轻轻地抱着其中的一根枝杆摇上几下，杏儿雨点般砸落在温软的麦茬地或者菜地里。我们一帮小孩子在大人的带领下，飞快地捡拾落得密密麻麻的绿皮杏儿。待到三爷将树上的四五根枝杆全都轻轻地摇上一遍，树下的七八个筐子也都差不多装满了水分饱满的甜甜的杏儿。

杏儿吃不完，可以晒杏干——将杏儿掰开去核，稠密地摆放在门板或者干净的地面上暴晒。如果遇上晴天，两三天就可以晒干。待到麦子上场打碾结束后，杏儿也全部落罢。杏干和杏核拿到收购站卖掉，可以换得一笔补贴家用的

老院子

零花钱。爷爷规定，杏干和杏核以小家为单位，谁家晒得的就归谁家，所以我们平日里晒杏干、捡杏核的劲头都十分高，并不亚于拾杏儿的热情。

杏儿的奇怪之处还在于，它的核分为甜核和苦核。甜核杏仁能够直接吃，用途也多，价格稍高；苦核的就只能拿到收购站换一些零花钱了。一般而言，甜核杏儿比较少，我们通常遇到的，十有八九是苦核的。

杏儿伴随着麦黄时节黄，但也有早黄和晚黄的。多数情况下，早黄和甜核的杏儿更能吸引小孩子的注意力，因而也多了一些被攀摘偷吃的纷争。

村子南边相邻生产队有一户人家，门前有四五棵高大的杏树，大都是经过嫁接培育的品种。他家的杏儿不但是早黄的，而且还是甜核的，我们称之为"结杏儿"，那可是我们这帮小孩子喜欢经常光顾的好去处。每年麦子开始抽穗，别人家的杏儿还都又绿又酸的时候，那户人家的结杏儿就已经开始泛黄。那一个个个头硕大的杏儿密集地串结在高大的树冠上，早早地显露出光彩耀眼的杏黄色，引得我们口水直往肚子里咽。最关键的是，我们每天早、中、晚上下学都要经过他家门前，那些缀满枝头的杏儿，每次都能勾引起我们"望杏生馋"的欲望。于是，人群中稍大点儿的男孩子乘主人家门前无人之机，从路边随手捡起石头、瓦片、土块等，瞄准了朝树上扔去，杏儿立马被从树上打落下来，大家一哄而上，争抢着拾。有几个胆大的，还身手敏捷地爬上树干，拽着树枝挑红拣绿。像我们这些跟屁的小孩子，碰上运气好点儿的时候，还能够从远处捡拾到一两个杏儿。在衣服上擦拭两下，直接上口，酸中带甜，味道美极了。

但有时不巧，大家正在抢杏儿，突然遇上主人不知从哪里钻出。猛然一声呵斥，把一帮孩子吓得屁滚尿流，四散逃跑。有的还慌不择路，双手提着鞋子都顾不得穿，滚沟溜洼地绕道去上学，迟到挨罚那是自不必说的。也有个头小的，跑不快，吓得哇哇大哭。主人却只是一边责骂，一边用脚在地上使劲地踩踏出声响，假装追赶，却并不真去撵。

不久，杏儿黄了。我们放学从主人家门前经过，眼看着他们采摘的几大筐黄灿灿、无比新鲜的结杏儿，馋涎欲滴。主人并不搭理我们，但他唯独见着一个男孩时，却格外大方地挑最大的杏儿捧在手里，硬是往人家怀里塞。那男孩捂着两只衣袋推辞着，坚持不接受主人的馈赠，大家对此既诧异又羡慕。

这个男孩不是别人，他是我的大哥，那时也在上小学，大哥是唯一不参与偷杏儿的小学生。每次从这家门前经过时，别的小孩一逮着机会就围着杏树下手，大哥却对此视而不见，不屑一顾，只管走自己的路，压根儿不受杏儿的诱惑。这一切被主人看在眼里，逢人便夸大哥"是南北二头最有志气的好孩子"。

大哥个性独立、十分争气，学习成绩又非常优异，小升初时竟然考了全公社第一，最后被县中招了尖，每学期还能领到五元助学金，就跟脱产吃上公家饭一样。后来，大哥还成了那个年代全公社唯一的大学生，听着都稀罕，令人仰慕不已，给家里也争了不少的光。

与大哥相反，我那时喜欢混迹于偷食杏儿的普通人群中，总觉得大哥这种高尚的行为风范并不能令我发挥自由的天性，效仿起来实在是太难了。

到整个村庄的杏儿全都黄了的时候，每家每户的杏树底下都落满了杏儿，小孩再去捡拾便无人说了。那个时候，街市上能够看到卖桃、卖李子的，却很少看到卖杏儿的。

"农家夏收忙，面缸不缺粮。枝头红杏笑，生活呈吉祥。"每年麦黄杏黄的时节，人们全天收割麦子之余，早晨也顺带料理一下树上的杏儿。在那个年代，收麦无疑是一项苦差事，但杏儿总能够给人们带来快乐和惊喜，让艰辛的生活充满幸福感。

传统印象中，大家并不把杏树当作果树看待，但杏树的确算得上是庄稼人的"福树"。杏树全身都是有用之材，杏儿能够食用，杏干和杏核可以卖了换钱；杏树叶可以做饲料喂猪、喂羊；杏木又是比较实用的上好木材，能够制作家具，不少家庭都用它做成案板，以此承载和调味出有滋有味的农人乡土生活；即便是做家具派不上用场的杏树枝，晒干了还可以当柴火烧。

在家乡，杏树称得上是庄稼人的福树。有杏树的地方必有人家，有人家的地方就有杏树。农人与杏树相依相生，生生不息，以此成就了乡下人绵长悠远的平凡岁月和幸福生活。

2021 年 7 月 13 日

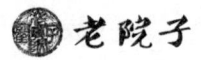 老院子

"五元"的诱惑

七岁那年,我差点儿犯下一次"捡钱"的错误,只因为剧情的改变,才没给我的人生落下一个遗憾的"污点"。

记得那是一个晴天的下午,我家庄前窑后大大小小的树木在温和的阳光下绿得格外养眼。那天我与二哥在奶奶家场院里玩耍,顺便看四叔父在地坑院崖畔上的场房后面做木工活。

四叔那时在地区工程队工作,是吃公家饭的,平时很少一见。那日休假,四叔正在抽空帮家里做些有技术含量的木工活。斧头、锯子、刨子、钳子、尺子、铁锨、镢头、铁钉以及棍棒等散乱地扔了一地。四叔蹲在地上一直忙碌着,除了换用工具,其余的时间,几乎都不挪一个地儿。我与二哥在场院里玩耍,偶尔也在旁边看四叔干活,四叔似乎并没注意到我们的存在。

突然间,我眼前一亮,在距离四叔蹲着干活地方的不远处,有一张折叠起来的五元纸币,半新不旧地随意落在地上。这是谁掉的钱呢?这里四周就住着奶奶一大家子人,几乎不可能有其他人从此经过。这么大面额的一张钱,肯定是四叔这个吃公家饭的人不小心掉的,或者就是他不经意间放在地上的——这个假想我倒是不大确信。

那是一张当时流通的旧版五元纸币,是许多人干上十天半月也不一定能够赚到的;那红绿相间的图案,那线条分明的纹理,那做梦都想触摸的手感,无一不吸引着我的视线。四叔依然在忙他手里的木工活,似乎对此一无所知。只见他深蹲在地上,一会儿放下斧头拿起钳子,一会儿拿起锯子放下尺子……随着他取用工具位置的挪动,他距离那张五元钱的距离一会儿近,一会儿远,一会儿干脆背对着,感觉他与那张钱似乎没有什么关联。

我审视着周围的一切,观察着四叔的一举一动,不知道他对自己的钱是否

心中有数，也希望这五元钱最好不是他的。我这么天真地想着，心里不停地盘算着——这是一张面值极大的钞票，我从来都不知道它摸起来是什么感觉；二分钱一盒火柴，能够买好多盒；一毛钱十几颗"洋糖"，能够买许多颗；一毛五分钱一斤煤油，能够买好多瓶；二三毛钱一斤红糖，也能够买好多斤……我实在不敢继续想下去了，不然我是抑制不住那张五元钱对我的巨大诱惑。时间在一分一秒地挪动着，我的心脏七上八下地加速跳动着，速度越来越快，心情也莫名地变得异常紧张。

我掩饰着自己的小动作，脚有意无意地向那张五元移动着。我距离那张五元已经越来越近了，只要我一伸手，它就非我莫属了。可是，我还是没有捡起它的勇气，我的一次次努力也都失败了，心里像猫爪在挠。万一这五元钱是四叔放在那里的呢？他要是发现钱没有了，那还不用鞋底把我的屁股打个稀巴烂！

太阳已经斜照到树梢上，天色也变得半红半暗。四叔蹲在地上，依旧做着他手里的木工活。我对这张五元钱还是没有十足的把握，不敢伸手捡起来，却也不想就这么轻易放手。我内心侥幸地在想，这张五元要是别人不小心掉的该有多好呀，我捡了那还不是碰到手的运气么……二哥吆喝我回家，我觉得也没有理由再待下去了。我们走过山神庙南坡，就快要到家的时候。我忍不住对二哥说，我看见地上掉了一张五元钱，很想捡起来，但没敢。二哥说，那我们就再去看看，如果钱还在那里，说不定就不是四叔的，拾回来零花！

当我再次"漫不经心"地来到场房背后时，却发现五元钱已经不在那里了，四叔正在收拾工具。我围着五元钱躺过的地方仔细地多看了几眼，除了有我留下的小脚印，什么也没有了。

长大后，我一直都十分奇怪：从小父母就教育我不能拿别人东西，我为啥差点儿就被掉在地上的五元钱俘获了呢？

2021 年 4 月 23 日

学苑记

大学记

　　大学四年记忆最深的，不是大学里如何刻苦学习、如何攻克知识难关的求学之事，而是那些与同学日常在一起的生活趣事。这是因为，我们的青春岁月"你中有我、我中有你"，相互交织，互相映衬，共同构成了各自难以忘却的大学生活记忆。平凡如我，能够对大学生活有深刻记忆的那些往事，至今回想起来，或意气勃发，或荒诞不经，或似有追悔，但却都是弥足珍贵的人生成长经历。

翻门看电影

　　学校有个用水泥浇筑成的旱冰场，很有些历史。它是全校师生文化体育艺术活动的"最中心"，这里承载着每个学子对大学生活最美好、最全面、最丰富、最精彩、最深刻的记忆。旱冰场很大，中间是一个大大的长方形，两头都是半圆形，与长方形组成一个椭圆形的活动场地。

　　旱冰场的南边与学校团委楼衔接，有个安装着铁栅门的正门，平时一直敞开着，只有在周末晚上放电影、办舞会的时候才关起门来售票。其余三面都砌了高高的砖石水泥看台，上面有许多层高低不同的台阶。东西两边各有一个铁栅门，铁栅门平时都关闭着，上面挂着锈迹斑斑的大锁，只有在举行大型活动的时候才临时打开，供大队人马集体进出。旱冰场能同时容纳上万人举行各类集会活动，这其中我们最喜欢的，还是周六晚上的露天电影和周日晚上的交谊舞会。

　　大一年级第一学期，同班的男同学都还是"舞盲"，每逢周日晚，听着旱冰场里激动人心的优美舞曲，只有透过旱冰场铁栅门欣赏高年级学长风度翩翩的潇洒舞姿，心里真是羡慕极了。我们起初还是对周六晚上的电影最感兴趣。这其中有个说起来十分寒碜且不可告人的秘密，只有我们同班的几个同学私底下心知肚明。因为是露天电影，票价一元，按说也不算太贵。但一元钱对那时每天生活费不到两元的我们而言，也是一笔不小的开支。遇上喜欢的尤其是有自己崇拜的明星的电影，想看又不舍得花钱怎么办？于是大家经过实地勘察，发现从东边的铁栅门上偷偷翻进去是一个很不错的选择。因为大家都在想，反正露天电影放了也是放了，不看白不看，看了也不会影响主办者的经济收入，最起码也是丰富了周末生活，给自己减轻了一些生活负担。时间久了，就有几个"志同道合"者聚拢在一起，一时便有了五六人。大家在年轻贫困之时涉世尚浅，没有十分讲究，更不会顾忌太多，甚至将此作为一种娱乐而津津乐道。

　　翻铁栅门看过几次电影之后，五六人相互间的关系也就铁了许多，相处起来便十分融洽，不藏隐私，无话不谈。在深秋季节一个漆黑的夜晚，又是一个周六，北风呼啸，树头晃动，枝丫相互碰撞着，法国梧桐的叶子纷纷落下，沙沙作响。夜里已经有了一些寒气，旱冰场上又照例在放电影。那晚我正好感冒，咳嗽头晕，晚饭后吃了一把药粒就上铁架子床睡了。四五个同学集结在我们宿舍，见我不能参与"集体行动"，便一起出发了。

　　半小时还不到，我正睡得迷迷糊糊，出去的同学都急匆匆地回来了，好像出了点什么意外。仔细分辨，只差对门宿舍的一位。听同学说，今晚运气不佳、出师不利，差点被抓了现行。

　　原来，前面两个打头阵的弟兄刚翻上铁栅门，半个身子都已经翻越过去了，里面就有巡逻的人打着手电筒吆喝飞跑着照射过来了，大家仓皇撤退，其中一位对门宿舍的兄弟不小心"马失前蹄"，一脚踩空，从铁栅门上坠落下来，跌伤了脚踝，被众人搀扶着迅速撤离，连背带架地回到宿舍，现在正躺在床上后悔哩,看样子伤得还不轻。大家一个个唉声叹气,后悔不已,为受伤的同学担着心。

第二天出早操,没看到昨夜摔伤的同学。只是在上课的时候,才发现他一拐一瘸地来了,样子很艰难,我为他深深地捏了一把汗。这样的日子一直持续了一个多月,他的伤势才稍有好转。后来他还坚持参加了系上的冬季越野训练,表现得顽强而有毅力,非常令人钦佩。

不过,自从那次"夜走麦城"的意外事件之后,大家再也不去翻铁栅门看电影了。当初自发结盟起来的夜行观影"小分队",就这么无声无息地散伙了,至今回想起来,那都是一份十分难忘的青春懵懂记忆。

辜负同窗情

上大学时,我们每月的生活补助,在省部级院校里面按说也算得上是比较高的。饭票三十斤,菜票三十五元,对于女生和部分饭量小的男生来说,吃饱饭也还不是问题。但入学前我在农村经常从事繁重的体力劳动,饭量比较大,每顿能吃掉四五个大蒸馍。大学里的馒头比起家里的小多了,一顿饭即便是吃上三四个,感觉肚子里还是空得慌,但又不敢多吃,于是经常处于半饥饿状态。

大二时,被系上抽去参加越野赛,一个月训练下来,食量大增,饭票、菜票全线告急,于是每顿饭只吃馍,不吃菜。好在学生灶上有免费的大米稀饭,每顿多舀上两勺稀饭,感觉生活还是很美好的。但那时初出茅庐,对日常生活的计划开支和管控能力尚有欠缺,饭票还是出现了亏空。眼看着领饭票的日子还有十多天时间,我的饭票却只够撑上两三天了。这事后来被班上同学发现了,传到班长吴同学耳朵里。吴同学是个热心肠,见不得有人饿着,就背地里组织发动班上的女同学给我捐饭票,一时间凑齐了二十四斤。

在一个中午的饭后,吴班长领着几名女生来到我们6412宿舍,热诚地表明了来意,把饭票硬是往我手里塞。本来是大学同学之间互助友爱的一段佳话,要是换作别人,接过来说声"谢谢"也就是了。可是我就是不接,搞得班长和几个女同学都下不了台阶。我那时心里在想,我堂堂七尺男儿,岂能吃女同学的救济?我顽固地抱定"廉者不受嗟来之食""士不为五斗米折腰"等古训,把自己置身于"古代先贤志士"的行列,执意不收。

老院子

怎奈吴班长古道热肠，晓之以理，动之以情，愿救天下寒士于熊熊烈火，愿渡落魄壮士于茫茫沧海。他竟然自我检讨地说他工作没做好，工作方法欠妥，让我给女同学个"面子"和台阶云云。为了打破僵局，缓和气氛，我答应暂且拿了，权作借用，等饭票发下来我再还回去，于是接了。那些饭票还真帮了大忙，我打心里感谢班长和女同学。

到了月底，一领到饭票，我立马跑到女生宿舍，将二十四斤饭票往桌上一放，说了几句感谢的谦辞正待离去，谁知女同学起初一愣，接着说那是她们给我的，不用还的。说话间，她们有按房门的，有拽我胳膊的，有给我递饭票的，大有不拿饭票不让我出门的样子。我态度坚决地推开她们，执意脱身出来。看着她们一个个发愣失望的神情，我心里倒是轻松自在了许多，觉得终于可以不落人情了。

好多年后班级同学聚会，旧话重提，我感觉自己当年做了一件很不近人情的傻事。我对女同学们调侃说，如果时光倒流，希望她们能够多捐些饭票给我，并且多多益善，我会只管填饱肚子，不要面子的！

说起吃馒头的事情，这里还有一桩趣事。有次同宿舍的几个舍友打赌，看谁一顿吃的馒头最多。有说三个的，有说四个的，我说吃十个都不成问题。于是就有人提议，谁一顿只要能吃五个馒头，大家就给他三斤饭票。我说此乃小事一桩，于是又买来几个馒头，一口气吃下八个。有同学当场拿出三斤饭票给我，我却不好意思拿他的饭票，算是"寅吃卯粮"地白白吃了自己八个馒头。我感觉再吃两个也不过瘾，只是不敢再"浪费"口粮了。

饭后，我们来到操场上打篮球，几个舍友暗自观察我饱食之后的反应，想看我是否会受到影响。我感觉跟平时没有多大区别，只是蹦跳起来浑身更加带劲了，他们算是真正佩服得不行。

卷入下海潮

大二刚刚开始，不知从哪里刮来一股强劲的"下海潮"，让我们一个个来自农村的农家子弟也心神不宁，跃跃欲试。

秋季开学后还不到一个月，就在一个周六的凌晨，住对门宿舍的六个同班同学中，就有四五个一同乘火车悄悄地去了西安康复路。等我们宿舍获取"情报"的时候,听说他们中已有人赚得百十元钱了。接下来,我们宿舍有两三人周末也相跟着行动起来了,而对门"下海"的人却逐渐地少了起来,三四周之后,只剩下一两个人还在继续驰骋"商海",其余的都陆陆续续地打了退堂鼓。

我第一次去康复路,还是跟着我们宿舍的浙江同学一同去的。"浙江"来自南方,乘火车穿行半个中国,算得上是走南闯北,见多识广。那次他进货,我跟着帮忙,当然主要还是取经学习,熟悉地形和环境,掌握乘火车的路径和要领。记得那是一个天气阴冷的周末早晨,我裤兜里总共揣了十三元零一角钱就跟浙江同学上路了。我们从杨陵镇逃票乘火车出发,车厢很拥挤,没有座位,一路站着。

半道上遇查票,几分钟前还跟我站一起的"浙江"突然不见了,我一时慌了。因为我第一次乘火车,对火车上的情况还很陌生,就向车厢另一头退却,但很快发现另一头也在查票,算是两头包抄合围。两边都行不通,无奈之下只好假装平静地站着,"欣然"面对现实。两个查票员查到我跟前时,我心里七上八下,不知所措。但十分幸运的是,他们仅仅只是多看了人群里的我一眼,大概是觉得我长得并不像会逃票的样子,便只顾查别人去了,恍惚中我稀里糊涂地算是逃过一劫!

查票过后,"浙江"突然又出现了。他说刚才去了趟洗手间,恰巧遇上查票,也成功地躲过一劫。

中午吃饭,我花三元钱请了"浙江",算是"谢师"。之后我们步行去了康复路,经过讨价还价,"浙江"买了袜子、秋衣、领带之类的一些小杂货,然后提着大包穿街过巷、挤人堆、钻人空、过马路,沿原路返回。下午,"浙江"掏钱请我吃饭,算是回请。我们又混入火车站,好不容易挤上返回的火车,一路挤得大汗淋漓、浑身湿透。到达目的地,跟着大队人马混出火车站检票口,一摸裤子口袋,只剩下一角钱,其余十元钱不翼而飞。再前后左右地摸了好几遍口袋,一无所获,于是确信是被贼偷了去,我心里暗自悔痛了好一阵子!

回到学校,"浙江"利用中午和晚饭的空闲时间到各个宿舍卖货,我也跟着实地取经,仔细地看他敲门、介绍、看货、讲价、成交、收钱。走过两层楼后,我便学到了真传。提议"浙江"给我一些货物,我独自帮他试卖,几回下来,觉得自己也有了推销的本领,给"浙江"卖出了不少货物。尤其是领带,"浙江"手把手地给我教会了领带的打结方法,只要我把领带往借来穿着的同宿舍洋县同学的西服上一打，别人就会从我脖子上抢下来直接买了，一时间给"浙江"赚了不少钱。"浙江"过意不去，送我一条领带作为回报，我转身也卖掉了，算是对丢了十元钱的一些弥补。

"浙江"后来"上岸"了，但我的"下海"才刚刚开始。我们宿舍里洋县和咸阳的同学，再加上对门已经去过好几次康复路的安徽同学，还有洋县的两个同乡，我们临时又组成了新的"下海"小分队，每隔两周周末活跃在通往西安的铁道线上，把小本生意做得风生水起、只赚不赔，简直就跟"铁道游击队"似的。

我们集体进货，回来后又分头到各个楼层、各个宿舍里去推销，然后坐下来数毛票，清苦繁忙的日子一下子有了十分欣喜的起色。我们在西安遇到过大骗子，遇到过小混混，遇到过老货霸，也都因为我们人多"识广"、充满胆气，每次也都能够逢凶化吉、平安无事。

遇骗幸逃脱

我第二次去康复路，是跟着安徽同学一起去"下海"的。安徽同学前面已经去过两三次，比较有经验。另外，安徽同学有做生意的潜质，他高数学得好，每次几乎都能考一百分，我对他非常佩服，觉得跟着他就能有胜算、有钱赚。那次我总共带了六十元钱，买了袜子、领带、化妆品等小杂货，算是试卖。

从康复路出来，我提着袋子，安徽同学背着行囊，沿着城墙东门外的大街小巷步行返回。路上遇到一名五十多岁的妇女，她看了看我俩，然后指着我说："年轻人停一下，求你给我帮个忙行不？"中年妇女说我个头高挑，皮肤白净，长得帅，身材跟她侄子差不多。她说想给她侄子定做一身西服，但她侄子本人不在场，就想按照我的身材量一下布料……我被她夸得心花怒放，心里很是享受，于是答应可以去看看。

走过窄窄的街巷，进入一个黑咕隆咚的门店，里面挂满了各色的布匹，说话间走过来一名年轻女子，拿着软尺在我身上温柔地丈量起来。她的漂亮让我突然多了戒备之心，她们会不会有别的企图？于是我不动声色，假装出门给我同学说个事，顺便溜之大吉。后来从其他途径了解到，有人在西安遇到跟我类似的情况，热心替人量身裁衣，一剪刀剪下来七八米布料，当时就闪出几条彪形大汉，硬是让受骗者高价买走了布料。我遗憾自己轻信他人甜言蜜语太单纯，又庆幸自己高度警觉和临机应变，没有上当受骗。

我与安徽同学一路来到西安火车站广场，正行走间，发现一个穿着时髦、油头粉面的小青年从侧面用脚故意钩绊安徽同学，安徽同学并没注意到这一举动，继续往前走。只听那油头粉面的小混混霸气地说："碰了人也不道歉，就这么走了？"我走上去与他论理，说明明是他故意使绊子，却怎么还怪起人来。于是又上来三个小混混，分站在我的左右两侧，用胳膊肘在我肩上击打施压，我毫不示弱，继续跟他们对峙。安徽同学看势头不对，忙称"大哥，对不起，我们是学生，身上也没带多的钱"，说着从上衣口袋里掏出五元钱给了那个领头的，并把上衣口袋底翻出来给他们看。我说不给他们钱，咱们去报警！那四个混混见状，抢过五元钱一边嘴硬一边急急地溜了。我埋怨安徽同学，安徽同学说舍点小钱打发个方便。

这一次进货，真可谓惊心动魄，险象环生，好在我们初生牛犊不怕虎，遇事都能逢凶化吉，终究平安无事。

回到学校，整个星期天，我与安徽同学一起行动，分头奔波在逐个敲开宿舍门销售货物的路途中。我们把小生意一直做到了另一所大学，感觉销售起来如鱼得水，游刃有余。时过太阳偏西，才想起竟然忙得忘记了吃饭，但也不觉得有丝毫的饿意。卖完货物，坐在渭惠渠岸边黄叶片片的秋色画面里小憩。当我们数着满手的毛票时，觉得那才是一天里最轻松最充实最美好的时光。

女生帮销货

我进的袜子、领带、贺年卡等都赚了钱，只是每包二角五分钱批发的"紫罗兰"牌化妆品一时不好出手，眼看着就要压货。

同班有女同学为了照顾我的生意，主动帮我扫货，一元钱两包买走七八包，算是给我减轻了一些负担。剩下的我自己用来做了试验，抹在脸上手上，感觉似乎有点香味，又觉得白了一些，用水冲掉。再抹，再冲掉。有时觉得香味还不赖，只是没办法比对优劣；有时又觉得有点儿不大对路，感觉白得有些反常，一时便拿不定主意。莫非批发了假货？

忽有一日课间，坐在前排的一名女同学回过头来悄悄地问我："你的化妆品在哪儿买的？抹在脸上像白面糊糊，我们宿舍几个女生脸上抹得跟涂了面粉似的，有人觉得会不会是……"我心里"咯噔"一声，说学校门口商店就有，每包卖一元，跟我卖的好像是同一个牌子、同一个形状，我也拿不准是真是假。说这话时，我感觉很有些难为情。自那以后，我再也不敢进化妆品了。

我后来经过走访观察发现，化妆品男生一般不用，而每包卖一元钱的袋装化妆品，女生又嫌档次太低，自然不用。事先不了解行情，这便是我与市场脱节的原因和失策之处。

同系同级有一名女文友，与我在同一个社团共事，长得十分恬静可爱，学习成绩在年级堪拔头筹，又写得一手好文章，抒情的、小资的、新闻的，都在我欣赏之列，令我十分佩服，暗自倾慕有加。我想不到她竟然会主动请缨，帮我在她们女生楼跑上跑下地推销货物，令我感动不已，备受鼓舞，觉得我这"下海"的营生也算得上是名正言顺的正经差事，可以正大光明地经营，不算是"投机倒把"。

接下来的那些周末，我们的"下海小分队"一起行动过两三次，大家都赚了不少钱，士气空前高涨。尤其是到了元旦前的一个多月，我们进的贺年卡卖得又快又火，几乎供不应求。但就在这关键时刻，其中的几人因了各种缘由不再坚持，先后洗手不干了，最后能够坚持下来的，就只有我与安徽同学。我俩既能吃苦，又有几分锲而不舍的劲，各自也都有了一些收获。

随着天气转冷，我突发奇想，进得一大包白纱布口罩，总共有五十个。为了找销路，每天一大早在操场上实地感受天气的寒冷状况，统计同学中戴口罩的人数，发现男生都不戴口罩，女生中也只有极个别戴口罩的，但所戴口罩与我购买的口罩颜色和形状也大为不同。一周下来，我的口罩只卖出两个，那还是同班一名女同学为了照顾我的生意特意买走的，我也没好意思赚她的钱。

期末考试快要到来的时候，我与安徽同学的"下海"之旅圆满结束，我五六次赚得六百多元，安徽同学七八回赚了近一千元，都算得上是"下海"潮中的"弄潮儿"了。

难忘办团报

大一第二学期，校团委创办了一张机关小报，主编名叫韩韦章，是高我两级的一位学兄。报纸每月出一期,每期四版。除了一位团委的老师挂名兼管,创办者和组织者都是大二、大三年级的学兄学姐。在新生中招聘学生记者的告示一贴出,我就在同乡好友的鼓动下报了名,不想竟被录取。

第一期创刊出报,已经到了3月份,记得给我分配的是有关开学后校园读书新气象的选题,由我与畜牧系的同级校友何兆林负责。我采访写稿,何同学负责版面编辑,他给我安排、布置、指导工作,并做一些引导式的启发以拓展我的思路,七百多字的一篇稿子,我先后誊写修改了八九遍,光稿纸就用去了二三十页。最后终于在头版署着我的名字见报了,还受到了学生主编韩韦章学兄的表扬,高兴得我恨不得站在学校最高的楼顶放开嗓子吼几声秦腔!我们终于在头版立住了脚跟,有了一席之地。

为了每期都能够有一篇稿子见报,我仔细地阅读校报,观察身边日常发生的细小变化,发掘可以写稿的新闻活动和院系最新的海报动态。我一有时间就钻进系学生会的图书室,逐字逐句地阅读《人民日报》和《中国青年报》,用红笔勾画其中描写精彩的部分,模仿大报记者的写作手法和纯熟的语言风格,揣摩各种应用文写作,并对它们进行比较,取其精华。在自己的写作中,在院系与学生活动的"小事件"里面借鉴大事件的写作手法,一时也有了立竿见影的收获。

有次报道校团委老师组织的一场活动,我连续运用了"某某老师发表重要讲话,某某老师指出,某某老师重申,某某老师强调……"消息见报后,笔力还算老到,却被校团委书记黄思光老师叫到办公室,当面听他朗读一番,然后笑着说我的这篇报道如果把"某某老师"换作国家某个领导人,就可以上《人民日报》了。黄老师用鼓励的语气给我指出了其中应该注意的问题,使我从中领悟到了不少道理。

还有一篇报道,黄老师说写得倒还不错,但出席活动的单位和人员排序不太合适。我当时是按出席活动相关单位领导和老师的年龄大小排序的,把校团委放在了学生处思想政治教研室之后,把一位姓谭的老师放在了校团委书记的前面,闹出了不小的笑话。黄老师说这话时虽然比较含蓄,但我还是从中体会到了一些基本的办报常识。一学期下来,我发表了数十篇消息、言论和散文,又被提名做了头版编辑,写作水平大有长进。我也不曾料想到,我最后竟然鬼使神差地又被提名做了《西农人》主编,带领全校三四十名学生记者硬是办了十多期报纸,对报纸的统稿、编辑、设计、印刷和出版等业务环节都有了一些皮毛之见。

在主办《西农人》的同时,我经常给校报投稿,十篇有八九篇也都见报了。从老师们对我所写稿件中哪怕是一个细小的改动,我都能领悟到其中的妙处与技巧,从中获益不少,这对我的鼓励非常大。

大三的时候,我终于正式成为一名校报学生记者,以双重的身份在两份不同形态的报纸之间架起了一座畅通的桥梁,为众多《西农人》学生记者树立起一个良好的样板,具有示范意义,给大家展现文学才华开辟了更为广阔的新天地。

别夜无月色

大学四年虽然很漫长,但临到毕业时却忽然觉得时间恍若云烟,异常短暂。在6月下旬一个漆黑的夜晚,宿舍恰好停电,黑咕隆咚中,班上同学相互招呼着、提醒着,摸黑抬出事先准备的几捆啤酒,提着事先买来已经洗好了的黄瓜、西红柿和桃子,一起聚拢到学校西边的大操场上,做毕业前夕最后的告别。有同学已经订好了第二天的火车票,这也是他们在学校度过的最后一个夜晚。

操场上一片漆黑,我们每个人手里都提着一瓶啤酒,重复地不厌其烦地诉说着离别的话语,回忆着一晃而过不再回转的四年青春岁月。大家喝了很多酒,说了很多话,握了很多次手,拍了很多遍肩膀,最后还是剩下了很多黄瓜和西红柿……虽然夜色漆黑如墨,相互间看不清脸上的表情,但大家心里都很留恋,都很不舍,一直叙别到很晚,有人已经喝高了。

我那时由于毕业留校,提前两周被学校科研处借调过去帮忙替班,每天在行政楼里守着一部座机电话不停地接,不停地登记,不停地被农业部的相关单位询问某些专业性的数据。有次为了回答他们的问题,我竟然还咨询到两墙之隔的张宝文校长那里。张校长放下眼镜仔细给我翻阅资料的神情令我至今记忆犹新……这些也都使得我没有了更多的时间与同学们告别,也抽不出太多时间与同学们一起感受大学四年之后离别母校、告别同学的那种真实体验,我常常为此而遗憾,也为此而庆幸。遗憾的是我少了平生唯有一次的珍贵的大学毕业离别的经历和感受,庆幸的是我少了一份只有毕业季才有的惜别的痛楚与神伤。

当同学们都离别学校的那个下午，下班之后，我一个人坐在宿舍里，长时间地看着每一个空落落的铁架子床，心情陷入了莫名的孤独和惆怅。在此一同度过四年时光的同窗兄弟们，这次各奔东西、纷纷离去，今夜不再回到这里来了，永远不会在此朝夕相处了。我的思绪恍然间又回到了从前……

我们同宿舍的几名舍友，分别来自浙江、广西、陕西、河南，加上来自甘肃的我，一共六人。后来"河南"休学一年，又来了"青海"。真可谓江南塞北、东西中原，我对每个人都有熟悉而清晰的记忆——

"浙江"清秀，精干内敛，乐群善处，机智随和。他与"广西"烹得一手好鱼虾，偶尔夜捉田鸡、手擒黄鳝，让我们尝尝他们南方人的厨艺，的确是好。"浙江"睡觉不用枕头，个头模样是那般笔直清秀，他说他们自小都习惯这样。他给我专门送过一支家乡的湖笔，非常好用。

"广西"稳健，深沉少言，性格温厚。他有一副好身板，喜欢打篮球。他若与我和"洋县"分在一个小组，几乎每次是只赢不输。相识之初，"广西"与"浙江"每人在镇上曾购得一身军官呢西服，在校园里穿出一道独特的风景。他的家乡桂平有种米糕，坚硬却很耐吃，令人"磨齿"难忘。

陕西有"洋县""咸阳"的两名同学，"洋县"沉稳持重、性率真、多才艺。他与同班吉林同学的相声表演，一句"厕所里设雅座"，令全场笑翻。"洋县"写得一手好字，堪称书法一绝。他买得两身西装，喜欢让我穿，自己在一旁乐滋滋地欣赏。他乘火车每出汉中，必带来家乡山果特产，让我们个个回味无穷。

"咸阳"勤勉扎实、纯厚朴实、热诚乐群、做事用功，好集邮。就他距家最近，来去便利，每次给同学代购当时卖得十分火爆的"505神功元气袋"，深受欢迎。"咸阳"有一门用红薯和白糖在炒锅里"拔丝"的看家厨艺，每次都会让我们饱享口福、大开眼界，他后来谋职农院，与我距离很近，可以经常互相探望。

"河南"爽朗，心直口快。他自嘲自己来自一个"最坏"的地方。说李自成当年讨饭路过他家乡密县，当地人吃了西瓜还要在瓜皮上踩踏一脚，闯王生怨，起义后对密县实施杀戮报复。他与我们只同宿舍相处过一年。

"青海"温良，处事低调，外惠内秀，老乡观念非常浓厚，总觉得他在青海老乡会里面是个活跃分子，他们的几个小同乡平日里都喜欢围着他转。大三时他被推选为班级支部书记，大家感觉都很轻松，我认为他做这个"官"非常合适。

至于我嘛，我日常喜欢给同学们打开水，每次两只手里提四个保温壶，打满开水，从开水房一路走回，提到四楼宿舍，引来无数惊奇的目光，感觉很自豪也很荣光。

如今各位舍友各奔东西，令人不胜叹惋！

1996 年 9 月 9 日起稿
2018 年 11 月修订

· 学苑记

劳动实践课

  大一第二学期，很早就听高年级的学长们说，我们本学期将要参加为期一周的劳动实践课，至于具体做什么，我们并不清楚。但这个消息对我而言，听起来无疑是比较令人兴奋的。班级同学中，多数都来自农村，绝大部分人自小就已经习惯于参加各种体力劳动，而如今把劳动当作课程来实践，可以说类似娱乐活动，那应该是比较有趣的事情吧。

  5月夏收时节，天气已变得燥热，昆虫在树林间欢快而密集地高声鸣唱。我们的劳动实践课伴随着酷热的暑气终于来临了。按照系上的通知，我们每个班级的全体成员都挤上一辆辆绿皮大卡车的拖车厢，一路站着被东颠西簸地拉到学校的试验农场。分配的任务是以班为单位晒麦子——从仓库储备大厅里将整麻袋的麦子和堆放成小山丘一般的麦子搬运到水泥场上摊薄晾晒，待晒干后再重新装袋，运回仓库摞在一处，一部分小麦还要装到车上运走。

  晒麦子是件力气活儿，我们班的男女同学一起动手，用推车、木耙、木锨、木斗、扫帚等各种农具将麦子运送到水泥场上摊开推匀，晾晒在麦场上，时不时地用木耙来回翻晒，然后大家又聚拢在大树或者房檐底下的阴凉里休息、喝水，抑或天南海北地侃大山、逗乐子。不知不觉中已至正午，大卡车又把大家送回学校。洗漱、吃饭、午休之后，下午再顶着大太阳挤大卡车来到晒麦场上，继续劳动。

  日头偏西时，班级同学在辅导老师的指挥下一起动手，将麦子推成一个个小山丘，用木斗、塑料桶、木簸箕等装入麻袋，用推车运送到仓库大厅里，整齐地摞在指定的地点。麦场上人影晃动，尘土飞扬，汗水流淌，大家几乎都变成了"土人"。农具推送麦子发出的"哐哐"声、"刺啦"声与纷杂的笑语声、吆喝声混合在一起，此起彼伏，各种工具和人群都在忙碌着，发出各自不

老院子

同的声响。大家装袋的装袋，扛包的扛包，运送的运送，一个个手脚麻利、干劲十足。几个有力气的同学更是相互比拼，暗自较劲，不甘落于人后。

我那时力气大，一个人只要大腿一使劲，腰身一斜，两手就可以将装满小麦的一百多斤麻袋抓起来扛上肩头，再轻轻使力，又轻松地将麻袋抛向麦堆，直看得众人目瞪口呆，欢欣鼓舞。我们正干得热火朝天，学校领导一行人在系领导的陪同下前来视察夏收情况。当时就有人停住脚步，看我们一帮愣头小伙在拼蛮力、使牛劲，于是投来赞许的目光。当看到我把装满麦子的麻袋一个个举起来抛向空中时，他们也是觉得十分新奇，几位老师还相互比画着说笑着。其中一位年长者还竖起大拇指，笑着发出了赞叹声。我后来才知道那人就是学校校办的秦主任。我主办团委报纸时，还通过他找张宝文校长题过词。

每天中午回到宿舍，我们男生要做的第一件事就是齐刷刷地脱个赤条条精光光，然后踩上凉拖端着洗脸盆急急地奔向水房，一齐将十几个水龙头拧开到最大，接上满盆的自来水，一盆盆地从头上浇下，淋个痛快、洗个舒服，心血来潮时，还相互泼水取乐，玩得不亦乐乎，然后才"叮叮咣咣"地敲着碗筷、哼着小曲到食堂打饭，狼吞虎咽地吃饭，"咕咚咕咚"地喝水，整齐划一地上床午休。每天下午劳动结束回到宿舍，又紧紧张张地重复中午淋洗的作为，顺便将劳累一天已经穿脏了的衣裤手洗、拧干、晾晒，以待第二天再穿着继续新一天的劳动实践。有时乘着傍晚日落的机会，还集体跑到学校西北角的露天游泳馆里"扑腾""蛙奔""狗刨"一番，或鱼翔浅底，或浪里白条，游得煞是痛快，并不感到有一丝一毫的疲劳，反而觉得这劳动比上课还要轻松自在不少。

晒麦子的劳动实践课进行了不到一周就结束了。在以后的课目中，实践课偶尔有之，但劳动不再有。在学习《动物学概论》课程时，著名动物医学专家曹斌云教授曾经安排我们跨专业参观学校畜牧良种繁育试验基地，让我们这些从小就见惯了猪马牛羊的农家子弟真可谓大开了眼界。

基地距离学校倒是不远，从学校南门外下了九十三个用青砖砌垒而成的台阶，沿马路再向南行进大约一千米路西即是。一走进良种繁育基地，扑面而来的牲畜特有的气味并不显得陌生，圈养在一排排猪舍中的黑的、白的、灰的、红的、花的良种猪就够得上让人眼花缭乱，须得睁大眼仔细辨认。据专家们介绍，这个是"巴克夏"，那个是"长白条"，隔壁圈里的是"乌克兰"，再往里走还有"汉普夏""杜洛克""大约克""皮兰特""太湖""关中黑"……

如此众多的猪类，让人一下子怎么能够辨得清、记得住？只见这些猪大都是"携家带口"地生活在一个宽敞的猪舍里，或卧或坐，或躺或趴，或走或立，安闲地过着属于它们自己的幸福阳光灿烂的居家小日子。它们有的体形十分庞大，身材修长，除了稍微矮一些，几乎和成年的牛差不多大小；有的体态轻盈，肚腹上提，嘴巴凸长，精瘦得跟豺狼一个模样；有的身形臃肿，大肚坠地，行动迟缓，耳大如扇，显得十分笨拙；有的外形滚圆，两耳上翘，猪眼迷离，憨态可掬，人见了就想笑。总之各有各的稀奇古怪可爱之态，各有各的看家本领和过人之处，观之令人惊叹不已。

专家说，这些猪有近交、远交、杂交的，有外来、国产的。不论是哪头猪，它们的亲子关系和辈分关系都可以通过耳朵上的一个个大小不一、深浅不同的人工豁口辨别出来。看似普通寻常的一头猪，在这里竟也是有恁般复杂的种系与观赏妙趣。

再后来，我们还分别进行过地基测量和城市规划实践课程，在校园和学校周边及野外实习过地基仪器测量实验和城乡规划实地勘查，但大抵是一些专项和枯燥的作业，大家听来觉得很无趣。倒是我们的高数老师卢恩双教授在课堂上为吸引学生们的注意力而讲的一个有关果实采摘实践课的故事比较生动，让同学们听后忍俊不禁，记忆颇深。

卢教授说，园艺系曾经组织学生进行果实采摘实践活动，有人对核桃的采摘方法进行了深入研究，并全面扎实地撰写出一篇有关打核桃的优秀论文。文章将打核桃的方法总结为三个：棍棒敲击法、上树抱摇法、石块投掷法。并分章节、分层次、分步骤地进行了深入探讨、研究和论证，事实丰富，操作有序，理论有据，真可谓用功到家，颇受欢迎。

仔细想来，论文中总结的这三种方法，运用在打核桃的实践中，还是比较生动和贴近实际的。这尤其适合于过去长得比较高大的老品种核桃树，对于如今已经培育推广的新品种矮化核桃树来说，并不一定完全适用。卢教授讲得睿智风趣、正儿八经，不像在开玩笑，以至于我们也难以辨别这个故事的真伪，只当增长见识，开怀一笑。

2017 年 1 月 26 日

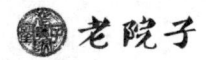 老院子

母校游

  前段时间,利用开学的日子,抽空回了一趟母校西农。

  时值金秋,绿树红花,蝉噪蝶舞,大红大紫的条幅挂满楼宇间的林道……一派热烈的迎新气象。想那十余年前,我也是在这般令人神往的日子里,带着欣喜和好奇,怀揣着希望与憧憬,兴奋地走进这座花园般美丽的学府圣殿的。

  如今岁月流转,物是人非。昔日的同窗,天南海北,各奔东西。后来的阳光新人,依旧传承和延续着这里独特深厚的人文积淀与精神气质,创新并不断融入着丰富多彩的五湖音符和时代特质。唯有这不变的灼灼花草和森森树木,在经历了数十年风雨的洗礼之后,仍一如既往地保持着曾经熟悉的身影与淳朴温厚的亲和感。

  先进"985",再入"211",昔日的母校,以其独有的魅力成就了非同凡响的创新与发展神话,被学界所仰慕。相比于同学挚友,我更多了在此留校工作两年多的难忘经历。欲留不甘,欲辞难舍,矛盾与纠结,一切都在藕断丝连的牵扯中不得不任由时间做出选择。

  相信我与我的其他同道朋友,对这座独特的农城和神圣的教稼府地应该有着不大相似的一番亲历和感受吧。

  有诗云——

    故园独步气象新,过往音容非昔同。
    只有红花不常变,依然含笑松柏中。

2008 年 9 月 17 日

背馍记

升初三的那年秋天，开学才上了不到一周时间的课，设在村子附近以"家庙"命名的"八校"撤为小学。于是，我们初三年级的新生不得不转到距家十五里之遥的乡中学读书。

当班主任齐老师在教室里宣布了这一消息的时候，我们每个人的心里都五味杂陈。起初有点儿小兴奋，我们就要到一个新的环境面对一个更大的世界，在那里将会见到更多的人，见识更多的事，但这种兴奋很快就被摆在眼前的现实情况浇灭了，去那么远的地方读书，每天不能回家吃饭，晚上还得住校，一周才能回一次家，往后的日子都得啃冷馍……如此一想，对已经上了七年的学校不免有了许多留恋和不舍。班上二十多人，有的选择了继续上学，有的选择了弃学，最后到乡中学上初三的，总共只有十五六人。

乡中学初三年级总共有两个班，我们属于插班生，被平均分配到两个班里。教室是很大的平房，门口有高高的石头砖混台阶，班级学生很多，便显得拥挤了一些。坐在教室最后一排，能够把班里所有人仔仔细细地审视一遍。文安大队初中部撤并来的十几名插班生与其余的人相互之间似乎都很熟悉，课间玩得也"疯"。与之相反，我们一同来的几个人都沉默寡言，一时难以融入新的集体。课程进度也不一样，尤其是英语，他们从初一起就开设了英语课，而我们之前还没有接触过这门课程。每次上英语课，看他们一个个将课文倒背如流，回答问题异口同声，而我们却连英语课本都没有，只好跟着听天书，做哑巴。对我们插班生而言，这是非常不利的因素，这意味着初三毕业升高中时，我们要用五门课程的总分与别人六门课程的总分竞争升学考试。

困难还不止于此，最不适应的是，每天放学后，距家近的人都回家吃饭，有步行的，有骑自行车的，剩下我们这些路远不能回家的，最初一脸茫然，不知道该干啥。待教室里人都走完之后,才怯生生地出门打探究竟,发现校园里还有很多学生,有的拿着碗筷优哉游哉地到灶上打饭,有的提着搪瓷缸子急匆匆地奔热水房接开水,其中更多的还是接开水泡馍吃的。跟着人群走过去一看,热水房后面已经排了长长的队,足有一二百人,每个人手里都拿着一个大搪瓷缸子或一只大碗,把头伸长了等着接水。烧开水的"锅炉"是用一个大汽油桶子改造成的,整个桶身镶在水房里面,烧水的灶口却留在墙外。桶子口装上一个长长的水龙头引出墙外,龙头也因常年烧水结了白白的一层水垢,水流变得跟筷子一般细,接满一缸子水很费工夫,排在后面的人等得都有些不耐烦。

一个面色赤红的年轻人,头戴一顶军绿色的帽子,用手抓煤,再用手擦汗,弄得脸上到处都是黑手印。他红着被炭火熏烤的眼睛,歪着因经常看火已经习惯了的偏头,一刻不歇地盯着每个接水的学生,防止他们插队或浪费一滴水。有人说他叫小田,是专门给学生们烧开水的。看着接开水的长队缓慢挪动的样子,我实在没有耐心再等下去,索性回到教室,掏出自己提包里装着的冷馍,掰着一小块一小块地硬是咽了下去,完了找点儿冷水"咕咚咕咚"地喝上一气,第一顿饭算是解决了。待到下午6点钟放学,晚饭的情形与中午别无二致,只是还有漫长而无趣的晚自习,非常考验人的耐力。

晚上跟二十多人睡在一排木板床上,很拥挤。听着一个个磨牙声、鼾声、放屁声和说梦话的声音,我久久难以入眠。我不由得怀念起我们曾经的"家庙八校"来,在那里上学时就没有这般不如意,只可惜都被我混沌在不易觉察的平常时光里了。这样煎熬的时间过得久了,便愈不适应,自己不觉便养成了用手搔头的习惯。直到有日无意间低头一看,猛然发现桌子下面的地面上落满了头发,那都是我由于忧愁搔落的。

乡中学距家十五里,看似不远的路程,却使我们一周才能回一次家。每次上学,都要背着书籍、蒸馍或者烙馍步行数里路程,中途翻过一条很深的大沟,再走上四五里,才能到达学校。每周上学,需要算计着背够一周的馍,到学校数着吃,才能坚持到周末,不然是要饿肚子的。

最初我们住在一个大教室,住宿的人不分班级和年级,里面除了床板,就是自行车,室内几乎无处下脚,进出都要侧着身子才能艰难通过。有人在墙上钉个木橛,或者钉个长钉,把馍袋子用木橛、长钉挂着,一人多高,一字排开，占满了床板之外的整个墙壁。有人找不到合适的位置，把馍袋子干脆挂在自行车头上，拉上拉链，以防老鼠光顾。

这样的日子过了不久，又开始按班级分宿舍。每个班不论住校的男生人数多少，都只能分到一个砖土混合箍成的小窑洞。窑洞里面支着一个大通铺，按标准最多只能睡五六个人，但我们班级需要住校的人多，除了在校外住宿的，还有八个人，再加上其中一人还领了上六年级的小弟，总共九个人。每天晚上，去得迟就没地方睡，一个个硬是侧身挤着睡下，翻个身都很困难，夜间如果谁起来上个厕所，再回来就没地方睡觉了。于是又得硬挤，有几次把那个同学的小弟都挤哭了，那实在也是没办法的事情。

九个人挤在一个窄小的空间里，这样的睡觉方式，放在冬天尚且凑合，抱团取暖，共度严寒。而到了夏天，就有人被挤得招架不住，不得不到校外寻求地方借宿。我们同来的几个人，通过熟人介绍，在学校西头找到一个农户看场使用的小房子借宿。每天下了晚自习，一路唱着歌、胡吼乱吆喝着走过去，摸黑在潮湿的土炕上睡下，谈论着白天发生的事情，直到一个个瞌睡得撑不住，先后睡去。第二天早晨起床，累得起不来，心里不免后悔起夜晚的闲聊，但到了晚上，又忍不住要重复前一天的作为。

我与同村一名同来插班的齐姓同学，夜半熬不住晚自习，常常去宿舍早早地躺下，偷空感受片刻宿舍宽敞舒适的环境，聊一些生活中的趣事，十分投缘。待大家都陆续回到宿舍时，仍是兴奋得睡不着，直到被左右挤得不能翻身，才结束了畅聊的话题。记得有次晚上闲聊时间过长，不觉鸡叫头遍，第二天上语文课时昏昏睡去。恍惚中，突然被语文老师叫起，让我读课文，我心头一愣，一时找不到要读的内容，在周围同学的提示下，竟然读错了字音。当时正学习一篇古文，班主任老师借用课文中的一个句子说："上课睡大觉，曾不惨然？"引得同学们哄堂大笑，让我头脑一下清醒了不少。

我们那时人在校外住着，馍袋子依然挂在宿舍墙上。每到吃饭的时候，大家匆忙排队接来开水，把馍掰成小块，泡在开水里边。情况稍好一些的，还能加上油泼辣子和腌菜；家境差一些的，也只有撒上一筷头食盐端上就吃。即便如此，也能吃出山珍海味的滋味，把泡馍的热水也喝个一滴不剩。

冷天里，宿舍吃饭时的拥挤自不必说，前面的人在床边抓紧时间掰馍、泡馍，结束后就为后边的人挪出方寸之地，轮换着掰馍、泡馍。然后大家都一

老院子

起站着，摩肩接踵，在狭小的空间里吃着各自的青春岁月和中学时代。倘若遇上天气晴和的日子，大家便端着开水泡馍来到宿舍外面的土台上，轻轻松松地吃个宽敞。有蹲着的，有站着的，有走着的；有边吃边说笑的，也有闷头吃馍一声不吭的……大家姿势各异，吃相不同，或细嚼慢咽，或狼吞虎咽、风卷残云、一扫而光。相同的是，只要一放下碗筷，便都急急地向教室奔去，赶做那些永远也做不完的作业。我觉得，每天吃开水泡馍的时候，便是一天里最轻松愉快的时候。

在背馍的年代，大家背的馍也各有不同。有背蒸馍的，有背烙馍的，有背花卷的，也有少许背包子的；馍有白馍，有黑馍，有不黑不白的馍，自然也有蒸黄蒸黏了的馍。与我们一起住校的，也有距离城市近一些的同学，他们每次背的馍都比较白，他们同时也上灶，冬天馍冻了，就拿去灶上蒸热了；夏天锅盔生了少许霉点，就放在窗台外面晒着直至扔掉，这对他们来说已习以为常，并无可惜的神情。

我那时背馍，多以黑黄黏为主。包产到户不久，家里交过公购粮任务，剩下的粮食自然也不能浪费。小麦磨的遍数多，面粉比较黑，蒸出的馍自然也黑。另外，收麦季节经常遇上连阴雨，小麦长芽，磨的面粉更黑。每次蒸馍时，若多添加了碱粉，蒸的馍就变得黄而黑硬；如果碱面添加少了，馍则变得又酸又黏。记得有一年冬天，看着其他人把冰冻的冷馍拿到灶上蒸热了吃，我也试着拿两个馍去加热，但取馍时，长芽麦面做的馍遇热变形，成为饼状，粘在托底和周围的白馍上取不起来，让人感觉非常尴尬。我只好待众人把各自的馍都拿走了，向做饭的师傅要一个锅铲，把馍铲在碗里端走。有了这么一次经历，我再也不到灶上热馍了。每逢吃饭，用一个小搪瓷缸接一点儿开水，把馍放热水里蘸着啃，直到冰渐渐化开，开水慢慢变凉。

记得有次下大雪，武川的一名同学家里误了送馍，周六中午断顿。别人泡馍吃时，他无奈地在一旁看着，嘴里还自我解嘲地说着一些尽量不使自己过于难堪的话。我的馍碱多，黄且冻硬，不好意思当众送他，也怕被他拒绝。我匀出一个馍，待宿舍无人时，问他可否吃得了黄馍。不承想，他竟然欣然接受，拿着我的黄馍就啃着吃了，还非常感激我的热心相助。在我的记忆里，武川同学平时背的馍可是比较好的。那时候川沟里比塬上情况好，不缺粮食吃，庄稼汉嫁姑娘都喜欢嫁到川沟里去，与现在的情形正好相反。

  每次背馍的多少,也得看季节的变化。冬季气温低,零下二十摄氏度左右,背的馍存放时间比较长,一次可以背够一周六天的,每顿二到三个馍,在家数着背,在学校计算着吃,千万不敢吃超了,免得中途又得回家取馍。遇上一年中气温高的日子,尤其是夏季,馍容易发霉,生出许多绿色的斑点,乃至整个发霉,长起绿莹莹的长毛,所以一次就只能背三天的,中途得回家取馍。我们一般在周三下午最后一节课请假回家,急急忙忙地步行翻沟,一个来回不敢稍事停歇,赶在晚自习时返校。在那个时候,"回家取馍"是我们向老师请假时最充分、最正当的理由,老师也是允准的。

  有时候,遇上周三下午最后一节无课,我们就偷偷地穿过男生公厕,从学校后墙翻出去,早走几十分钟,以便给自己节约出充足的时间。有时候如果恰好遇上周三下大雨,沟路太滑,那就得"转原"回家,需要步行更多的路程。那时周六下午放学时,全校学生都要按班级整队集合,在校园旗杆下面的场地上集体唱国歌,接着便是教务主任训导纪律,校长例行发表讲话,时间一般拖得比较长。我们为了早点赶回家,偶尔也会在班级整队时借故溜号,穿过厕所,翻过围墙,溜之大吉,此可谓"两岸猿声啼不住,轻舟已过万重山"。我们称之为"归心似箭"和"胜利大逃亡"。

  中学几年,霉变的馍也吃过不少。每次馍生霉了、长毛了、变味了,只用手轻轻地擦"干净"就吃了,不敢有一丝一毫的浪费。可能因长期如此饮食,有一年秋天,开学才一个多月,脸上竟然莫名地出现了病变,长出一圈一圈的纹路,酷似地图上的等高线,又像大树横断面的年轮,沿着一层层的圈状痕迹,周围不停地掉"麸皮"、长脓点,经久难愈,令人愁苦不堪,困扰至深。幸亏经过半年及时涂抹硫黄膏治疗,才没落得毁容的下场。

  住校生吃饭,最难的莫过于接开水。上午时间紧,管水的小田早上拉水回来就开始生火烧水,怎奈有时井水抽放不及时、柴火潮湿不容易燃烧,中午放学了水还没烧开,水房前围满了接水的学生,等得时间久了,大家怨气也多,有时甚至演变为起哄乃至谩骂。每逢此时,那个小田眼睛气得就更加血红,一边添柴捅火,一边躲避着烟熏火燎,时不时地还向人群投去愤愤的目光。有时开水不够接,中途再添加一些冷水接着烧,半开不开的,大家也就凑合着喝;而有时轮到后面的干脆就没有水了,大家亦群情激愤,严正抗议。有次高年级一名作文优秀的齐姓学长还专门用毛笔书写了一张大字报,贴在墙上,以示不满，内容都是一些有关缺水喝的顺口溜，立即在校园传开，很为大家解气。姓张的校长为此事还向学生们表示了歉意，说他听闻学生们喝不到开水后，"中午难过得半块馍都咽不下去"。他教导学生们说，喝不上开水发发牢骚可以理解，但大字报的形式是不可取的，这要放在搞运动的那个年代，可是不得了的事情。

在那些背馍上学的漫长日子里，发生过许多难忘的事情。有一年夏天，仅仅只是过了一个周末，平时还算安分的老鼠，竟然趁周末无人之际肇事作乱。别人的绸缎被子都完好无损，我放在床铺上的布面被子却被咬出好多个破口子，弯弯曲曲、支离破碎，实在惨不忍睹。我的那条小兰花白底面料的被面是用救济布缝制成的，纯棉却不结实，单薄略显轻欠，老鼠大概就是看中了这个弱点，因而对它情有独钟。无可奈何，我只好买来一团白线，借来一根大针，利用体育课和自习课时间铺开被子，坐在床上飞针走线，连缀了一个多小时，线用光了，被面却还没缝完，一时传为奇谈。

我与同村的一位兄长多数时间一同背馍上学，平日里一起步行、一起翻沟，一起住校甚至坐同桌，风里来、雨里去、日里晒、夜里走、雪里行……大多数时间都形影相随。他比我大几个月，比较照顾我，见我泡馍时只有一小药瓶食盐，就硬是把他的腌菜夹给我吃，我若推辞，他就很生气。每次泡馍时，他都要给我夹菜，我执意不要，他仍坚持要把腌菜夹送到我的小搪瓷缸子里，推让中反倒夹得更多了。后来，我只好顺其自然，勉强改变一些我不吃别人东西的习惯。他带的那个奶油色的小塑料瓶也真是奇怪，看着并不是很大，但挺能装腌菜。每次吃饭，只见他都拧开塑料瓶的小红盖子，变戏法似的夹出拌着菜油的辣子、白菜和韭菜，那真是香气扑鼻、新鲜可口，两人刚好能够吃得了一周。高二下半学期分科，他学文科，我选择了理科，不在同一个教室上课，见面的次数便少了很多。

班上有名姓拓的同学，每天吃着开水泡馍，却还乐观地对人说："只要我能考上学，把农村户口转到城里，哪怕给人打钟、压厕所我都愿意！"我们随声附和说，给人看大门、看门房也愿意！拓同学个头高挑，面色白皙，看上去虽然手无缚鸡之力，却写得一手好文章、好字。他每次背书时全神贯注，抬头看天，目不斜视，旁若无人，声音很大，来回走动，一句话重复背两三遍，便记住了。功夫不负有心人，他一举考入财政学校，进入向往已久的省城，成为高考大军中的佼佼者。不过，他后来既没有"打钟"也没有"压厕所"，而是做了财政局局长。拓同学考上那年，我秋后复读，他来信鼓励，那手独特的"拓体字"美极了！此前刚好读过一篇文章，说有位文学大家不拘小节，与要好的朋友之间互通书信，为回复及时、节约纸张，阅后即在信的背面写回信，当即发出，以彰显朋友间的情谊之深。于是我也效仿，把他写给我的信在背面回复后立马发出。但很快就后悔不已，拓同学堪比名家书法的一手好字，我却没有保存。

还有一名姓薛的同学，脸色白嫩，个头适中，他不住校也不用背馍，一个人独自钻进学校男厕后面的深巷子里，不怕脏也不怕臭，头不抬眼不睁，来来回回地背书。只见他口中念念有词，声音低若蜂鸣，步履快若竞走，不分春夏秋冬，有时放学不走校门，翻过学校后墙就到了他家，令我们羡慕不已。我们周三下午偷偷翻墙回家的路就是受他指引的，但我们却没能跟他一起步入大学之门。薛同学上大一那年开学不久，从省城给我们寄来了他的校园景色卡片，人人有份，个个羡慕得就如同自己上了大学似的，感觉那大学距离我们就在寸步之间，只要我们稍加用功，就唾手可得。

后来拿着理科高考成绩单到距家四十多里外的市中学复读，依旧背馍。市中学的条件比乡中学好了许多，教室是楼房，干净明亮；接开水不需要排长队，只要赶上时间点，就可以随便接；校园里还有一个自来水龙头，全天都可以接凉水。每次吃饭，仍旧接一小搪瓷缸开水，凑合着泡馍吃。让人觉得方便的是，可以随时在自来水龙头下洗餐具、洗脸。有时如果耽误了接开水，就吃了冷馍，在龙头下喝些自来水，如此觉得也挺好。春夏秋冬，再不必为口渴而犯愁。

在市中学上学也住校，全校所有住校的男生都住在教学楼二楼的一个大教室里，两排木板床，中间可以停放自行车，水泥墙壁上不能钉铁钉和木橛，蒸馍袋就挂在各自的自行车头上。不必再为拥挤发愁，也不必为睡得晚没床位发愁，更不必为鼠患发愁，晚上终于能够睡个舒坦觉了。但是一到了冬天，寒风呼啸着钻进门缝，将木门板和铁门栓推得"咣当"作响，直冷得人浑身透凉，不得不将整个身子蒙在被子里，缩成一团。靠门边上睡的人冻得撑不住，早已经逃走了五六个，到外面投亲靠友去了。每当这个时候，相互间是需要再挤一挤的。半夜里，大风夹杂着雪花疯狂地向教室里冲来，大家就像睡在一艘四面

 老院子

透风的破船里面，任由寒风吹荡。

白天吃冷馍，喝自来水；晚上受风吹，浑身冷得打战。我咳嗽的老毛病又犯了，上课咳嗽不止，下课不停咳嗽。班主任郑玉海老师关心我，有一天晚自习专门带了"非那根"给我，不巧的是，那晚正好停电，我不在教室。郑老师再见到我时说，他本来想着停电，给我带了药，让我吃了药包着被子睡上一觉，咳嗽就好了。我心里对郑老师无比感激。

每逢周六，下午放学，尤其是冬季，天已经黑透，几个人骑着自行车一路狂奔，四十多里路，一个半小时到家，目的就是回家洗衣服、干农活。周日下午回学校时，再背上一提包馍。求学几年，从家里背走的蒸馍，粗略估计足已过万，这得费多少面粉、费多少柴火、费多少人工，从来都没有人细算过。

在高三读书时，到后期都是我妹蒸馍，她每次计算着我回家背馍的日子，提早和好了酵面，变着花样蒸馍，有时蒸馍，有时烙馍，有时做花卷，情况比过去好了许多，从来都不误事，让我感觉非常省事、省心。小妹考取初中后就辍学在家，专门料理家务，为我们洗衣做饭。农村女孩结婚早，记得小妹结婚后按乡俗回门，下午返回时，我回家背馍，正好遇在村口，心里不由得难过万分。到家后我忍不住失声痛哭，无人猜透。倒是我的父亲看出来了，最后给人说："他是看见他妹刚才回婆家了才伤心的……"

关于背馍，我在此只顾着记述男生的背馍故事了，其实女生的背馍故事应该也与此类同，境况肯定也好不到哪里去。但在那个年代，背馍的女生数量肯定很少。这主要是因为，在那时的农村，读高中的女生本身就少，如果需要背馍上学，她们宁可选择弃学。家境稍好一些的，那就另当别论。另外，女生背馍上学，排队接开水难，排队打饭难，吃冷馍喝冷水难，所以从人数上已经绝对处于劣势，总之是难之又难，只好一笔带过，不再详述。

背馍的日子是艰苦的，"干板冷床热水涮肠""挨冻受累干馍充饥""春夏秋冬陋室吹风"。背馍的日子又是难忘的，"同学意气只争朝夕""三更灯火风雨无阻""坐破寒毡磨穿铁砚"。在那漫长的背馍岁月里，我们用自己的努力抒写着青春，用自己的坚持与命运抗争，用自己的拼搏淬炼钢铁般的意志，用自己的一腔热血改变着前进的方向……

1991年高考，我预选成绩在全校排名领先，但正考成绩却一落千丈，竟然下降了一百二十多分，最后因刚好压在线边而名落孙山。1992年再次应

试,这一年整个黄土旱原上的小麦严重歉收,我也不用像往年一样高考前两天还在地里割麦子。我背着我的冷馍,喝着学校免费的白开水和自来水,以一介普通农民儿子的身份,跟随着千百万高考大军,幸运地挤过了高考的独木桥,一举考过重点分数线,被西北农业大学(后更名西北农林科技大学,属于"985""211"重点大学)录取,毕业后又留校工作,直至成为一名新闻工作者。我的人生奋斗经历虽是个例,却也算得上是20世纪八九十年代中国千百万农村考生的历史缩影,是一个时代的点滴印证。

背馍,是一段值得铭记的人生经历!

2019年5月25日

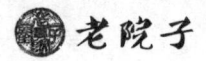

哲学课

上高中时,新开设了哲学课。同学们普遍认为这门课程很难学,我却不以为然。

给我们教哲学的是一位学者型的老师,姓任,中等个头,四十岁出头,兰大政治经济学专业毕业,戴一副黑色边框眼镜,镜片后面的眼神透射出智慧而深邃的光芒,头发梳得乌亮,皮鞋擦得锃亮,衣着打扮有棱有线,非常整洁和讲究。任老师讲课音调绵长、慢条斯理,条分缕析,十分幽默,枯涩的哲学理论经他冷幽默式的举例和阐释,听起来引人入胜,变得轻松了不少。

比如,当讲到有关"世界上的万事万物都处在相互联系相互影响之中"的理论时,任老师举例说:"联系也是客观的,不能胡乱联系。比如:你不小心从凳子上掉下来摔伤了,你却怪罪美国的尼克松、华盛顿。早晨出门听到乌鸦在树头上叫了几声,你就联想到会有什么不好的事情发生;倘若是喜鹊叫了几声,你又会眉开眼笑、喜上眉梢,以为有什么喜事将要发生了。"再比如,当讲到有关规律的理论时,任老师说:"规律是客观的,不以人的意志为转移。不管你是张三、李四、王五、姚七、汤姆、约翰还是琼斯、杰克,在规律面前人人都是平等的。"

高三时有次期末考试,任老师出了一套高难度的哲学试卷,据他说这套试卷囊括了整个高中哲学课程的全部基础理论和知识点。试卷总共分两个部分:第一部分为选择题,总共八十分,有四十道混选题,多选与单选都不予注明,每道题二分;第二部分为简答题和论述题,共二十分。考试时间为九十分钟。

试卷发下来后,大家傻眼了。首先是题量大,比平时多出不少;其次是单选题与多选题混在一起,不好辨析。我在答题过程中发现,每道选择题的"A"答案都是正确选项。于是艺高人胆大,只要我觉得正确的,我都按自己的判断作答，不被试卷故意埋设的疑点所迷惑。也就是说，如果是单选题，答案都是"A"；如果是两个选项的，答案是"AB、AC、AD、AE、AF"；如果是三个选项的，答案是"ABC、ABD、ACD、ABE"等；如果是四个选项的，答案是"ABCD、ACDE、ADEF"等；如果是五个选项的，答案是"ABCDE、ACDEF、ABCEF"；答案须全选的，那就一定是"ABCDEFG"。如果哪道题目没有选择"A"，那就必错无疑。

这些选择题的关键之处就是考查学生对哲学基础理论的掌握和理解是否精准严密，是否真正吃透了其中的关键知识点，是否能够领会所举事例的真正含义。如果概念模糊，理解得似是而非，那么心里就会没底，就不敢全部选择"A"。这就是一招悬崖边上跑马的"险棋"，所以把许多人都给吓倒了。考试结束后，许多同学都说被"A"给搞蒙了，有好几道题最初选择了"A"，心里拿不准，又改掉了。

试卷再发下来时，全班六十多人，成绩上了五十分的总共也不到十人，超过六十分的竟然才四五个，除了我，最高成绩也只有六十七分，其他同学绝大部分都考了三四十分。而我那次考了九十四分，选择题只错了一道，爆了个大冷门，全班哗然！

一周过后，又出现一个例外，那天哲学考试时，班上恰好有一名同学请假，他到校后进行了补考，用的试卷却是那套已经考过的原题。他最终考了八十七分，差点儿赶上了我，但在大家的心里，我的那个成绩还是货真价实的。那次哲学考试以后，班上许多同学都不再叫我名字了，他们叫我"马克思"。

哲学课很有趣，我很喜欢哲学课，虽然最终未能从事哲学的专业学习和研究，但哲学思维还是一直伴随和渗透在我的生活中，对我的工作、学习乃至方方面面都产生着潜移默化的影响和辩证指导。

2019年3月18日

华商集

永不丢失的记忆

进入报社转眼已近十年了,其间虽然经历了许许多多的事,但感触最为深刻的,还是几件让我觉得比较有趣的事情。在此拾撷几例,以期与朋友们一起缅怀我们曾经拥有的平凡日子。

总编辑首次见面会

1997年6月中旬,在一个阳光明媚的上午,当《华商报》改版之初首批招聘到的四十多位编辑记者围坐在四楼张富汉总编辑办公室里依次做自我介绍的时候,大家都约定俗成地用了同一种模式:"我叫某某某,毕业于某某某学校,现在某某某部门工作——"气氛显得比较生硬、严肃、呆板和没有活力,让人有种放不开的感觉。半圈下来,相互之间的印象都不是很深。

轮到我时,因自己的普通话说得不是很"普通",怕别人听不明白,于是就鼓足勇气,放慢语速,提高声调:"我叫寇梦天,寇是贼寇的寇,梦是白日做梦的梦,天是无法无天的天……"使我意想不到的是,不等我把话说完,偌大办公室里的人便都笑开了花,所有人的注意力一下都被我吸引过来了,气氛

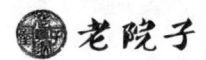

瞬间变得活跃起来。

只见先前还稍显"庄严"的张总开始微笑着对我提问了:"你是西农大来的吧?你的应聘材料是你自己带过来的还是邮寄过来的?……"看来,老总已经对我有了一个初步的印象。在回答张总提问的时候,我发现自己竟然意外地成了大家关注和谈论的焦点。经过我的"调剂",接下来的自我"推介"过程,大家变得不像先前那么紧张和拘谨了,办公室气氛变得轻松而愉快,一帮陌生人瞬间熟悉了不少。

如今回想起来,觉得这一切似乎都很有缘分,《华商报》不正是在"放得开、不拘谨、不古板、不教条、有创新"的实践中做大做强的吗?这也正是它当初能够吸引来一批愿意放弃"铁饭碗"的有志青年的魅力所在,这种务实精神也是我们这些来自不同行业的创业者一点一滴地注入和发扬光大的。

"豆腐稿"引出的话题

1997年7月中旬,在一个炎热的中午,初来西安的我闲来无事,便去革命公园溜达,发现在游人不多不少的草坪上,竟然有五六对男女在那里缠绵亲热。

这些也许在当时当地算是比较平常的事情,可对我这个从"地方上"来的"阅历不丰"者来说确实太震惊。于是我就以这次的所见所闻为素材写了一篇消息。记得题目是"公园情侣嬉缠绵 调情搂抱不避人",在头版见报时还被时任副总编辑的刘东明先生给加上"这些年轻人自重自爱抛脑后"的副题,并把"人"字改为"众"字,使文章更加显得活泼风趣且不乏警示意义。

这篇小小的"拙作",当天在报社里还引起过不小的"轰动效应"。许多同事对此津津乐道,觉得我的这篇短消息观察细微、描写生动、读来有趣。但有几个部门的年轻记者对其中的一些观点有不同看法,他们还专门找上门来跟我理论了一番,声称报道中的"调情"之词是对年轻人纯真爱情的亵渎和"冒犯"。

更令我深感意外的是,当时社会新闻部有记者特意找到我,对我的那篇"豆腐块"美言几句之后,还预约今后有机会希望能合作采访。由于9月中旬西农开学后我最终决定回学校上班,答应合作的事情便成了空谈。然而,华商人求新求变、孜孜不倦的工作态度,我是从最初便领略到了的。

"武大郎"被挤丢了

1998年春节,伴随着刘欢激情高昂的《好汉歌》,电视连续剧《水浒传》走进千家万户,也走进了亿万观众的心里,电视剧中扮演梁山好汉及其他角色的演员们也成了人们茶余饭后谈论的热门话题。

为了满足读者对《水浒传》剧组及电视剧人物的神往和追星需求,3月6日下午6时许,在一场诗意绵绵的春雨里,《水浒传》剧组导演任大惠以及剧中扮演鲁智深、李逵、王婆、潘金莲、武大郎等的演员一行十二人被邀请到了华商报社四楼。二楼的员工全都跑到四楼来了,加上四楼采访部门的员工和趁乱从外面挤进来的影迷们,一时之间,整个楼层黑压压一片。

因为报社之前从来没有经历过类似的大阵势,大家都围挤在这些活生生的演员明星跟前,争着一睹自己崇拜已久的神话般的人物,嘈杂声充满四楼的每一个角落。最后还是刘东明副总临时做出英明决定,准许各部门员工依次与剧组人员合影,才使拥挤的场面得到了缓解。只见刘总站上摆放在过道里的办公桌,猫着腰有力地挥舞着胳膊,声音洪亮地喊着每一个部门的名字,头都要触碰到天花板上了。大家照相时都有意无意地往扮演潘金莲的王思懿身边靠拢,反把"梁山好汉"们给冷落下了。等所有部门依次合影完毕,也有一个多小时工夫了。相是照了,但最后却一直都没能见到我们综合部新闻部跟剧组合影的照片,我怀疑摄影记者是不是一着急竟然忘记安装相机胶卷了呢?

与此事相关联的还有一个有趣的细节。《水浒传》剧组与读者见面会3月8日在西安交大操场举行,从前方记者发回来的文稿和图片获悉,当日有万余人参加了明星见面会。场面和声势空前宏大,从来都没有与电视人物近距离见过面的古城影迷们,争着抢着往演员身旁挤,最后还是警察出面才让剧组人员得以脱身。但遗憾的是,扮演武大郎的演员因为身材矮小还是被挤丢了,大家分头找了很久,才在人群中发现了同样在找剧组人员的他。当采访部门在夜班向刘总无意间说起这一细节时,刘总顿时眉飞色舞地挥动着胳膊说,赶快让记者把这一插曲写出拿到夜班来。第二天,《武大郎"丢"了》的稿子就刊登在《华商报》的头版中间偏下位置,篇幅虽然不长,却非常吸引读者眼球。

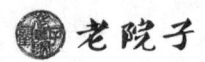

玻璃门不是好撞的

我第二次进入报社，是1998年3月5日。当年9月下旬，设在报社二楼的综合新闻部与出版部中间只隔着一条过道。记得有一天晚饭前，为迎接总编办每日例行的卫生大检查，出版部的女孩子在拖完地板时怕人踩出鞋印，遂将几近一指厚度的玻璃推拉门关上。

当时我正迈着"稳实"的步子准备将编好的稿件交与出版部打字员打字。我低着头一边走，一边还琢磨着其中一篇稿子里的某项内容，不知不觉间便来到出版部的玻璃门前。只听"咔嚓"一声巨响，玻璃门被我撞出一个大窟窿。我的头与半个身子已不由自主地进入门里，脑袋"嗡嗡"作响中，我隐约听到玻璃碎片稀里哗啦的落地声和大厅里传出的惊叫声。当时的综合部负责人廖洪和张静廷以及部门在场的其他几位同事已把我团团围定，关切地查看伤情并翻寻吹落掉在我衣服和头发里的玻璃碎碴，询问我是否需要送医院接受治疗包扎，稍后清醒的我还发现出版部的几个女孩子已在部门主任汪毅的带领下迅速取来扫把簸箕清理现场的玻璃碎片了，混乱中不知谁还把几片创可贴塞到我的手中。

此情此景，已使我无暇顾及疼痛和不适了，心中感触最深的倒是自己这莫名"撞墙"之后被人如此关心体贴的温暖。更令我庆幸的是，除面部有轻微擦伤、左袖管被玻璃碴割出一道口子和颈椎感觉有点挫伤之外，别无大恙。

此后，每当有人提起我的那次经历时，我都会笑说自己的行为是"只懂得默默拉车，不知道抬头看路"和"敢于碰硬，撞不倒南墙不回头"。

一个意想不到的结局

2000年4月初，首次参加报社季度中干会，记得当天下午是阴雨天气，当时大家讨论的是有关报纸考核方面的话题。

临近晚饭时，有采访部门的同志说，有人在新近贴出的评报上写了"外行评报"四个字，称这是对评报者的"公然挑衅"，是对评报工作的"诽谤打击"，随后便有包括业务指导老师在内的五六人都"义愤填膺"地发了言，大家对此事件"口诛笔伐""上纲上线""严正声讨"，表示要一查到底，气氛一下变得异常紧张。

当大家群情激愤之时,我听着却越来越觉得不是滋味,其实那四个字就是我作为部门干部集合编辑意见亲手写上去的,因为那个我们认为的版面"创新",还是我从当时每天学习的《成都商报》上借鉴过来的,况且我写那四个字时并没有像大家发言时所猜度的那种"恶劣心态",其初衷也并不像大家所说的那样带有恶意带有挑衅甚至居心不良,我只是想借此说明编辑部门对此事的重视态度和不同看法,同时希望最初建立起来的评报工作能够更为客观成熟、专业合理一些,不能限制和挫伤了编辑工作的创新思维,更不能评出诸如"版面广告高低不齐"等比较"外行"的说法云云。

于是,当大家都陈述完自己的观点后,我马上接过话题,自告奋勇地承认大家批评的四个字正是我亲笔所为,却不料刚才还紧张的空气在凝固了近半分钟之后一下子变得十分活跃轻松了,众人为我的坦率和勇于坚持观点的态度长时间地鼓掌。随后,我就代表编辑部门充分讲述了我写那四个字的真实目的和对评报工作中存在的诸多问题的意见和看法,再一次赢得了与会者的热烈掌声。

我的那次发言一时间也成为大家晚饭时谈笑的主要话题之一。有两位女士端着酒杯笑盈盈地向我走来:"对不起,多有得罪!"我故意语无伦次地半开玩笑地回敬说:"哪里哪里,不敢当,没关系,都为工作嘛!"于是大家一饮而尽。

那天的晚饭,大家都十分随意,分外开心。事后想来,只有《华商报》才有这种争论探讨业务和诚恳务实、不计较个人得失的民主氛围,也正是有了这种务实民主高效的工作环境,才有了《华商报》超常规快速发展的今天。

传呼摩托手机洋房和轿车

1998年3月5日,当我第二次"探营"性地踏进华商报社时,就有早先熟识的同事不无自豪地告诉我:"快来吧,报社给编采人员都配传呼机了,汉显的!"于是,在经过暂时的"思想斗争"之后,我也稀里糊涂地拥有了有生以来的第一部传呼机,那号码我现在还记得清晰——198台呼91801692。就是因为这个传呼机,当时让我在我所工作的高校的同事面前风光了一把。此后,报社的大小活动与同事朋友间的聚会消息都是通过这个"嘀嘀嘀"的小方块传

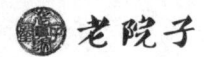

递的。

　　同年10月，刘东明副总在大会上宣布要给编采部门配发摩托车，迎来一片热烈的掌声。掌声过后，大家就开始怀疑了，这是真的吗？然而一个多月后，我们每个编辑记者果真拥有了一辆摩托，只是略有遗憾的是，我们编辑部门领到的不是采访部门那种大型号挂黄色牌子的可以带人兜风的黑色"南风"，而是在大街上只允许一个人骑行的那种挂蓝色牌子的红色女式"木兰"。相对于综合新闻部牛高马大的赵纯瑜一米八五的个头而言，我们其余几个"大汉"还是可以将就着骑一骑的。

　　不过，就是这辆小巧玲珑的女式"木兰"，也着实让我高兴了好一阵子。在当年11月的寒风里，我骑着我的红色"木兰"，在宛如阳春三月般的激动心情里，用了近五个小时，"突突突"地回到了我先前工作的第二故乡杨陵小镇。沿途九十多公里的路程，光汽油就加了四五次。一年以后，我由于业务尚好被提拔为编采干部，按规定又拥有了一辆人人羡慕的黑色"南风"摩托车。从此我便与另外一名同事同时有了两辆摩托车，成为不太具有摩托骑行专长的年轻骑手。

　　与传呼机和摩托车相比，1999年6月份在全报社编采人员中普遍配发手机的举措那实在算得上是《华商报》发展史上的一件大事了。记得报纸改版之初，报社只有老总级的人物才有手机——每逢开会，手机在主席台最显眼的位置一摆，整个会议的气氛和人心全都"稳妥"住了。这手机后来也逐渐在部门主任级、副主任和主任助理级的干部中依次配发开来，但谁也没想到这在当时象征着一个人身份和社会地位的玩意儿竟能如此之快地在报社编采队伍中普及，而且这也远远领先于省内其他媒体同行……

　　回想起这些故事，每一件都让人惊喜、欣慰和留恋，这不正好印证了《华商报》超常规发展的历史事实吗？如今，我的同人中已有不少人拥有了房子和轿车，这也预示着如此生活现实距离每个华商人越来越近了。

2007年7月25日

咸阳驻站采访二三事

题记

对于一名记者而言，悲悯心、同情心与责任心同样重要，有时甚至还要起到决定性作用。我2001年在咸阳记者站担任站长，从一名从事新闻编辑工作的新闻从业者步入新闻采访实践的神圣殿堂，对此体验深刻。结合几例新闻采访事件，在此与大家共勉。

有人送我三沓钞票

2001年5月的一天，临近傍晚，记者站接到一条线索，说咸阳某工地下午发生塔吊倒塌事故，造成两名工人重伤。安排到现场采访的两名记者出去不大工夫又回来了。据他们讲，出事工地就在附近，但大门紧闭，无法进入工地内部了解更多的情况，事故现场也被清理干净，只是听工地的其他工人反映了一些情况，做稿子比较勉强。

记者说完采访的经过就下班了，留下我一人在办公室处理当天的采访稿件。这时候门开了，急匆匆地走进来两个人，说是要找站长说话。询问得知，他们就是出事工地的，其中一个是工头。那名工头轻描淡写地讲述了一下事故经过，并说问题不大，希望报纸不要报道。说话间他从另一人手中接过一个牛皮纸包，从里面掏出三沓崭新的五十元面值的钞票，足有一万多元，执意要送给我，被我明确拒绝。

我对他们说："受伤工人目前还在医院，你们当下最要紧的应是积极为伤者垫付医疗费，抓紧时间为伤者治病，而不是将心思花在收买媒体上！难道你们就不怕我们给报道的后面再写上你们贿赂记者的事？"另外我还对他们讲："受伤工人如果得不到及时救治或缺钱救治，善后事情如果处理不好，我们会随时跟进，了解事情进展，详细报道善后事宜。"我告诉那名工头，我们手里有工人的电话，我们也会随时回访伤者救治工作是否顺利。

我把这些话说完，那名工头把钱往左右口袋和裤兜里各塞一部分，招呼另一个人齐刷刷地给我九十度大鞠躬，并一再承诺说，他们一定会积极救治好受伤工人，一定照我说的办理。事后我让记者电话回访时，工人们都说他们得到了及时救治和照顾。

侥幸获救的两岁儿童

同年6月中旬的一天下午，我们正在三原采访，突然接到来电说，咸阳昭陵前一天发生一起车祸，傍晚下着小雨，有个牧羊人在山坡上救起一名两岁的男童……报料人所言细节不够清晰，电话回问时，对方表述又断断续续，事件扑朔迷离。

因是周末的下午，同行的记者建议，用不着耗费时间采访一起司空见惯的车祸，说采访回去稿件也许都上不了版面。而我却从一个两岁孩子如何出事、怎么被发现、假若在傍晚不被发现又会有什么样的后果等角度进行思考，觉得这起车祸的诸多细节比较蹊跷，同时也想知道那个两岁男童目前状况怎样。

临近傍晚时分，我们赶到昭陵九嵕山上的车祸发生地。我们站在半山腰观察山势路况，初步了解事故惨状；我们找到牧羊人，听他介绍傍晚、雨中，在陡峭的山坡上发现两岁男童的离奇经过；我们找到村人，听他们讲述事情的详细经过；我们同时还了解到，被救的两岁男童目前还在医院接受治疗，遇难者家中目前在乡邻的帮助下正在办理丧事……

原来，车祸当天的早晨，临近早饭时间，主人家两岁大的男孩在院子里玩耍，不小心被停在院子里的农用三轮车门夹断右手一个指头。情急之下，他们找来邻居家当年才高中毕业的一个年轻小伙开着三轮车赶往县城医院，准备为孩子接合断指。车上还坐着孩子的爷爷和孩子的父母，大人小孩总共五人。当天雾气很大，出门不大工夫遇到一个急转弯，三轮车坠入几百米深的沟底，家人不知道发生了车祸，只当几人进了县城。

直到当天下午临近傍晚,有名牧羊人冒雨在山坡上放羊,在陡峭的崖坡边上发现一个男童,额头被擦破,脸上沾满血迹,手抓蒿草,啼哭无力,命悬崖边……这场车祸终于得以被发现。我们根据现场情况推断,就在农用三轮车坠沟瞬间,男童的亲人用力将其扔出车外……在男童父亲的上衣口袋里,还发现了用手帕包裹着的断指。

次日,我们采写的《二龄童手抓蒿草九小时获救》的消息在《华商报》头版独家见报,事件经过叙述周密翔实、环环相扣,其中细节尤其牵动人心。该消息的后续报道连续在《华商报》头版等重要位置刊发五期,引起很大轰动,也帮助了这家痛失亲人的孤儿寡亲。

十几天后,当我们用采访车从礼泉县中西医结合医院接送两岁男童及其两个姑姑回家,途中经过车祸发生地时,两个小姑娘忍不住悲痛哭泣,其情其状其景,实实令人难以言表!

可怜无助的维权人

2001年7月下旬的一天下午,我坐在电脑前赶稿子,急促的电话铃声响起。来电反映,咸阳一家医院,将一名九岁的中耳炎男孩误诊误断误治导致死亡。我立马派两名记者前往采访,不到一个小时,派出去的记者回来说,那是一起医疗纠纷,事情比较复杂,当事双方各说各的理,不适合采访报道,于是作罢。

时隔半个多月,有次乘车采访,从那家医院门前经过时,远远就看见有人穿着白衣,上书黑字,聚集在医院门前。问同行记者,说就是先前放弃采访的那起医疗纠纷。采访结束返回的路上,我特意在那家医院门前下车察看,发现总共有四五个人,其中有一对夫妇皮肤黝黑、口唇干裂,脸上布满愁容,站在墙根下无人理睬,实在可怜,他们就是已故男孩的父母。据他们讲,已经在这里替儿"讨要公道"快一个月时间了,医院也不理会,他们就这么无奈地在这里守候着。

出于同情,就给他们留了电话,约定随后采访。次日一大早,我带领先前来过的记者,再次来到那家医院了解事件经过,接待我们的一名主管业务的副院长兼党委书记面对我的问话双手颤抖,有几次把夹在指间的香烟都掉在桌子

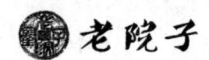

上了，这个细节被我瞧在眼里。

经过多方面采访，突破了事实障碍，还原了事件经过，《九龄男童医治中耳炎病亡》的消息最终以四分之一版面的内容见报，更有追踪报道采访跟进，连续刊登。咸阳市卫生局等相关部门迅速出面，积极协调解决问题，最终使医院不得不为当事人赔偿七八万元了结事端。

看到那几张因失去亲骨肉又备受煎熬的可怜又憔悴的脸得到稍许平复和安慰的样子，我心中也如释重负，晚上睡觉也踏实了许多。

羞怯难言的上访者

2001年11月的一个上午，我正忙着写稿和处理线索，突然有位七十岁上下的老者徐徐地将门推开一道缝，怯生生地探进半个身子来。

我招呼老者进来坐下，但他始终不坐，却递给我厚厚一叠上访材料，足有六十多页。我粗略地翻了翻，发现老者已有十多年的上访经历，属于有关部门通常所说的"缠访者"和"老上访"。

材料显示，老人姓卢名森，七十岁，无儿无女，与六十八岁的老伴生活。材料上面还有咸阳市委书记、市长和相关职能部门头头脑脑几年前亲笔签批的手迹。卢森老人说，他因为十年拿不到退休金的事一直上访，几年来先后找遍了驻咸阳的各家省市级媒体和"相关"单位，还找了省老龄委和老龄委的一个刊物，其中那刊物的一位负责人还关心过他的事情，但问题最终还是未能解决……我一边听一边琢磨，连市委书记亲自签批都没能解决的问题，我又奈之若何？

我认定这是一件没有"时效性"又不好"见报"的难缠事，心里就有了礼貌地"推托""打发"老人的意思。我在心里安慰自己说，已经有那么多媒体和记者都没有足够关注或没能解决这个问题，我也就不蹚这趟"浑水"了。

就在老人临出门时，他又缓缓地转过身，羞怯地看着我，用他那不太灵便的手指着他的鞋子、裤子和上衣，眼里噙着泪水说："寇站长……我已经好几年都没买过一件衣服了，我身上穿的这些衣服都是别人送的，连这双鞋都是我老伴在垃圾堆里捡来的……"老人的泪水和最后所说的话深深地打动了我。

出于同情，也是抱着试一试的心态寻求一个心理解脱，我对老人说："老人家，把您的材料留下，您给我二十天时间，让我抽时间把材料详细看一下。能不能帮助到您，我暂且不敢保证，但我一定会给您回复。如果我这次帮助不到您，您以后就不要再找别人了！"

接下来的日子里，我利用闲暇时间仔细阅读厚厚的材料，理顺其中的脉络，有时半晚上醒来也翻看上几页，然后躺下来仔细思考，寻找突破口，思谋如何采访、写稿、见报和解决问题。经过近半个月的努力，最后终于理清了材料中赘述的十年间发生的事情的来龙去脉，并最终选择了能够见报的"新鲜"素材和"最新"角度，并到老人的家中进行了实地补充采访和求证。

消息以简洁的事实和图片形式见报后，产生极大的反响，驻地部队和咸阳市民纷纷到老人家中送米送面送油；老人曾经的老部下看到消息后打来电话哭着说，十年多都不知老人去了哪里，却发现他竟然过着这般凄苦的日子，他们还买了食物亲自寻上门探望；老人所在的小区还特意给老两口接通了暖气。

报道还引起央视《夕阳红》栏目的关注，有名美女记者专程飞到咸阳进行采访……最终使七十岁的卢森老人获得了政策性的养老保障和两万多元的养老补偿，他终于可以和六十八岁的老伴一起安度晚年了。

2017 年 12 月 25 日

走出来的新闻

2001年10月12日上午10时许,我正在接待一名来访者。突然,手机一阵紧似一阵地响个不停,一看便知是记者部打来的,电话里的声音比平时更为急促,说热线部接到报社领导电话,称单位领导前一天晚上反映312国道彬县境内因山体滑坡导致塌方阻塞交通,致使千余车辆困在312国道太峪隧道南北两侧长达十余里的路段上,部分载重车辆被堵在那里已有四五天时间了,华圣果业公司四五辆满载苹果的大货车也在其中。

线索就是命令,我立即打电话联系外出采访的车辆,一边迅速处理手上正在忙活的事情。还好,采访车外出不远,用了十多分钟就回到楼下。事不宜迟,我拿着相机和采访本飞跑下楼。

外边又开始下雨,且越下越大。上午11时30分,当我们赶到312国道永寿底角沟境内时,这里沿路已停满了各式车辆,且"车队"越聚越长。

据一名货运大卡车司机讲,他的车是早晨5时许就堵在那里的。为使采访车不被越聚越多的车辆围困,我让司机樊准把车停在外围,我独自冒雨前往目的地。我在雨地里不停地走着,雨声、车辆马达声和脚步溅起的泥水声交织在一起,令人头脑有种涨满的感觉,鞋子已开始进水。沿途所见都是车的长龙和周围村子赶来卖苞谷棒、馒头、开水和小吃的村民。

听他们讲,底角沟距太峪隧道还有几公里路程。与这些奔走忙碌、小有意外收获的村民形成鲜明对比的是,那些百无聊赖焦急等待的司机却没有多少兴致可言。他们有的倒在驾驶室里酣睡,有的在检查车辆,还有的三五成群地聚在雨地里谈论被交警罚款的事,一个个显得愤愤不平的样子。听他们讲,被堵在这里已有两天多了,真可谓进退两难。

我一路大步流星地走,间或停下来询问路边司机近几天来该路段的一些状况,偶尔钻到大货车底下掏出采访本避着雨记录一些所见所闻,遇到适合的机会抓拍一些镜头，一边走一边又把不太中意的照片删掉重拍。

下午1时，我赶到312国道太峪隧道南边入口处，发现这一路段聚集的几乎都是清一色的载重大货车。司机们说，他们7日晚12时多就被堵在这里，已经四五天时间了。

312国道彬县路政段的交警介绍，滑坡路段在太峪隧道北侧一公里处，7日晚山体滑坡后，他们立即组织机械、人力等进行清土疏路，目前道路积土已清运完毕，正在铲除浮土，因遇上阴雨天，滑坡路段淤泥现在比较深，车辆暂时仍无法通过。

经过进一步了解得知，连日来过往车辆从312国道旁边的老路绕行，但该路段也因雨水冲刷、年久失修，行车十分危险，几天来已有车辆滑坡造成事故，大家不敢轻举妄动，只有非载重车才可小心通过。此时，按理说采访的素材已经足够了，但我觉得还是应该亲眼确认一下塌方处所处的位置和目前的进展情况，于是决定穿行全长一点五公里的太峪隧道。

下午1时20分许，在机械的喧杂声和隧道壁体涓涓的流水声中，我一个人心惊胆战地穿过灯光幽暗的太峪隧道，走过一公里多的泥水路段，远远就看到在山体滑坡处，几十名清路工人正在雨地里艰难地铲除淤泥。据交管部门讲，因雨天路滑，13日方可放行，他们考虑用碎石垫路后才让车辆通过。看来，这些过往车辆至少还得在这里度过一个夜晚。

当我拍照后准备离去时，看到一辆警用大巴溅着泥花正好经过，本想让他们把我带出"泥潭"，但那司机说停车后车辆不好发动，慢吞吞地离开了，好在第二辆是警用小面包车，在我的请求下，才将我带出泥地。接着，我又开始了徒步返回的漫长之路。

我一边走一边抱着一线希望，希望能够再次遇到拦车的机会。好不容易才有一辆开得慢点儿的，司机明白我的意图后，又将我带了一段路程，恰好遇着我们的采访车，终于结束了在泥泞雨地里的艰难奔波。

这一天，我在雨地徒步十多公里。回到记者站时，天色已经灰暗下来，我忙着写稿、传图，至晚上9时30分才结束工作。

令我非常欣慰的是，第二天那篇稿子竟然十分醒目地刊登在《华商报》头版，还配发了我在雨中拍摄到的一张大幅图片，并且获得了总编辑的"当日新闻点评"。总结这次采访心得，这篇好新闻主要还是靠脚板走出来的。

2001年10月20日

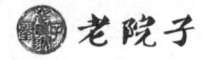

"牛县长"杨凌取经记

2001年12月在咸阳记者站,我通过曾经在西农工作学习的关系,获悉著名相声演员、安徽蒙城县副县长牛群来到杨凌,遂前往采访,写出了如下几篇报道。

说牛事 谈牛经 论牛道 发牛财

——"牛县长"杨凌取经获种牛

一个是安徽蒙城养牛大县赫赫有名的"牛县长",一个是杨凌农科城知名的肉牛研究专家。昨日,著名相声演员牛群与杨凌西北农林科技大学畜牧兽医学院昝林森博士演绎了一场"说牛事、谈牛经、论牛道、发牛财"的妙趣佳话。末了,牛群还意外获赠一头"妙龄"秦川种牛,令他深感意外,喜不自禁。

"牛县长"这次是代表蒙城养牛大县一百一十二万父老乡亲专门到杨凌拜师取经的。据他讲,自他走马上任蒙城副县长以来,蒙城的牛生意越做越红火,来自国内外的投资者增加了他"依牛致富"的信心。为把"牛事"做强做大,他有幸结识了杨凌农科城的"牛博士"昝林森教授,他们一见如故,十分投缘。谈到他跟"牛博士"的合作,牛群诙谐地说,那都是因了一个"牛缘"。牛群到蒙城任职后,"牛博士"曾致函予以支持。"牛县长"也先后邀"牛博士"赴北京牛棚"论道"和前往蒙城做客,受益匪浅,相见恨晚,这次专程来杨凌求取养牛真经,谋求有关养牛的合作和发展的致富方略。

"牛县长"与"牛博士"昨日谈论的每一个话题都离不开黄牛的胚胎繁

育、肉牛饲养和产业发展。每来到一处牛棚中,牛群都疼爱地摸摸这头牛、逗逗那头牛,与牛似有一种特有的"情感"。

在参观了陕西省秦川肉牛繁育基地之后,好客的主人还特意赠上一头一龄大小的纯种秦川种牛,并声称等择了"吉日"亲自送达。牛群意外收获一头种牛,兴奋之中更多了几分感激,现场为大家即兴献上一段养牛致富的单口相声表示感谢,直乐得众人鼓掌叫好。结束时,应主人之邀,牛群又挥毫泼墨,再次赢得满堂喝彩。

刊载于 2001 年 12 月 16 日《华商报》

2001 年 12 月 16 日,著名相声演员牛群为《华商报》题写祝语

> 属牛喜欢牛,小名叫小牛,既有牛脾气,又有牛性格,还有牛精神,直到"走牛上任"——

"牛县长"杨凌妙语连珠

著名相声演员、安徽蒙城县赫赫有名的"牛县长"昨日在杨凌"牛不停蹄"地参观考察,留下许多被人津津乐道的妙趣佳话。同时,由于牛群的卓识和与牛相关的事业,昨日又被西北农林科技大学特聘为客座教授,拿到了一张红艳艳的荣誉聘书。

"牛县长"对羊也感兴趣

12月15日一大早,"牛县长"急不可待地跟随主人来到中国杨凌克隆羊基地,目睹克隆羊的惊世风采。当他看到体细胞克隆山羊"阳阳"及其产下的一对龙凤胎"庆庆"和"欢欢"时,兴奋得左看右看没个完。他打趣地说,他的名字叫牛群,里面就包含着一个"牛"字和一个"羊"字,站在中间的"君"当然就是他自己了。按牛群自己的话说,牛羊本来就是一家子,言语之间无不包含着他对科学养殖的浓厚兴趣。

人头蜂不搞豆腐渣工程

在西北农林科技大学昆虫博物馆参观时,牛群得知世界著名昆虫学家、"蝶神"周尧教授已九十高龄仍在坚持工作、著书立说时,惊叹不已、肃然起敬,表示一定要亲自登门拜访。在看了玻璃展柜中巨大的人头蜂筑起的蜂巢,研究人员详细介绍了人头蜂一丝不苟、十分讲究的筑巢过程后,牛群摘掉眼镜,靠近蜂巢细细审视一番,随口不无感叹地说:"原来这人头蜂是不搞豆腐渣工程的!真是人不如蜂啊!"逗得大家笑个不停。

牛粪闻着蛮亲切

在杨凌良种牛改良繁育基地,"牛县长"对牛群百看不厌。他放慢脚步,东瞅西瞧,摸这个逗那个,流连忘返。他仔细地听着"牛博士"昝林森教授的侃侃介绍,若听说哪头牛立过功或有什么与众不同之处,即进入牛群与其合影,对牛给足了面子。有人问他是否能受得了牛粪味,他笑着说过去有点闻不惯,但现在闻起来觉着还蛮亲切的。"牛县长"说,他现在一门心思都在牛身上,言谈间还一个劲地举起"牛博士"的左手站在牛群里跟牛合影。

"牛县长"自称"博士后"

昨日下午,牛群为西北农林科技大学师生作了一场别开生面的报告。报告会开始前,他把"牛博士"昝林森拉到自己前边故作正经地给大家介绍说:"这是'牛博士'。"众人惊讶之际,他自我介绍:"我站在博士的后边,是博士后!"整个大厅顿时掌声雷动,欢呼声响成一片。牛群从自己与牛的联系说起,说他属牛,喜欢牛,小名叫小牛,家里兄弟姐妹多,所以父母给他取名牛群,他有牛脾气、牛性格、牛精神,一直说到他"走牛上任"蒙城副县长,为当地经济谋求发展的经历。牛群妙语连珠,句不停顿,与其说是报告会,倒不如说是单口相声会,句句幽默生动,惹人捧腹大笑。两个多小时掌声不断,结束后大家意犹未尽。

刊载于 2001 年 12 月 17 日《华商报》

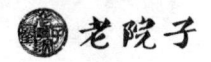

在中国杨凌，有一位世界级的昆虫学家，他一生遨游于昆虫世界，分科类属，雕虫扑蝶，写下了不朽的巨著，成就了光辉的业绩，引世界瞩目，为世人关注——

"蝶神"周尧

2001年12月25日，在杨凌西北农林科技大学一间十分简陋的普通居室里，记者见到了世界著名昆虫学家——现已九十高龄的该校博士生导师周尧教授。在与眼前这位被国内外业界誉为"亚洲之光""虫坛怪杰"和"蝶神"的科学界泰斗的交谈中，记者被周老非同寻常的治学精神和崇高风范深深感动。

一生致力昆虫研究成绩卓著

周尧教授1912年出生在浙江宁波鄞县，1938年在意大利获哲学博士学位，回国后一直在西北农林科技大学从事教学科研工作。周尧教授毕生致力于科学研究，著述等身，成绩卓著。早在20世纪50年代就组织小麦吸浆虫研究，对控制这一危害极大的害虫做出了重大贡献。

周尧教授一生足迹遍及祖国大江南北，论著和教材达两百多部（篇），多次获国家和省部级大奖。由他编写的三卷巨著《中国盾蚧志》获中国优秀科技图书一等奖；由他所著的《中国昆虫学史》被国外专家誉为"不朽的著作"；他主编出版的《中国蝶类志》第一次为中国蝴蝶的统一系统化奠定了基础，成为中国昆虫学划时代的科学巨著，被国家科委称作"科学界创举"；由他完成的《中国蝴蝶分类与鉴定》为全世界研究蝴蝶属征与翅脉最全的专著，也使中国蝴蝶研究达到更加完善的层级，该书2000年获中国图书奖；由他创办的《昆虫分类学报》作为国家一级期刊，面向全国昆虫学家、昆虫爱好者，至今与全世界一百多个国家和地区的三百种刊物和七百多位昆虫学家建立了长期的关系……

经他多方努力，1986年建成了我国第一个昆虫博物馆，该馆1997年在国务院李岚清副总理的亲笔批复下特拨专款七百五十万元得到进一步扩建，成为目前亚洲最大的昆虫博物馆，馆内珍藏着周尧教授一生收集到的七十多万件昆虫标本和丰富的昆虫分类文献，成为我国乃至全世界昆虫研究的知识宝库。

九十高龄仍潜心研究著书立说

周尧教授一生痴心昆虫研究，著述前无古人，但他仍然说最为遗憾的是自己没有到过祖国的西藏、台湾和澳门，近年来由于年事已高，去西藏是不太方便了，但他有机会还是想去一回台湾。他编写的《周尧昆虫图集》今年正式出版，眼下正在整理和编写《中国蝶类志》续集，待科研方面的所有工作结束后，还将撰写自己一生的科研经历，他说这是中央领导方毅同志看望他时对他提出的一个希望，他一直铭记在心，准备亲自完成。

在他仅有十多平方米的工作室兼客厅、卧室里，从书架到桌凳到沙发再到床铺，到处都堆满了书籍，宛然一个藏书甚富的知识宝库。周老说，这些书籍是他常用的一些，主要的专业书籍都在他昆虫博物馆的工作室里。每天早上7点30分至中午12点，是周尧教授工作的时间，他经常穿行于博物馆和居室之间，从博物馆里取回他需要的书籍，然后把用过的书又送回博物馆。周尧教授说，因近期天气较冷，他不太出门，都是在家里工作学习的。

邮局是他与外界沟通的主渠道

周尧教授一生与外界的联系主要是通过邮局来完成的，从那里把外边寄来的书籍资料和信件取回来，阅读处理后再通过邮局一一回复，如此日复一日、年复一年。更有趣的是，连同他使用的药物和拐杖等日常生活用品，都是他在看了广告之后寄钱过去，对方再把东西寄回来。日子久了，有些商家很乐意主动为这位世界级的科学家服务。

每天下午3点到6点，周尧教授都要准时处理日常信件和阅读报纸，这些来自国内外的信件既有同行科学家用来交流学术的，也有普通农民和中小学生请教自然知识和索求蝴蝶图鉴的，周老对这些信件都是有来必复。按他的话说，所有的人，不论年龄大小或从事什么工作，都应平等相待。周先生待人平易温和，与他在一起丝毫感觉不到拘束，倒觉得是与一位普通的长者在一起谈心。

业余时间喜欢看惊险小说

周尧教授平时用来消遣的主要方式是看小说，他说他最喜欢看各种侦探小说和推理小说。金庸的作品他几乎都读完了，其中惊险刺激、曲折动人的故事情节无一不引人入胜。周尧教授对历史方面的书籍也很感兴趣，在他的书架上收集着马克思、恩格斯、列宁、斯大林和毛泽东、邓小平的有关文集，还有诸如《荆轲刺秦王》《大铁椎传》等传奇史书，他说这些书他都详细阅读过了。

令记者深感意外的是，周尧教授对医学和古诗词也有着浓厚的兴趣，在周老的书架上，这方面的书籍也为数不少，其中还有他研读之后所作的随想和诗集小册子。周老说他不懂下棋和音乐，前者一个人玩不起来，也费时间；后者则是他小时候生活的家乡比较封建，把唱歌的人看作是"流氓"和"不务正业"，所以这方面他是无甚特长的。周老说年少时他最喜欢画图和生物科学，他后来的专业研究与此都是关系十分紧密的。

对国内外大事了解颇多

每到晚上，周尧教授都要看电视、看报纸、查阅专业资料，至12点才上床休息。他说他平时喜欢看《参考消息》和《华商报》，从这里可以获取外界的许多动态和信息。在与记者的交谈中，他还提到了"9·11"事件、阿富汗难民和台湾回归、中国入世等国内国际大事。他说，女儿订了一份《华商报》，报上有关他的报道他都看到了，很喜欢，也很感谢。在记者的提议下，周老欣然提笔，在稿纸上工工整整地写下了"祝华商报读者新年快乐！"的殷殷祝语。

刊载于2001年12月25日《华商报》

◎ 华商故事之"新闻故事"——

一箭多雕做新闻

"牛县长"系列报道的几点感悟

2001年在咸阳记者站驻站期间,经历了许多次采访,我收获最大的当数在杨凌采访"牛县长"牛群的那次系列报道。

按常例,对于"牛县长"的报道,无非就像省内一些报纸那样,运用惯常手法极尽笔墨地渲染其娱乐属性,而我在最初得到牛群要到杨凌的消息时,除了知道牛群是个相声演员之外,其他一无所知。也正因此,在头一天的采访中,我一边看,一边琢磨此次报道该如何入手。一天下来,除了牛群获赠一头种牛之外,别无新的东西可写。

我自认为,牛群作为一位演艺界名人,又去当一个什么"牛县长",还跑到杨凌这个农业专家云集的国家级农业科技示范区商谈有关养牛的事,并且还意外地得到了一头种牛,这难道不是一件有趣的事情吗?这是艺术操作还是有别的用意?

重重矛盾之中我当机立断,决定从牛群获牛的新闻点着手,再加以现场感较强的人物素描,再在语言方面下上一番功夫,我想到了电视剧《红楼梦》主题曲《枉凝眉》中的两句歌词:"一个是阆苑仙葩,一个是美玉无瑕……"于是一篇《说牛事 谈牛经 论牛道 发牛财——"牛县长"杨凌拜师获种牛》的特写便"成竹在胸"了。令我意外的是,该篇报道第二天被刊发在《华商报》头版头条,还配发了我拍摄的一张大幅照片,反响非常不错。

牛群在看到报道后十分高兴，特意邀请我对他进行独家专访，于是我便有了与"牛县长"长夜交谈的机会。从牛群那里，我获悉他到蒙城后的许多事情，令我大为感动。在我的邀请下，牛群欣然为《华商报》和读者分别题写了殷殷祝语。尤其是他给《华商报》的题词"打开《华商报》 春风扑面来"，准确表达了他看到报道时的真实心情和感受。

随后，牛群的随行工作人员又给我介绍了有关牛群担任牛县长后的许多感人事迹。她说，牛群做县长并非为了出名，他乐于助人，在担任副县长期间，"两腿插在泥土里，为当地老百姓办了许多实事"。而且，他也是因了杨凌这个农业品牌和诸如"牛博士"那样的专业技术人才品牌而来。也正是这句话，解开了一直埋藏在我心中的疑团，于是此后便有了《牛县长打造牛品牌》的言论。文章既围绕新闻事件进行陈述，又对新闻事件进行扩展延伸，颇具逻辑性地挖掘了"牛县长"杨凌之行的深层含义。也正是这篇我曾经饱含激情挑灯夜战而写就的言论，还意外地获得了当年的陕西省新闻奖报刊理论类三等奖，在报社当时言论类稿件还相对稀缺的情势下，我的这篇拙作起到了抛砖引玉的作用，也达到了我最初构思该文的真实目的。

另外，我在"牛县长"系列报道中紧紧抓住牛群作为演艺界名人与"牛县长"这一"矛盾"特点，从名字上、从事件上、从文字上精心雕琢，仔细为章，采用消息、花絮、言论、特写等多种表现形式着力渲染，深化主题，营造卖点，力求寻找社会新闻与娱乐新闻的融合点，从而在追求可读性和趣味性上达到最佳效果。

实践证明，我所尝试的这一切基本达到了预期的目标。我前后发回的四篇报道破天荒地都被安排在头条位置，并且配发了多幅照片，连续获得了总编辑"当日新闻点评"、月好稿和好标题等奖励。该系列报道对我而言无疑是顺手捡到了一块"馅饼"，使包括我在内的不少编辑都得到了分享"牛肉"的机会。

由我采写的这组"牛县长"系列报道在全国也引起了较大反响，新华社还对相关报道进行了转发，《北京青年报》和全国多家媒体也进行了转载，打电话约稿件和照片的络绎不绝。《西部大开发》杂志还把我拍摄的多张照片作为主页图片进行了连版重点刊登。

从这一系列新闻报道中，我深深地体会到，好的新闻资源，更需要多方位开发和深层次挖掘，如此才能取得"人尽其才，物尽其用"的效果；否则，即便是有了好的新闻资源，也会白白从手边浪费和溜掉。当然，熟练地掌握多种表达手法和运用多种新闻视角，也是一线记者针对不同新闻事件应该采取的重要尝试。

在日常采访中，记者既要善于运用"长枪"，也要学会使用"短炮"，如此才能做到新闻体裁的多元化和表现手法的多样化，才能确保为编辑提供丰富的加工原料，为读者做出丰盛的新闻大餐。

2002 年 9 月 12 日

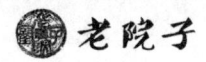

◎ 华商故事之"创新故事"——

不拘一格"造"版面

打开我保存的1999年5月20日的这期《华商报》头版黑白报纸,觉得一切是那样熟悉自然又是那样陌生。

这是一期普通的报纸,普通得和我1997年到2000年间编辑过的千多个版面几乎没有什么区别:灰麻纸张,黑白两色,当时头版可以套红,正文字号较小,标题字体多变,局部多用线框,相互注重错落,等等。

每天下午5点多钟,由采访部门陆续把当天的稿子贴着稿签一沓一沓地分发至各个版面,编辑抓紧时间用不同颜色的笔开始在经过了几次修改的稿纸上再行修改,然后把统计的字数重新写在稿签上,标上序号后,紧接着把稿件送交组版员打字,然后选图、组版。

编辑再用尺子、彩笔、计算器、修正液、橡皮等挖空心思地精心设计,随后把版样交给组版员"灌文",这期间根据稿签内容思考、制作、修改标题,然后一次又一次地修改大样、斟酌文字……

一个人美编、文字一身兼,一刻也不闲着。当然,最快乐的还是次日一大早起来自己掏钱买份报纸看后存起来。遇上自己觉得做得如意的版面,还多买一份,做个备份……多少个春夏秋冬,多少个日日夜夜,都是从如此相似的平常日子里走过来的。

然而,这也是一期不太普通的报纸。它的不普通首先在于,1999年5月20日是西安解放五十周年纪念日,西安市委、市政府举办了大型的庆祝活动,西安各界群众以各种形式庆祝和纪念着这个特殊的日子,本报也从当年3月就开始组织策划有关西安解放纪念日的大型连续报道。

其次，临近六一，又由于我们刚刚经历了南联盟使馆遭炸的伤痛，和平就显得尤为珍贵，由华商报文化新闻部推出的庆"六一"西安儿童共绘和平图活动借着庆祝西安解放的纪念日也同日展开。这一切，都意味着5月20日这天的不平凡。作为报纸的头版，如何把这些活动很好地展示给读者，如何承载这样一个重大的具有历史纪念意义的日子，在版面的设计和编辑方面确需下一番功夫。

在此值得一提的是，为适应报业市场的竞争，当时本报头版右上方平常设计了一条红色的竖线，市场反响不错。而在这期报纸的编辑过程中，有关庆祝西安解放的稿件共有两篇，"六一"活动的稿子也不可小视，为处理好三者的关系，最后决定竖条靠左，该篇提示性的稿件用了"重大活动特别提示"的标题，算是打破了常规。头条用了一张喜庆的大幅压题照片，采用了"古城人共同的节日"的简练标题，同时用"西安今天喜迎解放50周年"做副题予以补充，将"六一"活动以"我们爱和平"的形式安排在报眼，三篇稿件"三足鼎立"，相互照应，其余将一些重要的社会新闻、经济新闻和服务类的稿件根据其"分量"加以合理配置，标题讲究直白简练，字体、字号轻重适度，稿件之间的线、框多变错落，整体兼顾，使整个版面从内容到形式都得到了很好的统一。实践证明，这个版面在当日的本地报纸中算得上是比较成功的。

2000年12月12日

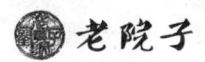 老院子

情怯周报

博友"东方可可"君在他的博客中为诸多朋友书赠墨迹，其书法之遒劲、情谊之浓厚自不必说。感激之余，却意外地发现，写给我的那幅"西湖赏月"与写给另一位博友"淡出伟岸"的那幅，合起来正好能够代表我此时的心境。

3月初，与另外一名同事被借调到本部所属的刚刚创办的一家房刊类传媒帮忙，期限三个月，如今刚好期满。就要回到本部了，欣喜的同时，心里却蓦地生出几分莫名的情愫，它萦绕在我的心中，有种挥之愈浓的感觉。

三个月时间，说短也短，只占一年的四分之一；说长也长，它足以改变我许多已经形成的作息习惯。记得初到这里，正是春寒料峭之时，那时还穿着棉衣，对人员和环境都很陌生，唯一能感觉到的是一帮年轻人的朝气和单纯。

于我而言，最难耐的莫过于早起——多年来一直上夜班，早晨正是休息的时间，不用考虑起床和关注时间的事情。而起初走在上班的匆忙人群中，心里总觉得有些不太搭调和不大习惯。尤其是中午，当大家一个个都显得精力充沛生龙活虎的时候，我却时不时地会进入例行"仙游"的半寐状态，这样一直持续了近一个月时间，才稍有好转，直到后来逐渐成为一个有着"正常生活节奏"的人。

如今，已经到了穿着短袖还觉蒸热的季节，当初那帮"摸着石头过河"的年轻人，都已经在自觉或不自觉当中如同时令一样潜移默化地发生了许多变化，有了许多潜在的或明显的进步；案头的刊物，也从无到有地叠起了厚厚的一大摞……这些都记录了曾经发生过的一切——当我默默地整理着这些东西的时候，就有人时不时凑过来小心翼翼地询问，表达着浓郁不舍的心情，这个说："我会想你的！"那个说："我会永远记住你的！"还有的打趣地说让我请他们吃饭……

起先我是没有觉得会有这么多留恋的——不就是结束了领导安排的一项工作嘛,却不料大家的这番心意一时竟把我心里搅动得"翻江倒海"了。我开始寻思一种最为平淡的离别方式,最好还是不要打扰大家,正如我轻轻地来,又轻轻地去,不带走一点儿声响。

　　同来的同事叫我走了,本想着把一些零碎的东西先带回去,当我起身的时候,却发现大家唰地都站起来与我们"告别"。招呼着出来的时候,楼道里一下子拥满了热情的恋恋不舍的面庞和熟悉的身影,有的还诧异地互相询问着什么——我尽量显得开心和镇定一些。这一切太突然了,我不曾预料到,短暂的相处和朝夕相伴的工作,大家已把我们融在这个集体中了……

　　回来的路上,我一直在思考一个问题——平日很自然地可以随时进出的这个地方,我还能再像平常一样造访吗?我怎么就突然间变得矛盾和犹豫起来了呢?我想见到那一张张热情洋溢又充满阳光与希望的笑脸,却又一下子变得害怕再见到他们了。

　　"西湖赏月,淡出伟岸。"我从内心里祝福我朝夕相处三个月时间的年轻而有朝气的朋友们,祝他们为之奋斗的《房周刊》蒸蒸日上,发展壮大!

2007年6月5日

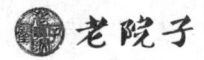

夜半"机叫"出"号外"

亲历中国驻南联盟使馆被炸事件紧急报道

1999年5月9日,在华商报社创业的历史上注定是一个不寻常的日子——前一天报社刚刚为七对新人举行了隆重的集体婚礼,热闹忙碌了一天的同人们可能才休息不久。凌晨3点多钟,大家从各自的传呼机中陆续接到"中国驻南联盟使馆被炸请速到报社上班"的紧急通知。

凌晨4点,当我赶到报社时,发现夜班已经来了十五六个人了,当时的综合新闻部主任廖洪正在办公桌前紧张地调兵遣将,信息部的两三名编辑屏住呼吸紧盯着电脑屏幕全神贯注地搜索着新华社的外电稿,出版部早先赶来的三四名组版员已经在部门主任汪毅的安排下开始用电脑录入文字了,校对人员也在紧张待命中,总编办的几名工作人员在任梅娟的带领下已经开始筹划早餐面包加牛奶豆浆的事情了……

令我感到惊奇的是,前一天才举行完集体婚礼的综合新闻部编辑李长江和出版部组版员闫莉这对新婚小夫妻也在忙碌的人群当中——估计他俩昨晚也没来得及好好享受一下报社专门为他们免费提供的五星级豪华宾馆的舒适吧。

随后,部门编辑郑莉、孙增胜、吴连营、李凤琴等也先后赶到了。接到工作任务后,大家开始静下心来抓紧时间改稿、画版、定标题,然后将稿件交组版员录入、组版,有的还承担了两个整版的编辑工作。

大家紧张地忙碌着,上午11点多,所有版面都陆续签字出片交付印厂了。按领导吩咐,大家赶紧回家稍事休息,下午还要早点儿到报社进行下一步的报道准备。其间,采访部门的许多记者已经被分派到西安城区的大街小巷和省内各地采访各方反应去了。

上午12点，走出报社门，没精打采的太阳下，狂躁的热风夹杂着浮尘，将法国梧桐树上的毛絮吹刮得四处飞扬，钻入人眼、直袭鼻孔，令人浑身感觉很不自在。沿着含光路一直向南，走到友谊路的时候，猛然间看到有西安几所院校的大学生高举红旗，高喊口号，自东向西浩浩荡荡地一路走来，他们义愤填膺地表达着中国人民的严正抗议和对霸权主义恶劣行径的强烈不满。我的心情一下子就被学生们这种高涨的爱国热情震撼、感染和感动了。游行的队伍很长，我看着他们挥舞着拳头，吼声如雷、青春勃发地从身边缓缓地走过，直到走得很远。

当日的"号外"，头版用的就是摄影记者邓长泰在西安街头拍摄到的一张半版通栏大图，上面那个裹着头巾、光着膀子、挥动着拳头的年轻小伙子的愤怒表情，正好能够代表当时每个中国人的不屈斗志和义愤填膺的心情。

现在回想起来，这次由张富汉、刘东明老总在第一时间准确判断迅速拍板的《华商报》"号外"的出版，除了能够代表《华商报》改版之初为抢占新闻报道先机的办报宗旨和尽可能地以最快速度提供最有价值的新闻信息的办报理念之外，更重要的是体现了华商报人主动承担社会责任、热情服务公众的爱国热情和职业情怀。

爱国"号外"的出版开了个好头。接下来十多天的连续报道，更加表现了华商报在大是大非新闻事件面前果断出击、神速反应、领先同行、机动灵活、务实处变的政治敏锐性和公众影响力，这一切都已经成为《华商报》发展壮大史上行之有效、不可或缺的珍贵经验和制胜法宝，更是华商报社铁的执行力的良好范例。

2007年6月9日

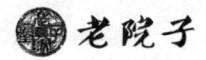

在摸索探寻中蹒跚前行

当雷萍女士向我约稿并简单说明相关要求时，我觉得很是为难，因为，1998年7月1日的那期《华商报》头版并不是我编辑的，所以我算不得直接当事人。

那时，《华商报》每日刊出十二个版，全综合新闻部除过廖洪、张静廷两名干部，总共只有十三名编辑，我那时作为唯一的一名"轮版"编辑——谁轮休我就编辑谁的版面，从头版编到最末一个版面，依次循环——按部门领导的话讲，这是一种最高荣誉。其他版面的编辑，也都是不太固定的，那时的《华商报》各个版面，可以说还处在摸索前行阶段。

展现在大家面前的，其实也是一期普通的版面：灰麻纸张，黑白两色，只有头版可以套红，正文字号较小，标题字体多变，局部多用线框，稿件之间相互注重错落搭配，等等。

每天下午5点多钟，由采访部门陆续把当天的稿子一沓一沓地发至夜班编辑部门，再由编辑部门负责人分发到各个版面。编辑抓紧时间用不同颜色的彩笔开始在修改了几次的稿纸上再行修改，然后把重新统计的字数写在稿签上，每篇稿件和稿签都标号后，紧接着把稿件送交组版员打字，然后选图、组版——用尺子、彩笔、计算器、修正液、橡皮等挖空心思地精心设计和规划版面，随后把版样交给组版员"灌文"，这期间根据稿签上的信息思考、制作、修改标题，然后一次又一次地修改大样、遴选图片、斟酌文字、推敲标题……

那个时期编辑还没有配发电脑，一个人文编、美编一身兼，来回穿梭于出版部与综合新闻部，一刻也不闲着。当然，最快乐的还是次日一大早起来，自己在大街上掏钱买上一份当天的报纸仔细阅读，然后收存起来。倘若遇上自己觉得做得好点的版面，还来个备份。三四个春夏秋冬，千余个日日夜夜，都是从如此相似的平常日子里走过来的。

从1998年7月1日的那期头版可以看出,时任国家主席江泽民前一日已抵达香港,参加香港回归祖国周年庆典,中共中央同日发出深入学习邓小平理论的通知,这都以"重要新闻"的标题形式展现在头条;倒头条是一组有关如何看待高校毕业生收费的"新闻追踪"话题;同时还刊发了当时的品牌栏目"新闻连载"和"市民解忧台";其他稿件也都关系到民生、民权和本报创业时期主打的"社会新闻",例如《人行即日起降低存贷款利率》《西安首次开通空调车》的图片新闻等。整个版面刊发稿件十六篇,信息突破三十条,基本上贯穿了报业领导人创业初期的办报思路。

今天看来,尽管我们当时报道的一些新闻事件如今已不再是新闻,一些创业初期的经典栏目都不复存在,版面的数量和风格也都发生了巨大变化;但我们以社会新闻为主,以服务民生、维护民权为追求的新闻报道宗旨不仅没有消减,反而更加强化和巩固了。

刊载于《华商传媒》2007年7月16日

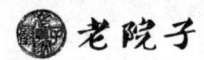

小螺栓引发的大思考

假如会场无监控，各方如何洗得清？
六岁顽童恶作剧，搅得众人闹哄哄。

2014年4月2日《华商报》刊发了《农夫山泉咋有螺栓》的新闻报道，后经连续三期追踪，4月10日总算使《没有开启瓶盖的矿泉水瓶里有个小螺栓》的事实真相水落石出、谜底揭开，报道留有一些缺憾，实属一局"险棋"。反思这起因小小螺栓引发的报道，我有以下几点"假如"与同人共勉。

假如不轻信权威

这起事件的爆料人是几名高校教师，是发现矿泉水瓶中有螺栓者，也是参加这次会议的"高校高层领导"，他们的职业特殊性和个人素养，都说明他们具有很高的权威度和信任度，这一点后来事实证明也是如此。

但他们所说却不一定就是事实，换句话说，他们不知道自己所说与事实不符，他们也不知道事件竟有出乎意料的情况发生。但是，他们的职业权威却使记者轻信"事实"，放松警惕，淡化质疑，以致未能更加全面深入地围绕矿泉水的踪迹、路线和经手人更多地去质疑、去求证，检查矿泉水瓶盖是否开启也不够仔细，甚至先入为主地确信"矿泉水瓶盖是没有被开启过的"。因此也忽视了对事件发生地进行实地勘察、假设求证，失去和错过了也许能够发现疑点的机会和可能，致使后来的报道陷于被动，骑虎难下，没有退路，把自己逼到了悬崖边上。

由此看来，采访中要独立思考，不能轻信他人所言，对各方言论和事物表象还需要进一步深入求证。

假如瓶盖没开启

谁都明白,对于"饮料瓶中出现异物"此类司空见惯的报道,其关键问题就在于"瓶盖是否已经开启",如果瓶盖已经被开启,即便是瓶子里真的有异物,也是没有任何说服力和报道价值的。

但就这篇《农夫山泉咋有螺栓》的报道而言,按理说也不是什么大事情,如果真的要说是大事情,那就是这样的报道会对"农夫山泉"这样的大品牌产生很大的负面影响;如果报道有所闪失,同样也会给媒体引来不必要的麻烦。

仔细观察可以发现,瓶子里的螺栓明光可鉴,没有生锈,算不上有害物质,它不同于海洛因,有别于苏丹红和三聚氰胺,对人体无害,对企业无益。如果厂家真要给每瓶矿泉水中都搭上两个五厘米长的螺栓,相信他们的利润肯定会降低不少,因为钢材比水贵。因此,假如矿泉水瓶里真的有螺栓,瓶盖真的也不曾被打开,窃以为这样的报道也不宜进行过多渲染,甚至可以放弃不做。

要做到这一点,我们媒体从业者首先得多些"善意",其次应少点"好奇"。

假如没有摄像头

"农夫矿泉水"报道已经盖棺定论、尘埃落定,但我还是不由得要提出这样一个假设:假如当时会议室里没有安装监控摄像头,不会发现那个六岁顽童制造恶作剧的过程,事件的发展、报道的走向又会是什么样的呢?

对于"农夫",虽然他们说矿泉水瓶盖"有曾被开启的痕迹",但谁又能够证明那两个螺栓就不是他们自己误放进去的?几百万读者和消费者能相信他们说的话吗?为了证明清白,"农夫"报了警。

那么,作为发现螺栓的当事人,高校教师和领导有无造假可能?一般而论,大家不会相信他们会造假,但仅凭他们的职业身份,是否就能够说明一切,开脱一切?

而作为媒体的报纸,在当事双方都不能拿出有力证据证明自己的情况下,又将如何面对当事人和读者的质疑：稿件是怎么采写的？版面是怎么编发的？又该怎么收场？媒体有无参与造假的可能？……由此我们无论如何得感谢摄像头。

对于监督类报道，务必小心谨慎，避免把自己陷入百口难辩的境地。

假如高调报结果

关于"农夫"的报道，好就好在记者自始至终采用存疑的态度，保持了中立，没有明显的站位，所有判断都是由当事人自己说出来的。

为了发现真相、揭开谜底、消除质疑，危急时刻，还是安装在会议室的监控摄像头帮了大忙，解了大围，记者顶着压力，连续十几个小时查看历时三天的监控记录，终于在"山穷水尽"之时发现"柳暗花明"——一个六岁的男童迅速地"潜入"会场，打开瓶盖，放入异物。

"作案"手法并不很高明，看上去似乎还有些可爱，正是因为顽童的出现，才挽救了一帮相互猜疑、埋怨、有口难辩的成年人。这一发现，使得已经走入绝境的报道峰回路转，也使厂家、投诉人和媒体洗去了各自的"冤情"。

按理说，此时我们如果将记者"发现"事实真相的这一过程浓墨重彩地在报纸上予以足够的展示，并配上顽童"作案"的截屏图片，那不更有说服力和宣传力度吗？

窃以为，假如当初我们不是认为最后的揭秘报道是"更正""道歉"或"勘误"而淡化处理，真的给予重点突出的报道，《华商报》记者不辞辛苦、坚持探索、用心思考、巧妙推理的"福尔摩斯"式的扎实采访作风，肯定会给读者和当事各方留下极其深刻的良好印象。而这个有始有终的追踪报道过程，也正好印证了马克思关于新闻真实的"有机的报刊运动"原理。

以上观点，纯属一家之言，若有不妥之处，权当头脑发热之作，敬请同人们给予理解和指正。

2014 年 4 月 28 日

与女排世界冠军赵蕊蕊合影

4月24日,"2019西安生态徒步大会"相约浐灞国家湿地公园,千余名徒步运动爱好者身着红衣、头戴红帽,潮水般地聚集在西安浐灞湿地公园碧水如镜、草木繁茂的绿色海洋里,以节日般火热的激情参加"绿色旅游倡导环保"的盛大活动。

素有"中国女排第一高"之称的中国女排前名将、奥运会世界冠军获得者赵蕊蕊作为本次大会的特邀嘉宾荣誉出席,举旗领走,与大家同娱同乐,热情互动,把现场气氛引爆得如同她一米九七的身高一样,达到了一个新热点、新高度。

徒步赛开始,赵蕊蕊在浩浩荡荡的红色队伍前面独树一帜,举旗领走,"蕊粉"们热情高涨紧紧跟随在她的周围激情奔走。"赵蕊蕊,我爱你!""赵蕊蕊,我爱你!"的声音像朵朵玫瑰花一样带着芳香四溢、炫目耀眼的美丽光环从四面八方不断地飞来,一浪高过一浪。赵蕊蕊对西安人民如此高涨的热情报以友好的微笑和感谢。

徒步旅程过半,在组委会工作人员的安排下,赵蕊蕊坐上匀速行进的摄影车配合拍摄,她还不断地提醒部分徒步跟随者:"悠着点,注意身体!""还累吗?能坚持得住吗?感觉累就停下来歇歇吧!"有时还应众人的请求做短暂停留,与大家在同一片碧水蓝天的自然生态环境中同框合影。

作为一名参加活动的徒步队员,我在徒步跟进过程中向赵蕊蕊提议,如果有人能够跟随摄影车第一个到达终点,希望她能够单独与其合影。赵蕊蕊欣然同意,并说:"没问题,一言为定!"所有的人都高兴地欢呼着,应和着,跟着摄影车跑步行进着,大家都希望能够取得与赵蕊蕊单独合影的机会。

剩余三四里跑下来,能够跟上来的人越来越少,许多人都因体力不支掉了队。第一个到达终点的竟然是我,这都得归功于我平时坚持跑步的良好习惯!只见赵蕊蕊主动下车,邀请我与她合影。她微笑着说:"我说话算数,咱们合个影吧!"面对十几名记者的摄像镜头,我深感意外,激动万分!有热心的记者朋友为我留下了数张合影,令我分外珍惜,这将是我今后继续坚持跑步的动力和精神鼓励!

  当日的西安浐灞生态公园天清气爽,草长花香,树茂水绿。每个人的脸上都挂满了喜庆的笑容,每个人浑身都充满了火热的激情与青春的力量,每个镜头里面都记录下激动人心的美丽画面。这一天属于每一个热爱环保、热爱运动的人,同样也属于景色宜人的西安浐灞。

浐灞徒步大会见闻

致谢中华逢诞辰,敬献高歌旌旗纷。
时来秦岭添彩翠,光去雁塔钟磬鸣。
比肩接踵赛徒步,心加蕊蕊冠军粉。
祖居未央湿地绿,国本山青惠万民。
相逢一会达共识,约言十倡环保行。
浐河碧水照日月,灞上景色最宜人。

2019 年 4 月 25 日

华商轶事·租住城中村

二十多年前，抱着一番"远大的理想"进入西安城，先后在碑林区的张家村和黄雁村群居和租住过两年多时间。这两个城中村如今已被拆迁了，昔日的村容村貌已不复存在，但至今回想起来，还是有一些悠远的记忆。

群居张家村

1997年7月，《华商报》改版创业之初，报社在张家村包租了一处民房做集体宿舍，专门为新招聘的外地员工免费提供住宿服务。

民房地处西安边东街由北向南的第一条巷子，是最里边的一户三层楼房。进入独门独户的土红色铁皮大门，一楼闲置，二三楼大小各三间房子，每个房间仅仅能够摆放三四张单人床，条件十分简陋。二楼住女员工，主要为新招聘到的记者和几名组版人员。

三楼住男员工，全部为新聘的编辑记者。其中最小的一间归体育部主任杨晓波专属。隔窗望去，仅一床一桌，别无他物和余地，大家对此都颇为羡慕。杨主任随大老板从原单位一起投奔过来，当属"嫡系"，给予特殊待遇也在情理之中。其余两个房间，一间住三人，一间住四人，每人都分配到一张铺着稻草凉席的单人木板床，算是在古都西安有了一席之地。

如此计算下来，整个居住地便有了男男女女十六七号人。院子里没有厕所，没有洗浴间。整个巷子共用一个公厕，无须如厕费用；洗澡则需要到另一条巷子里的公用澡堂自费淋浴。每层楼只有一个水泥砌成的简易洗漱池。每天清晨，有早起的，有贪睡的，大家你呼我唤、错峰梳洗，紧张里夹杂着热闹，仿佛又回到了校园时光。但这些算不得对集体生活的主要印象，而主要的聚会

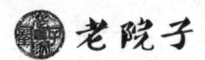

内容,当数夜晚的生活。

那时报纸每周出三期,版面少,工作强度不大,闲余时间尚多。遇上闲暇的日子,男男女女的一帮人就凑在一起找乐子。有几个活跃分子喜欢聚众打牌和闲聊,其余的跟着起哄看热闹,别有一番解放区的天地。初来乍到,每个人都是同一战壕里的革命同志,大家都格外亲近和随性。我来自高校的"白宫",平时过惯了"正襟危坐"的生活,虽然有点儿放不下"架子",但也着实被这里火热的激情感染着、浸透着、吸引着。

每当夜晚,房间比较闷热,大家聚在民房楼顶,算是开了闲话、秘闻和独家消息的发布会。有几个见多识广、阅历丰富、风趣幽默的哥们,毫不掩饰地"贩卖"一些夹色带荤的奇闻轶事,顺带讲一些自己道听途说或亲身见证的"花边韵事",直引得大家不好意思听又伸长了耳朵。

还是几位女记者美丽大方,她们大多来自地方报社,丰富的人生阅历早已赋予了她们女性独有的成熟与自然,个个显得优雅韵致、风情万种、魅力四射,并没有扭捏作态的样子。她们倾听的同时还不时地补充和插播几条最新"看点",惹得大家一片哄笑,很快便少了"装台"的拘束,增添了自由的气息,拉近了彼此间的距离。

有几位说,前一天晚上,近在十几米间距的对面楼上,有一对年轻男女晚上睡觉敞着窗户还不拉灯,半夜兴致勃发,亲热的动静太大,整条巷子都能听到床蹦人叫的声音。于是你一言我一语地都相跟着随声附和,这个说声音很夸张,那个说时间很持久,也有人说他们趴在窗口看了好一阵子,还有人说巷子里有住户受不了竟然开骂了……

我晚上睡得踏实,什么都没听到,但还是觉得好奇。有人对巷子对面的窗口神秘地指指点点,一直说笑到很晚,然后趴在楼顶的水泥露台边,静静地观察动静,就如传说中阴历七月七日有人在葡萄架下等待有什么奇迹发生似的,但一切都终归于平静。

有位老兄的媳妇从富县赶来探班,小夫妻俩晚上打算在楼顶过夜。凉席已经铺展,被单也已经摊开,只等闲聊的众人散后休息。那夜余热渐退,天气似有了些清凉;一轮金黄的圆月高高地挂在张家村巷子口的法国梧桐树梢上,显得分外明澈清透,空气里也有了些诗意的浪漫。商州来的一位严老兄光着膀子,踩着拖鞋,穿一件齐膝的大裤头,正在楼顶练功呢。只见他两手平举,马步扎稳,凝神定气,抬头望天,旁若无人,一副武林中人气沉丹田的修炼神态。待大家陆续下楼,商州兄依然没有停歇的意思,最后还是被人拉扯着才恋恋不舍地离去。月光下看见他狡黠诡秘地抽一抽面部的肌肉,大家才觉得他这是"有意"而为的计谋。有人说他"不瞅眼色",有人说他不解风情,有人说他不成人之美,有人说他练功走火入魔,他都故作深沉而不语。

  这样有趣的日子过了不久,我就被编辑部门"挖墙脚"上了夜班,当时直气得我们信息中心的主任"弓张目惊",但又无计可施。白天又成了我的业余时间,住地也显得格外清静。只有在周内无版的日子,才能够聚在一起听大家东侃西聊。有几个"脸皮厚"的男员工还赤着膀子跑到女子宿舍,光着脚丫上床打扑克,躺在洗得洁净的被枕上硬是赖着不下床。这样的行为我倒是有些看不惯,但不知道女记者们是否喜欢。

  边东街距离报社很近,出了巷子左拐,沿大学南路步行,用不到十分钟即到。那时边东街还是坑洼不平的土路,不知是附近哪家公司自来水管道爆裂,大半个边东街长时期水满为患,似乎无人问津。我还就此写了一篇习作,记得那标题是《人在"岸"边走 车在水中"游" 西安边东街水满为患路难行》,我用报社的专用稿纸修改、誊写了三四遍,最后仍是没敢交上去发表,怕给自己惹来一身麻烦。

  那时西安街头的车辆也不多,谁家门前偶尔能够停一辆轿车,那家的主人也会感到蓬荜生辉,沾了贵人气象。不像现在,车辆几乎都成了过街老鼠,停在谁家门前都不受待见。那个夏天的西安很热,有日上午买了份报纸,发现头版头条的标题是《西安的馒头越蒸越大》,署名记者贾令伟,他也是和我们同期应聘来的,只是不在宿舍居住。我还在纳闷,他怎么就写了这么熟悉的东西呀?有意走到菜市场再看一看,几家蒸馍店里白花花的蒸馍确实是一家赛过一家大。我就神奇地觉得,原来这司空见惯的平常现象,也可以做出头条新闻的。

  集体宿舍住得久了,便少了些初来时的新鲜感,况且那生活起居条件也实实不好放开了恭维。我不免又怀念起我在高校教工宿舍的清静和舒适来。就说杨主任的单间宿舍吧,比起我在学校的教工宿舍那可是差太远了。只有当周末回去躺在自己的房间里,我才有了一种难得的踏实和归属感。但我又不满足于高校每月二百九十八元的微薄工资,更不愿放弃新单位实习期就开出每月六百元的"高薪"诱惑。一个多月后，我还是决定搬到集体宿舍的一楼，独自开辟古城炎热夏日里难得的一片幽静与清凉。

有一日正待午休，突然进来一人，弯着腰吃力地背着很大的一个铺盖卷，往摞在房子正中间的桌子上"嗵"地一放，问这里还有人吗，说他也住这里了。来人中等个头，话不多，说得轻柔低缓，像赵树理笔下的老杨同志。打过招呼，果然姓杨。老杨其实也是个年轻小伙，看上去跟我差不多。他拉开两张桌子，将铺盖卷往上一摊，这便成了床。平日里上班，他"白"我"黑"，见面时间也不多。老杨是个冷幽默的人，看似平和腼腆，却内里有戏，好像热心主动，却不打扰人。

当年9月，学校开学，权衡再三，我还是决定回高校上班。在将近半年时间里，我十分怀念在西安经历过的短暂而新鲜的时光，关心这张报纸的每一项超常规发展和重大突破。冬天来临的时候，我想那帮老同事应该还住集体宿舍吧！

那个冬天出奇地冷，民房里没有暖气，过年当天的头版却采用年末热播的《水浒传》众好汉剧照为广大市民拜年，令人耳目一新，吸引了读者的眼球，为报纸赚足了新闻热度。这也隐隐约约地触动着我那颗不安分的心，使我时而激情澎湃，时而蠢蠢欲动。

租住黄雁村

1998年3月5日，我第二次进入报社。因为那时编采工资已经涨到一千二百元，是我留校工资的四倍，相当于两个教授的工资。更使我感到欣喜的是，我到西安"试水"的第二天，《水浒传》剧组的十几号人马竟然来到了报社，"活生生"地出现在我的面前，与我近在咫尺，令我大开眼界，也对我产生了极大的震动。

在先前几位老熟人的撺掇下，我决定二次融入如此朝气蓬勃的团队。老总对我亦有比较深刻的印象，我又在集体住地的三楼拥有了一张单人床。曾经的一部分人，有些搬离了宿舍，有几位还离开了报社。宿舍里有几张床铺换了新人，还有一两个床铺时而有人，时而空着，似乎不及先前那么热火。报纸正处在攻城略地的关键时期，新闻追踪报道应运而生，十分热门，大街小巷都充斥着叫卖独家新闻的吆喝声,大家平时也都各忙各的事情,不再像起初那样聚会热聊。

房间里新添了一位姓贾的同事,个头高挑,英俊笔挺,看着像搞体育的,一聊果然是体育教育出身,他与明星赵文卓还是校友呢。贾有一双看着很上档次的黑色牛皮鞋,每天出门前,都要用鞋油刷和抹布条依次给皮鞋擦油抛光,直到擦得油光锃亮。我猜想这双皮鞋该有一百多元吧,一问竟然三百六七十,令我吃惊不小!贾说他买一双好皮鞋看着上档次,上脚走路都带劲,出门办事有面子,即便穿上三四年,擦擦油一直还是新的,不会变形,每年平均花不到一百元,这样更合算;若买一双便宜的皮鞋,穿一年就变形了,还得再买,一直还穿的是很普通的皮鞋。贾的这个穿皮鞋理念令我望尘莫及,也让我思考了很久,觉得还是蛮新颖的。我那时一双皮鞋通常也就六七十元,生活理念差别还是挺大的。

有位姓张的老同事,与我年龄相仿,又同在编辑部门。他那时做头版编辑,后来被提拔为干部。我接了他的版面,最后决定留下来,也是受了他的影响。我们后来在黄雁东村自己租了民房,他住二楼,我住三楼。我每月房租加上水电总共二百元,是我在大学工资的三分之二,感觉比较奢侈。老张租个小房子,他说周末回县城,用不着太大的房子。

从原单位分房居住,到先前在集体宿舍免费居住,再到眼下自己掏钱租房居住,我经历了人生巨大的变化和心理的艰难适应期,最后不得不接受了现实,直到逐渐习惯。后来发现,我身边的许多同事和我一样,都是在附近的城中村租房居住,条件稍好些的就租个面积不大的老旧套房,这也是当时在西安创业的外地白领、蓝领们的真实生活。

搬离集体宿舍之后,我便不再关心那里的事情。后来听说居住的人越来越少,集体宿舍也就宣布退租了。我每天上夜班,白天一觉睡到中午12点,觉得年轻人早晨不用起床也是一种极好的享受。街上的饭馆轮换着吃,轮换着挑。时间久了,便固定在老马家牛羊肉泡馍和山西刀削面两家。偶尔也吃西安的青辣椒炒孜然肉夹馍,这东西量足个头大,青辣椒比肉多,食之令人难忘。

老马家牛羊肉泡馍的店名比较有特色,姓马的卖牛羊肉泡馍,听着都新鲜有趣。前台那个年轻漂亮又白皙高挑的少妇,态度热情,始终微笑待人,使人有种宾至如归的感觉。山西刀削面有三两个年轻小伙衣着精干,手底麻利,刀

老院子

削面筋道,碗大面多,油泼辣子够味,还送碗热和的面汤。一碗泡馍六七块,一碗刀削面三块五,中午的一餐解决了,晚饭那就好办多了。单位有食堂,伙食还相当不错哩。

每天在街面吃过午饭,就买上一份自己前一晚编辑的报纸,看后存起来。倘有中意的版面,还会买上两份,给自己收藏一份。日子久了,便积攒了许多报纸。那时街头售报亭多,报纸走街零售也多,买报纸很方便。遇上重大新闻发生,还会掏钱买了本地当天的几家报纸比较得失,以便从中获得一些独到的经验。省内有一家都市报,早先还办得风生水起,周末还开设了《星期天》新闻特刊,令我仰慕不已。后来被一帮"文人"搞成连版累牍的《新文化》《新青年》专刊,整版都是自娱自乐的纯文字言论式楷体字,显得很有文化气息。我猜想他们必败,不幸竟被我言中。

除了工作之外,总是觉得能够在西安居住才是最关键的。将房子租住在民房的筒子楼里,就相当于把家安在城中村,出出进进与陌生的各色人等擦肩而过,似乎少了一些归属感。一户民房三四层,少说也有五六家租户,什么类型的人都有。最初缺少租房经验,偶然租到了城中村人所说的"姑娘楼",也就是本村的姑娘不外嫁,在本村分得的房子。这种楼院子比较小,属于筒子楼。每个楼层两户,房子间距小,隔音效果差,光线也比较昏暗。

我与老张是单租的,其他的有小夫妻居住的,有男女朋友搭伙的,有两三个女人合租的。每到夜半,筒子楼里各种奇妙的叫声此起彼伏、毫不遮掩,穿墙越洞地飞入窗户、挤进门缝,直往耳朵里钻,听与不听根本由不得你。这种情形,租房之前谁也不曾料到。

比如,楼上的一对儿,夜半鸡叫,自得其乐,尽情发挥,旁若无人;楼下的一对儿,莺声燕语,细细长长,令人羞于从门前经过……最夸张撩人的,那还得数对门的一对儿,看着像才毕业的大学生。那女的除了有副好身段,并无多少姿色。那男的中等身材,黝黑硬朗,只要隔三岔五地到来,就不管白天黑夜,午后饭时,那钢丝床就蹦响个不停。而那女主的叫声,大胆开放且无所顾忌,整个楼内的声音都被她生生地给压了下去,那应该是这个世界上最迷人最快意的叫声吧。像这般别有特色的"交响曲"效果,也应该只有城中村的筒子楼里才会有吧。

某日,三四个同事下夜班后同来造访,谈笑至凌晨1点,对门突然疾风骤雨，床蹦屋塌。那女声更是高调悠长，渐入佳境，如同左右无邻，诱煞天下英雄豪杰。"靡靡之音"划破整个楼层，良久不止。直惊得廖、张、孙、李诸同事不敢大声言语。事后人人称奇，天下竟有如此声色诱人、惊魂动魄的长调妙音。

每个楼层，两户共用一个洗漱池，院子里无厕所，内急时还须上巷子口的公厕。有日如厕罢，出门时看那个守门的老头儿手里端着一只大瓷老碗，大快朵颐地吸溜着黄糊糊的黏稠饭食，碗沿上还落了几只绿屁股苍蝇，嗡嗡嘤嘤地叫个不停。我看他每天守着脏水横流、臭气熏天的厕所还吃得如此有味儿，顿生几分怜悯和钦佩，就把我积攒了很久的废报纸拿来送他卖破烂，他略表感激地看了我几眼。

次日如厕时，他竟然拦住我收费，每次多则五角，少则三毛。我这才知道，那老头承包了村子里的公厕，本村人不收费，外来人与租户每人每次收费三毛或者五毛。他过去不收我的钱，是把我当成本村的上门女婿了。此后我与老张同如厕，他给老张免费，唯独挡住我要钱，令我每天为上厕所而纠结。害怕连累老张，每次如厕遇见他，我都假装不认识。遇上周末或肚子不适时，老头儿每天就能收我两三元，实在难缠得很！真是好人难做，一旦被人盯上，大概就这后果吧。

1999年夏天，单位给干部分了新房，老张搬走了。年底，我搬到黄雁南村一处民房，租住一个带厨带卫的套间。除了房租涨了一些，日子还算清静，再也没有了床音之扰、如厕之难。2000年春天，我也被单位提干，夏天分配到一套新房后，即刻开始装修，年底乔迁新居，真正融入西安市民的正常生活。

二十多年过去了，西安的城中村已陆续拆迁，所剩村庄屈指可数。像张家村和黄雁村这般大名鼎鼎的村子，如今高楼林立，大型商场等配套设施高度完善，昔日的沿街马路、背街小巷、逼仄民房和筒子楼已成为遥远的历史，只存留于一部分人的记忆中。而对于大多数新市民而言，这些城中村和村子里发生过的故事，好像压根儿就没有存在和发生过一样。

2021年2月25日

江湖行

跑步记

跑步作为一种锻炼方式，我对此并不专业，也可以说是个外行。

最初跑步，是在上小学二年级的时候，班上同学都说我跑得快，老师给我报了六十米的短跑项目。临到比赛，因买不起要求运动员穿的深蓝色短裤和蓝白条纹相间的海军服T恤，于是被迫弃权。

上初中三年级时，班上同学硬是举手表决说我跑得飞快，老师给我报了二百米的短跑项目。平生第一次进入跑道参加比赛，心里不免有些紧张。班主任李老师是发令员，只见他高举起发令枪喊道："各就位！预备……""啪！"的一声枪响，其他运动员都像离弦的箭一样从起点"嗖"地飞奔出去，而我却感觉那一枪分明是打在我的小腿肚子上，两腿松软，好像踩在了棉絮上，怎么也迈不开脚。结果我给班级拖了后退，给老师抹了黑，使我急出了一身汗，最后让班主任把同学们"臭骂"了一顿！

上高中时，因为我们要考大学，学校基本上不会主动要求我们参加运动会。到上大学的时候，我被系上选拔参加过一次冬季越野赛。因为我是大家公认的能够写"豆腐块"的"文职人员"，在越野赛队伍里并不多见这种"能文能武"的角色。推却不过，只好"拼命三郎"般地坚持了两个月，虽然浪费了

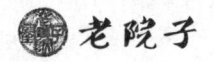老院子

许多饭票，但同时也发现自己竟然练出了一身"健美"的肌肉。

参加工作后，仗着有多年的身体底子做本钱，再加上很少有锻炼的机会，除了参加过一次教工队的一千五百米比赛差点儿垫过一次底，再就不曾有过跑步的经历了。

日子一晃就到了2009年开春，一个偶然的低头动作，我发现几乎看不到自己的两个脚尖了——不知从什么时候开始，我已经不知不觉地鼓起了"将军肚"。

体检时测体重，竟然已达八十七公斤，创下历史最高纪录！照着镜子仔细端详，竟似终日大鱼大肉后的富态模样。尽管在我们老家那里这称得上是人人羡慕的富贵体貌，但对我而言，心里却多多少少生出了几分"身负重量"的焦虑。这是因为，当我正常走路的时候，明显感到有点儿"心""动"不一的笨拙。每次爬楼梯，紧走两步，就有点儿气喘。再就是，先前的衣裤都不合尺寸了，一些不想扔掉的衣服，穿在身上绷得太紧，尤其容易扯破裤裆。最糟糕的是，有次看见公交车到站，紧赶二三十米，总算坐上了车，可是，当我抓住扶手那一刻，突然感到眼前一黑，天旋地转，气血上涌，好大一会儿都难以恢复。从那时起，我就感觉身体出现了某些不好的征兆，曾经健康有型的身板已不再属于我。我默默地对自己说，是时候该注意加强锻炼了。

有次看央视一个节目，接受专访的是一名大学生：二十岁出头，一米八五的个头，一百多公斤的体重，先前用长长的头发遮着个大脸盘，已经少有活动的能力。但他受到一篇文章的启示，利用暑假在家看电视的时间，脱了鞋，拿着遥控器，在客厅地垫上努力做原地踏步运动，每天三四个小时追剧，经过一个假期的运动，竟然减掉近二十公斤。这样的锻炼经历给了他信心和鼓舞，开学后他开始在操场上坚持慢跑，自我塑形，终于成功蜕变，竟然做了健身教练，一时间"粉丝"如云、追随者成群。如此现身说法的励志典型，也给了我很大启发：运动起来，终有收获！

从2009年3月下旬开始，我学着那名大学生的运动经历进行身体"预热"，克服懒惰习惯，渐次活动筋骨，逐步练习换气，连续践行二十一天的习惯养成周期……随着天气渐暖，把自己直接推向户外，赶到大操场。从最初的每次两三圈慢跑练起，能跑多慢就跑多慢，但必须得跑够圈数。

这样"苦行僧"式的锻炼坚持半月，每次已经能够坚持到五圈，两个月后

能跑到十圈。这个阶段的收获是，坚持的时间长，能够逐渐地调节呼吸，最主要的是不再腹胀，能睡个踏实觉。

开弓没有回头箭！一旦定下来目标，就要付诸行动。尽管每天凌晨下夜班很晚，但我强迫自己早晨7点必须起床。沿着固定的路线，心里机械地数着步子，重复着单调枯燥的动作，循环着固定的跑道，每天期望有新的突破。八圈，九圈，十圈……时间一踏上6月份，我已经能够坚持到十二圈，身体明显感觉轻松了许多，但体重变化并不明显，才减少了两公斤多一点儿！我对那些经常听到的有人"吹嘘"的减重结果一度产生了怀疑。

有位从事体育新闻报道的老记将他总结的经验告诉我，锻炼的前三个月，体重的变化并不是太明显，但坚持三个月后，就能够有较大的效果。我也用曾经学习过的体细胞一百多天更新一次的科学常识给自己打气鼓劲，勉励自己先追求过程，不能急着要结果！

只要天不下雨，只要能有空闲，我日复一日地锻炼着，每周至少跑上四五次。为了克服跑步过程中的苦和累，我开始用转移注意力的方法进行缓解，我在跑步过程中开始思考一些问题，想一些工作中的事情或者家庭装修计划等，这个时候总觉得很有灵感，一首小诗、一篇文章的构思，一段文字的精妙用语……许多有用的思想就会在这个时候诞生。这样想着，有时不小心记错了圈数，我就减掉一圈，宁可少记，拿不准的绝不能多记了。这样下来，每次总能多跑上一两圈，逐渐给自己增加负荷。

跑步过程中，我不与人"搭伴"，也不去等待别人，更不与人一比高下。遇上热心的"跑友"主动打招呼，我只是点头致意，并不深交。跑步亦不需要"对家"，更多的是可以享受自由。你跑你的，我跑我的，在跑步的道路上，谁也帮不了谁。我的跑步原则是"独立自主，自力更生；量力而行，坚持突破"！

2009年7月下旬，装修房子时，我每次已能够跑十五圈了。而且气力恢复明显，走路"踢踏"有力。我经常帮工人卸水泥、扛沙袋，争着抢着干最出力气的活儿，总感觉我的力气比工人的力气大。当我把一袋袋沙子轻松地抛上沙堆时，那些工人看得都有些"傻眼"。他们说我是他们见过的"工作人"里面最有力气、最能吃苦的。他们却不知道，我就是想利用这样的机会锻炼一下自己。

老院子

  同年8月，我到洽川游玩时，体重已经减到七十八公斤，照了些风景照发在博客里，有些半年不曾见面的熟人见了，竟然问我是否生病了，怎么如此消瘦。他们哪能知道，我如今已抬腿能跑，起步能跳，心神自如，乐观逍遥，岂是"胖人"和"病人"能比得了！

  我的跑步锻炼一直坚持着，只要天气和时间允许，我都在坚持跑步。我觉得，能够坚持跑步的日子，就是最好的日子，也是人生最悠闲最放松的日子。2009年10月，我在大学操场上已经能够跑到二十圈了，偶尔还能坚持到二十五圈。一位年近七十岁的老人看我如此能跑，竟然硬是追了我十二圈，可把我吓得够呛，劝他莫要跟我"较劲"！

  同年11月底，在集团首次举行的城墙越野赛中，连我自己都不敢相信，与数百名年轻选手同台较量，我竟然还取得了男子组第四名的好成绩。在接下来的几年，每逢春天来临的时候，我都要以诸葛亮"六出祁山"北伐中原的毅力，开始旷日持久的跑步行动，我把别人打麻将、看比赛、喝啤酒、谈养生的时间都用在了跑步上，虽然未能练回一身健美的肌肉，倒也落得轻松自在、幸福阳光。在报社举行的每两年一度的城墙越野赛中，我每次都能跑进前四，有一次还取得了第二名。获取名次当然不是我的目的，但这可以激励我在这个团队中永葆青春，永不掉队。

  在此值得一提的是，2011年11月14日上午8点多，有朋友急匆匆地给我打来电话，询问我在哪里。我说正在西电操场跑步，他长出一口气地说那就好。他说距离我们居住小区不到一百米远的嘉天国际楼下早晨7点37分发生液化气泄漏爆炸事故，地点就在35路公交站不远处，问我听到了没有。我说没听到，说完就往回跑。

  几分钟后，就发现我居住的小区周围道路已被车辆、行人、警戒线围得水泄不通，附近的树头都被削秃了，钢架结构的公交站牌也被爆炸摧毁变形了，整个现场就像刚刚经历过一场十分罕见的地震海啸。

  事故发生时，正值早晨上学、上班高峰期，死伤了不少人。据事后统计，事故造成十人死亡、三十七人受伤。更为可怕的是，我早上7点20分就在35路公交站送女儿坐公交车去上学，距离爆炸发生仅仅相差十七分钟，太危险了！

  挤进小区院子，发现楼上有好几家住户的窗户玻璃都被爆炸震碎，其中有几个窗框被震掉，而小区朝向嘉天国际那边的楼面，其破坏程度就更严重一些。仔细想想,这太可怕了!幸好因为我要早起跑步,才距离事故现场远了一些……

就在这篇心得写成的2018年12月25日,本年度我已坚持跑步一百一十六天。截至目前,我已坚持跑步九年,其间有一年因故没能坚持跑步,再抬脚迈步时,倒是费了些许从头再来的艰难与周折。跑步这项运动,没有秘诀。跑起来,能坚持,用行动说话,这就是经验!

关于跑步的好处,我也有了一些切身的感受。跑步可以锻炼身体,预防疾病;可以磨炼意志,放松心情;可以自我塑形,健康体魄;可以思考问题,灵光闪现;可以凝神聚力,积攒好运;可以甩掉烦恼,丰富人生……总之,我认为,截至目前,跑步是最简单、最廉价也是最实用、最可行的运动项目。

跑起来吧,我热爱跑步!

2018年12月25日

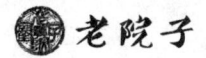

行侠记

前一阵子,重庆万州区"10·28"公交坠江事故一时间引发公众对"见义勇为,该出手时就出手"话题的大讨论。

众多网友呼吁人们日常遇到不法侵害或突发事件时,不能"事不关己,高高挂起",更不能"隔岸观火,袖手旁观,只做个明哲保身的看客"。我对上述观点也是比较认同的,并就我个人亲身经历的几件突发事件和当时出于善意的"侠义"之举与大家共勉。

凌晨救弱女

2014年9月中旬的一个凌晨,下夜班后独自走出报社大门,就听到一阵阵撕心裂肺的女人哭号求救声。循声走过去,发现单位南边百米多远的马路中间隔离带的石阶上,有一男一女正躺在地上不停地翻滚着、打闹着、撕扯着。

本来打算找人求助,或者打电话报警,怎奈情况紧急又四下无人。只见那男的赤裸着上身侧骑在那名穿短裙女子的身上,一条粗壮的胳膊像扳手一样死死地勒住女子的脖子,另一条胳膊时不时地乱抓乱打。那女子不停地哭喊着,并试图用两只手掰开男子的胳膊,只可惜她"胳膊扭不过大腿"。周围偶尔有出租车经过,却没人停下来给予帮助。情况很危急!我一边试图向他们靠近,一边劝说"赤膊男"放开那女子。谁知那男子竟冲我狠狠地嚷嚷:"你给我滚远点,少管闲事!"他的蛮横无理让我既犹豫又气恼。我问那女子要不要帮助,她祈求说:"求你帮帮我吧!"

于是我一步上前,两手试着抓紧赤膊男子的胳膊,趁他用一只手指着我并威胁我的时候,猛地一使劲,想不到竟然一下掰开了他锁着女子脖子的胳膊,那女子乘机脱身。

我让那女子赶紧跑,她跑向省团校门前刚好停下来的一辆出租车。幸运的是,那名男子跌跌撞撞地爬起来后,只是狠狠地瞪了我一眼,掂量了一下,并没敢"收拾"我。

徒手夺铁锤

七八年前夏日的一个午后,我从西安沙井村主街道经过,看见十字路口东北角的一家小超市前围了许多看热闹的人,于是上前一看究竟。这是一家不大的小超市,里面摆满了货架,货架上摆放着各种小百货。其中有两三个货架横七竖八地倒在地上,发卡、项链、镜子、抽纸、牙签、铅笔、毛巾、牛奶等各种各样的货物乱七八糟地堆撒得到处都是,几乎没有下脚之处。

店主是一名身体微胖的年轻小伙,此时他正与一名身体微瘦的年轻人躺倒在超市地板上,搂抱扭打在一起,"微胖"不愿松开"微瘦","微瘦"撕扯着"微胖",双方毫不示弱,正胶着在一起,处于"相持"和偶尔"反攻"阶段,看上去实力相当,都比较吃力。

有看上去像母女的俩人正在门前哭哭啼啼地求众人上前帮忙劝止,她们可能就是"微瘦"的家人。除了有人打电话报警之外,没有谁进店劝解拉架。正在这时,旁边店里突然跑出一名中年男子,只见他手里提着一把带二三尺长木柄的铁锤,冲进小超市,见着"微瘦"举锤便打。第一锤打在腰部,只听那"微瘦"疼得"啊"了一声;第二锤打在胳膊上,当时就肿起一个血包;第三锤向着头部位置正要落下时,被我冲上去一把拦下……

我从中年男子手里抢过铁锤,劝他莫要冲动,告诉他事有事在,不要拿凶器伤人,提醒他打坏、打死人是要承担法律责任的。中年男子起初还冲我凶,经我一番劝说,他终于像泄了气的皮球一样立在一边。

我把铁锤扔在一个暗处,见他们躺在地上也不再闹腾,就走出店门。正好有两名警察向这边寻来,我便忙我的事去了。

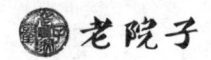

劝止"菜馍战"

那是在几年前的一个早春,还是在沙井村附近的一条小吃街巷,有名个头较高的年轻人,领着他的母亲和女友,因为购买菜夹馍,和女摊主发生了争执。

本来是很小的一件事,说两句便过去了。谁知那女摊主出言很难入耳,双方一下子擦枪走火,火药味儿腾地升级,继而扔馍掷菜,打作一团。只见双方脸上、头发上、衣服上沾满了腌菜和红辣椒汁水,刚才还井然有序的各色菜品,瞬间已凌乱得不可收拾。

正在一旁择菜的男摊主见状,从灶间抓起一根捅火的铁棍跑出来,举棍便打。我正好路过,走到近旁,一伸手便拦下铁棍。随后对那男摊主好言相劝,告之以"和气生财,生意长久"等话语。

见我上前劝架,一旁看热闹的人中也走出两三个上前劝解拉架,好不容易才将那打作一团的一男三女分开。

我观那阵势,男摊主一旦铁棍落下,势必将人打得血喷肉裂,造成严重伤害,而那年轻人不但要吃了眼前亏,更会把一件小事闹出个大事。这便是我出手拦架的初衷。

震退"男打女"

2007年4月,我被借调去周报帮忙,有次下班太晚,公交车已经收车,只好与一名同事从友谊路步行回家。

路上行人稀少,途中遇一对与我们同方向步行的年轻男女"闹别扭",其中那女孩看上去像是一名学生。只见那男的对那女孩又踢又打,偶尔还用巴掌打脸、揪头发撞墙,下手很重,似有强迫之意。那女孩并无还手之力,更无挣脱之能,只有哭哭啼啼被打的份儿。

我提议过去劝劝,同事说一对小恋人吵架,不用理会,随他去吧。又走出二三十米远,不料那男子打闹得更凶,那女孩哭喊得更加激烈。因为街上无人,我再次提议返回去劝劝。

见有人冲着他们走过去,那男子逐渐停止了打骂,那女子也乘机摆脱出来。我们一直看着他们向前走去，便跟在后面慢慢地溜达，算是对那名男子无声的谴责和对那名无助女孩的保护。

前些天看过一段测试世道人心的视频节目，一对扮作"恋人"的青年男女，在大街上正好发生了上述的一幕情景。男子对女孩"揪打推拉"施暴近三个小时，过往行人似乎觉得这是一件比较正常的事情，竟然没有一人主动上前询问或者制止。与此相比较，我觉得我这种不经意间的帮助，也算得上是一种行侠仗义之举。

一般而言，人们基于共同社会价值观的是非认知比较容易统一，但在遇到具体情况需要付诸行动的时候，表现就不太一致了。每逢突发侵害事件的时候，大家心里尽管都义愤填膺，但行动上却都不愿出头。有或等或靠者，有多一事不如少一事者，有觉得是常事不必帮闲者，有畏惧胆怯者，做得好点儿的也只是打电话报个警……如此这般，无意间便都成了围观的看客，给了作恶者施暴的机会。

我的经验是，每当此时，只要有一个人敢于第一个站出来制止正在上演的不法侵害行为，就会有更多的人一起站出来响应，从而得以消除隐患，化解事端。

2018年12月9日

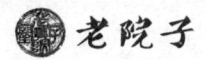

录鼎记

生活中的许多事情看似比较平常,有些甚至司空见惯,但如果你能够仔细加以分辨,将其中某些具有重要意义的事件如实地记录下来,或许在今后都能称得上是个有意义的决定。

2001年7月间,因为一条持续近两个月的医疗事故纠纷的投诉,派出去的记者简单询问后又都放弃了线索,我决定亲自采访并给予密切关注。在该事件的"新闻追踪"报道过程中,我采访了当时的咸阳市卫生局局长。

在见到局长之前我就在想,影响面如此之大的一件事情,至今都没能得到解决,局长应该是不知情的吧?但令我感到意外的是,在接受采访时,卫生局局长专门拿出一个土红色封皮的工作笔记对我讲,他把这起医疗事故的整个经过和市卫生局先后三次上门调解的全过程按照时间、地点、人物、经过、结果等都做了详尽记录。

他无奈地说,患者家属和当事医院各执一词,以致事情拖延到现在都未能解决,他们对此也很遗憾。我佩服局长详细记录工作的好习惯,对他书写笔记的一手好字也十分欣赏,从中还学习到了不少东西。当然,这起医疗事故纠纷经过我们的关注和报道,最终得到了解决。

自那以后,我也成为生活中的一名有心人,开始喜欢对一些事件进行简要记录和描述。时间久了,也积累了许多素材,这不仅有助于一些问题的解决,还可以从中发现不少规律性的东西,能够从一个事件的演变过程中看出问题的本质所在,这对于解决问题都是很有帮助的。

我曾经买了高新区的房子,由于开发商与承建方之间的经济纠纷和相互扯皮,很长一段时间都无法交房。五百多名购房者拿着网签的正式购房合同到相关部门求助。去过很多次之后,问题仍未得到解决,或者说只是取得了某些局部的进展。而每次反映问题,相关部门几乎都要安排不同的人出面接待,购房者每次都要把问题重新诉说一遍,过往的反映不留一丝痕迹。如果这期间有哪位领导调动升迁,前面所做的一切努力又都徒劳了。时间久了,便重复在这样一种无休无止的循环过程里。

为了改变这种现状,我将购房者每次反映情况的行动过程、接待人和进展状况等按照时间顺序加以整理,形成一份完整的资料保存下来。如果再有购房者反映问题时,只要把材料交给相关部门的负责人,就能够前后承接,达到更好地反映问题的效果,并且不断补充,两年多下来,也有了大大小小的维权活动六十余次两万多字的历史记录,这对促使交房和后续问题的解决起到了一定的积极作用。

在单位里,我们的创始人刘总曾经对员工有一个很好的建议,他结合自己工作学习的实践总结说,通常情况下每个人都有许多"灵光一闪"的好点子、好思路,如果能把这些瞬间悟出的"创意"记录下来,并付诸实践,日积月累,也会有不小的收获。刘总在一次新闻月讲评会上把这个方法对全体员工进行了推广,并建议大家平时在办公室和家中各准备一个小本子和笔,或者随身携带一个小本子,一旦有了什么奇思妙想,马上记录下来,哪怕记录几个字也行。

刘总的这个建议不失为一个好方法,对于员工个人工作业绩和业务能力的提升都有很好的借鉴和实用价值。但办公室在执行过程中对此却有些"偏离重心""矫枉过正"。记得那次会后,办公室专门出台文件,要求全体干部、员工在工作中都要书写员工日志,并为员工每月定制下发了有固定书写格式的员工日志,人手一册,要求每天都记,每月由部门收齐上交,办公室负责检查评比、通报、奖励甚至处罚。

把记录工作日志当作一项工作任务进行要求,于是乎,每天"几点几分上班,从几点几分到几点几分接电话,从几点几分到几点几分接待客户,从几点几分到几点几分写稿,从几点几分到几点几分开会,甚至从几点几分到几点几分接水、上厕所"……每个人的工作日志都成了一项繁重的工作负担,大家私底下对此颇有意见和不同看法。但上面有指示,办公室有要求,单位有制度,一时不好改变。

这样的制度一直执行到当年年底,有次刘总从外地出差归来,有幸参加了又一个月底的新闻月讲评大会。刘总在讲话间隙请员工就当前工作中需要解决的问题提出建议。有人就员工日志记录中存在的问题表达了自己的看法,不料呼应者有数十人。

刘总向来是一位十分开明又非常务实的领导,他听了员工的汇报之后问道:"那我建议,从今天开始,把员工日志取消了怎么样?"台下顿时掌声雷动,一片叫好。至此,全体干部员工便不用再记录员工日志,办公室也停止了对员工日志的印制。

不过,我对于一些重要事件的记录习惯并没有就此停下。2016年6月底,在西安国美购买的一台格力空调,使用过程中发现有故障,经过格力售后两年时间六次上门"加冷媒"维护,最终发现这台空调送到家时本身就是个"问题机"。

在十多天连续三次拆除维修都不能解决问题的情况下,我将过去的维修记录和事件经过进行详细整理。真是不整理不知道,一整理吓一跳,连国美和格力自己的员工看后都说我太好说话、太有耐心,最终不得不在最后一次维修安装之后给我出具了"一年之内再次出现故障将更换新机"的书面承诺。我将这一事件的前后过程转发在自己的网络空间里,得到许多读者的留言鼓励和收藏,大家觉得我的这一经验给他们提供了很好的"方法论"。

孩子上小学一年级时,由于一些不好拿上台面的原因,吃了许多令人匪夷所思的苦头和责罚,我们做家长的半年多时间都一直谨小慎微地极力配合班主任老师的"教育"工作,但"鸡毛蒜皮"般的问题层出不穷。于是我将每次发生的事情都如实记录下来,并在与老师的多次沟通过程中,侧面地加以确认和证实,最后却发现是因为老师对家长有了某种误会,从而拿孩子"较真""撒气"甚至进行报复。

在问题迟迟不能得到改善乃至有些变本加厉的情况下,我将半年多时间观察记录的两万字进行分析、比较和判断,觉得该老师教育学生的方法存在严重的失范行为,不得不与学校进行了沟通,最终使矛盾得到了缓解,避免了进一步扩大和激化。假使我没有记录求证的良好习惯,自己经历的这些事情也都会成为"过眼烟云",只能哑巴吃黄连了。

工作中,我经常注意各种问题案例的收集整理和积累,十几年下来,也有了颇多收获。为此我还总结写出了《编校工作防范二十八法》《新闻出错案例三十六计》《"重版"事件给我们什么警示？》《如何从源头上防范差错》等，这些都发表在单位内刊或集团传媒杂志上。

有次我将其中一篇带去参加全省新闻校检工作委员会学术交流会，受到与会领导和各报相关负责人的称赞。来自西北大学的一位新闻学教授还专门向我求要相关资料，与会者一致建议并决定将我的文章刊登在委员会专业内刊上，以供各单位学习、交流和借鉴。

2018 年 11 月 28 日

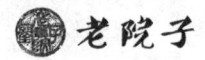

职场记

从严格意义上讲，当年毕业留在高校工作的那几年，还算不得真正意义上的踏入职场。那个时候，同在一起工作的，都是曾经熟悉的、对我有过教诲的老师，他们为人师表，言传身教，给我许多鼓励、帮助与提携。

作为一名新"同事"，在老师面前，我并不担心做错事、说错话。受此良好工作氛围的影响，对人自然也无芥蒂与防备，这就使得我将最初感知和体悟到的这种所谓"职场"思维模式带入到下一个我通过应聘进入的"高薪"单位。在看似风平浪静、相互融洽和谐的同事小圈子里，大家都安分守己、一团和气、无话不说，感觉心里充满了积极自由的阳光。

但在偶然经历过几件琐碎的事情之后，我还是被动地感受到了来自某些复杂人际关系的"暗流涌动"，毫无防备地碰了几次壁。

废稿"见天日"

1997年7月应聘入职后，起先被分配在报社的信息中心，因为部门架构、设备尚在组建中，那段日子，几个人只做一些"剪刀糨糊"式的剪报工作，然后重新编辑，贴上稿签，取个好标题，加上自己的编辑号，接下来就由部门初审、取舍之后，再提交值班总编审核签发，由编辑部门编排见报。

连着一周多时间，我剪辑的稿件几乎都石沉大海，踪影全无。而其他几名同事，每天谈论的，都是自己有几篇稿子见报。时间久了，我感觉自己选稿的标准和编辑的功力或许还不太适应新报纸的风格和要求，自信心也受到了影响。这种情形，因为一次偶然的意外事件，才终于有了一些更深层次的诠释。

有一天傍晚下班后，部门里就只剩我一个人。只见当时的副总编辑刘总拿着一沓稿单急匆匆地走过来往桌上一摆,看四下无人,就对我说:"今天这么多稿件咋都不行,你看还有其他稿子吗?"我粗略地翻看刘总打回来的十多篇稿单,发现其中并没有我交上去的,心里感觉十分纳闷。

我给弓惊主任打电话说明情况,他说所有稿单都在办公室某个抽屉里的废稿篮里压着,让我抓紧去找。按照主任的交代,我拿到了十几篇废稿,发现其中几乎都是我在近期提交的,许多稿件由于时效原因已经成为废纸。经请示,我将比较新的稿单全部拿给刘总。次日见报,国内新闻半个版总共刊登了七篇稿件,其中就有我提交的四篇,而且倒头条、中间部位等三篇主稿全都采用了我的。其中有一篇稿件的标题是"京城里抢拍清朝戏 男演员多剃和尚头",那是我根据稿件的内容重新拟取的。

第二天,当毫不知情的部门同事拿到报纸时,都感觉十分诧异,认为事情有些蹊跷。因为主任那些时候每天都忙得不亦乐乎,把部门提交稿件的大权交由员工代办,以致弄出如此难见天日的"误会"和错失。

玩笑被"当真"

我的第二个不经意犯错是说了一句玩笑话。

时间大约在1999年3月前后,此前我被"点名"抽调到编辑部门。因为编辑工作不仅是我比较喜欢的,又是我曾经做过好几年的工作,算得上是轻车熟路,所以我在部门里很快便受到了器重。部门主任廖洪先生给我封了一个"轮版编辑"的荣号,以此作为鼓励,其意思就是从一版做到八版,每天依次编辑不同的版面,起到发挥样板、带动整体业务水平提升的作用。

那时候,也是报社由纸质文件向电脑文件过渡的时期。报社刚刚给编辑配上了电脑,这在当时整个业界都处于领先地位。同时还给部门配上了两台电视,用以监控和抓取突发、重大新闻。

其中一台电视就放置在我的身旁,距我还不到两米远。只要我一侧身,就能够看到电视画面。那时候我已被提升为全报社仅有的两名责任编辑之一,工作起来如鱼得水。部门气氛也很活跃,同事之间相处比较融洽,大家平时无话不说、无事不谈。直到一件事情的发生,才改变了我的上述观点。

本来是嫌那电视距我太近,工作起来不够安静,有次在部门里跟几个同事

老院子

不经意间开玩笑说:"这电视离我这么近,每天晚上编一个版,顺带还可以看上两集电视剧哩!"就是这么无心的一句玩笑话,后来竟然传到新提拔的一位副总耳朵里。

  这位副总跟我同日进报社,私下关系也还不错。有次他找我谈话,结束时煞有介事地对我说,听说编辑部门上班时间纪律涣散,有人竟然说"晚上编一个版还顺带看两集电视剧哩"。听到这话,我当时就感觉被人在背后捅了刀子。我并没有辩解什么,只是觉得以后在部门可不敢随便开玩笑了。

2011 年 11 月 23 日

诗赋人民好总理

今天下午看了央视六套播出的纪念周恩来总理特别专辑纪录片，心里蓦然生出几多怀念之情。2009年是周恩来总理诞辰一百一十一周年，也是他老人家去世的第三十三个年头。3月5日，全国各地举行了不同形式的纪念活动，足见周总理的人格魅力和伟大功绩在人民群众中的影响力是多么深厚。

周恩来不仅是伟大的无产阶级革命家、军事家、外交家，他还是中国人民的好总理、世界人民的好朋友，他用毕生的精力全心全意地热爱和佑护着他的战友和人民。他喜欢看《长征组歌》，喜欢听《洪湖水浪打浪》，喜欢听家乡民歌《茉莉花》，喜欢西花厅盛开的海棠花。他去世之后，在那个冬日里寒冷的早晨，整个北京长安街上站满了送别总理灵柩的人们，人群中痛悼的泪水伴随着刺骨的寒风和萧瑟的飘雪，这使人不免想起《三国演义》剧中整个蜀国军民哭诸葛的感人场景。

周总理逝世后，联合国降半旗，所有联合国会员国亦全部降半旗。就因为此事，其中有一些国家的领导人便不高兴了，说："为什么不给我们国家死去的领袖降半旗？"当时的联合国秘书长、奥地利前总统库尔特·瓦尔德海姆在联合国会议上发表讲话说："如果你们国家的领袖可以掌管世界上五分之一的人口却无儿无女，如果你们国家的领袖可以在海外没有一分钱的存款，谁做得到的，我也给降半旗。"会场里顿时鸦雀无声。

周恩来总理逝世于1976年1月8日9时57分，当时我才上小学一年级，从广播里听到周总理去世的消息是第二天下午放学回家后的事情。记得那是一个寒冷、饥饿且漫长的冬日，阳光有气无力地斜照在我家院子的树梢上，映照出长长的枝杈影子，一直延伸到窑顶，感觉不到一丁点儿温暖。大人们还没有放工，挂在家里墙壁上用来收听上下工通知的简易喇叭匣子里突然传出一阵悲痛

老院子

低回的哀乐,中央人民广播电台的播音员用低沉缓慢的语调向全国人民播报着周总理去世的沉痛噩耗。当时我的感受不是很强,只是觉得心里空落落的。从大人们的言语和严肃的表情中得知,有一位关心我们人民群众的好领导不幸走了。整个冬日被一片低沉、灰暗、悲凉的气氛笼罩着,让人窒息。

等到十几年后逐渐明白一些世事的时候,我还是觉得自己很是幸运,因为,我曾经做过周总理的"子民",我与周总理在同一个时代生活过。我的祖辈、父辈,包括我,也都得到过周总理谦和仁爱的福荫与呵护,我们以我们曾经有周恩来这样的好总理而无比自豪。在周恩来总理诞辰一百一十一周年之际,我特意赋诗——

西花厅感怀

总理足迹在何方,万水千山是旧乡。
洪湖水打千层浪,茉莉花开万点香。
白雪皑皑循道义,春来海棠满厅芳。
庄仪修竹幽室静,寂寞知了鸣长廊。
日理万机天下事,忧国忧民操劳忙。
来去匆促志未竟,长使国人痛断肠。

2009年3月16日

街头感受日全食

之所以说是"感受"日全食,是因为西安昨夜突然遇到一场脾气火暴的伏天急雨,早上正赶上阴天,浓云密布,雨意垂垂,不能亲眼见证这一五百年才可遇见的天象奇观。

早晨6时30分许,雨后的西安天气清爽,间或有阳光穿过云层的一丁点儿亮度。街上行人稀少,积水很多,路面没有完全干透,树叶变得比平时任何时候都要清新绿润,汽笛声也格外清脆,打破了早起的宁静。接下来,晨练的、卖早点的、上班的人逐渐稠密起来。直到上午8时40分以前,除了树叶的沙沙颤动更加映射出几分凉爽的气息之外,天气几乎跟往日没有什么不同。

8时50分开始,天色微微变暗;到9时10分许,跟夏日平常6时左右的天气已经差不多了,并没觉得有太多灰暗的感觉。大街上行人或悠闲散步,或疾步行走,有的打着电话,有的等着红灯,只是周围高楼里的灯光突然间比平常多了一些,亮了一些,街上的路灯并不需要再次点亮。

如果不是因为事先知道今日有日全食,谁也不太会注意到日全食现象此时就在我们头顶进行着。除了由于昨晚下雨天气略显清凉之外,并没出现有关天文专家所预言的"地面气流异常而出现刮风等现象"。

时间持续到上午9时20分许,天色略微变亮,并逐渐恢复到平日阴天此时的自然状态,预想中的日全食现象已经与我们擦肩而过。遥想五百年前,当人类的祖先看到日全食的时候,由于当时自然科学发展落后,人们会因迷信而产生惊惧、恐慌乃至无助。

但如果那天碰巧赶上阴雨天气,他们也可能如我一样,在不易觉察中悄然错过这一不可多得的自然奇观。倘能如此,也算得上是一种错失美丽的遗憾吧。

2009年7月22日

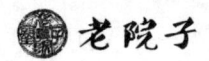 老院子

不靠谱的点钞机

这里讲述的是我亲身经历的一次真实奇遇……

2009年7月12日上午11点多,我在招商银行太白路支行综合业务窗口取了三千元,那名男性工作人员手底还算麻利,临结束时我还给他按了个"满意"的评价,收获一声"谢谢"。

为了不影响后边顾客办理业务,我就挪到紧邻窗口的另一暂停业务的窗口点钱,并没有离开柜台,结果发现只有二十六张,觉得十分纳闷。再数一遍,还是两千六百元。问刚才办理业务的工作人员,他指着点钞机上的数字说,刚才他数了三十张,并说我已经离开他的窗口,他只有说"对不起"了。

看我一再坚持,他才又用点钞机数了刚才给我取钱后剩余的钱,并确定地说他的钱数无误,又再次对我说"对不起",然后不再理睬我。看那样子,就好像是我把四百元钱故意吞了讹他似的,总之与他没有一点儿关系。

我心里寻思着,由于出门办事,我口袋里本身就有两千多元钱,如果没有监控录像,我今天怕是得吃哑巴亏了。就在我们理论的时候,窗口外有工作人员关切地提醒说,可以调用监控录像寻钞,这一提示给了我莫大的希望,在我确认有监控系统之后,就更加坚定了要讨回四百元的决心。

此时,柜台里面也很忙乱,有名业务主管走过来,竟然在那名男业务员的桌子底下陆续发现四张一百元!这时,先前那个坐着对我不予理睬的男业务员马上不好意思地站起来冲着我连连鞠躬说"对不起",并劝我不要生气,说"生气会伤了身体"——这小子!差点把我给"黑"了,这时候却又假惺惺地给我说"对不起"呢。我就是不明白,他这职业化了的"对不起",前后两次从他口里说出来,咋就那么轻率和容易?

这么"粗心"的人坐在银行上班,让人如何能够放心?此后有名工作人

员安慰我说，那名男营业员经常会出些小差错，希望我能够原谅他。我本来也是息事宁人之人，但出于对储户和银行负责，我还是颇费周折地拨通招商银行"95555"服务电话投诉，希望能够通过监控录像检查那四百元是怎么长出翅膀飞到业务员桌子下面的。

招行深圳总部答应说，他们会将我的意见转达。当天下午，太白路支行一位女士电话回复说，经他们调看监控录像反复观察和分析认为，当数钞机将四张一百元数到桌子下面时，那名业务员正在盖印章，可能没发现，并一再向我表示歉意。这个歉意应该是诚恳的，我权且表示接受。

事后我将这次亲身经历讲给一位有着几十年丰富新闻从业经验的老新闻前辈，那老头子竟然语气固执地说："不可能！不可能有这种事！"听他那执拗的口气和态度，就好像我在编谎话骗他似的。这回轮到我彻底无语了！

经过在招商银行的这次奇遇，我心里好生困惑与担忧。感谢现代科技！感谢监控录像！也提醒大家以后在银行取款时多加留神，可莫要被点钞机给蒙蔽了。

2009年7月12日

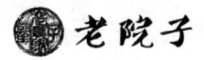

狭路遇狗不拴绳

在博友远天的星博客中读到一篇题为《嫂姐》的幽默短文,文章是述说有关城市养狗现象和养狗文明的,很有些认同感。

平心而论,我对狗原本没有偏见的:农人养狗,看家护院;牧人养狗,防狼守羊;猎人养狗,追猎助威。更有各种警犬、义犬,皆身怀绝技且是人类的好伙伴,力助主人而不妨害他人,这些都是值得赞美和称道的。

然则生活在高楼林立、钢筋水泥堆砌而成的城市,身处狭窄有限的居住和出行空间,当你在楼道里与狗不期而遇,在电梯里与狗并踵上下,在公交车厢里与狗贴身同处,在饭店里与狗邻桌进餐,或者在马路上突然遇到一只大狗"亲热"地向你跑来,甚至在行走中无意踩到一泡热乎乎的狗屎,不知你将作何感受,还有没有出行的心情和逗狗一乐的兴致?

养狗之人,多有善心,珍爱动物,怜爱生命,这应该是善的本性。如果只是在自己家中养狗玩玩,倒也无可厚非,别人也管不着、怨不得。倘若是在户外领狗遛弯,牵个狗绳,拿个小铲,提个便袋,只要不妨碍到他人出行安全,清理干净狗的粪便,保持好公共卫生,相信大家也会投以赞许的目光。只是在生活中,某些养狗者一般不能或者不愿做到这些,他们爱狗如命,或放任自流,或称"我家狗狗不咬人",或者"我家狗狗又没咬到你",又或者"我家狗狗咬了你我会负全责"!

这大概是因为,养狗者与狗相处时间久了,自然会日久生情,把狗当作家庭的一名成员看待,有的甚至与狗还排起了辈分,其中不乏"狗爷爷""狗奶奶""狗妈妈""狗爸爸""狗儿子""狗孙子",等等。

前些日子在院子里就遇见一名少妇领着她的儿子和一只长毛狗,因为那狗老是钻花坛追猫咪,她就很自然地对狗说:"狮子,不要乱跑,到妈妈这边来。"那狗就看似听话地跑向她。然后她又指着"狮子"说:"跟弟弟到花园里去玩。"那狗就摇着尾巴跟着少妇的儿子去花园里了。像这种情况,如今在城市养狗的家庭比较常见,这就使得"宠狗"者一般不愿听到旁人说狗的不是,自觉不自觉地便有了"心中有狗,眼中无人"的观念。而狗这动物虽然一般不咬熟人,但狗咬自家人的新闻也常常见诸报端,谁也不能保证狗就不咬陌生人。在自己家里被主人娇生惯养习惯了的家犬们,出门更不会顾及别人的感受。

某些养狗者之于狗,难解之情已深。数月前的一个大清早,正酣睡间,忽听楼下有妇人哭爹喊娘的号叫声,听得时间久了,我便生出好奇之心,就趴到窗台边观看。只见一中年妇女正躺在地上边哭边喊,腿脚不停地乱蹬,旁边有许多人在劝解。听那妇女说,她腿也疼、脚也疼、腰也疼、心也疼,浑身上下没有一处不疼。起初还以为是被谁动了粗,仔细再听,她呼号说:"我就这么点儿爱好,影响谁了,养个狗咋都不行?"此时有警察出面,规劝无效,只好离去。等后面的警车一开走,那妇女便一骨碌从地上爬起来,用手拍了拍屁股上的土,跟没事一样地领着她的爱狗走了。

原来,早上治安民警到小区抓捕出门不牵绳的无证犬,与该养狗户狭路相遇,劝说僵持,最终该妇女以其出其不意的"假摔""蛮闹"之行为获胜。

听朋友说,他们居住的单元楼里竟有大大小小六七只狗,在楼道里碰到,都得人先退回楼下,让狗先行,或者干脆,从其他单元楼道绕行回家。如果是小孩单独出行,那情形就更令人担心了。

一般而论,狗不怕人,但通常人是怕狗的。在我们居住的单元一楼,有个形容还算光鲜富态的贵妇,养了一条大黑狗,足有六七十公斤,样子很凶猛。贵妇出门遛狗从来不拴绳子。每次遇到,都得小心翼翼地停住脚步,让她与狗优先通过,就这还得看狗的脸色。有次进门上楼,该住户家房门敞开着,那狗从客厅"汪"地向外扑来,我躲之不及,急中生智,上前一把关了狗主人家的门,气得狗在房间里"汪汪"扒门不止。我乘此机会一溜烟冲上楼去,也不知那贵妇会不会怪怨。

狗的扰人造乱时有发生,尤其是体形庞大者。小区里有名孤独老者,曾经自己养了一只"中等身材"的白狗,经常见他把狗架在自行车上到处溜达,日子还算清闲。他给狗在阳台上安了窝,四周用木板遮挡着,狗粪倒也无妨,只是狗尿经常顺着阳台洒到楼下，有时会把过往行人浇得狗尿淋头。

狗的脾气一般人也不好掌握，遇上它过于"热情"或"激动"，也会令你惶惶然难以应对。前日在大街上正走间，无意中见一只大狗从旁突地窜出，截住一晨练者去路，将其逼到墙根。这时，女主人手提一根狗绳姗姗来迟，对狗咕哝几句，那狗方才极不情愿地离去——狗主与狗之间有何默契的语言交流，别人不可能听得懂，只是见那遭遇大狗者吓得够呛，直到狗与狗主走远了，才敢挪动脚步。遇到这样的情况，相信你也不敢与狗主论理，因为人家有"狗"仗着势呢。

再好的狗也是狗，狗之扰人，责任当然不在狗，这就需要养狗者自觉担当起"养之教之控之"的责任和义务，可以在家中溺爱、娇惯、宠养、放任，但出门时可要记得给狗拴上狗绳，抑或戴上"口罩"，不能由着狗乱跑乱撞。这样不仅是对别人负责，也是对狗与狗主自己负责。

2009年7月16日

·江湖行

寻找受伤的黑鹳

2018年12月9日下午2时许，西安城北，渭河南岸的西安湖公园，一只大鸟突然闯进鸟类摄影爱好者的镜头，这只大鸟一条腿上夹着一个铁夹，并拖着一段长绳子……

经专家鉴定，它是国家一级保护动物黑鹳。这只黑鹳伤势如何？还能否正常觅食？消息经当地媒体报道后，连日来，有许多鸟类爱好者和志愿者纷纷加入寻找黑鹳的队伍。

这就使我突然想起小时候的一幕情景。有一年冬天，那时候我还没有入学，大人们都上工去了，我与二哥在老院子里下了一个鸟套，上面撒上薄薄的空谷穗和豆荚做诱饵，然后躲在暗处里等候鸟雀"上钩"。

下午的时候，终于有一只倒霉的"麻燕爪"成为我们的猎物。我们用细线绳把它拴着玩、拽着飞、拉着跑，开心极了。

这只鸟性格比较烈，脾气也比较倔。给它吃它不吃，给它喝它不喝，一门心思只想着逃跑。等我们耍够了、玩累了，放松了警惕，一不留神，鸟儿挣断绳子一溜烟地飞走了。也活该它运气不好，一条腿上带着一段绳子，绳子偏偏就挂在院子里高大的椿树梢上，飞也飞不走，下也下不来。当然，我们想放掉它，可是也上不去那么高的树梢。只好眼睁睁地看着它在椿树上面叫着、飞着，叫累了歇着，歇久了又接着叫，再接着飞。

夜晚遇上一场寒冷的西北风，"呼呼呼"地吹刮了一整夜，冻得人直打哆嗦。我们听不到鸟儿的叫声，也看不到它在树上干什么。估计它一口吃的也没有，一口喝的也没有，最后冻死、饿死在树上了。

好多天以后，那根细绳还在，鸟儿却没有了，我们也觉得很奇怪。许多年过去了，我依然还能清楚地记得起那只全身披着"麻布衣衫"的烈鸟，那个

老院子

夜，那件事。

说起鸟套，小时候在我们那里也叫"鸟网"，一般都是用六七根马尾搓成细细的绳子，一头做成活套，一头拴在细麻绳上制作而成。一段两米长的细麻绳上，可以拴二十多个活套。

寻找马尾是一件不太容易的差事。那时候生产队饲养的马比较多，胆子稍大点儿的孩子，乘饲养员不在的时候，偷偷地从马身上猛地揪下一小撮，运气好的一次能揪上一二十根，这当然得趁马不注意的时候才能下手，不然会被马踢着的。

像我们这些小孩子，不敢从马身上直接去揪，但只要细心点儿，可以在马匹经常走过的路上去捡拾。曾经有一段时间，为了帮二哥制作一个鸟网，我在饲养场周围以及马拉车经过的路上仔细地寻找马尾，走路时经常低着头在路面上看，一个早晨总能捡到十几根，日子久了，也能积攒得许多根。经过二哥的细心制作，一个鸟网便大功告成了。

自从有了鸟网，鸟儿可就倒了大霉了。我们用鸟网套住过麻雀，套住过喜鹊，套住过鸽子，也套住过不知名的鸟……一个看似简单的鸟网，也承载过我们寂寞而欢快的童年！

2018 年 12 月 12 日

耍　钱

在我们家乡，自古以来把各种形式的赌钱行为都叫作"耍钱"，带有贬义，与做贼挖窟窿的行为类同。我觉得这个叫法更接地气一些。

所谓耍钱，顾名思义，就是拿钱做赌注进行玩耍，并以某种方式决定输赢，输家向外拿钱，赢家往回拿钱，从而达到某种娱乐享受、情感交流抑或利益输送的目的与效果。但在实际生活中，这种娱乐大都是以赢钱为目的，兼具一些娱乐的功效。《现代汉语词典》对"耍钱"的定义就俩字：赌博。

国人好赌，男女老少多沉醉其中，乐此不疲。其玩耍的方式和套路也名目繁多、五花八门。平常被大家熟悉的有掷色子、押单双、"挖花花"、打麻将等。而骗子通常拿来骗人的赌钱把戏更有"猜瓜子""押大王""套筷子"等。但在此要明确的一点是，这些娱乐的形式和方法本身是没有害处的，只是被掺杂和渗入了赌博玩钱的成分，才使得这些本来无害的东西背负上了洗刷不尽的污名。

就拿玩扑克牌耍钱这种类型来讲，其形式就多了去了。就我这个"外行人"听说过的就有挖坑、抬金花、推十点半等。而用扑克牌"推十点半"这种玩法，到现在我也未能搞明白其中的奥妙所在。比如，什么叫"张一点"？什么叫"二顺子"？其发牌的顺序是按什么规则进行的？我都一无所知，但我上初中一年级时的同桌对此却十分精熟而且老到。

同桌姓张，是我们相邻大队的。他皮肤黝黑，人长得帅，个头也高，更有几分"匪气"。他比较顽劣，喜欢找人摔跤，通常都是赢的多输的少，一般人都不是他的对手，因此几乎没有人敢轻易招惹他。他经常缠着与我摔跤，但我都不跟他摔。那个时候家里缺粮食，吃不饱饭，没有力气；鞋子也比较破烂，关键时刻很不给力。综合各方面因素，我怕被同桌摔倒丢了面子，故而长期挂出"免战牌"，一再退让，就是不与他正面交锋。但张同桌有几次趁我毫无防备，从身后突然发起抱摔，幸好都被我在空中急抓乱挖，以寻找平衡的方式——化险为夷，这就更加激发了他要跟我摔跤的兴趣。只是后来同桌因为辍学，便失去了与我一决高下的机会。

张同桌喜欢"推十点半"，那是要用钱做赌注的。有一次上自习课，他硬是拉着我跟他玩扑克牌赢钱。在我明确说没有钱也不玩的情况下，他仍是一厢情愿、口中念念有词地将扑克牌分发给我，又快速地分发给他，并拿出一毛五分钱硬币，硬是要借给我做本钱。他执意要赌，我坚决不玩。为此我俩在座位上扭扯成一团，差点儿把课桌掀翻，引得课堂上一片"嘘"声。正相持中，班主任刘老师声色俱厉地走进教室，生气地问明原因后，让我坐下，将张同桌从头到脚训斥一顿。自此，我与同桌便"无缘对面不相识"，谁也不再搭理谁。日子过了不久，他辍学回家，我们便无机会和解，他也不再找我摔跤一试输赢。

数年后，在路上遇见，张同桌已出落成一条"江湖好汉"。只见他皮肤白皙，留八字胡须，"洋楼头"梳得乌亮；穿一身深灰色西服，打着鲜红的领带，外披一件青灰色元帅呢大衣；脖子上缠了两圈羊毛针织围巾，剩余部分长长地搭在小腹间；脚上蹬一双高筒牛皮马靴，初看像电视剧里的许文强，再看又似东北军阀里的马大帅，感觉有几分洒脱的霸气和匪气。才几年不见，同桌的模样更加威武帅气了，而且身边还多出一名打扮时髦的鬈发漂亮女郎，显然是混得十分不错的样子。

与同桌不期而遇，我自觉输他八分。他没搭理我，也似乎有意躲避我的眼神。但后来不断地听人说，张同桌已经把事业弄大了，他为人仗义，很讲义气，手底下有一帮弟兄，专门跟他走南闯北，从事以赌钱为营生的"放梢"活动，从中"抽水"赢利，赚得不少身家，已经给自己在村子里盖起一院房。有的还说，他经常换女人，身边有不少漂亮女伴，常常跟着他走南闯北、游街逛市。说者大有仰慕之色，听者也羡慕得竖直了耳朵。

赌博也能发家，也能成就一番好事，这是我最初的一个印象。虽然我也非常羡慕张同桌看似光鲜的生活状态，但我觉得自己根本就不是那块吃"飞食"的料，因为我对耍钱压根儿就不感兴趣，甚至从骨子里都有些抵触和不屑。

参加工作后，但凡有麻将桌，就有同事聚在一起通宵酣战，十分热火，感情也随之增进了不少。而像我这种不打麻将不玩钱的所谓"洁身自好"者，反倒成了稀罕之物，似乎已经不大入流。

有熟悉的友人开玩笑自诩说，能打麻将的人都是头脑灵活、敢于冒险的人，也是最有工作激情、敢于接受挑战和富有战斗力的人。我不以为然地辩驳道，此等说法未免牵强附会、以偏概全。在我们家乡那个穷乡僻壤，十人中有八九人都是打麻将赌博耍钱成瘾的好手，并没什么大出息，而像我这等能够抵抗住赢钱诱惑、拒绝耍钱的人才是真正"出淤泥而不染"的人中"优品"，这得要有多大的毅力和自制力呀！大家如若不信，我在此举几个发生在我们家乡的"麻将"故事供您细看！

此等鲜活事例，真还不缺！在我们那个高原上，前些年由于打麻将引发的离奇之事，的确很多，且听我一一给您道来。

比如，邻村有个小姑娘，年方十岁，天资聪颖，颇具灵性。过年时节，村子里打麻将之风照例盛行。小姑娘跟着家人在麻将桌旁观战数回，就习得麻将"自摸""碰和"之招数。甫一"牛刀小试"，几乎逢场必赢，十分神奇。于是被家人领着东家出、西家入，白天黑夜都不落场，打遍全村无敌手，赢钱数目可观，一时传为奇谈！

当然，这只是听来的一个趣事，不乏令人欣喜好奇之娱。下面所述几例麻将之事，那才堪为悲凄。

有村人者，早先勤俭度日，平常还兼做些小营生，眼看小康在望。无奈被熟人拉去聚赌，一时输得眼红，欠下半万赌债。催债者屡次登门，搜光裤兜也填不平债务窟窿。于是被几个人将手掌按在劈柴墩上，用斧头"噌"地剁去一根手指，当下鲜血淋漓，骨肉分家。教训惨痛，自誓不再参赌。

有村医者，靠医术提前致富，家业盈实，生活充裕。怎奈他也"手心痒痒"，与一帮"朋友"打麻将、摇色子作乐。当时就被人下了"诱饵"，入了"套路"，几天输得一万五千元。催债者每日纷纷上门，不厌其烦。岂知搜尽累年积蓄，仍是堵不住债眼。被讨债者凌辱殴打、押作人质，往日斯文和脸面一扫而光。其父疼子，拆了家中瓦房，槖尽自家余粮，终于偿清了赌债，方才赎得其子自由之身。

有乡人外出务工，忙碌一载，挣得三四万。回家过年，乘节日之际打麻将娱乐"放松"，正月尚未过完，将血汗钱输得精光。妻与之整日吵架骂战，后负气出走，长年不归。

有储蓄业务员，二十出头，家道殷实，年轻张狂，讲义气，好交友。无意间参赌耍钱，陷身不能自拔，一时输得八万。催债者逼门追讨，还钱无望，竟被割断两条脚后筋，血肉模糊，惨不忍睹。疼痛自不必说，终是弃了饭碗回家

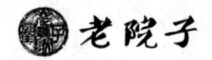

疗伤。

更有市中年轻夫妇，将一双五六岁的儿女反锁家中，寒冬腊月天双双外出打麻将耍钱，深夜不归。孰料家中用电取暖失火，可怜一双儿女不幸焚于大火。令人扼腕痛惜，一时传为街坊骂料！

县城有老妪，进城照料孙子。一日，七八个月大小的孙儿入睡于床榻之上，老妪乘机外出找街坊四邻打麻将，酣玩中忘了时辰。婴儿醒后啼哭，惊动自家豢养之大犬，挣脱绳索，上床撕咬孙儿，以致血肉模糊，骨肉剩半。儿父回，痛哭断肠，怒杀家犬，砍断其母一条胳膊，终以故意伤害罪获刑。着实令人痛惜！

村西有退役青年，家人托了关系，在城中寻得一份好工作，娶妻生儿女，在市区购得一处住房，小日子过得幸福甜蜜，令人羡慕。不料此人好赌，冬日夜长，正是耍钱好时光。才半月，便欠下十几万元赌债，被"赌友"追讨，工作几近不能。无奈之下，以房抵债，带妻子儿女在外租房居住。然房价累年上涨，至今买房无望，便冷却在城中拥有房屋的"初心"，徒留一肚子悔恨！

更有早先时代，乡人有玩赌成性者，输了钱财，欠了赌债，卖掉田地者有之，卖儿卖女者有之，拿自家老婆抵做人妻偿还赌债者亦有之……有道是："北风西风响夜半，天明输光屁股蛋。抵妻拆房偿赌债，卖儿卖女卖田产。"这种惨痛之事，在旧时并不鲜见，于今时变了形式、换了花样。

而当今高知人群中，沉迷于打麻将赌博者也不在少数。毕业留在高校那年，有年轻老师为我们新入职教师进行思想品德培训，其授课之专业、讲解之熟稔、谈笑之意气，皆令人暗自钦佩。然则数年不见，竟悉此君赌博耍钱输掉三十余万元，自知偿清赌债已无可能，遂一走了之，十余年消失得无影无踪。

曾有一友，皮包里背着数万现金，大老远进城找人打麻将，劝其归返无果。后来得知，他是专门找熟人打麻将输钱的，目的竟是要疏通关系拿到工程项目——唯此一例，乃不得已而为之，"心甘情愿"地为掌权之人暗送好处而又不失体面。国人处世交友，多以麻将疏通关系、以耍钱联络感情，此之谓麻将之组合也。

吾祖父在世时尝言："赌博之风，甚于火灾；赌博之害，甚于猛虎；赌博之人，盖无永富；赌博之事，万莫可为。"是故我等父辈皆不好赌；延及我辈，亦以耍钱玩赌为耻也，我亦不好赌也！

2018年9月19日

· 江湖行

欧洲游记

（2003年7月11日至25日）

（一）

2003年，国内"非典"疫情过后，根据单位事先安排，去欧洲旅游半个月。7月11日下午4时48分，乘坐西安—北京T232次列车硬卧出发。同行者三人，曰张钧，曰胡浩，曰永恒。次日早晨6时51分抵达北京西站，接着换乘出租车直奔首都机场。

我们是本次旅游团的先期到达者。在导游先生的指导下，来到位于北京机场内的中国银行外币兑换窗口，将所带百元面值的欧元"化整为零"。随后在候机大厅里东瞧西逛，等待导游组织本次旅游团其他七八十名成员报到集合齐后，统一办理登机手续，进入航站候机。

7月12日上午11时21分，芬兰赫尔辛基时间上午7时21分，我们乘坐AY0052次国际航班，从北京起飞。飞机在跑道上迅速加速，大约一分钟就飞离地面。电视屏幕上不断显示着飞机上升高度和室外温度。随着飞行高度的不断增加，室外温度逐渐降低，直到降至零摄氏度以下。通过飞机两侧的悬窗，可以看到机翼上出现一层薄薄的雪状白霜，在风中不时地吹刮起一缕缕雾状的寒气。仪表最后显示，飞机行进在10668米的高度，也就是我们通常所说的万米高空。

据了解，本次所乘班机为当时国际民航最大的机型之一，荷载近六百名乘客，感觉很难想象。放眼望去，晴空万里，蓝天白云，宛如置身于碧海仙宫，这也是我年少时曾无数次仰望天空却怎么也想象不出来的神奇世界。俯视形态万千、一尘不染的洁白云朵，如羊群、似奔马、像雪山、若惊涛，给人无限美

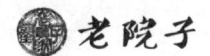

好的想象空间。天空中的景色真是太美了！

　　静心闭目，仔细体验，如同炎热夏日里坐在空旷的气调库中吹空调，你能感受到的，只有"空调"持续单一的轰鸣声和舒适的温度。飞机大多数时间飞行平稳、杯水不动，让人根本感觉不出身处万米高空。

　　头一回乘坐飞机，心情比较惬意，更无丝毫倦怠。透过飞机的舷窗，不时俯瞰机外迟缓变化着的无限风景，思想的野马早已飞向云端，踩着那形态各异的云朵天马行空、信马由缰、舒展筋骨、放松心情、悠悠漫步，好一种净化心灵的自由享受！

　　经过长达七小时的长途飞行，于北京时间12日晚7时许，赫尔辛基时间14时51分抵达芬兰首都赫尔辛基，行程6135公里，穿越到另一个神奇的国度。这里绿色遍野，空气清爽，不似国内夏日蒸烤般的炽热，心情为之一爽。

　　顺便值得一提的是，从赫尔辛基机场进入海关，总共有五个护照检查窗口，其中有三个通道供欧洲人专用，仅仅留出两个通道供我们这些亚洲面孔的外籍人士使用。所以外籍通道排成了长长的队列，而欧洲人专用通道却空空如也。

　　我们一行四个人站在一起，排在我们身后的看上去是国内的一家五六人，他们个个拿着大而笨重的行李，显得十分吃力，好像是要长期居住的样子。在缓慢行进的过程中，他们中有一人不停地将一个大包推到我的面前，挡住我的去路。出于都是同胞的考虑，我让出一些空隙，他们又先后挤进两个人，将我与同事彻底分开。直到最后，他们五六人都挤在我前面了，将我与同事远远地隔开。半个小时过去了，我的几名同事都通过了海关安检出口，已经在外面等候我了，我却因为谦让了一个人，前面加塞了五六个人，被单独困住掉了队。

　　为了不让同事等我太久，我索性进入左侧无人的"欧洲人专用"通道，将护照递了上去，两名工作人员看了看我，检查护照后盖了一个大大的彩色通关印章，竟然十分友好地让我通行。这下让挤成一堆的同胞们傻眼了，但他们却没有跨入欧洲人专用通道的胆量和勇气。这个小插曲让我突然想起《阿拉伯人与骆驼》的寓言故事。那个阿拉伯人原本只是可怜骆驼雪夜受冷受冻，给它让出了一点位置，可是当他被冻醒的时候，却发现自己已经被挤到帐篷外，骆驼却安闲地卧在帐篷里面了。

　　言归正传。芬兰地处北极圈附近，夏季昼长夜短。临近傍晚，天色看上去一直静止于灰蒙蒙的状态。街上行人稀少，经过几条街巷也难得见到一两个人影。我们经过一处七八层高的民宅时，远远看见一名八九岁的芬兰少年，独自坐在自家的露台上不停地向我们招手致意，他大概是要打发长时间处于无人过往环境中的孤独和寂寞吧。我们也向他连连挥手，相互传达着语言难以阻隔的来自远方的真诚问候，直到走过一处花园，被建筑物遮挡了视线。

当地几乎很难见到假货，所见物品都制作得精致考究，感觉质量很好。哪怕是一支普通的圆珠笔，或者是一把常见的水果刀，抑或是一副吃饭的刀叉，都别有一丝不苟、脚踏实地、精心制作的意味。就连这里的建筑物、大教堂，其设计、建造、雕工都是那么别具匠心，不嫌烦琐。

我们居住的近郊宾馆干净整洁，典雅大方，追求芬兰式的极简生活方式。但有些过于"简"，不见服务员，也没有热水，如果喝水，直接在龙头下接来饮用就可以了。导游特别提醒每个团员："迷你"冰箱不用勿动，看电视得付费，如果有什么额外需求，应先到前台申请办理。并告诉大家次日早晨8时起床吃早餐，9时30分上车出发。

7月13日，赫尔辛基时间7时30分，大家都早早地起床了，不愿浪费掉在这里的每一刻光阴。在周围游览片刻之后，来到二楼用餐，餐厅环境幽雅安静而不落俗套。与居住环境追求简洁有所不同，早餐品类比较丰富，味道也十分鲜美。以新鲜蔬果和凉拌、烧烤肉食为主，配以奶酪、黄油、牛奶、果汁等副食，面包也形状各异，色泽诱人，口感脆美。

赫尔辛基的街道干净整洁，一尘不染，绿植随处可见，清新自然。街上行人很少，偶尔遇到的几个当地人看上去都不慌不忙，漫不经心，特别悠闲。有牵着一只小狗散步的，有晨跑的，有骑着越野自行车一晃而过的，也有几个滑旱冰、踩滑板的。总之是少了几分热闹的人气，但却显得静谧、舒缓而闲适，更让人多了一些留恋的情愫。

中午游玩了著名的大教堂、南码头露天市场、岩石教堂、音乐家公园和风景美丽的西贝柳斯公园等，下午4时30分返回宾馆休息。下午6时晚餐后，到附近街巷游逛。拿着宾馆的名片试着向偶尔一见的当地人问路，发现他们非常热情，比画得也十分仔细，甚至还要陪同你走上一两个街区。街上车辆很少，每遇到十字路口，不论是红灯、绿灯，机动车都会主动停下来，友好地礼让行人优先通过；有的还特意放下车窗玻璃，热情地伸出手来，表达一份友好热情和

问候。

　　初到欧洲,许多旅行团成员没有兑换欧元零钞,在街头上厕所便成了难题。那些厕所的小窗口上都挂着一个小纸牌,上面手写一个"1£",意思为一欧元。有人内急,急急地上了厕所,出来正要离开,却被窗口里面的人用手势叫住,向纸牌上指一指,才明白是上厕所要付钱。于是掏出一元人民币,人家不要,又递给十元人民币,人家仍是不要。我知道他们是要欧元,于是将自己自备的一欧元交给同胞,才解了他的"燃眉之急"。紧接着,又有四五人与前面那位遇到了相同的难题,我都替他们分别用一欧元解围,大家也都给我十元人民币。那时九点七元人民币兑换一欧元,在欧洲上一次厕所相当于九点七元人民币,于是我就地"赚"得近两元人民币的差价。

　　晚7时,所有商店都关了门,街上行人更加稀少,能够出来在街上游逛的,大概就只有我们这些"老外"了。公交车干净漂亮,速度也比较快,只是每辆公交车上只有二三名乘客,大多数时间基本上都空着跑、按站停,也不怕白白地消耗了柴油。

　　当地报业较为发达,以小报为主,纸张质地也很不错,报纸版数也比较多,一般都在一百版左右。版面编排设计清新大方,印刷色彩精美鲜亮,不难看出其在印刷技术领域较为领先。

　　赫尔辛基虽然不算太大,地理位置也偏离欧洲中心,但因芬兰政府与我国有协议规定,凡是申请从芬兰境内进入海关的中国游客,必须要在芬兰当地至少住宿两个晚上才能离境,由此可以在入境签证方面给予相对宽松的最惠国友好待遇,所以我们便有了在芬兰居住两个晚上的愉快经历。

(二)

　　2003年7月14日,赫尔辛基时间5时30分。旅行团成员按导游的安排早早地就起床了。6时在二楼用过早餐,6时30分天不亮即坐上大巴赶往赫尔辛基机场。托运行李后,于8时45分登机飞往荷兰。荷兰首都阿姆斯特丹时间此时正是上午7时45分,与芬兰相差一小时,比北京时间晚六小时。

　　飞机在蓝天白云间自由徜徉于10972米高空,经过两小时十五分飞行,于阿姆斯特丹时间上午9时30分抵达阿姆斯特丹国际机场,全程1922公里。

阿姆斯特丹也是一个大晴天，空气格外清新，天特别蓝。跟随旅行团队取了行李，走出机场，坐上能乘载八十多人的大巴车。驾驶员是一名意大利小伙，年龄三十岁左右，个头中等，身材敦实，办事可靠，有意大利人的幽默，每天早晨出发前都不忘喝一小纸杯热咖啡。为了方便游客旅行，据说车辆也是从意大利专门开过来的。

大巴一路行进，并不停歇。空调效果还不错，坐在车上感觉很舒服。每个人对本次的旅行都充满了美好的期待。

中午饭后，我们先是游览了荷兰大风车公园。这里的天看上去很蓝，与绿油油的草地和深蓝色水域连成一片。茫茫无边的草地被纵横交错的人工小河分隔成篮球场大小的绿色牧场，牧场里面大都放养着多则二三十头、少则三四头黑白花或者纯白、纯红的奶牛，也有奶山羊点缀其间。它们生长在如此得天独厚的绿色生态环境里，悠闲地吃着营养丰富的天然牧草，喝着清澈如镜的流水，享受着大自然格外偏爱的美好赐予。不难想象得出，它们的肉和奶会是何等鲜美可口。荷兰的牛羊实在是太幸福了！当然，荷兰人也是生活在天堂般的世界里！

在满是碧绿深蓝的扎达姆风车村，地方特产也不少。听导游说，荷兰的特色是大风车、木鞋、郁金香以及奶酪，游客到这里一般都会购买木鞋和奶酪，与大风车、木鞋和郁金香合影。

荷兰不愧是名副其实的旅游胜地，从事照相生意的欧洲人也很多。摄影师们会在游人有意或者无意之时抓拍照片，然后很快把彩色照片冲洗出来，挂在游人离开时必经道路的墙上。你若发现有你的照片并且喜欢，就可以付了明码标价的费用把照片带走；如果不喜欢，就权当没有看见，也没有人会勉强你购买。荷兰人如此做生意的方式，实在是"傻"得可爱，"怪"得无邪。

荷兰首都阿姆斯特丹，属于拦海造田，大街上随处可见弓形桥梁，与碧蓝的海水形成倒影，好似一面面浑圆的明镜。街道上绿树成荫，花草灼灼，栅栏夹道，盆景满廊，个个修建整齐，令人赏心悦目。

阿姆斯特丹这座城市被海水分隔成不同的街区，街区之间靠桥梁连接，这里的游人比赫尔辛基多了一些，大街上大大小小的车辆以黑色为主。阿姆斯特丹的大街靠着海，深蓝色的海水深不见底，深不可测，道沿上围着木栅栏和铁索。行走在深蓝无底的水边，让人难免联想到影片《阿姆斯特丹的水鬼》，生怕水中有什么鬼怪冷不防地钻出水面,用铁钩将你生拉硬拽地拖入水中。白天尚且令人有如此惊惧的幻觉,夜晚绝对是不敢在这水边独自行走的。

7月14日中午,在荷兰中式黄河饭店用餐。饭店经营者自称是广东人,饭店空间较小,但技术性和场地利用率却特别高。只有一名服务员,同时为七十多人提供上菜服务却不显得忙乱。仔细观察发现,他们这是与导游提前联系,事先把招待客人的饭菜做好放在保温柜里,待旅游团一到,就直接摆满八九桌,效率的确高。

饭后我们游览了广场,逛了商场,于阿姆斯特丹时间下午2时乘车参观凡·高艺术馆,一部分人自费乘船游览著名的"大河道",最后统一逛了钻石店,各色珠宝琳琅满目,珠光宝气,精美可人,令人目不暇给,但以欧元为价码,相当于用人民币还要乘以十的价钱,所以只能多看几眼,"舍不得"摸上一摸,走马观花而已。不过,同团也有大包大提的游客,乐不可支。

晚7时30分,回到距离阿姆斯特丹市区一处较远的居住地,又有许多游客尤其是男游客,在导游的引导下,自费前往某个有名的海边码头观看具有荷兰特色的独一无二的成人表演秀。于是我独自一人在旅馆四周游逛,所见不是绿草萋萋便是绿水迢迢,唯独很少见到游人。偶然上了一道长长的拦河坝,发现另一侧全是大片的沙滩,足有数米厚的沙粒由粗粝到细微,很有规律地一直延伸到一二百米之外无边无际的大海。大海里有人戏水;海边有十几个不同肤色的外国少女正围坐在一起唱歌,其中有几个还在沙滩上翻筋斗、跳舞、玩水,欢快而自然。

太阳像一个巨大的熟透了的柿子,挂在茫茫无际的深海上空,似三层楼房那么高;海鸟在头顶不时地盘旋滑翔,偶尔掠着浪花飞过。兴奋之余我打开相机拍照,寻找和选择入镜构图的最佳画面。才拍了三两张,就发现太阳已经迅速地坠入海水里,周围开始变得昏暗,本来就不算太多的游人,一晃眼工夫都不知躲到哪里去了。海风在耳边毫不客气地吹着、刮着,感觉有了丝丝凉意。

2003年7月15日,阿姆斯特丹时间6时,我起床约了一名同行者二次来到前一天傍晚偶然发现的大海边上,卷起裤腿,踩着一排排滚动着的海浪,戏水拍照一番,再次有了几分惬意的感觉。

太阳早早就升起来了,照在微波荡漾的深蓝色的海面上,海面如鱼鳞般炫目耀眼。四周无人,只有一群群海鸥在广阔无垠的海面上自由飞翔,发出哨子一样清脆的长鸣，好像在迎接远道而来的我们。

多么美的荷兰海上日出啊，真让人观赏不够！只可惜马上就要离开了，心里难免有点儿不舍，也许一辈子都没有机会再来到这里了。

（三）

2003年7月15日8时早餐，上午9时乘旅游大巴前往比利时的布鲁塞尔，沿途都是欧洲特色的风光，行道树整齐划一，高速路干净明朗，道路两边都是看上去十分美丽自然的野草。车辆不是很多，一路顺风顺水，畅通无阻。

比利时面积较小，属于政治上中立的国家，许多国际性的组织和机构都设立在这里，当时已经有两千五百多个，比较知名的有北约和欧盟。比利时最著名、最具有象征意义的建筑物是原子能纪念塔，比利时广场和撒尿小童小于廉雕像也都很有名气，这些也都是游客游览比利时的必到之处。阿姆斯特丹人擅长加工制作珠宝，而比利时人擅长加工制作巧克力，这在世界上都是享有盛名的。

中午11时许到达比利时，我们游览了号称全欧洲最美丽的大广场，以及拯救了整个布鲁塞尔的小于廉的铜像。当天也是一个晴天，天空碧蓝，显得很高。同行游客大都逛了商场，买了有名的比利时巧克力，作短暂停留，下午2时30分乘大巴离开比利时，驶往法国。

在前往法国的道路两旁依然是整齐而浓绿的树木，交通比较发达，车辆也多了起来。从车窗两边向外望去，田野里有玉米、大豆、白菜，更多的是绿油油的草地和偶尔尚未收割的黄灿灿的小麦，小麦以个头一尺多点儿的抗倒伏品种为主。已经用机械化农机收割了的麦田，只剩下分布比较均匀的被滚轧成一米多高直径的麦秸"磙子"，这种收割小麦的方法在国内还比较稀罕。法国的风光，看上去就如同一幅色彩橙黄而且温情自然的古老油画，让人的心灵不由得生出隔开了好几个世纪的自由与浪漫。

2003年7月15日晚8时，我们抵达法国首都巴黎，途中每人交了本次旅游自费项目的100欧元，这大概也是旅行社惯用的一种创收模式吧。当晚9时用餐后回到宾馆，房间比较小，条件也不及前面经过的几个欧洲盟国，这应该是巴黎人口比较密集、游客比较多的缘故吧。

老院子

　　7月16日7时40分起床,8时早餐,9时乘旅游大巴游览法国著名的埃菲尔铁塔。游客很多,站在高大的铁塔下面,人被衬托得如同蚂蚁般渺小。埃菲尔铁塔总共四层,三、四层"游客止步",于是统一排队、买票,乘电梯登上了铁塔的第二层,将盆子形状的美丽的巴黎尽收眼底。

　　巴黎不愧是世界上著名的大都市,这里楼房林立,错落有致,建筑物色彩华丽耀眼,形态各异。人物雕塑随处可见,皆高大逼真,给人一种宏大得无法用语言描述的感觉。整齐的街区间碧水如黛,波光粼粼,行船悠闲,拱桥映月,教堂式的建筑和雄伟的大型雕塑堪称巴黎一大特色。

　　法国的姑娘们也比较热情大方,遇到比较好的景色,你若邀请她们一起合影,她们也都十分乐意成人之美。在你的照片里面,她们一般都会烘云托月,把你的心情照顾得无微不至,有的还会反客为主,不折不扣地让你成为一个欣赏画面的配角。

　　埃菲尔铁塔游览结束,我趁着自由活动的空当,穿行于巨大的人体雕塑群中,正巧遇上喷泉从不同方向下起"太阳雨",躲是没地方躲了,匆忙中急中生智,从包里取出折叠伞撑开,算是能够抵挡一场"阵雨",但先前早已被淋湿得一塌糊涂。这般"落魄"的景象,招来旁边几名金发碧眼的年轻人"欧洲式"的友好回应,他们笑着向我竖起了大拇指。

　　7月16日中午,先是逛了巴黎比较出名的购物商场"巴黎春天""老佛爷",所到之处都充满了巴黎特色的"香水"品牌。随后参观了巴黎著名的卢浮宫,卢浮宫共分四层,每一层都金碧辉煌、宏大无比,具有皇家宫室的奢华风范,里面珍藏了世界各地的绘画、雕塑、陶瓷等艺术精品,其中有《断臂维纳斯》《蒙娜丽莎》等。游览结束时已经是当地时间下午6时30分。

　　7月17日早上8时用餐,9时乘车前往凯旋门游览。从高入云层的凯旋门走过,沿着凯旋门外面宽阔幽静豪华的香榭丽舍大街徒步游览,在巴黎广场上看喷泉,看绿身镶金的雕塑,看蓝天白云,看风吹树动,看人来人往,看法国女警的迷人风采……随后又在巴黎的商场游逛,这里的商场非常大,令人分不清南北,逛不到尽头,走不出画面,看不够风景。令人不无惊诧的是,这里繁华的小摊上,竟然有许多标注着"Made in China"的货物,如果你不仔细加以辨认,就会将这些国内产品又买了回去,价钱比在国内高出十倍以上。

　　下午3时乘船游览塞纳河,河面宽阔,河水清澈,浪花翻滚,不知深浅。

坐在宽大的电力游船上向两岸看去，巴黎宏大的建筑物如在蓝天白云中，气势恢宏、各抱地势、相互映衬，令人惊叹于设计者的高超艺术。

下午4时30分，游览了凡尔赛宫，更是另一种皇家气势和宏伟气度，集罕见的奢华与超然极致的艺术于一体，令人沉浸在惊险、奇幻、美丽、精致、神秘、遥远的法国王室的传说与浪漫故事里。听着凄美、童趣、梦幻的音乐，时间仿佛停滞于几个世纪以前。

法国旅游结束后，旅行团的七十多人中，有二十多人按事先预定的线路，分转到另一个旅游团中，剩下的近五十人继续按原定计划长途行进。

（四）

在欧洲旅行的日子里，前面五六天觉得比较新鲜好奇，每天还有记录日记的习惯。到了后来，便逐渐有了一些惰性，总感觉记录是一件十分烦琐累赘的事情，再加之某些所见略有雷同，于是一路走马观花，不再像先前那么勤快和规律，所记经历也不再十分详细，有的甚至只有一个时间地点而已，所以在后来的记述中，多以回忆和感受为主。

比如，2003年7月18日6时45分用餐，7时30分前往卢森堡，漫步于阿道尔夫大桥，观赏了佩特罗斯大峡谷，随后前往德国路德维希港。傍晚在一条村道散步，四周天际风卷残云、惊涛骇浪，又是另外一种色彩的油画。我们遇到一名十岁左右的卢森堡少年独自玩耍，用手势比画着试图与他交流，他显得既惊奇又兴奋，直到夜色渐浓，才一蹦一跳地消失在神秘的夜幕里。

再比如，7月19日，早餐后乘大巴前往德国慕尼黑。中午抵达后，参观了玛利亚广场和奥运村，天气晴朗，感觉比较热。导游说慕尼黑是德国南部第一大城市，全德国第三大城市。

德国给人明显的印象是，这里的钢铁制造业极其发达，任何德国制造的产品都一丝不苟、不怕烦琐，追求品质的卓越，这一点在居住酒店的浴室里感受比较深刻。不论是一个钢制把手、钢制挂钩还是一个钢制水龙头，似乎都用了上好的钢材，每一个细节都渗透着工匠精神。德国的钢制刀具、叉子、指甲剪等小物品也都不同别国，制作工艺和材质都是十分精美的。

下午还不到7时，各个店铺都已经关门。在一家经营轿车的超市门前，我

老院子

们隔着橱窗玻璃向里一瞧，发现商场价格标牌上竟然标着大众、奔驰轿车每辆一点八万欧元左右，相当于人民币十七万多元，实在是羡慕至极。对于欧洲人来说，他们以欧元为单位的工资结算标准还是要高一些，购买一辆轿车那的确是太容易了。粗略估算一下，假使一个每月工资六千欧元的欧洲人购买一辆中高档轿车，只需要三个月的工资就可以了。而在国内，假使一个人每月挣六千元人民币，如果加上各种税费，购买同款的轿车那就得五六年时间。

德国人做事讲原则，按部就班，循序不乱，始终给人一种坚持原则的刻板印象。生活在德国你肯定不会窝火，大家做事都很守规矩，没有人插队；即便有个别外国游客排队加塞，放到德国人那里，都毫无例外地会被拽出队列。德国人什么事都照章办理，不会私底下操作，你也不会上当受骗，更无须心存侥幸。

德国人喜欢喝生啤、吃猪肘子。在德国旅游期间，经常会看到一些德国人悠闲地坐在临街、临河的餐厅里，喝着大杯生啤，用刀叉切吃着大块的猪肘子。也有一些德国的年轻人，三四人乘坐一辆黑色轿车，把车载音响调到最大，伴随着震耳的音乐声，把半个身子探出窗外，或攀扶着车窗，或踩蹬着车门，行车中做着各种凌空倒立的杂技。除过驾车者，每个人手里也不忘举着一瓶啤酒，偶尔美美地喝上一口，别有一番异国的狂放和年轻人的激情。

受此感染，导游决定晚餐每人一个猪肘子，外加一杯德国生啤，这般安排自是大美不过。猪肘子吃着解馋而有豪气，生啤喝着清爽解渴，只是觉得分量还不够充足，价格也比国内高了十倍，不敢放开了豪饮豪吃，实在不够过瘾。那东西的确是棒极了！

还比如，7月20日，早餐后我们继续乘坐大巴前往奥地利因斯布鲁克市观光。7月21日，再从因斯布鲁克前往威尼斯，乘游轮到达威尼斯本岛，参观了叹息桥和著名的圣马可广场以及圣马可大教堂，晚餐后入住酒店。酒店条件虽然不及前面游览过的几个国家，但也算得上干净整洁。

接下来我们将游览大名鼎鼎的威尼斯。威尼斯的确是一个与别处不同的建筑在水上的城市，乘轮渡行驶于茫茫无际的深蓝色的大海上，给人一种光线强烈刺眼的感觉，这时候最累的也莫过于眼睛。大海里每隔一二十米距离就伸出一个两三米高度的白色"路桩"，形成两排"行道"标志，游轮穿过不同"路桩"形成的航道线路，有序地进出于威尼斯。海鸥在头顶飞翔啼叫、上下翻飞、成群结队，构成只有在大海上才会有的别样风景。它们飞累了，就憩息在"路桩"顶部"歇脚"，几乎每个白色"路桩"上面，都有海鸥静静蹲守的身影，有的歇息够了就扑棱棱地振翅高飞，又有另一只飞来，以同样的姿势默然静立，继续全神贯注、旁若无人。

威尼斯夏天令人最不适的恐怕是温度，在阳光的照射下，人不停地流汗，不论走到哪里，都会成为大汗淋漓的"汗人"。每家每户的门前，都拴着一两条两头尖尖翘起、像竹叶一样轻便的小船，这小船便是威尼斯人出门"驾驶"的交通工具。除了大街上不多的游客，威尼斯人似乎生活得十分悠闲。在琳琅满目、鳞次栉比的橱窗前，在盛大的广场台阶的某个阴凉处，都能够看到三三两两、三五成群的威尼斯人坐在石材地面上歇息纳凉，周围几乎没有一丝风吹来。

威尼斯也是一个适合经商的地方，这里最有名的是面具和玻璃工艺品，各种五颜六色的玻璃工艺品晶莹剔透，银饰品光彩夺目，极其奢华，很容易激发游客们慷慨购买的欲望。有内蒙古来的两名游客当下就看准了一对儿血红色的高脚酒器，毫不眨眼地以五百欧元的价钱当场成交，令我们这些同行者不无羡慕地投去惊奇和欣赏的眼光。他们其中的一个，曾在芬兰南码头露天市场购买过海豹皮，给人留下了比较深刻的印象。

威尼斯女人并不像书中描写的那般漂亮，所见多为皮肤黝黑、身材偏瘦者，但威尼斯街头偶然也会不期而遇某个不知国籍的摩登女郎，其容貌、气质、身姿美得会令你忍不住拿起手中的相机寻踪觅影、按下快门。

在叹息桥上，我就突然遇见这样一位异国女子，她身高一点七五米以上，长发披肩，身姿窈窕，皮肤细腻，超凡脱俗，大有鹤立鸡群的仪态。只见她打着遮阳伞，戴着墨镜，右肩上挎着一个红色小提包，手里拿着一个小相机，神态专注地在街上走着，偶尔停下来拍一两张照片。她穿一件海蓝底缀满红色小菱形图案的普通半裙，踩一双白色高跟皮鞋，步履轻盈、体态端庄，脸上始终流露出自信的微笑，对周围景色似乎一百分满意。后来在圣马可广场又遇见，我觉得她就是这里最美丽的一道风景，遂拿起索尼牌胶卷相机，找准一个适合的角度，顺手拍得两张。只可惜全身的一张比较模糊，就只有半身的一张还比较不错，权当这次威尼斯之行邂逅的一次美丽的意外。

7月22日，早餐后我们乘大巴从威尼斯前往文艺复兴的发源地佛罗伦萨，参观米开朗琪罗广场、雕塑《大卫》、圣母之花大教堂等。意大利人自带艺术细胞，大概都喜欢画画，尤其是人物肖像，几乎满大街都是，每个摆地摊的作者都称得上是卓越的艺术家。尽管你很少看到他们成交一单生意，但他们对艺术的热爱与追求却是非常真实的，不容半点儿怀疑。

7月23日，早餐后我们乘大巴赴意大利首都罗马，参观斗兽场、特莱维喷泉、比萨斜塔、也称作梵蒂冈大殿的圣彼得大教堂等。圣彼得大教堂应该是我们看到的最为宏大的世界级宗教建筑，这个耗时一百二十多年才建成的大教堂，招募了当时世界上顶尖的设计师。其设计、用材和宏大的内部空间构造都是令人难以想象的，其艺术成就和人文历史价值在世界建筑艺术殿堂里占有举足轻重的位置。空前绝后、登峰造极、美妙绝伦……所有这样的溢美之词用于圣彼得大教堂的建筑艺术，都不足以完整地概括它的伟大。

斗兽场铁门关闭，昔日的繁华已成传说，隔着铁栅栏向内里一瞧，除了空旷宏大，感觉也没有什么好看的景致。特莱维喷泉真可谓是一处美丽的观赏许愿之地，无论早晚，这里最不缺少的就是成群结队的游人，他们围着碧蓝色的池水嬉戏拍照、欣赏赞美，恨不得把这里的古船、人物雕塑和神奇之水都牢牢地刻进脑海里打包带走。另外就是比萨斜塔，因意大利物理学家伽利略的自由落体实验而蜚声世界，吸引了世界各地的游人络绎不绝地到此参观旅行。

7月24日，早餐后我们乘坐"罗马—北京"的国际航班返回，于北京时间7月25日上午8时许抵达首都国际机场上空。此间层云密布，细雨霏霏。飞机穿过厚厚的云层，我们又回到了熟悉而陌生的环境，圆满结束了本次长达半月时间的欧洲之行，感觉就像进行了一次绮丽梦幻的时空穿越。

欧洲之旅，让人耳目一新，心灵涤荡，印象深刻，历久难忘。权且记之。

2003年9月9月

我拍荷兰海上日落

2003年7月，国内"非典"疫情过后，我有幸跟随旅游团前往欧洲游览半个月，前后走马观花地去了芬兰、荷兰、比利时、法国、德国、奥地利、卢森堡、意大利、梵蒂冈等九个国家，着实感受了一回做"老外"的感觉。

出发前，参照先前已经游览过的朋友的经验，自然要买上一个在当时还比较先进的索尼相机和很多盒"柯达""富士"牌彩色胶卷。这主要是用来给自己留一些在国外的"风光照"作为纪念，同时也供亲友们欣赏。但问题是，其中有我本人的照片，却都不是我自己拍摄的，所以从有我的照片里，是不能够看出我的摄影水准的。于是，偶尔也舍得浪费几张胶片拍上几张景物。只是这类照片数量极少，少得令我自己都感觉有些美中不足的遗憾。

7月12日上午，我们从北京首都国际机场出发，首站直飞芬兰，在那里停留了两天。芬兰靠近北极，天色与别处大有不同，这里傍晚的天空看上去一直是灰蒙蒙的，就是不肯轻易变成黑夜的俘虏，疑似黄昏的时间特别长。起初没有注意是何缘故，后来才猛然和小学课本中的"极地"现象联系在一起，便觉得我们离自己的国度已经非常遥远了。

接着我们又飞往荷兰首都阿姆斯特丹，这里的天很蓝，花很繁，水很深。这座看上去不慌不忙、近于寂静的首都城市，让我联想到电影《阿姆斯特丹的水鬼》里面的恐怖镜头，所以每到深不见底的海水旁边的时候，都格外小心，老是担心那个拿着铁钩、青面獠牙、面目狰狞的水鬼会在行人毫无防备的时候从水中的某个阴暗之处忽地钻了出来，令人措手不及。

在一个阳光明澈的下午，趁导游领着旅游团里的部分游客参观一个自费项目的空当，我独自来到居住地附近转悠。临近傍晚的时候，误打误撞地爬过一处陡坡，忽然发现不远处竟然是大片一望无际的深灰色水域。在夕阳飞霞流彩的映照下，浪涛井然有序地滚动出一排排波光粼粼的"峰坎"。第一感觉，那一定就是我遐想中的大海了。

平生头一次看到大海，却不曾想到竟然是在遥远的异国他乡。走过几百米足有半人厚的细沙，就一下子来到了向往已久的大海旁边。海风扑面，晚霞正红。远处的水域看上去很高，近处的水面却感觉似乎很低，恍然间有种"水往高处流"的错觉。鸟儿在天空中有节律地上下翻飞，滑翔出一道道美丽的弧线。

已是傍晚，海边的人也不是很多，附近能够看到的，也就一二十个吧，而且几乎是清一色的久经日光沐浴形成健康肤色的年轻女子。她们穿着泳衣，皮肤黝黑，牙齿亮白，有的唱歌，有的跳舞，有的在沙滩上翻筋斗，显得极其自由和青春奔放。我怀疑自己是否一不小心独自掉入另一个"女儿国"。其中有一对母子，在海水里追逐着，嬉戏着，欢快地拍打搏击着滚滚浪花，偶尔还能听到他们爽朗开心的笑声，那简直就是一幅优美生动的充满着勃勃生机的图画。我忍不住调整焦距，按下快门，留住了那精彩的瞬间。

2003年7月15日，荷兰海边，夕阳西下，一对母子正在大海里欢快地嬉水

接下来，在遗憾无人能为我拍照的同时，只有把镜头对准远处的落日和天空中的吉祥飞鸟，捕捉这不期而遇的异国海上美景。等我再回过头来的时候，

那些充满青春活力与朝气的别样肤色的美丽女子，在不知不觉中都已模糊成天水之间舞动着的薄薄轻纱，她们已经像夏日荷风般轻盈飞快地飘向某个不知名的陌生之处，连同我满腹虔诚的好奇之心一同带走，难觅芳踪！

　　我初次发现，这海上的落日，说圆即圆，说坠即坠，干脆利落，毫不含糊，没有半点拖泥带水的留恋与不舍。

　　十几年过去了，看着我在荷兰海边拍摄到的这两张照片，每次都能勾起我对荷兰海边那个傍晚无限美好的遐想与珍贵记忆。在后来的旅程中，经过瑞典、卢森堡、奥地利、德国等到达法国的时候，我又先后拍下了埃菲尔铁塔和凯旋门。等照片洗出来，经过我扫描剪裁后发现，还真的有些专业摄影师的水准。一些不知情的网友还每每产生疑惑，怀疑我的这些照片是从网络上搜寻而来。

　　太过逼真，反倒容易引起质疑。难道不是吗？

2018 年 7 月 16 日

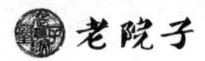

洽川赏莲游名泉

  2009年8月18日至20日,到陕西有名的洽川自然风景区游玩消暑。俯瞰浪平水缓、一马平川的壮观黄河,欣赏连片波动绿染河滩的万亩田田莲叶,穿行绿影婆娑无边无际的水生芦苇荡,畅游澄碧清透四季恒温的处女泉和千眼神泉,听百鸟或合唱或独唱或清丽或苍凉的叫声,好不美哉,乐不思返。

  这次来晚了,荷花已经开败,但那一望无际高过人头大如锅盖的荷叶,足以令人为之倾心钦慕。微风拂过,掀起万顷波涛,其间缀满果实丰盛的莲蓬,偶尔还有点点初开的各色荷花,仿佛专为等待晚到的我而特意推迟了花期。摘一只莲蓬,剥出饱满的果实,去掉青色娇柔的皮壳,将那细白脆嫩的子仁入口,嚼出缕缕清香爽意的甘甜,由此便自然会联想7月初荷花盛开游人如织的场面是何等壮观。

  与荷花长势同样茂盛的还有密密匝匝结结实实高不透风的芦苇荡,穿行于其间人工开辟的蜿蜒小道,顿生行走荒域浪迹天涯的独我豪情,备感原始的美丽和自然的无比伟大。若能近在咫尺地与灰鹤苍鹭不期而遇,也不是什么过于奢侈和不可思议的事。只要透过苇叶偶尔一望,你就很有可能看到一个两个或者好几个羽毛油润、光艳十足的翩翩丽影,它们或左右啄食,或单腿独立,令你十分惊喜。有了如此绝妙快意的心神享受,湿地特色多有的蚊子便不会打扰了你意趣浓厚的游兴。

  洽川的美还在于这里独自拥有两眼规模浩大的天然温泉。一曰处女泉:泉清见底,水深齐肩,底部铺满细如粉末的洁净沙粒;中间"三角区"水深过人,能够感觉出温泉泉眼勃然外溢的温润流动,在其中"穿沙踩水"是一大特色。一曰千眼泉,又名神泉,泉水清澈,深不见底,大小相当于处女泉的三四倍,据说与大海相通,常年碧透恒温,水质甚优,是游泳玩水的好去处。

两天的游玩旅程,我们几乎有一半时间都泡在水里,分别感受了二泉的不同意趣。依依不舍归来间,禁不住感叹上天对洽川的偏爱与恩赐,心里竟也羡慕起常年生活在洽川的人了。此地此行,此情此景,禁不住有了几许慨叹:"九曲神龙歇洽川,碧水绿荷鸟飞天。放身名泉濯纤尘,逸心事外求自然。"

2009年8月22日

洽川荷叶大如伞,放眼绿海不见边

老院子

秦岭山中访道姑

2014年五一休假出游,目的地临时选定商洛腹地,秦岭山中。

5月2日,驾车经山阳,过天竺山,再小心翼翼地经过一上一下十公里多蜿蜒崎岖、迤逦突兀的水泥山路,抵达一处名叫板仓的小山村。自板仓小学背后徒步进山,沿着崎岖的羊肠小道一路攀爬而上。坡势陡峭,乱石奔突,草木茂密,一路罕见人迹。约莫一个半小时,眼前忽地出现几株核桃树,山路也变得似有人为开凿的痕迹。就要到达山顶,我们被坡上几株开得正艳的白色牡丹所吸引,只顾了拍照,却听头顶隐约传来一声轻而悠长的问候:"你们来了!"抬头望去,一位慈眉善目的老妪正从坡顶缓步走了过来。

老人是庙里的道姑,六十多岁,一个人独守山上已经好些年了。上午通过电话听说我们要来,已和好了一大盆面,拣了绿豆,焙了芝麻,择好野菜,大锅里烧开了水,布置好客房,出门迎候我们了。

招呼着进门,踩着山石铺就的凹凸不平的台阶,我们经过一回两绕三穿巷的迂回慢进,来到老人的"客厅"。问候罢,我将捎带的袖珍式收音播放机拿出来给她讲解用法、用途,然后试放了此前专门下载的禅曲,在正殿里敬了香。

闲聊中,老人特意将山崖上天然形成的石莲指给我看,并让我拍照。听说我们时间紧,不能久待,老人很是惋惜和不舍。言谈间,她眼里充满了泪花,期望我们能够在山上留住一宿。老人的盛情和真诚,让我们很是感动,无奈由事不由人。

途经客房,老人说她把一切都布置好了。我顺眼望去,三个小房间,床上都铺好了被褥。走进去看,房间虽小,但都很整洁,被褥也十分干净整洁,摸着很柔软,都是晾晒过的。厨房里,炉烟轻淡,灶火通红,蒸汽升腾,最让我过意不去的是，老人早已为我们和好了一大盆面，这让她一个人得吃上多少天才能吃完呢！

临别，老人又翻箱倒柜地取出几个塑料购物袋，为我们每人装上几把山中采集的核桃、自己做的柿饼。多番推辞不掉，我们只好拿了。将我们送出山门外，老人说："下次来，一定要住上一晚。"

依依告别许久，已经走出好远，透过核桃树繁茂的枝叶，我们看见老人还站在山门外，抹着眼泪，嘴里不停地说："下山小心点儿，注意脚下，有空再来！"直到看不见人影，但还能听见老人向我们喊话道别的回声；我们也高声回应着，让她注意身体，早些回去休息。

虽然是初见，而且仅仅只有短暂的一面，但老人的善良与好客、质朴与真诚、勤劳与仁厚，都给我留下了深刻的印象，令我感动，使我难忘。一路想着这事，约莫走了二三里路程，突然有一个念头不断在脑海中盘旋：老人长居山上，没有条件拍照，刚才也忘了为她拍上几张，此番下山，时间久了恐怕连她的模样也记不起来了，我为自己刚才的疏忽深感遗憾。

我心里一再督促自己，何不乘此机会，再次上山，把自己的遗憾弥补回来，有机会时再给她捎些照片上山？回头望望已经走过的山路，心里又多了几分犹豫，但最终还是将手里的提包交给同行者，快步朝山上奔去，直跑得大汗淋漓，上气不接下气。约莫二十分钟，我再次来到山门。

听到有人敲门，老人应声走下来开门。看到我，脸上写满了惊喜。我说明来意，她显得很高兴，又犹豫自己衣着的简陋。在我的鼓励下，她拍了拍沾满面粉的手，掸了掸衣襟上的面粉，整整衣领。我让她站在山门外，背对着山下，我站在山门里，为她拍了两张照片；接着，按我的指点，又换了几个场景。

拍照当中，老人忽然好似想起了什么，对我说，刚才我们下山急，她忘记给我们带件东西了，说着就急匆匆地进了屋子。我不好阻拦，索性让老人去了，但心里想，这次不论她给什么，我都不会要的，哪有把山上的东西向山下带的道理。

不一会儿工夫，老人回来，只见她手里拿着几个手串什么的。我接着给她拍照，待拍照结束，她将手里的东西展开，原来是两串木质手链、一个长命百岁锁。老人对我说，这都是她从武当山上带回来的，她对我叮嘱着，这个平安手链给谁、是干什么的，那个长命百岁锁给谁、是做什么用的，言语非常真诚，并说她会常常为我们祈福，保佑我们健康平安、百事百顺。

我再次被感动，拒绝显得不近人情，给钱又觉得十分俗气，便恭敬不如从命，只好接着了，感觉很是温馨，也很歉意。当我跑步下山时，老人依然站在山门外看着我，叮嘱着，我一边跑一边回应着，直到看不见人影，直到听不见声音……

下山的路上，我心情释然，感觉终于了却了一桩心愿。

2014年8月11日，农历七月十六日，连日阴雨，暂时放晴。再次登上地处秦岭中的山阳药王山，看望山中道姑，送上前次拍摄的照片，道姑很开心。

离别才三个月，山上的变化很大：坡上的核桃成熟了，白色的牡丹花凋谢了；菜园里的辣椒长高了，西红柿结了红红的果实；整个山上绿得浓厚，清爽了不少。饭后我到庙里敬了香，用手机四处拍照，呼吸着新鲜的空气，享受着远近的绝美风景，不觉又到日头偏西，该是下山的时候了。

为了一次遇见，为了一面缘分，为了一份信任，为了一份信念。2015年7月13日，又是一个炎热的夏天，沿着崎岖的羊肠小道上山，欣赏着沿途浓郁茂密的山林，我们第三次来到药王山上。

时令还是去年的时令，草木还是去年的草木，只是山中的岁月又过去了一年。为了一线挂牵，为了一句承诺，为了一个心愿，为了一份祈福，我对这里的一切已不再陌生。

山中的人情是淳朴的，山中的生活是清苦的，山中的岁月是漫长的，在静心虔诚的寻访中，我更多了一些对山中春夏秋冬、风霜雨雪的感悟、联想和思考。我在日记中记下："秦岭入伏草木连，羊肠小道隐云烟。此去高处分两界，抛却凡尘亦做仙。"

2015年7月13日

行游记

我爱黄金周

2008年国庆长假,本来计划到电视剧《上门女婿》拍摄地之一的洽川黄河滩湿地风景区游玩,岂料节日外出的人实在是太多了,整个火车站和城内东西南北的各大长途客运站都挤满了人,买票的队伍一直排到马路沿上,令人望而却步。

四围自然拥挤得水泄不通,几乎找不到下脚的空隙。想要买到出城的车票,除了出力挨挤、受累流汗,还必须搭上三四个小时的排队等待和超强的耐心以及锲而不舍的非凡毅力。何苦呢?

经过短暂的思考,我决定:打道回府,把偌大的省城游个遍。跟着流动的人群,走街串巷,走到哪里看到哪里,在哪里饿了就在哪里吃;不一定有目的,哪里人多就往哪里钻,哪里热闹就往哪里凑;不用担心天黑,无须操心误车,更不必惦记上班的事。心里没有时间,没有地点,没有事情,没有打算,没有压力,一切随心情使然……这不是很好吗?

于是乎身行景动,放眼四顾,爱看的多看几眼,不喜欢看的用不着费眼神,走到哪里算哪里,看到什么是什么。今天没逛完的,明天接着逛;明天没看够的,后天接着再来;后天觉得还不错的,用相机拍下来;拍下来又不喜欢的,干脆删掉!

如此自我做主、随意游玩、身体放松、心神休闲的事情,想来只有黄金周这样的假日才有机会享受得到。赋诗为证:"欲乘长假下洽川,怎奈车挤人海山。困在城中出不去,走街串巷求自然。"

黄金周能够给人生带来如此长久的持续的快乐的休闲的和无可替代的轻松

享受，老百姓对黄金周的需求又如此强烈，这正好说明了其存在的必要性与合理性，如此满足国民、造福子孙的节日真希望能够多一些好。

只可惜五一长假变成了三天，实在令人遗憾！

2008年10月5日

上海世博会上的幸福一家

2010年5月28日，随团在上海世博会游览，虽然遇上雨天，游人照样很多，几乎所有展馆门前都排起了长龙。一项统计数据显示，当天游客人数突破三十八万。

由于我天生没有排队的耐心，于是遇上门前排队多的一概不进，偶有诸如文莱、捷克等不需要排队的展馆，进去逛上三四分钟，算是见"树木"而知"森林"也。

中午在中国馆旁边的平台上游荡，偶然发现一对年轻的外国夫妇各自推着一辆婴儿车从雨中漫步走来。那女的推的是一辆单人车，旁边走着一个四五岁的金发碧眼小姑娘，模样很可爱；那男的推的是一辆双人车，车上躺着一对八九个月大小的男婴，睡得正香甜。由于下着雨，路面上积水很多，那名年轻的外国妈妈硬是把女儿抱上小推车，可是那小姑娘却不甚"领情"，经过一番挣扎，终于又回到地面，来到两个弟弟的推车旁，推着扶手，欢快地在雨中踩踏着积水散步。

无意间抓拍到这一幕祥和而温馨的美丽情景，也算是游览世博会的一点收获吧。

2010年6月20日

秦岭山中看云雾

2014年8月初，古城久旱，燥热苦长，煞是难熬。6日，休年假，我躲进商洛腹地、秦岭山中之偏僻小村消暑。恰逢阴雨连绵，天气转凉，早晚气温骤降。偶有天空放晴，但见云雾环山，变化多端，气象万千，恰如菩提世界，又似蓬莱仙境，观之应接不暇，思绪幻然，别有一番滋味。

傍晚在小河边上吹风纳凉，见一群小孩子在院子里玩"老鹰抓小鸡"。他们用"石头剪刀布"的游戏规则决定谁做老鹰、谁做小鸡，玩得不亦乐乎。房前屋后都充满了童趣无限的快乐气息。

少儿乐

古城暑气炎，秦岭山中凉。
傍晚浴河风，静观稚童忙。
你躲他来追，老鹰抓小鸡。
躲者左右顾，抓者好神气。
谁来做小鸡，谁来当老鹰？
石头剪刀布，一猜定输赢。

2014年7月23日

夜半野物来偷鸡

2015年国庆假日，我客居商洛山中小村，没有信号，不用手机，无须与外界通联，正好可以过几天清静不烦的日子。

10月1日，天气晴朗，上午9点10分到达县城，有事逗留半日，然后来到山中僻静小村。气温突然下降，觉得特别冷，尤其晚上，刚睡下的时候，盖着被子也冷得打战。

10月2日，天气不太爽朗，时阴时晴，气温比前一天稍微暖和。上午到镇上买了些山货。窄小的街巷，拥挤的人流，稀疏的地摊，街的背面是浑浊的小河。一家店铺搞营销，请来的杂技表演把街道堵得水泄不通，车辆难以通行，行人过往也很困难，便少了许多游兴。下午我穿过屋后的山间小道攀爬登山，山路很崎岖，树林也十分茂密，踩在松软的植被上，体味着大山特有的气息。要不是前一阵子在山顶架设高压电力塔临时砍树修路，那肯定是上不到半山腰的。经过了电塔，叹服于人工劳动的超凡与伟大。再向上行进数十米，荆棘遍地、灌木丛生，无路可走，只好仰天长叹，望山却步。

10月3日，阴雨淅淅沥沥一整天，倒也算得清静。听着山中秋天萧瑟的雨声和偶尔如泉水叮咚般清脆的鸟鸣声，也着实是另一种释然的享受。半夜里长时间迷迷糊糊的我听到有什么奇怪的"热闹场面"，梦境中起初还以为有人在说笑，后来忽然清醒并反应过来，那是关在屋外笼子里的鸡在叫，有什么野物在偷鸡了。

我立马跳下床，拉开窗户，壮胆吆喝几声，然后开了院灯，顾不得穿衣服，拿根棍子冲了出去。外面依然小雨绵绵，树叶上的水珠滴答有声。鸡舍的门已经被打开，发现丢了一只鸡，本以为被野物叼走。等到天明，却发现丢了的鸡自己竟然又回来了，两只鸡都完好无损，实在是侥幸。

2015年10月7日

秦岭躲暑

2017年7月下旬，西安持续燥热，连续一周都在四十二摄氏度之上。月底休假数日，来到陕南商洛地界避暑。

相比较而言，这里除了夜间尚有稍许凉意，日间气温照样汗蒸火燎，令人不适。7月26日，我前往漫川关和距离漫川关八公里路程的法官庙游览，两处风景都还看得过眼。

漫川关地处四围夹山的小盆地之中，以独特的青砖木雕建筑著称，古老的旧式建筑与新派的瓦蓝建筑群错落有致、布局密集；法官庙地形略同，以优越的自然风景见长，数千亩莲池和石头围成的层层梯田是这里的一道风景。

除了这些风景尚可供人一睹之外，炎热的天气热退了平日的商机，到漫川关旅游的人并不算多，许多店铺都关了门。所到之处，几乎每家饭店门口都贴着"内有空调开放"的打印纸，把"空调开放"作为招揽食客的噱头，足见这里的天气之热。这里最"实用"的水果莫过于西瓜，瓢口虽然不是太甜，一顿饭工夫也还能够卖出去几个，这大概也是沾了炎热天气的光吧。

与漫川关相比，法官庙几乎就没有游客涉足了，大好的风光就摆放在重山白云之间，任由你随便观瞻，当地的人都被太阳晒得不见了踪影。在一面云天相映如镜的碧波前，一群鸭子正在水中央的小船上憩息纳凉。看见岸边有人打老远走过来，一只只扑棱棱地飞下小船，晃眼间便游到岸边，大概是期待来人给它们投食吧。

2017 年 7 月 16 日

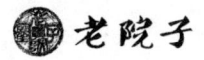

走定西

  2015年8月12日至18日,我驾车带领家人外出,进行了一次暑期长途旅行。孩子们都很兴奋、开心、好奇,大人们也觉得格外自由、放松、高兴。

  8月12日自西安出发,七天时间里我们先后经过宝鸡、天水、定西、兰州、临夏、甘南、合作、若尔盖、黄龙、九寨沟、文县、青木川、宁强,于8月18日从宁强上G5京昆高速,经汉中返回。总行程两千一百九十七公里,一路可谓马不歇蹄、人不离鞍,饱览了沿途风光,经历了蜀道之难、秦巴之险。辛苦加放松——辛苦指旅途劳顿之苦,放松指远离都市、回归自然的怡然心情。

  当然,旅途所见并不是我在此记述的主要内容,我的主题是"走定西"。却说上午9点自西安出发,一路向西,不到半日,即将火热的夏天远远地抛在身后。至下午4点多,我们到达甘肃定西。定西是一个地级市,位于甘肃中部,通称"陇中",距离兰州大约一百二十公里。以平日的时间和精力,本可以在下午6点前赶到兰州,但我决定夜宿定西,当天不再继续赶路。

  在我粗浅的印象里,定西并无有名的景点,也无优越的环境;既没有我的亲戚,也没有我的朋友。可以说,定西这个地方于我来说还是相当陌生的。我之所以在定西落脚,这都是缘于二十多年前我与定西曾经有过两次路过的邂逅。

  第一次去定西,我上高中,是在一个8月初的日子。暑假里,我在老家帮家人收割打碾完麦子,交完了公购粮,待一切安排妥当了,决定北上闯荡一回,在陌生的世界里探寻一条艰辛的成功之路。第一站选定省城兰州,我自己攒够了几十元的往返路费,挎上一个印有"红军不怕远征难"的军绿色书包,带上洗漱用具,便义无反顾地出发了。

  8月1日早晨6点多钟,我坐上了从我们县级市发往省城的长途汽车,全程六百多公里，没有高速公路，没有平整的省道，没有座位，一路摇摇晃晃。走完了石子路走土路，走完了土路走河道路，走完了河道路翻山越岭，翻完了山越过了岭又接着走石子路，中途不时地遇上修路、堵车，两个方向交替着单向通行，耽搁了不少时间，感觉乘坐长途汽车真是一项需要耐住性子欣然面对现实的体力活。

透过车窗，我看到天蓝山高，林密草茂，一旁的河水很浑浊。有的地方小麦已经收割打碾结束；有的地方正在收割，麦捆摞成了麦垛；而有的地方小麦竟然还没有开镰，看上去就如同我们那里6月份的景象，才开始泛黄。沿途所见，令我耳目一新，忘记了路途的艰辛，更多了一份新鲜稀奇的感受。下午6点多，长途车到达定西客运站，司机和售票员招呼旅客下车吃饭住店，决定夜宿定西，并叮嘱大家次日早上6点30分上车出发。

看着旅客们都赶着在旅店登记住处，上前一打听，最便宜的多人间一个床铺每晚五元。我觉得太贵，索性不去登记，便独自走上跟村镇差不多的街道，毫无目标地随处游荡，以便打发多余的时间。太阳已经偏西，似乎比别处更红。好在天气还比较清爽，挨到傍晚，我找到一家面馆，吃上一碗一元五角钱的面食，感觉肚子还是很有些欠饱，只好忍着。第一次出门在外，觉得家里的粗茶淡饭还是最管饱的。

定西街道上的人并不多，我一直溜达到夜色沉沉后，才顺着原路返回。同车的旅客已经早早地下榻旅店休息，就剩下我一个人挎着书包四处转悠。为了节省五元钱，我打算在露天地将就一个晚上。为了不显得过于难堪，我尽量避免引起别人的注意。我一连换了几个不太显眼的地方，坐下来歇息，顺便眯一会儿。

8月的定西，尽管还是盛夏，白天比较热，但夜晚尤其是凌晨却还是有几分寒意。在一个周围都有住户的房檐底下，我坐下来打了一个盹，竟然被冻醒了。我站起来不停地走动，好让身体能够暖和一些。怎奈夜很长，天很凉，我时刻盼着黎明的到来。

远处隐约有公鸡打鸣了，夜色变得更加黑暗了，接着东边的天际开始有了一点淡淡的亮光，天上的星星由稠密逐渐变得稀少了。差不多凌晨4点钟，街上开始有了行人。我来到同车旅客居住的旅店大厅，还没有人起床，大厅里的灯光很昏暗。虽说是大厅，其实也并不大，一个柜台、两个沙发而已。我孤独地坐在冰凉的沙发上，感觉似乎有了一点热量。

将近6点，旅店里开始有了响动，有人端着搪瓷盆子接水洗脸、漱口，时间依然过得很慢。又接着，大家开始陆续交钥匙退房，直到6点40多才出发。车辆一启动，我瞌睡得要命，低头沉沉地睡去，我的第一次定西之行就这样在睡梦中结束了。

第二次到定西，时间同样是8月份左右，也是一个暑假，那时我上大三，为了工作上的事情，不知天高地厚地前往省城探路。同样坐一天长途，走的路还是原来的老路，看到的景色还是几年前看到的景色，晚上同样是在定西停车住宿，也同样不住旅店。半夜我坐在定西汽车站旅店屋檐下的水泥台阶上，屁股下面垫着印有"红军不怕远征难"的军绿色书包，又一次被这里昼夜不同的温差冻醒了。挨到早晨6点多发车，我的上下眼皮又不由自主地开始打架了。迷迷糊糊中，又如出一辙地结束了我的第二次定西之行。

第三次路过定西时，我参加工作已经二十多年，特意在此停车住宿，就是为了寻找和感受一下当年的点滴记忆。与前两次不同的是，我带着家人，亲自驾着车，慨叹世事变化可谓大矣！轿车还未到达定西的时候，女儿就用手机搜索到了定西一家上好的大酒店，征询我的意见说："订不？"我说："订！"

二十多年过去了，定西有了很大的变化。晚上在街上行走，楼房林立，灯火通明，游人多了许多，满大街的音乐震耳欲聋，夜晚的天气也不似从前那般清冷，反倒有了些许燥热。

我一个人溜达到深夜，比前两次多走了几个街区。定西这个地方之于我，其实还是比较陌生的。定西有什么乡俗特色，我一无所知，也没打算知道。

2018年8月9日

行吟录

渭水行

  癸酉年十月，适值周末，余独步渭水。时河风徐徐，怒涛鼓浪，岸苇茫茫。北雁南飞，碧天霞光，远山依依，倦鸟栖巢，路人疾归。触景生情，窃自怆然神伤，思乡之情顿生，为十有六言，记之云：

天高气爽，
渭河流汤汤。
两岸浮苇起茫茫，
一船随波逐沙浪。
目断南雁，
游子心惆怅。
忆昔商末秋黄时，
太公垂钓碧溪上。

遥望太白，
积雪映霞光。
珠宫仙气脱凡界，
织女巧手弄霓裳。
屈指尽数，
归期仍漫长。
昨夜一场风和雨，
枫叶红遍几重房。

1993 年 10 月 15 日

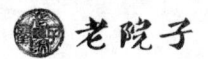

圣诞·暑游

战长安·圣诞

雾笼圣诞,梧桐浸烟,偷空寻悠闲。谈笑间,兵发长安。蒿草淋露软,微雨昨夜寒。柔腰嫩肩,纤手抚键,执笔把险关。同屋檐,聚少离多,日出孤枕眠,四季随星转。戎装挎枪,英姿飒爽,怦怦心浪翻。对镜看,顾影自恋。个个赛木兰,威武气昂轩。

森林绿染,沙漠妆淡,两军列阵前。视若仇,剑拔弩张。其势不可当,杀气犹可鉴。运筹帷幄,冲锋陷阵,活捉俘虏兵。沉着战,弹无虚发,风飘红旗展,壮士守边关。久锁深巷,重返自然,嫌时日飞短。逍遥游,乐似神仙。不觉过午天,香汗湿衣衫。

2006 年 12 月 25 日

下洽川·暑游

古城炎暑,渭南爽天。乘周末空闲,招同事共游。夜雨骤歇,薄云丽日。车疾驰,风呼啸。过秦川百里,尽禾苗青青,壮心归田园。

及近正午,至党家村。鲜食农家乐,吞扫盘中餐。访古民居,步耕读第。穿千巷,入万户。与晋商对饮,同翰林论墨,遥寄五百年。

日斜韩城,暮临史庙。拜谒司马祠,追怀汉遗风。松柏苍郁,楼亭肃穆。踩磐石,登高坡。笑谈古今事,高山仰观止,史笔昭后世。

晚宿洽川,风吹旗展。湿热津河滩,蚊虫萦耳畔。浴兮汗身,濯乎清凉。倒头眠,鼾声震。彻夜稳如山,做梦亦香甜,不觉晨鸟啭。

众各齐备,车挤马喧。直指处女泉,风景满画廊。碧波轻荡,芦苇如帐。龙船起,浪花漾。小径赏荷花,隔岸惊鱼跃,闻香拍照忙。

逶迤鹭迹,采撷花丛。悠然歌声至,天泉入眼帘。游客蜂拥,倩影若晃。解尘衣,换泳装。扑通沐清涟,沉浮千层波,欢笑多美景。

苍鹤凝神,鹰鸥健捕。归途游兴盛,绕道河澜宽。舟兮汽船,漂乎横流。挥汗雨,击双桨。滚滚黄河水,汹汹泥中浪,比英雄豪迈。

2007 年 7 月 28 日

吟雀闲

陋 衣

不与苍鹭争蓝天，更无闲情比打扮。
辛忙只为有三餐，一袭粗布麻衣衫。

野 居

择居寻常村野间，一生不求飞高远。
莫笑我无鸿鹄志，举家团圆享天年。

清 闲

本非金笼勤饲养，却伴人群筑巢房。
平生寻常无琐事，绿杨枝上鸣斜阳。

寡 爱

不似凤凰成稀罕，更非蛟龙断火烟。
平常不为人呵护，顽童执弓射弹丸。

2006 年 12 月 20 日

华山秦声荡

华山北峰远眺望,白云缠腰松苍茫。
十二艺人心气足,放开嗓门吼秦腔。
梆子板凳齐上阵,胡琴三弦调悠扬。
唱声豪放透古韵,高亢阴柔劲苍凉。
唱念做打情入戏,形体动作很夸张。
人影西斜秋阳照,白鹿原上声回荡。

2006年11月12日

题猪乐

扮可爱

吃喝从来不弹嫌,茅草窝中睡平安。
憨态可掬扮可爱,欢欢乐乐三百天。

不抱怨

十二属相排后边,心胸开阔能撑船。
吃羹食冷卧茅草,低头掩耳不抱怨。

万人迷

通身肥胖肚肚圆,小曲哼哼乐陶天。
莫笑老猪长得丑,敢问谁人不喜欢?

有猪缘

世间万事难说辩,损人作猪入耳难。
岂知却存例外事,生子都盼有猪缘。

懒出名

吃住不用花太多,麸皮秸糠味道妙。
早睡晚起懒出名,无心无肺好长膘。

也翻脸

生性笨拙卧姿憨,不逗鸡来不惹犬。
谁人敢做过头事,莫怪老猪也翻脸。

2007年1月2日

题马诗

善奔跑

身形矫健仰天啸,四蹄腾空善奔跑。
一马当先打头阵,奋勇向前拔城郭。

思伯乐

屈身陋棚食枯草,日间相伴牛驴骡。
既无伯乐相素面,好马不吃回头草。

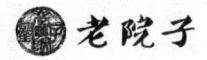

定邦国

相扶将才定邦国，千里单骑不歇脚。
战死疆场从无怨，功成身退皮做革。

湮尘蒿

风光尽在起烽火，金鞍加身玉佩着。
刀枪入库四海定，放逐南山湮尘蒿。

2007年1月24日

赋牛趣

任劳任怨

生来与人有渊源，任劳任怨任使唤。
学者用它驮竹简，藏书充栋牛累汗。
乐者对它把琴弹，反怨老牛不懂弦。
武者驱它去参战，火牛阵上威风现。
农者用它耕野田，口中呵斥频扬鞭。
最恨厨者钱遮眼，牛肉泡馍半老碗。

勤于奉献

食草挤奶住茅檐，鞭耕百家万亩田。
力尽汗干刀尖死，皮做乐鼓筋做弦。

助人为乐

目似铜铃心底善，修行千年懂神算。
撮合牛郎天仙配，助人为乐名经传。

逼迫角斗

生性温驯喜悠闲，被逼角斗血相残。
古来纨绔多好事，寻求刺激逗牛玩。

犟劲奇顽

力大无比犄角尖，脖颈粗壮犟劲顽。
老牛一旦主意定，十匹烈马拽不还。

落得人嫌

起早贪黑拼命干，到头落得他人怨。
有人牵着牛鼻子，有人爱钻牛角尖。
有人好发牛脾气，有人脖颈犟牛顽。
有人蠢笨似老牛，有人牛气能冲天。
有人盟誓执牛耳，有人行动比牛慢。
有人好吹牛皮展，有人乱贴牛皮癣。
更有牛鬼常作乱，牛头岂能对马面。
背着牛头不认赃，指桑骂槐唾沫溅。

2007 年 4 月 6 日

乌 鸦

极品黑乌鸦，临风叫嘎嘎。
不栖梧桐枝，破窑草安家。
常伴狐狼出，空谷影幽黯。
往来翼闪电，行踪藏诡诈。
秋去浮云端，春归啄苗芽。
冬昼远人居，夏夜披挽纱。
月下暗谋事，腐肉沾利爪。
啼叫少音韵，孤独野老鸹。

2007 年 5 月 23 日

赞武圣

上将焉须论出身，阵前胜算建奇功。
杀人未必皆不义，贼头落地方解恨。
下士礼贤真丈夫，马良刀快定乾坤。
学文习武夜读经，佛光映照平常心。

2007 年 7 月 1 日

守望十年　再创辉煌

奉守道义志向坚，
献身传媒任重远。
最是豪情取民意，
有如日月照胆肝。
价比良士逢知遇，
值同早春百卉丹。
的确高效争分秒，
新鲜活泼求自然。
闻声出击及时雨，
和谐社会促平安。
信字存心轻名利，
息息相连共攸关。

铸盾强兵砺团队，
造就奇迹冲尖端。
可口可乐都市味，
持论善谋步矫健。
续写辉煌富汉计，
发扬传统东明篇。
展翅宏图碧空去，
的中放矢自由天。
报评奖惩律尺度，
业务追猎逐浪翻。
品质优秀惠客户，
牌子响亮不一般。

2007 年 7 月 14 日

拜孔庙

官爵显赫不算高，员外钱多也觉渺。
人声不语拜孔圣，等第无存一般小。
至诚于心虚怀度，此间没谁妄称老。
下笔始知欠新意，马鞍空歇香火枭。

2007 年 7 月 19 日

题鹰四首

苍 鹰

遥遥远人踪，独辟万里径。
心怀凌云志，悠然傲长空。

老 鹰

天赐耳目聪，体健手脚敏。
平生食弱肉，凶猛一老鹰。

秃 鹰

筑居在荒郊，攀岩隐野蒿。
奸诈多算计，绞尽顶上毛。

鹰 犬

颈短嘴如钩，锋利上下手。
喜好做爪牙，鞍前马后头。

2007 年 9 月 16 日

赋鼠五首

浮 名

嘴尖毛长身形小,谁人称它不带老?
十二属相子为大,多少浮名虚如蒿。

娶 亲

逐人定居招烦恼,花轿娶亲肆作乐。
饱食终日贪淫欲,生崽一窝又一窝。

打 洞

尖牙利爪不及狼,却似金戈攻城墙。
深挖洞穴三千尺,偷遍万家仓中粮。

保 身

行动诡秘嗅觉灵,化险为夷几遭逢。
抱头鼠窜终保身,从来耗子最精明。

公 愤

上天造物各有命,世间却把耗子恨。
过街老鼠人喊打,作恶多端惹公愤。

2007年11月20日

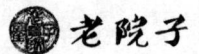

蟾 蜍

呱呱叫呱呱，一只癞蛤蟆。
浑身起凸肉，肤色晕眼花。
田中除虫害，池底玩泥巴。
生来形貌丑，聪明大脑瓜。
水陆随意走，未来掌中掐。
预知天下事，避祸早搬家。

2008年6月22日

八仙过海

八面涛浪云作帆，仙客纷纷赴盛典。
过往肤色衣不同，海关昼夜开航班。
各路济济凤来仪，显赫华贵尘不染。
神采愕然惊殊变，通卷巧工谋上篇。

2008年8月8日

百年梦圆

日月盈盈照古今，出师征奥意满弓。
东风助我举盛事，方队猎猎旌旗擎。
百尺竿头摘桂冠，年少自古出英雄。
梦已成真千杯醉，圆浑妙曲奏凯音。

2008年8月14日

山坡羊

乐奉献

禀性良善遭狼欺，圈居人间得生息。
跪乳感恩情义重，牺牲肉身何足惜。
高坡踏青聚财宝，山巅踩云戴月归。
前赴后继向前路，化作皮筏逐浪飞。

爱招狼

温文尔雅一群羊，白云朵朵绕山梁。
埋头漫步求低调，画里画外不张扬。
奈何周身藏珍宝，常引豺狼入圈房。
吸血食肉反穿皮，咬了山羊咬绵羊。

2008年11月6日

甲午新春祝福

吉祥金橘招紫气，好运桃花迎春笑。
银蛇乍去腾马至，佳节除夕福送到。
身处异地羡归人，心向故园伴父老。
万户千门不同是，举杯共屏看联播。

2014年1月31日

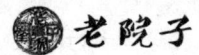

报闻西安现海市蜃楼

连日春雨涤灰尘,西安日出气象新。
北郊雾笼高楼腰,东城车走仙境中。
行人争相观海市,专家解读翻典籍。
此等景色堪稀少,十年不遇美明眸,
俗身恍若脱凡界,耳边犹闻琵琶音。
屏声静气不敢语,唯恐惊动天上人。

2014 年 4 月 23 日

高原夏收

高原朗朗天,白云独悠闲。
忽然北风起,雨脚到村前。

2014 年 7 月 16 日

乙未正月初一夜西安回民街所见

正月初一夜,无事独徘徊。公交空载运,顺道回民街。
人流如潮涌,生意不停歇。这边挑饰品,那厢炒货热。
烟熏烤肉串,泡馍把队排。榨汁红满杯,凉粉如雪白。
抢锤砸年糕,扯糖马步开。皮影添吉庆,菩提沿路摆。
生肖烙葫芦,羊蹄吆喝卖。举家外乡客,本地老幼携。
肩上扛儿女,头上碎花戴。半天挪小步,闪光争街拍。
煎熬度两时,挤出人群外。霓虹望来路,人稀车驰快。

2015 年 2 月 19 日夜

落花赋

飞红三两点,随风飘自然。
生为枝头英,落地成伤感。

2015年4月8日

王莽小峪水库

春天涨水

清明春雨如帘,二里水库灌满。
风起碧波粼粼,山似巨蟒出涧。

2015年4月14日

夏日山洪

春天风平浪静,夏日山洪突奔。
游客被水冲走,可怜九条人命。

2015年8月4日

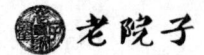

石头记

秦岭朗朗天,驱车返西安。
绕道环山路,舍近乐求远。
青山伴绿水,村舍隐柳烟。
忽遇石头阵,波涛起连绵。
形态多奇异,仗剑指云天。
或如龟蛇坐,更有卧牛闲。
流连拍美景,频把角度换。
回看石头记,片片胜画卷。

2015年6月6日

樱桃时节访恩师

离离原上草,艳艳樱桃红。
天清气高爽,拜访恩师门。
签名获赠书,举礼受生民。
郊游鲸鱼沟,沐风太后墓。
谈笑汉家事,聆听白鹿灵。
字字有真意,句句扣人心。

2017年5月24日

立秋日逢雨

今晨喜雨送清凉,日无闲事赖高床。
立栏凭窗听鸟语,秋临古城心神爽。
鹤起碧波留倩影,鹿卧青草福地祥。
小园半晌涨秋水,花动柳骚舞张扬。

2017年8月7日

雨后见晴日

风淡云轻林荫密,雀鸣蝉喋行人稀。
小园昨晌涨秋水,花媚柳艳红日里。
灵鹿静卧福祥地,仙鹤飞去又飞回。
过桥穿亭入枫巷,悠然南山近眼底。

2017年8月8日

雨中乐游园

有期不雨望眼穿,午后惊雷揭幽帘。
人生岂止晴日好,雨中打伞乐游园。
垂柳丹桂浴新绿,木槿月季淋娇艳。
两情最是天鹅美,曲项合心映亭圆。

2017年8月13日

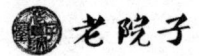

周日偶拾

小寨红枫甲天下,雁塔钟声醉香客。
菩提玉饰大跳楼,音乐喷泉十丈八。
游人鹄立观水景,白云悠悠自天涯。
偶见老外留美影,秒抢瞬间圈中发。

2017 年 9 月 10 日

山村嫁娶

丁酉国庆,中秋双节。秦岭山中,农家嫁女。依山傍水,丰盛宴席。酒不醉人,人已自醉。莫要笑我,风轻云蔚……

有诗云——

嫁 女

秦岭山中藏仙气,草木森森彤云密。
幸逢农家做喜事,天公御批不下雨。
奔腾洪流沟间出,跳跃浪花追岸齐。
秋虫号冷蝉声躁,唯有此门闻笑语。

迎 亲

青山作帐云作纱,乡村八月绽桂花。
程门嫁女添喜庆,香车迎亲到南家。
连天炮仗八十响,接地彩棚架鹊画。
两情美姻山做证,地久天长老华发。

2017 年 10 月 1 日

秋夜观舞

傍晚移步革命园，循声观舞亭楼前。
偶见高手精彩舞，凌空飞蛇惊花眼。
铁马突骑胯间出，蜻蜓点水并双燕。
更有细柳莲花姿，三百六十五度旋。
满汉全席纷呈上，观音仰卧拜罗汉。
方才近前招亮眼，瞬间隐没又不见。
同住皇城墙根下，同年同月不同天。
遍寻自在无觅处，美好生活在民间。

2017 年 11 月 1 日

白鹿原影视城见闻

白鹿原上走一遭，寻找书中田小娥。
灶台炕头无凭据，塔下压的是谁错？
岁月弄人难揣意，小娥黑馍卖得火。
磨道吆驴千百转，石磙碾碎红辣椒。

2017 年 11 月 12 日

寒衣节思亲

贤父驾鹤去仙国，四载春秋青草陌。
从此人生少欣喜，出门再无叮咛多。
梦里唏嘘思亲泪，魇中相逢音容渺。
故园经年杏花开，枝头寂寞小麻雀。

2017 年 11 月 18 日（农历十月初一）

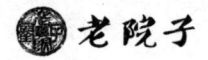

不忘国耻

百年羸顿弱比邻,倭鬼烧杀抢掠淫。
铁蹄践踏中华土,屠刀堪比武棍抢。
南京城头血溅泪,江河涛失万古凝。
可怜骨肉同赴死,卅万怨魂目难瞑。

2017 年 12 月 13 日

丁酉冬月十六古城飘雪

雪花那个飘,风儿那个啸。
雪粒亲我肤,寒风醒我脑。
雾霾渐撤退,尘躁急遁逃。
今冬未见雪,实在受不了!
　叶落灰尘铜钱厚,
　咳嗽感冒缠老少。
　空气污浊百菌生,
　千呼万唤盼雪到。
　雪花啊雪花你快点儿下,
　我已经等不及了……

2018 年 1 月 2 日

做天难

丁酉迟来大雪冬，满城祈雪若求神。
岂知才下三寸半，时人网上闹哄哄。
这个吐槽雪太厚，那家抱怨路难行。
叶公好龙蛮挑刺，你叫天公咋个整？

2018年1月8日

苜蓿

经冬盘根眠土下，二月春风露初芽。
玲珑翘尖铺彩绿，王孙提篮翼翼掐。
翠鲜烹作盘中餐，青秆长高喂牛马。
待到六月紫艳开，坡上飞满蝴蝶花。

2018年4月25日

赛场赋

晨光普照赛场春，曦微吐芳送东风。
二小旗开迎盛会，班级列阵强练兵。
加劲喊声震天响，油添助威争头名。
必得少年立壮志，胜似闲庭读圣经。

2018年4月27日

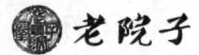

争上游

小小少年当自强,放下书本赴赛场。
生龙活虎争上游,文武兼备中头榜。
这厢女子才折桂,那边称雄是儿郎。
喜看二班多骄子,晨曦普照初成长。

2018 年 4 月 28 日

山中所见

浮桥引路入深谷,蝉鸣林翠溪湍流。
龟蟒腾挪潭间出,白云悠闲山巅游。
偶遇禅尊清戒旅,读经练拳不旁顾。
托塔打坐气宇正,莫问来者有钱无。

2018 年 5 月 1 日

山中悟道

佳节鄂邑行,山中多美景。
禅尊处处有,悟道忘凡尘。
河石送五福,泉水自有灵。
绿树桥边合,鸟鸣客心静。
白云仪翠微,万物满含情。
且行且珍惜,不觉林蹊尽。

2018 年 5 月 1 日

登天竺山

雨中登顶天竺险，苍松翠柏绕云间。
紫鹃花开迎远客，林鸟啼鸣不见山。
彩衣点点人影动，横天洞中访八仙。
赏景拍照乐不归，道士围坐进午膳。

2018年5月19日

戊戌端午偶题

叮咚夜雨敲窗檐，晨鸟扑棱抖夏寒。
小园不意涨池水，百味艾蒿竟值钱。
彩伞红映香包美，青粽绿衬糯米甜。
时人游兴稠如酒，大车小车堵三环。

2018年6月18日

观景拾趣

两个星期付汗流，周末欣然逛海口。
踏波踩浪戏沙贝，进入假日海滩游。
同窗结伴秋色好，一任江东蒙晓后。
片片椰叶风前舞，海清水阔浪飞舟。

2018年9月23日

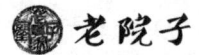

戊戌秋日浐河行吟

浐河云影动高秋，灞上人潮逐水流。
湿吐绿氧怡心肺，地接圣气衔塔楼。
公营斥金行大义，园囿敞开万民顾。
徒手添柴炉火旺，步履频迈竞上游。
行色匆匆集爱心，走姿绰绰募寒衾。
大爱焉须升斗米，会聚精神亦是优。

2018年9月29日

浐河捞球记

足球岸边搁，风吹落浐河。眨眼随波去，离岸卅米多。
左右无计施，徒手没奈何。猛见救生圈，剥衣跳下河。
众人劝莫入，热心拽胳膊。挥手绝岸去，吾意岂可挠？
潆潆不见底，荷刺身边戳。绿波起清涟，奋力搏冷涛。
惊起水中鸥，振翅扑棱逃。陆地百步易，水中一寸熬。
忽闻人助威，英勇比年少。迎头捉滚球，此物三番躲。
迂回施小计，果然有收获。半刻犹半日，缚球返东潮。
游客随喜拍，生动视频播。转播朋友圈，精彩胜头条。
上岸重更衣，心热不哆嗦。时人若相问，今日我最乐！

2018年10月28日

黄柏塬所见

秋游黄柏塬，红叶尽染山。
河石笑野叟，碧流抛白练。

2018年10月29日

咏李咏

急急辞屏事正旺，流言乱箭詈赴洋。
勇抗病疴默不语，退隐异国暗疗伤。
去来骨销魂归西，国人错愕悔前详。
望穿春夏渡秋水，乡关迢迢家何方？
壮怀非常六加一，哉乎幸运梦一场。
此情绵绵无遗恨，君心不舍意惆怅。

2018年10月29日

悼金庸

大侠经世济沧海，师者巨笔抒仁怀。
归来煮酒英雄笑，去路仗剑斩鬼怪。
江山自古娇如画，湖光鹿影展奇才。
情义永驻金难换，长歌一曲庸悲切！

2018年11月1日

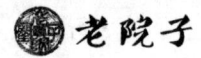

赏梅花

古城患雾霾，小园人迹绝。
寒梅不知冷，寂寞独自开。
翠鸟食其间，麻雀跳枝快。
寥寥寄数语，松下抒情怀。

2019年1月6日

戊戌除夕赋

己出乡关廿七旬，亥值两班万事缤。
西历二月恰立春，安泰除岁添新轮。
年节花灯缀雁塔，最爱大唐贞观景。
中途游园八千步，国色拨弦几度闻。

2019年2月4日

大雾小霾遛鸟闲

凌晨大雾小霾天，推开窗户惊煞眼。
四围乳白罩牛奶，高楼街巷看不见。
乘梯下凡探究竟，小园亭树隐约现。
抬头仰望琼楼上，原来我处云雾间。
灯火依稀似星星，不见楼顶不见天。
待到日出雾消散，古城依然在眼前。
路见遛鸟人一群，太白桥下画眉啭。
金笼玉屋枝头挂，羡慕王孙好悠闲。

2019年2月22日

赏农苑

诚笃立信赏农苑,朴实无华百卉妍。
勇将妙笔添重彩,毅然道义担铁肩。
西部学府林木秀,农事自古大如天。
精英荟萃互勉励,神游故地校友缘。

2019年3月22日

春日看花

春日赏花何处去?城郊东向二三里。
杏白桃红百草艳,柏青杨黄翠鸟语。
粉黛着墨泼彩重,横斜抱势争芳菲。
随意写来山水画,谁与春官斗巧奇?

2019年4月1日

观樱花

青衣蛾眉桃粉脸,龙女仲春逛小园。
寺庙森森僧已去,观台攘攘游客满。
赏花正是好时节,樱红蝶飞黄莺啭。
花开花谢花有情,美景美心美红颜。

2019年4月3日

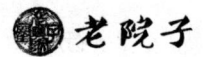

己亥清明游西安青龙寺

樱花败妖狂,柳絮肆飞扬。
樾下竞拍照,少女慕唐装。
游人似蜂蚁,络绎入园逛。
见头不见尾,排队数长行。
东洋僧去尽,凄凄冷灰香。
王孙好凑乐,纷纷赶闹场。

2019年4月6日

昆明池七夕公园赋

昆仲堪比西湖美,明镜月圆鹊桥梯。
池光滟滟画银河,七彩袅袅裁云衣。
夕烟情绕葡萄架,公意乞巧天仙配。
园田青青绣花草,赋诗弹琴牛做媒。

2019年4月8日

西农赏牡丹

大红大紫肆妖艳,蜂蝶戏逐花蕊间。
西农苑里真牡丹,赛过洛阳贵妃面。
学子琅琅飘书香,游人纷纷赞农苑。
教稼台上播大美,众香国里最有范。

2019年4月11日

周日游雁鸣湖所见

桥北桥南大不同,快意寻得好风景。
草青竹修花木茂,湖绿楼高波粼粼。
谁家伊人照水边,引得沙鸥两三声。
摇尾鱼逗少儿乐,隔岸柳动拂面风。
偷闲漫步堤边走,排排银杏托白云。

2019 年 4 月 14 日

喜 鹊

黑白花喜鹊,枝头叫喳喳。
垒窝高树颠,择邻好人家。
蹦跳轻盈舞,昂首翘尾巴。
饱食衣丰足,悠闲毁庄稼。
人见人喜爱,喜事临门啦。
顽童弹弓藏,罗网亦免抓。
四季逍遥乐,寒暑两不怕。
天生好福气,过往遍地花。

2019 年 4 月 15 日

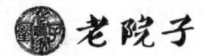

雁鸣湖暮春行游纪事

曲江东去二三里,雁鸣湖边走一回。
桥北水映琼楼美,少妇晨练蛮腰细。
桥南旷野山连岸,荒草杂树满坡绿。
头羊攀树啃柳枝,钓翁添饵诱池鱼。
来去漫看自然景,半池春心映朝晖。

2019 年 4 月 17 日

晨曦少年勇当先

晨星闪耀艳阳天,曦微普照赛场前。
少儿争先列方阵,年华初露展红拳。
逐鹿夺冠折桂枝,梦笔生花落珠帘。
奔马扬鞭勤奋蹄,跑赢时光在此间。

2019 年 4 月 17 日

晨曦二班夺桂冠

热潮如火各抖擞,血战赛场无敌手。
少年自古出英雄,年幼牛犊岂怕虎。
载歌载舞齐作贺,誉满二小贯一流。
归功当属教有方,来日曲江夺魁首。

2019 年 4 月 18 日

曲江雁鸣湖桥北即景

旺座掉头大江东,徒步畅游马腾空。
才走不到二三里,雁鸣湖畔乐声声。
老壮引吭醉不归,舞秀俏姿伴双人。
蛮腰健比垂柳细,池鱼跃破蓝天镜。
蓼花尽除园草绿,修竹排排隔噪音。
耳畔才闻画眉语,低头水映楼森森。
此中处处皆美景,太白见了不胜吟。

2019年4月18日

金丝峡游记

秦岭美景何处有,金丝峡里碧水流。
稀禽奇树山间生,竹排木舟画中游。
三潭掩映藏龙蛇,四瀑垂落珍珠豆。
马刨泉灈河湾月,摇钱树长万年寿。
黄花香迷情人谷,红叶意醉仙女湖。
登顶悟道闲听鹤,白云神飘空悠悠。
一人不来都未来,众里寻他千百度。
有人来了都来了,放心赏月到白头。

2019年5月20日

枣 花

枣花发五月,不争百花开。
莫若芙蓉艳,更非樱花谢。
形容小如米,默默隐绿叶。
待到八月中,硕果压枝斜。

2019年6月4日

谢广西友人赠杜果

桂乡友人赠珍品,七日快递一箱整。
杜果皮青肉黄鲜,真正百色土生金。
好礼堪比漓江蜜,吃到口里甜到心。
感怀南国迢迢水,谢忱广西片片情。

2019年7月17日

江城赋

重山隐隐一鉴明,庆诞七十壮华容。
奉除民瘼图改革,节令循序守初心。
中居西南衔珍宝,国色楚楚耀彩锦。
白鸥翔天带诗意,帝君托孤留余恨。
古昔雾都多故事,城头红枫染银杏。
登临塔楼揽日月,三顾大江映桥虹。
峡流清澈生碧玉,之上飞舟竞绿汀。
巅峰代有唐宋赋,咏怀春秋万古名。
绝世辞章出次第,美酒邀宾聚夔门。
风物放眼不尽看,景色此处最迷人。

2019 年 8 月 21 日

两小儿戏水

雨后积流映残光,路遇两童戏水忙。
追逐滚卧扑爬坐,衫湿鞋透不知凉。
人劝夜冷蛮不听,打闹欢奔似脱缰。
浪花飞溅掀余波,霓虹重重楼影晃。

2019 年 9 月 17 日

桂花香

墙角一棵桂花树,枝头缀满粒粒黄。
莫管人嫌米花小,秋风送来缕缕香。

2019 年 9 月 18 日

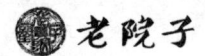

秋分赋

中秋连雨池水涨，暑气顿消早晚凉。
红枫林间招手笑，秋分银杏叶渐黄。
山果垂落啼鸟惊，珠露迎日草甸亮。
折取一束桂花枝，赋吟闲诗枕边香。

2019 年 9 月 23 日

读博客偶感

周三天咋这么蓝，太阳也比平日圆。
雾霾突然减少了，心情一下变好了。
出门走上几大圈，上班心情格外宽。
高天还是那个天，厚地还是那个地。
周末户外浪一浪，山高水阔任你逛。
穿林探险八千步，神清气爽不用烦。

2019 年 12 月 12 日

冬日赏梅

玉枝单挑一束蕾，黄金绽开万点梅。
百花雪中藏丽影，唯有此花不负期。
寒风吹过黄叶落，冬鸟飞来景色绮。
幽园夜冷飘凝香，闹市晨嚷叫卖急。

2019 年 12 月 16 日

天使归来

庚子正月春,湖北疫情紧。
八方驰武汉,并肩战顽凶。
长江流水长,武大樱花盛。
救民出炭汤,此情比山重。
凌晨脱征衣,挥手一片云。
三秦好儿女,本色真英雄。
朝辞黄鹤楼,晚还太乙宫。
归途多致礼,陕鄂共晴空。
汤峪度长假,温泉濯尘身。
战疫听号令,为国立头功。

2020 年 3 月 17 日

庚子清明赋

花壮灞上景,草长塬下垄。
长安北相望,时令正清明。
国内疫情缚,荆楚报佳音。
域外病毒滥,警钟犹在鸣。

2020 年 4 月 4 日

洛南石墙村游记

秦岭多奇秀，洛南数巡检。
行旅石墙村，美景不尽看。
夹道植修竹，翠微绕云颠。
河石逐细浪，清流笑谷涧。
捶浆浣衣女，掬水稚童玩。
蝶戏菜畦隐，狗吠深巷远。
曲径通幽户，苍鹭出林天。
喜鹊登桂枝，黄鹂唱婉转。
花芳园圃静，核桃缀碧串。
冷泉翔鳟鱼，土鸡炖餐盘。
珍馐醉好酒，野菜随心点。
橡子磨凉粉，芋豆炝薄片。
木枕生香菇，蜂酿槐蜜甜。
小村着意画，如临蓬莱仙。
脱贫奔小康，幸福在眼前。
盛夏消酷暑，邀君洛河畔。
归去来兮此，拜会老君山。
望峰息野心，流连已忘返。
是夜叩民宿，萤火照自然。
繁星当头耀，市井实罕见。

2020 年 6 月 14 日

家父仙游七周年祭

七载一隙过,思念两煎熬。
匆匆别今世,萋萋坟头草。
梦里难相见,九泉路迢迢。
日暮乡关远,举杯对月聊。

2020 年 7 月 13 日

圣地延安行

七月红培圣地行,青山白云相送迎。
高原绣堆黄土画,霓虹闪耀凤凰屏。
宝塔山上求真理,清凉故地沐报风。
杨家岭追伟人绩,梁家河忆知青情。
鲁艺座谈生炊烟,枣园运筹万世功。
安塞腰鼓动天地,版画雕刀最革命。
红歌劲唱延河曲,思德服务为人民。
陕北窑洞育马列,延安精神荡胸襟。

2020 年 7 月 31 日

长寿花

深埋腐土叶常青,数载不花默无闻。
有朝出头露一手,寒冬送来满室春。

2020 年 12 月 25 日

国庆的感觉

国庆节
要放长假了
心里总有不同的感觉

十五年前
生活在农村
国庆的感觉是

糜子地里
翻滚的滔滔绿浪
荞麦地里
红秆秆绿叶叶的
无边美丽风景

苞谷地里
秋风吹过阔叶如刀
沙沙作响的声音
和熟饱的豆荚
沁人肺腑的清香

小麦地里
新出土的嫩苗
顶着晶莹露珠
接受秋日阳光的温暖

整个黄土地上
到处都是农人挥舞镰刀

挥舞权耙挥舞扫帚
挥动锄头挥汗如雨
忙前忙后忙出忙进
忙忙碌碌的匆匆身影
如今
生活在城市
国庆的感觉是

大街小巷
车水马龙人如潮涌
熙来攘往摩肩接踵
橱窗店铺
五彩绚丽货物满目
百花争妍喜气洋洋

若晴日
见白鸽自由竞飞
国旗随风飘扬
遇阴天
雨打芭蕉红似火
看万伞如花绽放

同是国庆
不一样的经历
却同样的感受

祖国强大
人民方能安居乐业
祖国富强
到处才可充溢和平的阳光

祖国五十八岁生日
让我们一起祝福
祖国万岁
人民万岁

2007年9月30日

最远古的拥抱

这是两具尸骨
他们紧紧相拥
跨越八千年
不曾分开
也没有谁
忍心把他们分开

这是两具尸骨
他们现身土耳其
女人二十出头
男人三十左右

专家推测
昔日的恋人
或一起死于疾病
或共同殉情

这是两具尸骨
是迄今为止
最新发现的
世界上最久远的
拥抱尸骨

他们姓甚名谁
长啥模样所为何事
考据也无意义

老院子

这是两具尸骨
他们用美丽的肢体语言
演绎了世界上
最美丽的爱情故事
情同梁祝化蝶
爱比牛郎织女
感天动地
可歌可泣

八千年的厮守
八千年的甜睡
他们不寂寞
他们不烦恼
他们不怕世俗
他们不惧势利
用传世的真爱
拥抱最远古的幸福
谱就爱的美丽传奇

2008年5月27日

童 谣

童谣是一首歌
童谣是一条河
童谣是门前的山桃花
童谣是老椿树上的喜鹊窝

童谣是一棵树
童谣是一株草
童谣是老屋的石碾盘
童谣是青草丛中的山鸡蛋

童谣是一支笔
童谣是一节课
童谣是同桌的麻花辫
童谣是校园葱绿的青菜畦

童谣是一粒糖
童谣是一团线
童谣是父亲的雕木刀
童谣是母亲灯下做的棉袄

童谣是一丝风
童谣是一口钟
童谣是天边的蘑菇云
童谣是暴雨过后的山洪声

童谣是一滴汗
童谣是一把镐

老院子

　　童谣是牧童的赶羊鞭
　　童谣是爷爷手中的旱烟锅

　　童谣是一扇窗
　　童谣是一片云
　　童谣是竹笼里的黑馍
　　童谣是过年时节的小花炮

2007年1月19日